# EIN HELD FÜR ASPEN

Delta Team Zwei, Buch 3

## SUSAN STOKER

Englischer Originaltitel: »Shielding Aspen (Delta Team Two Book 3)«
Deutsche Übersetzung: Alexandra Hoffmann für Daniela Mansfield
Translations 2022

Besuchen Sie Susan im Netz!
www.stokeraces.com
facebook.com/authorsusanstoker
twitter.com/Susan_Stoker
bookbub.com/authors/susan-stoker
instagram.com/authorsusanstoker
Email: Susan@StokerAces.com

### Delta Team Zwei

*Ein Held für Gillian*
*Ein Held für Kinley*
*Ein Held für Aspen*
*Ein Held für Jayme*
*Ein Held für Riley*
*Ein Held für Devyn*
*Ein Held für Ember*
*Ein Held für Sierra*

### Die Delta Force Heroes:

*Die Rettung von Rayne*
*Die Rettung von Emily*
*Die Rettung von Harley*
*Die Hochzeit von Emily*
*Die Rettung von Kassie*
*Die Rettung von Bryn*
*Die Rettung von Casey*
*Die Rettung von Wendy*
*Die Rettung von Sadie*

*Die Rettung von Mary*
*Die Rettung von Macie*
*Die Rettung von Annie (8 Feb 2022)*

## Mountain Mercenaries:
*Die Befreiung von Allye*
*Die Befreiung von Chloe*
*Die Befreiung von Morgan*
*Die Befreiung von Harlow*
*Die Befreiung von Everly (1 Nov 2022)*
*Die Befreiung von Zara (1 Feb 2022)*
*Die Befreiung von Raven (1 Apr 2022)*

## Ace Security Reihe:
*Anspruch auf Grace*
*Anspruch auf Alexis*
*Anspruch auf Bailey*
*Anspruch auf Felicity*
*Anspruch auf Sarah*

## SEALs of Protection:
*Schutz für Caroline*
*Schutz für Alabama*
*Schutz für Fiona*
*Die Hochzeit von Caroline*
*Schutz für Summer*
*Schutz für Cheyenne*
*Schutz für Jessyka*
*Schutz für Julie*
*Schutz für Melody*
*Schutz für die Zukunft*
*Schutz für Kiera*
*Schutz für Alabamas Kinder*

*Schutz für Dakota*

**Die SEALs von Hawaii:**
*Die Suche nach Elodie*
*Die Suche nach Lexie*
*Die Suche nach Kenna*
*Die Suche nach Monica (10 Mai 2022)*
*Die Suche nach Carly*
*Die Suche nach Ashlyn*
*Die Suche nach Jodelle*

# KAPITEL EINS

Brain lehnte sich in der Kneipe in seinem Stuhl zurück und beobachtete, wie Aspen Mesmer seine Freunde verzauberte. Eigentlich hatte er an diesem Abend nicht ausgehen wollen. Stattdessen wollte er sich in Selbstmitleid aufgrund seines nicht vorhandenen Liebeslebens suhlen. Zum Glück beschloss er im letzten Moment, doch mit in die Kneipe zu gehen.

Wäre er nicht gekommen, hätte er Aspen nicht getroffen. Und was für ein erstes Treffen das war!

*Als er in der Kneipe ankam und sich noch nach seinen Kumpels umsah, kam plötzlich eine Frau direkt auf ihn zu. Sie sah etwas nervös, aber dennoch entschlossen aus. Er hatte gerade genügend Zeit, um wohlwollend festzustellen, dass sie fast genauso groß war wie er – um die eins fünfundsiebzig – und im gleichen Alter. Sie trug eine schwarze, enge Jeans, die ihre Beine im besten Licht darstellte, Converse-Sneakers und ein T-Shirt mit der Aufschrift »Biete medizinische Hilfe gegen Tacos«.*

Brain war geschockt, denn sie ignorierte seinen privaten Bereich komplett und legte ihre Arme um seine Schultern.

»Ich gebe dir zwanzig Dollar, wenn du mich so küsst, als würdest du es ernst meinen.«

Ihre Stimme klang rau und Brain hätte schwören können, dass er einen verzweifelten Unterton heraushören konnte. Er hatte nicht die Zeit, ihr zu erklären, dass er sie liebend gern küssen würde, aber definitiv nicht gegen Bezahlung, da legte sie schon eine Hand um seinen Nacken und zog ihn zu sich.

Zuerst war der Kuss etwas ungelenk, eher ein Zusammenstoßen ihrer Lippen. Aber dann schlang Brain seinen Arm um die Hüfte der Frau und machte einen Schritt auf sie zu, sodass sie sich zurücklehnen musste. Sie atmete überrascht ein und löste ihre Hände von seinem Nacken, um ihn nun an den Oberarmen festzuhalten.

Brain nutze seine Chance, als sie ihre Lippen öffnete, und bedeckte ihren Mund mit dem seinen; er küsste sie, wie er schon lange keine Frau mehr geküsst hatte. Es war ein langer, langsamer, tiefer Kuss. Hin und wieder stieß sie kleine lustvolle Seufzer aus, was nicht dazu beitrug, dass Brain den Kuss verkürzen wollte. Er konnte fühlen, dass sie stark und sportlich war, aber im Moment lag sie komplett hilflos in seinen Armen. Und das gefiel ihm immens.

»Du hättest mir einfach sagen können, dass du einen neuen Freund hast, Aspen«, erklang plötzlich eine gereizte Stimme hinter ihrem Rücken.

Die Frau leckte sich über die Lippen und seufzte frustriert. Brain sah, wie sie ein stummes »Entschuldigung« in seine Richtung mimte, bevor alle Emotionen von ihrem Gesicht verschwanden und sie sich dem Mann hinter ihr zuwandte. Sie schlang ihren Arm um Brains Hüfte und er hatte kein Problem damit, sie noch etwas enger zu sich heranzuziehen.

»Das habe ich, Derek. Schon vor einem Monat, als wir

Schluss gemacht haben. Ich habe es dir sogar dreimal per SMS bestätigt. Und ich habe es dir erneut gesagt, als du heute hier aufgetaucht bist und mich um eine zweite Chance angefleht hast. Ich habe unsere Beziehung hinter mir gelassen. Und das solltest du langsam auch.«

Der Mann sah aus, als wäre er Mitte dreißig, und sein Schmollmund ließ ihn nicht gerade schöner aussehen. In seinen Augen schimmerte unverhohlene Wut, die Brain nervös machte.

»Wie hast du ihn überhaupt kennengelernt? Ich dachte, dass du jeden Tag mit den Rangers trainierst.«

»Wir kennen uns schon eine ganze Weile«, log Aspen.

Brain wusste, dass die Dinge sich schnell ins Negative wandeln konnten, und streckte dem Mann deshalb seine Hand entgegen. »Ich heiße Kane Temple. Die meisten nennen mich Brain.«

Derek schenkte seiner ausgestreckten Hand einen verachtenden Blick und musterte Aspen missbilligend. »Brain? Ernsthaft?«

Sie zuckte nur mit den Schultern.

»Na dann. Aber glaube nicht, dass du wieder angekrochen kommen kannst, sobald er dir das Herz bricht«, stieß Derek aus.

»Werde ich nicht, keine Angst«, antwortete Aspen steif.

»Ich glaube, es ist nun an der Zeit zu gehen«, sagte Brain zu dem anderen Mann. Langsam wurde er ungeduldig.

Als Derek dazu ansetzte, etwas zu sagen, das er eventuell bereuen würde, hatte Brain genug. Er schlang seinen Arm um Aspens Schultern und zog sie nahe zu sich. »Schatz, meine Freunde sind gerade angekommen. Sie haben uns sicher einen Platz frei gehalten.« Dann drehte er sich um, zog Aspen sanft mit sich und ließ den wütenden Mann mit seinem gebrochenen Herzen stehen.

»Vielen Dank. Es tut mir leid, dass ich dich da reingezogen habe«, sagte sie. »Er hat mich einfach nicht in Ruhe gelassen und *ich wusste mir nicht mehr anders zu helfen, als ihm glasklar zu machen, dass ich nichts mehr mit ihm zu tun haben will.« Sie griff nach der kleinen Handtasche, die sie an ihrer Seite trug.*

*»Versuche erst gar nicht, mich für den Kuss zu bezahlen«, sagte Brain zu ihr.*

*Sie erstarrte und schaute ihn mit großen Augen an.*

*»Sollen wir vielleicht einfach noch mal von vorn anfangen?«, fragte Brain. Er machte einen Schritt zurück und streckte seine Hand erneut aus. »Ich bin Brain.«*

*»Aspen Mesmer«, sagte sie und ergriff seine Hand.*

*Brain schüttelte ihre Hand, dann hob er den Handrücken an seine Lippen und küsste ihn sanft.*

*»Du musst dich wirklich nicht weiter um mich kümmern, ich bin mir sicher, dass er gegangen ist«, sagte Aspen.*

*»Du musst keine Angst vor mir haben«, entgegnete Brain, dem ihr nervöser Blick aufgefallen war.*

*Sie nahm ihre Schultern zurück und machte sich größer. »Ich habe doch keine Angst vor dir!«*

Brain mochte ihre Antwort.

Er hatte sicher nicht erwartet, dass er in dieser Kneipe eine so hübsche Frau treffen würde, die ihn dann noch um einen Kuss anflehte. Selbst wenn es nur darum gegangen war, ihren Ex in seine Schranken zu weisen, hatte Brain seine Freude an der Situation. Die Frau war wunderbar.

Aspen hatte hellbraunes, schulterlanges Haar und schokoladenbraune Augen. Sie trug nicht viel Make-up, nur ein wenig Lipgloss und Wimperntusche. Brain war sicherlich kein Experte, was das Schminken betraf, aber er wusste genau, dass er es nicht mochte, wenn sich die Frauen mit Make-up geradezu zuspachtelten. Da er und Aspen fast gleich groß waren, konnte er ihr ohne Probleme in die

Augen schauen, was ihm sehr gefiel. Er mochte sogar die kleinen Falten, die ihre Augen umgaben und vermuten ließen, dass sie gern lächelte und lachte.

Alles in allem sah Aspen aus wie das Mädchen von nebenan ... was Brain sehr zu schätzen wusste.

Er wollte sie nicht nur seinen Freunden vorstellen, um die Geschichte aufrechtzuerhalten, falls ihr Ex doch noch in der Kneipe war und sie beobachtete, sondern hatte ernsthaftes Interesse daran, Aspen näher kennenzulernen. Sie war selbstsicher und mutig, aber auch etwas nervös und zurückhaltend gewesen, als sie auf ihn zugekommen war. Dieser Widerspruch hielt ihn gefangen. Sie hatte seine volle Aufmerksamkeit.

»Du bist also eine Feldsanitäterin?«, fragte Trigger Aspen gerade. Er hatte seinen Arm um Gillian geschlungen und zum ersten Mal seit langer Zeit empfand Brain keine Eifersucht, als er das Paar zusammen sah. Es war nicht so, dass er Interesse an Gillian hatte. Sie und Trigger passten einfach perfekt zusammen. Es war eher so, dass er nach einer ebenso harmonischen Beziehung suchte. Jemanden, der ihn so ansah, als würde sich das ganze Universum nur um ihn drehen.

»Genau«, bestätigte Aspen und nickte. »In den letzten Jahren war ich mit einigen Einheiten der Rangers unterwegs.«

Oz pfiff durch die Zähne. »Kein einfacher Job«, kommentierte er.

Aspen lächelte. »Das stimmt.«

Kinley lehnte sich vor und Brain sah Leftys Hand auf ihrem Rücken ruhen, um ihre Verbindung nicht zu unterbrechen. »Entschuldige mein Unwissen – das heißt, dass du kein Ranger bist?«, fragte sie.

Aspen lächelte. »Nein. Ich habe die Ausbildung zum

Ranger nicht absolviert, aber mehrmals an den Trainings-camps teilgenommen.«

Brain war schon davor von der Frau beeindruckt gewe-sen, aber seine Bewunderung steigerte sich nun umso mehr. Er konnte in den Gesichtern seiner Freunde sehen, dass es ihnen genauso ging. Gillian und Kinley schienen allerdings nicht ganz zu verstehen, was das bedeutete. Er beschloss, es zu erklären.

»Das heißt, dass sie sicherlich ein Ranger werden könnte, wenn sie das wollte. Die Trainingscamps sind zwar nicht so lang wie die Ausbildung selbst, aber genauso inten-siv. Sie müssen tagelang ohne Nahrung überleben, sich durch Wälder schlagen und dabei komplett im Verbor-genen bleiben. Ich nehme an, dass du als Sanitäterin dafür verantwortlich bist, dass das Team genug trinkt, dass alle Blasen und kleineren Wunden versorgt werden und dass alle zu jeder Zeit ihr Bestes geben können. All das und gleichzeitig musst du dich noch um dich selbst kümmern, richtig?«

Aspen lief rot an und zuckte mit den Schultern. »Das ist mein Job.«

Je mehr Brain über die attraktive Sanitäterin erfuhr, desto besser gefiel sie ihm. Er konnte sich erinnern, wie sie in seinen Armen erschauderte, als er den Kuss intensivierte, und wie bewundernd sie ihn danach angeschaut hatte. Nicht weil er der Delta-Spezialeinheit angehörte, sondern als Frau, die ihren Mann ansah.

Er wusste, dass er nicht gerade subtil war, streckte aber trotzdem die Hand nach ihrer aus und flocht ihre Finger ineinander. Sie sah ihn an und zog eine Augenbraue hoch, zog ihre Hand aber nicht weg.

Brain zählte das als Erfolg, lächelte sie an und griff mit seiner freien Hand nach dem Glas Wasser, das er nach seinem Bier trank. Er wollte an diesem Abend nicht betrunken sein. Er wollte sich an jede Sekunde erinnern.

»Es ist bestimmt nicht einfach, als Frau in einer so männlich geprägten Einheit wie den Rangers zu arbeiten«, merkte Gillian an.

Aspen seufzte. »Ja und nein. Ich bekomme schon hin und wieder mein Fett weg, aber meistens nur im Spaß. Natürlich gibt es einige Männer, die mich nicht als Teil des Teams sehen, aber wenn es hart auf hart kommt, wenn die Kugeln fliegen und Leute sterben, dann ist mein Geschlecht ziemlich egal.«

»Mit wem arbeitest du im Moment?«, fragte Brain.

Aspen drehte sich zu ihm und als ihre Blicke sich trafen, konnte er darin einen Anflug von Kummer erkennen. Doch der Ausdruck blieb nur für eine Sekunde, bevor Aspen ihr Gesicht wieder unter Kontrolle hatte. Aber selbst dieser kleine Einblick in ihre Seele führte dazu, dass Brain all diejenigen, die ihr wehtun wollten, ganz oben auf seiner Abschussliste einordnete. Er konnte sich nicht erklären, warum er ihr gegenüber so einen großen Beschützerinstinkt empfand.

»Ich bin in einer Einheit mit acht Soldaten. Derek ist der beste Kumpel unseres befehlshabenden Sergeants.«

»Derek, der Vollpfosten, der ein Nein nicht versteht?«, fragte Brain.

Aspen zuckte zusammen. »Ja. Es war von Anfang an eine blöde Idee, sich mit ihm zu verabreden, vor allem da er so eng mit meinen Teamkameraden befreundet ist. Aber er war ziemlich penetrant und hat sich für mich stark gemacht, als die anderen mich runtermachten. In einem schwachen Moment stimmte ich also zu. Aber nach spätestens zwei Verabredungen wusste ich schon, dass wir einfach nicht zusammenpassten.«

»Und er hatte wohl eine etwas längere Leitung?«, fragte Kinley. »Entweder man hat Gefühle oder eben nicht.« Sie warf Lefty ein kurzes Lächeln zu.

»So ist es«, sagte Aspen. »Ich wollte ihm klarmachen, dass wir Freunde bleiben können, doch alles andere hatte keine Zukunft. Aber er wollte das einfach nicht verstehen. Zumindest bis jetzt. Hoffe ich.«

Je mehr Brain darüber nachdachte, dass sie einen völlig Fremden um einen Kuss bitten musste, desto wütender wurde er. Keine Frau sollte solche Maßnahmen ergreifen müssen, um einen Typen loszuwerden. Nein hieß nun mal nein und Derek war ein chauvinistisches Arschloch, sie weiterhin zu belästigen, nachdem sie klargemacht hatte, dass sie nichts mehr als Freundschaft wollte.

Brain wandte sich wieder dem Gespräch zu, als Aspen sagte: »Und außerdem ist er einer von den Typen, die immer recht behalten müssen.«

»Ach du Schande!«, rief Gillian. »Ich weiß genau, was du meinst.«

Brain lehnte sich zurück, um den beiden Frauen zuzuhören, und versuchte, seine Wut unter Kontrolle zu halten. Es überraschte ihn, wie schwer ihm das fiel. Er war eigentlich nicht der Typ, der zu Wutanfällen neigte. Aber der Gedanke daran, wie schlecht Aspen behandelt wurde, ließ sein Blut kochen. Natürlich konnte sie sich selbst sehr gut verteidigen, aber die Wut blieb.

»Wenn man also sagt, dass es zwei Stunden dauert, um dort anzukommen, dann muss er widersprechen und sagten: Nein, nein, es dauert zwei Stunden und fünfzehn Minuten?«, fragte Gillian.

»Oder wenn man sagt, dass das Essen zwanzig Minuten aufkochen muss, und er einem dann erzählt, dass es siebzehn Minuten und dreißig Sekunden braucht, sonst würde es verkochen«, stimmte Aspen zu.

»Oder dass eine Fernsehsendung nicht etwa um acht, sondern um acht Uhr dreißig anfängt«, warf Kinley ein.

»Oder wenn ich sage, dass zwanzig Milliliter Ketamin intravenös pro Minute dem Protokoll entsprechen und er darauf besteht, dass es fünfzig Milliliter seien. Dabei weiß ich ganz genau, dass es nur dann fünfzig sind, wenn es intranasal gegeben wird«, sagte Aspen mit einem Lachen.

Als alle sie daraufhin fragend anstarrten, lief sie rot an und lachte auf. »Entschuldigt, entschuldigt! Ich vergesse manchmal, dass nicht jeder so sehr an Betäubungsmitteln interessiert ist wie ich. Ich meine ... nicht *interessiert* interessiert, wie an Drogen, aber interessiert als ... Äh ... Mist ... Oder wenn ich anmerke, dass der Bürgermeister Larry Kline aus *Stranger Things* auch den dreadlockigen Piraten in *Die Braut des Prinzen* spielte, und er mir nicht glaubt.«

Daraufhin mussten die anderen lachen.

Brain fand Aspen unwiderstehlich. Und er machte sich eine mentale Notiz, ihr niemals zu widersprechen. Er sah zu, wie sie mit Gillian und Kinley herumalberte, und erfreute sich daran, wie gut sie sich verstanden. Obwohl er sie erst vor ein paar Stunden zum ersten Mal getroffen hatte, fühlte er sich in ihrer Anwesenheit so wohl wie schon lange mit keiner Frau mehr.

Er hielt noch immer ihre Hand in der seinen und fuhr hin und wieder mit dem Daumen über ihren Handrücken, um ihr zu vermitteln, dass er noch immer da war. Und jedes Mal formte sich ein kleines Lächeln auf ihren Lippen, auch wenn sie ihm sonst nicht viel Aufmerksamkeit schenkte.

Beim Aufschauen fing Brain Triggers Blick auf. Der andere Mann nickte ihm kurz zu und hob sein Glas in einer subtilen, zustimmenden Geste. Brain rollte die Augen und schüttelte den Kopf, aber Trigger lächelte einfach zurück.

Es war schon fast witzig, dass Brain noch vor ein paar Stunden nach einer Ausrede gesucht hatte, um früh zu gehen, und nun derjenige war, der nicht wollte, dass die Zeit verging, weil er sich noch nicht von Aspen verabschieden wollte. Er hatte große Freude daran, sie näher kennenzulernen und sie im Kreis seiner engsten Freunde zu sehen.

Nach einer weiteren Stunde verabschiedeten sich Lefty und Kinley als Erstes. Auch Trigger und Gillian machten sich zum Aufbruch bereit. Als Nächstes waren Oz und Lucky dran. Und Doc. Nun waren nur noch Grover, Brain und Aspen übrig.

»Also …«, sagte Aspen, »Grover? Brain?«

»Mein Nachname lautet Groves«, erklärte Grover.

»Der Name hat also nichts mit dem keinen, blauen Monster aus der Sesamstraße zu tun, auch Grobi genannt?«, fragte Aspen verschmitzt.

»Nein«, sagte Grover und schüttelte bestimmt den Kopf. »Sehe ich etwa wie diese Handpuppe aus? Oder klinge wie sie?«

Sie kicherte. »Nein, aber jeder Spitzname hat so seine Bedeutung. Mal ehrlich: Grover ist die coolste aller Puppen. Er hat nur einfach nicht die Aufmerksamkeit bekommen, die er verdient hat. Außerdem könntest du auch Elmo genannt werden – und das wäre doch viel schlimmer!«

Nun lachten sie alle.

»Und du, Kane? Brain?«

Er zuckte mit den Schultern und war sich nicht sicher, ob er ihr erzählen wollte, wie er zu seinem Spitznamen gekommen war. Er schämte sich zwar nicht dafür, aber er wollte einmal im Leben nicht als der Sonderling gelten. Er wollte einfach ein cooler Soldat der Delta Force sein.

Aber natürlich ergriff Grover sofort die Chance, die Geschichte zu erzählen.

»Er ist ein verdammtes Genie«, sagte Grover und ignorierte gekonnt Brains missbilligendes Stirnrunzeln. »Er kann mindestens zwei Dutzend Sprachen sprechen. Er ist ein echtes Sprachtalent. Und er muss eine Phrase nur einmal hören, um sie zu verstehen. Ist bei unserer Arbeit ziemlich praktisch, das kann ich dir sagen.«

Brain trank einen Schluck Wasser und vermied Aspens Blick. Wenn er Leute traf und sie erfuhren, was er konnte, dann war es meistens so, dass sie eine Vorführung einforderten – was bedeutete, dass er alles Mögliche in verschiedenen Sprachen sagen musste. Oder die Leute zogen sich sofort zurück, weil sie dachten, dass er in einer anderen Liga spielte.

Er versuchte, ihre Hände voneinander zu lösen, doch sie hielt ihn fest. Er schaute sie überrascht an.

»Das ist ziemlich cool«, sagte sie leise.

Grover redete einfach weiter und schien nicht zu bemerken, wie unangenehm Brain das Thema war.

»Er hat die Highschool schon im Alter von fünfzehn Jahren abgeschlossen. Und seinen ersten Abschluss an der Uni in nur zwei Jahren gemacht: Seine Eltern fanden es gar nicht witzig, als er zum Militär ging; sie wollten, dass er Astronaut wird oder so was.«

»Grover?«, sagte Aspen und löste den Blick von Brain.

»Ja?«

»Genug davon.«

Brain konnte sich nicht helfen. Er lachte.

Grover war für eine Weile still, als er bemerkte, dass seine Erzählungen Brain unangenehm waren, konnte sich aber nicht lange zurückhalten. »Was ich sagen will: Brain ist intelligent, aber auch eine coole Socke. Und charmant ist er auch. Außerdem ist er loyal und bodenständig.«

»Ich glaube, es ist langsam Schlafenszeit für dich, Grover«, sagte Brain und schüttelte den Kopf. »Deine Erzählungen sind gerade eher kontraproduktiv.«

»Ich verstehe. Entschuldige. Ich mach mich dann mal auf den Weg. Ich muss morgen meine Schwester besuchen. Sie ignoriert mich schon seit einer Weile und so geht das nicht weiter. Also ... ich geh dann mal. Wir sehen uns morgen beim Training, Brain.«

»Bis dann«, sagte Brain zu seinem Kameraden. Grover war manchmal ein bisschen ungeschickt, aber nie bösartig dabei, weshalb Brain und das restliche Team ihn meistens einfach reden ließen.

Nachdem er gegangen war, holte Brain tief Luft und sah Aspen in die Augen. »Also«, sagte er.

»Also«, wiederholte sie.

»Grover ist nicht gerade der subtilste Mensch«, erklärte Brain ihr.

Aspen musste schmunzeln. »Das ist er sicher nicht. Aber er meint es gut.«

»Das tut er.« Brain hatte das Bedürfnis, den Kopf gegen den Tisch zu schlagen. So hatte er sich ihr erstes Gespräch unter vier Augen nicht vorgestellt. Selbst wenn Grover etwas anderes behauptet hatte: Brain war alles andere als ein »Charmeur«. Und eine »coole Socke« war er auch nicht. Er war einfach der Sonderling. Der intelligente Typ. Derjenige, der anderen aus der Patsche half, wenn sie ein Problem hatten.

Er war nun dreißig Jahre alt und war bis zu seinem vierundzwanzigsten Lebensjahr noch Jungfrau gewesen. Soziale Interaktionen fielen ihm oft schwer; und dass er so jung an die Uni gekommen war, hatte dazu geführt, dass die meisten

Studentinnen ihn links liegen gelassen hatten. Erst beim Militär hatte er eine gewisse Unabhängigkeit gewonnen und langsam herausgefunden, wie es war, mit Männern seines Alters umzugehen.

»Das ist fast schon ein bisschen peinlich, dass ich erst jetzt frage, aber du und deine Freunde ... ihr seid keine Rangers, oder? Und falls ihr doch welche seid, habe ich mich vorhin total zum Affen gemacht.«

Brain schüttelte schnell den Kopf. »Nein, wir sind keine Rangers.«

»Oh, zum Glück.« Sie atmete auf.

Brain sprach weiter, ohne richtig nachzudenken. »Wir gehören zum Delta-Team.«

Aspen erstarrte und schaute ihn mit großen Augen an. »Bitte sag mir, dass das ein Scherz ist.«

»Nein. Und bitte, erzähl es keinem weiter.«

»Natürlich nicht. Auf keinen Fall. Oh, verdammt, ich bin so ein Idiot.«

»Nein, das bist du nicht«, sagte Brain sofort. Sie war alles andere als ein Idiot.

»Aber natürlich! Da diskutieren wir, wie schwer und hart das Training als Ranger ist, und jetzt weiß ich, dass ihr noch viel mehr erlebt haben müsst.«

»Es ist ja kein Wettbewerb«, sagte Brain.

Sie legte den Kopf schief und starrte ihn nachdenklich an.

»Alles in Ordnung?«, fragte Brain.

»Du bist anders als die Soldaten aus den Spezialeinheiten, die ich bis jetzt getroffen habe. Und deine Freunde auch.«

»Wie meinst du das?«

Aspen zuckte mit den Schultern. »Ihr seid einfach viel bodenständiger.«

»Ich glaube ja, dass du einfach viel zu lange mit diesen blöden Rangers abgehangen hast«, gab Brain zurück.

Sie grinste. »Nicht alle sind blöd.«

»Dafür Derek umso mehr«, sagte Brain.

Ihr Grinsen wurde breiter. »Sehr wahr. Vielen Dank, dass du mir da geholfen hast. Normalerweise bin ich nicht so forsch, aber ...«

»... aber er war ein Vollidiot und du warst verzweifelt«, beendete Brain ihren Satz.

»Vielleicht nicht gerade ›verzweifelt‹«, gab Aspen zurück. Sie senke den Kopf und schaute ihn schüchtern an. »Vielleicht hat mir auch gefallen, was ich gesehen habe, und ich dachte, dass ich so zwei Fliegen mit einer Klappe schlagen könnte.«

Es brauchte ein paar Sekunden, bis Brain die Bedeutung ihrer Worte verstand. Dann machte sich Überraschung breit.

Frauen fanden ihn einfach nicht attraktiv. Nicht auf die Art und Weise, die sie andeutete. Er wusste, dass er nicht gerade hässlich war. Er hatte schöne Augen; oder zumindest hatten andere das zu ihm gesagt. Aber er vergaß regelmäßig, sich die Haare zu frisieren, weshalb sie meist in alle Richtungen abstanden. Und er trug einen Bart, weil er sich einfach nicht dazu durchringen konnte, sich jeden Tag zu rasieren. Das war auf ihren Einsätzen kein Problem, und wenn sie wieder nach Hause kamen, dann behielt er den Bart aus Bequemlichkeit.

Aber dass eine so großartige, intelligente Frau ihn aus der Menge herauspickte, kaum dass sie durch die Tür gekommen war, das war ein ganz besonderes Gefühl ... und gleichzeitig aufwühlend.

»Du bist es nicht gewohnt, Komplimente zu bekommen, oder?«, fragte sie und traf damit den Nagel auf den Kopf.

»Ich bin doch ›das Genie‹«, sagte er und zuckte mit den Schultern, als würde das alles erklären.

Aspen verdrehte die Augen. Dann drehte sie sich zu ihm und schaute ihm tief in die Augen. »Es ist richtig, dass ich Derek loswerden wollte. Es war überhaupt ein Fehler, mit ihm auf eine Verabredung zu gehen, und das hatte ich dann eben davon. Ich habe ihn ständig gesehen, weil er so eng mit dem Befehlshaber meiner Einheit befreundet ist. Unsere Teams trainieren oft miteinander und haben schon an dem einen oder anderen gemeinsamen Einsatz teilgenommen. Ich hoffe, dass er nach heute Abend verstanden hat, dass wir einfach nicht zusammenpassen, und dass sich die Dinge wieder normalisieren. Aber viel wichtiger ist, dass ich dich ausgewählt habe, weil ich dich vom ersten Moment an extrem anziehend fand.«

Brain konnte die Röte in ihren Wangen aufsteigen sehen, aber sie redete mutig weiter.

»Du kamst herein und sahst so aus, als würdest du am liebsten ganz weit weg sein. Und obwohl du denkst, dass du nur ›das Genie‹ bist, ist es total offensichtlich, wie sehr deine Freunde dich schätzen. Würden sie dich nur wegen deiner Fähigkeiten mögen, dann würden sie nicht so locker mit dir umgehen. Gillian und Kinley hatten nur Gutes von dir zu erzählen, als ihr Jungs auf der Toilette wart.

Ich kenne dich zwar nicht sehr gut und vielleicht sollte ich das gar nicht so sagen, aber ich habe gelernt, dass das Leben zu kurz ist, um nicht das zu sagen, was ich denke ... und ich denke, dass du großartig bist. Das weiß ich sogar schon nach den paar Stunden, die wir miteinander verbracht haben, Kane. Und dabei hast du noch nicht einmal das Sprachgenie raushängen lassen.« Sie grinste. »Du hast mich aus einer ziemlich ungemütlichen Situation gerettet. Die Tatsache, dass du keine Freundin hast, ist zwar etwas verwirrend, aber auch ein ziemliches Glück für mich.«

Ihre Worte hallten in Brains Kopf nach und er wusste ohne Zweifel, dass er diese Frau näher kennenlernen wollte – nein, musste. »Darf ich dich auf eine Verabredung einladen?«

Die Frage kam so plötzlich aus ihm herausgeschossen, dass er selbst zusammenzuckte.

Aber Aspen lachte ihn nicht aus. »Ja«, sagte sie einfach.

»Morgen Abend?«

Nun musste sie allerdings doch lachen. »Gern«, wiederholte sie.

Brain kniff die Augen zusammen. »Aber das sagst du jetzt nicht nur wegen Derek, oder? Ich mag dich sehr, aber eine Mitleidsverabredung ist nicht mein Ding.«

Ihr Grinsen verschwand. »Meinst du das im Ernst?«

Er nickte.

Aspen rollte die Augen. »Kane, ich saß den ganzen Abend neben dir und wir haben Händchen gehalten. Ich habe dir gerade gestanden, dass ich dich ganz bewusst unter all den Männern in der Kneipe ausgewählt habe. Mensch, ich habe dir sogar zwanzig Dollar für einen Kuss angeboten.« Sie lehnte sich vor und pikte ihn mit ihrem Zeigefinger vor die Brust, als sie weitersprach. »Ich habe lange keinen Mann getroffen, den ich so interessant fand wie dich. Ich verbringe jeden Tag mit einer ganzen Horde von Männern und manchmal habe ich schon gedacht, dass ich durch meine Arbeit komplett immun geworden bin gegen den Charme des – vermeintlich – starken Geschlechts. Aber als du mich heute geküsst hast, war ich sofort wieder Feuer und Flamme.« Dann murmelte sie leise: »Aber vielleicht ist das keine gute Idee.«

Brain erschrak. Er wollte nicht, dass sie es sich anders

überlegte. Irgendwo tief in ihm fand er dann doch den Mut, der sonst so zuverlässig abwesend war, wenn es um das andere Geschlecht ging. So einfach würde er diese interessante Frau sicherlich nicht aufgeben.

Er ergriff den Finger, mit dem sie auf ihn gezeigt hatte, und schüttelte den Kopf. »Okay. Du hast schon zugesagt. Sogar zweimal. Das muss doch etwas heißen, oder nicht? Von mir aus können wir uns an einem Ort treffen, an dem du dich wohlfühlst. Ansonsten würde ich dich, wenn du das willst, morgen um achtzehn Uhr abholen.«

»Und du bist wirklich Teil der Delta-Einheit?«, fragte sie.

Verwirrt nickte Brain. »Darüber mache ich keine Scherze.«

Sie prustete. »Andere schon. Aber ich nehme an, wenn die Armee und die Regierung dir ihre größten Geheimnisse anvertrauen, dann kann ich dir auch sagen, wo ich wohne.«

Brain entspannte sich etwas.

»Kann ich nun bitte meinen Finger zurückhaben?«, fragte Aspen.

Brain musste grinsen. »Kommt darauf an, ob du mich noch mal damit erstechen willst.«

»Kommt darauf an, ob du weiterhin so blöde Sachen sagst«, gab sie zurück.

»Wahrscheinlich schon«, musste Brain ehrlich zugeben. »Das scheine ich öfter zu tun. Die anderen sagen zwar, dass ich schlau bin, aber ich scheine meine Klappe nicht unter Kontrolle zu haben, wenn ich einer hübschen Frau gegenübersitze.«

Aspen zog ihre Hand zurück und Brain ließ sie sofort los. Aber anstatt sich zurückzuziehen, legte sie ihre flache Hand auf seine Brust und lehnte sich näher zu ihm.

»Du riechst ganz wunderbar«, platzte es aus Brain heraus. Sofort wollte er sich mental gegen den Kopf schlagen. Es war seine Aufgabe, charmant zu sein, nicht etwa, solche komischen Dinge zu sagen.

»Danke«, sagte sie, ohne zu zögern. »Ich kann nicht allzu oft Parfüm tragen, weil ich mich beruflich im Dreck suhle und ständig von Männern umgeben bin, aber hin und wieder mache ich eine Ausnahme. Es ist ein Gardienduft. Sie erinnern mich an Hawaii. Ich war nur einmal dort, aber ich habe den Geruch der Blumen geliebt. Und ... Ach verdammt, das interessiert dich bestimmt nicht besonders.«

»Doch, das tut es«, verbesserte Brain sie sofort. Er machte sich eine mentale Notiz zu den Gardenien.

»Wie auch immer«, sagte Aspen und kam noch näher, »ich wollte dir dafür danken, dass du mich nicht als komplett verrückt abgestempelt hast, nachdem ich dich so überrumpelt hatte.«

»Immer wieder gern«, sagte Brain und konnte den Blick nicht von ihren Lippen lösen.

»Ich will dich noch einmal küssen«, flüsterte sie.

Innerlich führte Brain einen kleinen Freudentanz auf, aber äußerlich blieb er ruhig und streckte nur langsam die Hand nach Aspens Gesicht aus. Sanft legte er seine Hand an ihre Wange. Sie war ihm so nahe, dass er sich nur ein paar Zentimeter nach vorn beugen musste, dann würden sich ihre Lippen berühren. Aber aus irgendeinem Grund wollte er noch warten.

»Ich will dich besser kennenlernen«, sagte er zu ihr. »Und ich will, dass du mich besser kennenlernst. Ich finde dich sehr attraktiv, das ist kein Geheimnis. Aber ich bin alt genug, um zu wissen, dass ich mehr spüre als körperliche Anziehung. Da ist etwas Besonderes. Und ich will diesen Gefühlen genügend Raum lassen und sie nicht ersticken, indem wir gleich am ersten Abend in einer dunklen Ecke der Kneipe rumknutschen.«

Brain hoffe, dass er nun nicht als der blödeste Kerl der Welt dastehen würde, weil er sie zurückgewiesen hatte. Aber dann sah er, wie sich ihre Gesichtszüge entspannten und sie nickte. Er seufzte vor Erleichterung.

»Du bist anders als die anderen«, sagte sie leise.

Brain zuckte mit den Schultern. »Das mag stimmen«, bestätigte er.

»Ich mag anders«, sagte sie und stand auf.

Brain ließ seine Hand sinken und folgte ihr. Sie griff in ihre Handtasche, zog einen Zwanzigdollarschein heraus und streckte ihn ihm entgegen. »Ich schulde dir wirklich etwas.«

Brain starrte das Geld finster an. »Das nehme ich nicht an«, sagte er grummelig. »Steck das weg.«

»Ich muss ja mindestens für meine Getränke bezahlen«, sagte Aspen.

Brain nahm den Schein aus ihrer Hand, griff dann nach ihrer Tasche und stopfte ihn unzeremoniell in die Außentasche. »Deine Getränke sind schon bezahlt. Solange du mit mir unterwegs bist, musst du dir um solche Dinge keine Gedanken machen.«

Sie runzelte die Stirn. »Warum nicht?«

»Einfach weil.«

»Weil du ein Junge bist und ich ein Mädchen?«, fragte sie mit Nachdruck.

»Nein. Weil es respektlos ist. Das hat mit dem Geschlecht gar nichts zu tun. Oder damit, ob du selbst zahlen kannst oder nicht.«

»Aber warum dann?«

Brain zögerte. »Das wirst du jetzt sicherlich bescheuert finden.«

»Werde ich nicht«, sagte Aspen.

»Na gut, aber du hast gefragt«, sagte er. »Ich will dich

richtig verwöhnen. Wenn ich mit einer Frau ausgehe, dann soll sie sich um nichts Sorgen machen müssen. Wenn sie einen Fahrer braucht, fahre ich. Wenn sie ein Taxi bevorzugt, rufe ich eins. Wenn sie das teuerste Gericht auf der Karte bestellen will, bekommt sie es. Wenn ich mit jemandem ausgehe, dann soll die Frau immer wissen, dass sie für mich der Nabel der Welt ist. Und das bedeutet nun mal auch, sich nicht um die Bezahlung kümmern zu müssen, um das Trinkgeld, um irgendwelche Idioten, die sie anmachen, oder darum, wie sie nach Hause kommen. So bin ich einfach.«

Er bereitete sich mental auf ihre Reaktion vor. In der Vergangenheit hatten ihm mehrere Frauen erklärt, dass seine galante, fast schon ritterliche Art an Machismo grenzte. Aber so war er einfach. Er hatte gelernt, seine Einstellungen gleich am Anfang klarzumachen, damit jeder wusste, woran er war.

Aber Aspen lache ihn weder aus noch war sie beleidigt. »Wenn wir zusammen unterwegs sind und ich dir etwas kaufen will, machst du dann einen Aufstand?«

»Nein. Es ist dein Geld und du kannst damit tun und lassen, was du willst. Aber hüte dich davor, mir ein Auto oder so etwas zu kaufen und es dann als ›Geschenk‹ zu bezeichnen.«

Aspen begann zu lachen. Sie warf den Kopf in den Nacken und ihre Lachattacke war so stark, dass Brain sie stützen musste, damit sie auf den Beinen blieb. Als sie sich wieder unter Kontrolle hatte, sah sie ihm in die Augen und nickte. »Damit kann ich mich einverstanden erklären. Keine Autos. Alles klar.«

Brain lächelte zurück. »Gut. Willst du mir deine Nummer geben?«

Der plötzliche Themenwechsel ließ sie kalt. Er mochte

es, dass sie ihre Telefonnummer einfach aufsagte, ohne zu fragen, ob er sie aufschreiben wollte. Sie zählte einfach die Ziffern auf, als hätte sie nicht den geringsten Zweifel daran, dass er sich daran erinnern würde.

»Ich schreibe dir später, damit du auch meine Nummer hast und mir deine Adresse schicken kannst«, sagte Brain zu ihr.

»Das klingt gut.«

Zusammen gingen sie zur Tür. Brain sah keinen Grund, sich aus der Umarmung zu lösen, und Aspen lehnte sich sogar gegen ihn, als sie nach draußen gingen. Mit den Fingern umgriff sie seinen Gürtel an seinem Rücken und der leichte Druck ließ ihn vor Vorfreude erzittern. Das hatte noch keine der Frauen gemacht, mit denen er eine Verabredung gehabt hatte, und es fühlte sich gut an – fast so, als wollte sie ihn beschlagnahmen. Das gefiel ihm. Und zwar ziemlich gut.

Als sie durch die Tür traten, nickte Brain dem Türsteher zu. Als er sich wieder Aspen zuwandte, lächelte diese.

»Was ist?«, fragte er.

»Es ist nur – dieses Männernicken. Das ist einfach so ein Männerding.«

Brain runzelte die Stirn. »Und?«

»Nichts und«, sagte sie.

Aber er konnte hören, wie sie ganz leise murmelte: »Und das ist supersexy.«

Er lächelte. Er war noch nie als »sexy« bezeichnet worden. Das gefiel ihm ebenfalls.

Brain begleitete Aspen bis zu ihrem Wagen, ein weißer, sehr praktischer Hyundai Elantra GT. Er schaute ich um, konnte aber weder Derek noch irgendjemand anderen sehen.

»Komm gut nach Hause«, sagte er und hielt ihr die Tür

auf. Aspen hielt kurz inne, bevor sie in den Wagen stieg und ihm zunickte. »Du auch«, erwiderte sie.

»Wir sehen uns morgen Abend«, sagte Brain.

»Ich freue mich.«

Nun fiel ihm nichts mehr ein, um den gemeinsamen Abend noch weiter zu verlängern. Er schloss die Fahrzeugtür hinter ihr und trat einen Schritt zurück. Bevor er darüber nachdenken konnte, schenkte er ihr das gleiche kurze »Männernicken« wie dem Türsteher. Sie grinste ihm durch das Fenster zu. Sie hob zwei Finger zum Gruß und winkte ihm zu, während sie ausparkte.

Brain schaute auf die Uhr und stellte fest, dass er Stunden mit Aspen in der Kneipe verbracht hatte. Er ging selten lange aus, wenn er zu Hause war. In ihrer Anwesenheit konnte er komplett vergessen, dass er normalerweise der Sonderling war. Der intelligente Typ. In ihrer Gegenwart fühlte er sich ... ganz normal. Vielleicht zum ersten Mal in seinem Leben.

Nachdem er in seinen Dodge Challenger gestiegen war, nahm er sich die Zeit, ihre Nummer in seinem Handy einzuspeichern. Dann schicke er ihr eine kurze Nachricht.

*Brain: Brain hier. Ich freue mich auf morgen. Lass mich wissen, wo ich dich abholen soll. Gute Nacht.*

Sie antwortete nicht sofort, aber das erwartete er auch nicht. Schließlich saß sie noch am Steuer. Er schmiss das Handy auf den Beifahrersitz und fuhr nach Hause. Sein Lächeln begleitete ihn den gesamten Weg.

## KAPITEL ZWEI

Aspen Mesmer ging nervös in ihrer Wohnung auf und ab, während sie darauf wartete, dass Kane sie abholte. Wie sie den restlichen Tag überstanden hatte, konnte sie nicht mehr sagen. Sie freute sich auf die Verabredung an diesem Abend und war gleichzeitig extrem aufgeregt.

Nach der Geschichte mit Derek hatte sie eigentlich beschlossen, nicht mehr mit Soldaten auszugehen. Sie war am gestrigen Abend nur deshalb in die Kneipe gegangen, um etwas zu trinken, weil sie nicht allein zu Hause sitzen wollte. Es war ein stressiger Tag gewesen und sie hatte sich eigentlich auf einen entspannten Abend bei einem guten Glas Wein gefreut, bevor sie schlafen ging. Doch dann kam ihr Derek in die Quere, der ausgerechnet in der Kneipe abhing, in die sie gegangen war. Warum er noch immer so an ihr hing – nach den zwei Verabredungen, die sie vor über einem Monat gehabt hatten –, war ihr ein Rätsel. Es war einfach kein Funke übergesprungen.

Ganz im Gegenteil zu ihrer Begegnung mit Kane. Sie hatte ihn bemerkt, kaum dass sie zur Tür hereingekommen war. Er sah ein bisschen wild aus, aber es waren seine

Augen, auf die sie als Allererstes aufmerksam wurde. Er hatte den Blick durch den gesamten Raum schweifen lassen und die Umgebung geradezu gescannt. Sie hätte gleich ahnen können, dass er einer Spezialeinheit angehörte, aber in diesem Moment war Derek schon auf sie losgegangen und hatte sich beschwert, dass sie ihm nie eine faire Chance gegeben hatte. Deshalb war sie ohne weiteren Gedanken direkt auf Kane zugegangen.

Einen vollkommen Fremden zu bitten, sie zu küssen, würde es sicher nicht auf die Top-Ten-Liste der schlausten Dinge schaffen, die sie in ihrem Leben je getan hatte, aber Kane hatte sie nicht hängen lassen. Am Anfang war der Kuss noch etwas komisch gewesen, aber dann hatte er die Kontrolle übernommen. Aspen tat sich schwer damit, Menschen zu vertrauen. Aber in seinen Armen hatte sie sich einfach sicher gefühlt.

Und wie er küsste! Als wäre er gerade erst von einem monatelangen Einsatz zurückgekehrt. Einfach Wahnsinn. Das Wohlgefühl hatte sich durch ihren ganzen Körper bis in ihre Zehenspitzen ausgebreitet.

Doch sie hatte erwartet, dass er nicht das hellste Licht im Kronleuchter war – die meisten gut aussehenden Männer waren im Kopf eher dünn besiedelt. Aber da hatte sie sich wohl geirrt. Und wie!

Brain, »das Genie«, war mehr als nur sein Spitzname.

Anscheinend war er tatsächlich eine Art Genie.

Intelligent. Sexy. Muskulös. Delta. Und dazu noch ein respektvoller Mann und ein guter Freund und Kamerad.

Es war lange her, dass sie sich so schnell so stark zu einem Mann hingezogen gefühlt hatte, aber wer könnte es ihr übel nehmen? Kane Temple brachte genau das mit, wonach sich die meisten Frauen sehnten. Er wirkte sogar etwas … unschuldig und altmodisch, was eine nette Überraschung darstellte. In Aspens Erfahrung waren Soldaten der Spezialeinheit oft abgestumpft und hatten es sich zum Ziel gesetzt, mit so vielen Frauen wie möglich zu schlafen. Sie wusste das nur zu gut: Die meisten ledigen Rangers, mit denen sie zusammenarbeitete, verhielten sich genau nach diesem Muster.

Aber Kane hatte sogar abgelehnt, sie am Ende des Abends zu küssen. Am Anfang gefiel es ihr nicht, dass er darauf bestand, für alles zu bezahlen, aber nachdem er seine Gründe dargelegt hatte, musste sie nachgeben.

Natürlich konnte es auch sein, dass er einfach eine Show abgezogen hatte, um sie ins Bett zu bekommen. Wenn es so wäre, dann war sie auf jeden Fall darauf reingefallen. Aber sie hoffte, dass dem nicht so war.

Die Zeit würde es zeigen.

Sie schaute auf die Uhr. Er sollte sie in fünf Minuten abholen. Sie würden gemeinsam essen gehen und danach würde er sie nach Hause bringen. Für eine erste Verabredung war das nicht besonders aufregend, aber Aspen war deswegen nicht undankbar. Sollte sich herausstellen, dass Kane ihr gestern Abend etwas vorgespielt hatte, dann wollte sie auf keinen Fall einen allzu langen Abend mit ihm verbringen.

Aber sie hoffe, dass ihre Befürchtungen sich nicht als wahr herausstellten. Sie hoffte auch, dass die Anziehung, die sie am Abend zuvor in der Kneipe verspürt hatte, sie auch heute wieder überkam.

Aspen zuckte zusammen, als es an der Tür klopfte. Sie hatte zwar immer wieder aus dem Fenster geschaut, aber anscheinend war sie so in Gedanken versunken gewesen, dass Kane sich an ihr vorbeigeschlichen hatte. Nachdem sie nachgeschaut hatte, dass es wirklich Kane war, öffnete sie die Tür.

»Hey«, sagte sie etwas schüchtern, als ihre Blicke sich trafen.

Eine Sekunde lang sahen sie sich schweigend an. Dann schüttelte Kane den Kopf und lächelte sie an. »Hi.«

Aspen fühlte sich plötzlich, als wäre sie wieder fünfzehn Jahre alt, als hätte ihr erster Freund an die Tür geklopft, um sie auszuführen. Sie wusste nicht, was sie sagen oder tun sollte. Sie konnte nicht anders, als Kane anzustarren. Er trug ein dunkles, olivgrünes Hemd und eine Jeans. Er hatte seit gestern Abend seinen Bart getrimmt, aber seine Haare standen noch immer in alle Richtungen, als hätte er sie mit der Hand durchgewuschelt.

Sie wusste nicht allzu viel über sein Liebesleben, aber gestern hatte sie zwischen den Zeilen herausgehört, dass er nicht allzu viele ernste Beziehungen gehabt hatte. Was verrückt war; der Mann, der vor ihr stand, war einfach umwerfend.

Aspen war sich nicht sicher gewesen, was sie anziehen sollte, hatte sich aber letzten Endes für eine Jeans und ein schwarzes, ärmelloses Oberteil entschieden. Die Abende waren noch immer warm und sie wollte das schöne Wetter genießen. Sie war einfach nicht die Art von Frau, die sich aufwendig in Schale warf. Falls Kane das nicht gefiel, dann war es besser, dass sie dies möglichst bald herausfanden und nicht erst in ferner Zukunft.

Jegliche Befürchtungen, dass die Attraktion zwischen ihnen eine einmalige Sache gewesen sein könnte, hatten sich sofort verflüchtigt. Und als sie so im Türrahmen standen und beide nach den richtigen Worten suchten, wusste Aspen, dass es Kane genauso ging wie ihr.

»Du siehst großartig aus«, sagte Kane, um das Schweigen zu durchbrechen, das langsam ungemütlich geworden war.

Aspen stieß einen kurzen, selbstironischen Lacher aus. »Ich habe ein Top und eine Jeans an, Kane. Das ist nichts Besonderes.«

Er kam einen Schritt über die Türschwelle hinweg auf sie zu und Aspen machte reflexartig einen Schritt zurück, bevor sie sich wieder fing und aufrecht hinstellte. Sie hatte keine Angst vor Kane, aber er brachte sie aus dem Gleichgewicht, was ungewöhnlich war.

»Normalerweise solltest du dich jetzt bedanken«, sagte er zu ihr. »Du bist nicht besonders gut darin, Komplimente zu bekommen, oder?«, fragte er und spiegelte so fast die Frage, die sie ihm am vorherigen Abend gestellt hatte.

Aspen zuckte mit den Schultern. »Ich bekomme nicht allzu oft Komplimente, also nein.«

»Das ist eine Schande«, sagte Kane. Er hatte ihren Blickkontakt kein einziges Mal unterbrochen, und das fühlte sich gut an. Er sah sie, sah sie wirklich. Nicht wie andere Männer, wie Derek, für die sie selten mehr war als Brüste mit einem angewachsenen Kopf. »Du bist eine der Frauen, die in einem einfachen Kleid und schönen Schuhen jedes Cover-Model ausstechen können. Aber noch wichtiger: Selbst in Uniform und Stiefeln wärst du noch immer die schönste Frau in jedem Raum.«

Aspen wusste nicht, was sie darauf erwidern sollte. Sie schluckte schwer.

Kane stand ganz nahe, aber er berührte sie nicht. Ihre Augen waren fast auf gleicher Höhe und sein Blick war so stechend, dass sie ihm ausweichen musste. Sie konnte seinen Herzschlag in der kleinen Vertiefung an seinem Hals sehen und seinen frischen Geruch wahrnehmen. Als wäre er gerade erst aus der Dusche gesprungen, bevor er zu ihr kam. Er trug kein Cologne oder Parfüm und sie konnte sich kaum davon abhalten, ihn sofort in die Wohnung und ins Schlafzimmer zu zerren.

Es war lange her, dass sie einen Mann so sehr gewollt hatte wie Kane in diesem Moment.

»Sieht so aus, als müsste ich dir öfter Komplimente machen«, sagte er mit einem kleinen Lächeln auf den Lippen. »Dann wird es dir irgendwann leichter fallen, sie anzunehmen. Bist du bereit?«

»Ja, ich muss nur noch schnell meine Handtasche holen. Willst du reinkommen?«, fragte Aspen.

Kane schüttelte den Kopf. »Ich warte hier.«

Sie fragte sich kurz, warum er nicht reinkommen wollte, zuckte dann aber mit den Schultern und drehte sich um, um ihre Handtasche zu holen. Sie brauchte keine Minute und als sie zurückkam, stand Kane im Flur vor ihrer Tür. Sie verließ die Wohnung, schloss die Tür ab und fragte ihn, als sie den Flur entlanggingen: »Wolltest du meine Wohnung nicht sehen?«

Er warf ihr einen Blick zu, den sie nicht interpretieren konnte.

Und dann überraschte er sie.

»Natürlich will ich deine Wohnung sehen. Ich will alles über dich wissen. Ich will wissen, ob du dein Sofa unter Kissen und Decken versteckst oder es lieber minimalistisch magst. Ich will wissen, ob du eine dieser kleinen italienischen Espressomaschinen hast, aus denen man immer nur eine Tasse rausbekommt, oder aber lieber eine ganze Kanne Filterkaffe aufsetzt. Ich will deine DVDs und Bücher durchgehen und herausfinden, was dich interessiert.

Aber dies ist unsere erste Verabredung. Du kennst mich nicht und ich will nicht, dass du dich unwohl fühlst. In deinen privaten Raum einzudringen könnte nicht nur komisch sein, sondern auch gefährlich. Du solltest niemals jemanden in deine Wohnung einladen, bevor du die Person nicht gut kennst. Was hätte mich davon abgehalten, die Tür hinter mir zu schließen und dich anzugreifen? Ich werde alles daransetzen, dich zu beschützen, auch wenn du darauf keinen Wert legst. Das ist die Aufgabe des Mannes, wenn er mit einer Frau ausgeht. Er beschützt sie und sorgt dafür, dass sie nicht ausgenutzt wird. Und er sorgt dafür, dass sie sich immer wohlfühlt.«

Aspen blieb wie angewurzelt stehen, mitten im Flur ihres Wohnhauses, und starrte Kane ungläubig an.

»Aspen?«, fragte er und runzelte verwirrt die Stirn.

»Meinst du das ernst? Oder ist das ein Spiel für dich?«

Kane schaute noch verwirrter. »Ein Spiel?«

»Ja. Du sagst diese großartigen Dinge, die jede Frau hören will. Ist das nur ein Spiel, weil du mir heute Abend an die Wäsche willst, nachdem du mich nach Hause gebracht hast?«

Sobald sie die Worte ausgesprochen hatte, wünschte Aspen, sie könnte sie wieder zurücknehmen. Kanes Gesichtsausdruck wandelte sich zur Resignation. Er wich einen Schritt zurück und ihr war plötzlich kalt.

»Ich spiele kein Spiel«, sagte er in einem leisen, ruhigen Tonfall. »Ich bin, wer ich bin. Ich habe als Kind viel Zeit damit verbracht, die Erwachsenen um mich herum zu beobachten. Mein Vater ist nett, aber nicht besonders aufmerksam. Er hat meiner Mutter nie die Tür aufgehalten und ist immer ein paar Schritte vor uns hergelaufen, wenn wir Ausflüge gemacht haben. Ich bin jung zur Universität gegangen, aber ich habe genau gesehen, wie schlecht die Männer die Frauen behandelten, die sie angeblich mochten. Als ich dann zum Militär gegangen bin, habe ich allzu oft gesehen, wie Frauen als zweitrangig abgestempelt wurden. So ein Mann wollte ich nicht werden. Ich will sicherstellen, dass jede Frau, mit der ich ausgehe, versteht, wie sehr ich sie respektiere und wie wichtig sie für mich ist.« Er seufzte. »Es tut mir leid, wenn das missverständlich war. Vielleicht hast du recht – vielleicht ist das alles keine gute Idee.«

Den letzten Satz hatte er leise gemurmelt und Aspen wusste, dass er kurz davor war, davonzulaufen und sie im Flur stehen zu lassen.

Sie griff nach seinem Unterarm. »Mir tut es leid«, sagte sie schnell. »Es ist nur ... Derek war während unserer ersten Verabredung so nett. Aufmerksam und witzig. Ich habe mich zwar nicht zu ihm hingezogen gefühlt, dachte aber, dass Gefühle noch wachsen könnten. Deshalb habe ich einem zweiten Treffen zugestimmt und er war auf einmal ein anderer Mann. Er berührte mich immer wieder und ich fühlte mich zunehmend unwohler. Nachdem er mich nach Hause gebracht hatte, küsste und begrapschte er mich. Er hat es mir übel genommen, als ich ihn abwies, und ich hatte ehrlich gesagt ein bisschen Angst vor ihm. Deshalb bin ich nun misstrauisch. Und du sagst die Dinge, die jede Frau hören will. Das hört sich zu gut an, um wahr zu sein.«

»Ich bin keiner von denen«, sagte Kane langsam. »Ich habe schon zu viele solcher Männer getroffen. Wenn ich etwas sage, dann meine ich es auch so. Und ich will nicht lügen, ich finde dich extrem attraktiv, Aspen, aber ich habe kein Interesse an einem One-Night-Stand. Ich will eine Frau erst kennenlernen, bevor ich mit ihr schlafe. Das ist jetzt nicht besonders männlich, aber mir ist es wichtig, eine emotionale Verbindung mit der Person zu haben, mit der ich ins Bett gehe. Rein körperliche Anziehung reicht mir nicht. Als Teenager hinkte ich meinen Klassenkameraden lange hinterher, was Sex anging. Und als ich endlich Inter-esse an Mädchen entwickelte, war ich für die Mädchen, die mich umgaben, einfach noch zu jung. Mir geht es nicht darum, bis zur Verlobung zu warten, aber Sex nur um des Sexes willen ist nicht das, worauf ich aus bin.«

Aspen glaubte ihm. Ernsthaftigkeit und Ehrlichkeit waren ihm ins Gesicht geschrieben. Er war nicht darauf aus, mit ihr zu spielen oder sie mithilfe umgekehrter Psychologie ins Bett zu kriegen. »In Ordnung. Entschuldige, dass ich so gemein war.«

»Du warst nicht gemein«, versicherte Kane ihr, »nur ehrlich. Aber ich sage es dir gern noch mal: Wenn ich etwas sage, dann kannst du mir immer glauben, dass es die Wahrheit ist.«

Aspen nickte, dann lehnte sie sich vor und ließ ihre Stirn gegen seine Schulter sinken. Es war eine intime Geste, wenn man bedachte, dass sie noch nicht einmal zu ihrer ersten Verabredung aufgebrochen waren, aber sie musste ihn einfach berühren und ihm klarmachen, dass es ihr wirklich leidtat.

So standen sie, ihre Hände noch immer um seinen Unterarm geschlungen und er als ihr Fels in der Brandung, für über eine Minute. Dann knurrte ihr Magen und zerstörte den Moment.

Kane schmunzelte. »Du hast Hunger. Wir sollten aufbrechen.«

»Ich habe die Mittagspause durchgearbeitet«, sagte Aspen mit einem Schulterzucken. »Unsere Einheit ist gerade ziemlich gefordert im Training, falls wir doch nach Afghanistan geschickt werden.«

Es war gut, dass sie ihm nicht erklären musste, was sie meinte. Kane konnte sie ohne Worte verstehen, weil er selbst beim Militär diente. Er wusste wahrscheinlich sogar mehr darüber als sie.

»Ja, die Situation dort wird mit jedem Tag prekärer. Dieser neue Anführer macht einen ziemlichen Wind. Das

Militär muss baldmöglichst etwas gegen ihn tun. Sehr bald.« Kane nahm ihre Hand in die seine und zusammen gingen sie den Flur entlang, während sie weitersprachen.

Aspen nickte. »Ich verstehe natürlich, dass wir uns auf alle möglichen Vorkommnisse vorbereiten müssen, aber tagelang durchs Dickicht zu kriechen wird auf Dauer doch anstrengend. Und es ist so heiß!«

»In Afghanistan ist es heißer«, sagte Kane mit einem Lächeln.

»Ich weiß«, murmelte Aspen. »Jetzt klingst du schon genauso wie mein Sergeant.«

Kane hielt ihr die Haustür auf und eilte direkt wieder an ihre Seite, nachdem sie hindurchgegangen war. Er führte sie zu seinem schwarzen Challenger und hielt ihr die Beifahrertür auf. Dann lief er um den Wagen herum zur Fahrerseite. Er startete sofort den Motor und die Klimaanlage, bevor er sich anschnallte. Eine weitere Sache, die Aspen an ihm mochte.

Sobald er angeschnallt war, drehte er sich zu ihr. »Wohin geht's?«

»Was?«

»Wo willst du essen gehen?«

»Du hast noch nicht entschieden?«, fragte Aspen ungläubig.

»Nein. Ich weiß ja nicht, was du magst. Fisch? Mexikanisch? Oder Steak? Jede Entscheidung, die ich treffe, könnte die falsche sein. Vielleicht bist du auch Vegetarierin. Suche ich dann ein Steakrestaurant aus, ist die Beziehung vorbei, bevor sie angefangen hat. Was, wenn ich ein nettes Fischrestaurant auswähle, du aber allergisch bist? Auch das wäre ein schlechtes Zeichen. Es ist also am einfachsten und sichersten, wenn ich dich entscheiden lasse.«

»Aber was, wenn *ich* die falsche Entscheidung treffe?

35

Das ist eine ziemliche Verantwortung, die du mir da überträgst, Kane.«

Er lächelte und erneut entschied Aspen, dass die Frauen, die nicht mit ihm ausgehen wollten, verrückt waren. Wie er so lange ein Single geblieben war, war ihr schleierhaft.

»So schwer ist die Entscheidung nicht. Ich esse alles. Wirklich. Es gibt nichts, das mir nicht schmeckt.«

»Nichts?«, fragte sie und zog die Augenbrauen hoch.

Er lachte. »Ich kann sehen, dass du das als Herausforderung ansiehst.«

»Es muss doch irgendetwas geben, was du nicht magst. Niemand mag alles«, sagte Aspen.

»Na gut. Ich finde Kimchi nicht so prickelnd«, sagte Kane und schüttelte sich.

»Das zählt nicht«, sagte Aspen und schüttelte den Kopf. »Niemand mag fermentierten Kohl. Oder zumindest dann nicht, wenn man nicht zufällig in Korea aufgewachsen ist und ein Leben lang Zeit hatte, sich daran zu gewöhnen.«

Kane lächelte sie an. Es war ein sanftes Lächeln voller Zärtlichkeit. Aspen wusste, dass sie vielleicht zu viel in seinen Blick hineininterpretierte, aber sie konnte sich nicht helfen. Er gab ihr das Gefühl, der wichtigste Mensch auf dem Planeten zu sein. Ein aufregendes Gefühl, an das sie sich auf jeden Fall gewöhnen könnte.

»Wonach ist dir, *cha-gee*?«

Aspen blinzelte, als sie das fremde Wort hörte. »Was hast du gesagt?«

Sie war überrascht zu sehen, wie Kane rot anlief. »Entschuldigung, das war keine Absicht.«

»Und? Was heißt es?«

»*Cha-gee* bedeutet ›Schatz‹ auf Koreanisch. Manchmal

passiert es mir einfach, dass ich ein Wort in einer Fremd-sprache verwende«, sagte Kane.

»*Cha-gee*«, wiederholte Aspen und ließ sich das fremde Wort auf der Zunge zergehen.

»Und unser Abendessen?«, fragte Kane.

Sie hatte das Gefühl, dass Kane den Moment über-spielen wollte, weil er ihn als peinlich empfunden hatte. »Weißt du was? Du kannst mir gern fremdsprachige Spitz-namen geben, aber ich will nach heute Abend nicht mehr entscheiden müssen, wo wir essen gehen. Du weißt doch sicher, dass Frauen es hassen, ein Restaurant auszusuchen?«

Er lachte leise. »Einverstanden.«

Aspen holte tief Luft und dachte darüber nach, wohin sie gehen könnten. Sie war am Verhungern, und wenn sie ehrlich war, dann gab es genau einen Ort, wo sie essen gehen wollte, wenn sie so hungrig war. »Taqueria Mexico«, sagte sie.

»Taqueria Mexico, das Restaurant oder das Bistro?«, fragte Kane, ohne zu zögern.

»Du kennst dich aber gut aus«, kommentierte Aspen.

»Aber bitte, das sind die besten mexikanischen Restau-rants in ganz Killeen«, sagte Kane. »Also, wo soll es hinge-hen: das Restaurant an der Ranciert Avenue oder das kleinere Bistro in der Fort Hood Street?«

»Restaurant«, beschloss Aspen.

Kane lächelte und nickte. »Gute Wahl.«

Es war verrückt, wie gut sie sich wegen dieses kleinen Kompliments fühlte. »Aber ich muss dich warnen, ich gehöre nicht zu den Frauen, die sich nur einen kleinen Salat bestellen und dann darin rumstochern. Ich kann mich ganz allein durch die Vorspeisenkarte essen und habe danach immer noch genügend Hunger für den Hauptgang.«

Kanes Lächeln wurde breiter. »Gut. Ich hätte nämlich

keine Lust darauf, dass du nur einen Salat bestellst und mir dann den ganzen Abend lang Bissen von meinem Teller klaust.«

»Ha. Auf keinen Fall. Wir mussten heute Morgen einen Fünf-Kilometer-Lauf absolvieren, ganz zu schweigen von den Liegestützen und dem Hindernisparcours. Ich habe mir jede einzelne Kalorie dieses Essens hart verdient.«

»Daran habe ich keinen Zweifel. Aber mir wäre es auch egal, wenn du den ganzen Tag auf der Couch gelegen hättest. Du bist, wer du bist. Und ich kann sagen, bis jetzt finde ich dich unwiderstehlich, Aspen Mesmer.«

Seine Worte gingen ihr den ganzen Weg zum Restaurant durch den Kopf. Aspen wusste, dass sie nicht die dünnste Frau der Welt war. Sie hatte von dem ständigen Training starke Muskeln angesetzt und sah einfach keinen Sinn darin, ständig zu hungern, nur um in Kleidergröße vierunddreißig zu passen. Sie liebte gutes Essen. Kalorien waren ihre größte Schwäche. Im Gegenzug hatte sie aber kein Problem damit, ein ärmelloses Oberteil zu tragen, da ihre Oberarme ziemlich beeindruckend waren, wie sie selbst fand. Sie hatte zwar nicht damit gerechnet, dass Kane sie während ihrer ersten Verabredung kritisieren würde, aber dennoch fühlte es sich gut an zu hören, dass er sie genau so mochte, wie sie war.

Sie kamen an dem kleinen, versteckten Restaurant an. Kane parkte, kam ihr entgegen und bot ihr seine Hand an. Sie gingen hinein und bekamen schnell einen Platz in einer farbenfrohen Nische im hinteren Bereich des vollbesetzten Restaurants.

Zu ihrer Überraschung setzte sich Kane nicht etwa ihr gegenüber, sondern neben sie. Er bemerkte ihren Blick und fragte: »Ist das in Ordnung? Ich dachte, dass wir uns besser hören können, wenn wir nebeneinandersitzen. Aber falls dir das unangenehm ist, kann ich mich umsetzen. Ich werde einfach ...«

Aspen griff nach seinem Arm und schüttelte den Kopf. »Bleib sitzen. Du hast mich nur überrascht.«

Kane setzte sich wieder und zuckte mit den Schultern. »Ich bin einfach etwas ungeschickt, wenn es um Verabredungen geht«, sagte er mit Selbstzweifel in der Stimme.

»Bis jetzt schlägst du dich ganz gut«, beruhigte Aspen ihn.

Ihr Gespräch wurde vom Kellner unterbrochen, der in diesem Moment ein volles Körbchen mit Tortilla-Chips und eine Salsa-Soße an den Tisch brachte. Er nahm ihre Getränkebestellung auf und eilte davon.

Kane schob die Salsa in ihre Richtung und nickte ihr auffordernd zu. »Ladies first.«

»Macht es dir etwas aus, wenn ich die abgebissenen Chips noch mal in die Soße eintunke?«, fragte Aspen.

Er grinste. »Nein, überhaupt nicht. Tatsächlich ist es so, dass dabei nur ganz wenig Speichel in der Soße endet. Beim Küssen tauscht mal viel mehr Bakterien aus als beim Teilen einer Soße.«

»Das ist ja gut zu wissen«, sagte Aspen und grinste nun auch.

Er rümpfte die Nase. »Und schon wieder habe ich was Bescheuertes gesagt. Das nächste Mal musst du mir einfach eine runterhauen.«

»Niemals. Es ist gar nicht so blöd, jemanden zu haben, der auf alles eine Antwort hat.«

»Ich dachte, du magst es nicht, wenn der Mann ein Besserwisser ist? Ich kann mich ganz genau daran erinnern, dass Gillian, Kinley und du das gestern Abend angeregt diskutiert habt«, sagte Kane.

»Nein, nein«, antwortete Aspen. »Wir können es nur

nicht leiden, wenn uns widersprochen wird, wir aber ganz genau wissen, dass wir recht haben.«

»Verstanden«, sagte Kane, noch immer lächelnd.

»Ich weiß, dass du schlauer bist als ich, aber das ist in Ordnung. Aber wenn es um den Verkehr, die beste Route oder medizinische Informationen geht, dann musst du dir schon ganz sicher sein, bevor du mir widersprichst.«

Er schaute sie mit einem Ausdruck im Gesicht an, den sie nicht interpretieren konnte. Aber gerade, als sie ihn fragen wollte, was er dachte, kam der Kellner zurück, um ihre Bestellung aufzunehmen. Zum Glück musste Aspen nicht einmal auf die Karte schauen. Sie war schon so oft hier gewesen, dass sie die Karte auswendig kannte. Kane schien es ähnlich zu gehen; er bestellte Fajitas.

Nachdem der Kellner gegangen war, wandten sie sich Themen zu, die typischer waren für zwei Menschen, die sich gerade erst kennenlernten. Sie erzählte ihm, dass sie als Einzelkind in Minneapolis im Bundesstaat Minnesota aufgewachsen war. Sie war zur Uni gegangen, hatte das Studium aber abgebrochen, bevor sie ihren Bachelor in Anglistik abschließen konnte. Damals hatte sie nicht gewusst, was sie mit ihrem Leben anfangen sollte. Für eine kurze Weile war sie als Praktikantin bei der Polizei gewesen, weil sie sich eine Karriere dort hatte vorstellen können. Bei einem Einsatz hatte sie die Arbeit von Rettungssanitätern beobachten können, die einem Paar nach einem Motorrad-unfall halfen.

Danach hatte sie sich für die Ausbildung als Rettungssa-nitäter interessiert und zufällig einen ehemaligen Soldaten getroffen. Er hatte als Feldsanitäter in Vietnam gearbeitet und nachdem sie seine Geschichte gehört hatte, beschloss sie, selbst zur Armee zu gehen und in seine Fußstapfen zu treten.

»Das war bestimmt keine leichte Entscheidung«, sagte Kane zwischen zwei Bissen.

Aspen zuckte mit den Schultern. »Natürlich war es nicht ganz einfach, vor allem das Training für die Spezialeinheit. Es gab einige Momente, in denen ich aufgeben wollte, und nicht nur wegen der hohen körperlichen Anforderungen.«

»Lass mich raten ... die Männer-Seilschaften beim Militär?«

Aspen nickte. »Ich weiß, dass die Armee versucht, solche Dinge aus der Welt zu schaffen, aber das führt meistens nur dazu, dass sie im Versteckten operieren. Meine Kollegin und ich haben uns richtig reinhängen müssen, um uns den Respekt unserer männlichen Kollegen und Vorgesetzten zu erarbeiten.«

»Und das habt ihr geschafft«, lobte Kane.

Aspen lächelte. »Es war nicht ganz einfach«, gab sie zu. »Ich muss mehr wissen als ein Rettungssanitäter, der im zivilen Bereich arbeitet. Ich habe Grundkenntnisse in der Zahnmedizin, ich kann Zähne ziehen, habe mich mit der Versorgung von Großvieh auseinandergesetzt und verstehe ein bisschen was von Kräuterkunde. Außerdem kann ich genauso gut mit Waffen umgehen wie die anderen Rangers.«

»Und dennoch musst du dich jeden Tag aufs Neue beweisen, einfach deswegen, weil du eine Frau bist, nicht wahr?«

Aspen konnte sich nicht vorstellen, warum Kane sich so gut in sie hineinversetzen konnte. Sie nickte. »Das ist nervig und zieht mich manchmal echt runter. Ich muss mich demnächst entscheiden, ob ich bei der Armee bleibe, weil meine Dienstzeit abläuft. Ich denke ernsthaft darüber nach, mich nach einem anderen Beruf umzusehen, in dem ich meine Fähigkeiten einsetzen kann. Und wo meine Arbeit mehr geschätzt wird.«

Was Aspen besonders an Kane mochte, war seine Angewohnheit, ihr ganz genau zuzuhören, wenn sie redete. Er spielte dabei nicht an seinem Handy oder schaute sich gelangweilt um. Er hatte nur Augen für sie und verfolgte die Unterhaltung aufmerksam.

»Du würdest dir wirklich einen anderen Job suchen?«, fragte er.

Aspen zuckte mit den Schultern. »Ehrlich gesagt? Ich weiß es nicht. Ich mag den Militärdienst. Ich mag es, für mein Land einzustehen. Aber wenn neue Soldaten zu den Rangers kommen und herausfinden, dass sie mit einer Frau zusammenarbeiten müssen, dann werden sie oft überheblich. Das ist auf Dauer einfach nervig.«

Kane legte seine Hand auf ihren Oberschenkel. Es war ihr nicht unangenehm, denn er legte einfach nur eine schwere Hand auf ihren Schenkel, kurz über dem Knie, um ihr seine Unterstützung zu zeigen. »Es tut mir leid, dass du das erleben musst. Das ist nervig.«

Sie mochte, dass er nicht versuchte, ihre männlichen Kollegen zu entschuldigen.

»Danke. Aber wie sieht es mit dir aus? Ich weiß, dass du zur Uni gegangen bist und schon früh deinen Abschluss gemacht hast. Wo bist du aufgewachsen? Hast du Geschwister? Wo leben deine Eltern?«

Aspen konnte sehen, wie sein Gesichtsausdruck abweisend wurde.

Ihr Magen zog sich zusammen. Es war nicht ihre Absicht gewesen, etwas zu sagen, das ihn aufwühlte. Er war offensichtlich nicht gewillt, über seine eigene Vergangenheit zu sprechen.

Zu seiner Verteidigung musste man aber sagen, dass er trotz allem eine Antwort gab.

»Ich bin auch Einzelkind. Meine Eltern waren schon etwas älter, als sie mich bekamen. Meine Mutter war zweiundvierzig und mein Vater achtundvierzig. Ich nehme an, dass die Schwangerschaft nicht unbedingt geplant war. Beide arbeiteten als Professoren an der Universität in Stanford und konnten sich vor Freude kaum halten, weil ich so ein intelligentes Kind war. Sie begannen, Privatlehrer für mich zu engagieren, als ich drei oder vier Jahre alt war. Seitdem drehte sich alles in meinem Leben um meine schulische Leistung.«

»Sie waren bestimmt total stolz auf dich«, kommentiere Aspen unsicher.

»Oh, natürlich. Sie haben all ihren Freunden von mir vorgeschwärmt. Aber als sie nach meinem ersten Masterabschluss auf einem weiterem Studium bestanden, hatte ich keine Lust mehr. Ich war schlaksig, ungelenk und hatte keine Freunde. Ich hatte mein ganzes Leben über Schulbüchern verbracht. Ich wollte die weite Welt sehen und etwas erleben. Sie waren nicht gerade begeistert, als ich ihnen mitteilte, dass ich nicht weiterstudieren wollte. Und dass ich zum Militär gehen wollte. Danach haben sie jahrelang nicht mehr mit mir geredet.«

»Das tut mir leid«, sagte Aspen leise.

Kane zuckte mit den Schultern. »Es war nicht einfach. Ich musste mich in der Grund- und Spezialausbildung ziemlich anstrengen. Obwohl ich einen Universitätsabschluss hatte, wollte ich keine Offizierskarriere einschlagen, sondern als Soldat dienen. Ich wollte die gleiche Behandlung wie jeder andere auch. Die anderen haben das nicht verstanden, aber das war mir egal. Zum ersten Mal in meinem Leben tat ich genau das, was ich tun wollte. Ich war glücklich. Müde, aber glücklich.«

»Haben deine Eltern dir vergeben?«, fragte Aspen.

»Vergeben?« Kane schüttelte den Kopf. »Das glaube ich nicht. Aber sie haben sich wohl damit abgefunden, dass ihr ach so intelligenter Sohn einfach keine Lust auf den akademischen Elfenbeinturm hat. Das Witzige daran ist, dass ich mein Wissen hier viel besser anwenden kann, als ich es jemals an der Uni hätte tun können.«

Aspen faszinierte seine Geschichte. »Was meinst du?«

»Zum Beispiel, als wir in Afrika waren. Wir hatten uns im Dschungel verirrt – wie komplette Anfänger. Wir kamen in dieses kleine Dorf, und – lass uns einfach sagen, dass die Einheimischen nicht besonders erfreut waren, uns zu sehen. Zwei Tage verbrachte ich damit, den Bewohnern zuzuhören und zuzuschauen, dann konnte ich ihre Sprache gut genug, um mich mit ihnen zu verständigen. Ich sagte ihnen, dass wir als Freunde gekommen waren und nicht, um jemandem wehzutun. Am Ende des dritten Tages saßen wir alle in Unterwäsche um ein großes Lagerfeuer herum und hatten die Ehre, an einem Freundschaftsritual teilnehmen zu dürfen.«

Aspen musste kichern. Sie freute sich, als Kane ihr Lächeln erwiderte.

»Meine Freunde haben gestern nicht gelogen, als sie erzählt haben, dass ich über zwei Dutzend Sprachen spreche. Mein Gehirn ist so gestrickt, dass es sich Sprachen unglaublich schnell merken kann. Ich kann zwar nicht in allen Sprachen schreiben, aber ich verstehe und spreche sie. Das ist nicht ganz unpraktisch.«

»Das kann ich mir vorstellen«, sagte Aspen zu ihm.

Den Rest des Abends redeten sie über weniger intensive Dinge. Welche Bücher sie mochten, welche Musik, welche

Autos. Und welchen fahrbaren Untersatz sie wählen würden, wenn sie alles Geld der Welt hätten. Sie waren so in ihr Gespräch vertieft, dass der Manager sie darauf hinweisen musste, dass das Restaurant nun schließen würde.

Aspen war geschockt. Normalerweise hatte sie kein Interesse daran, nach dem Essen noch lange am Tisch sitzen zu bleiben. Aber sie und Kane hatten stundenlang geredet und es fühlte sich gerade mal so an, als hätten sie sich warmgeredet. Es gab noch so viel, das sie über ihn wissen wollte!

Am besten war aber, dass sie den ganzen Abend kaum über die Armee gesprochen hatten. Mit Derek war das anders gewesen. Die Armee und die Politik waren seine einzigen Themen gewesen.

Kane gab dem erleichterten Manager seine Kreditkarte und innerhalb von einer Minute brachte er die Rechnung an den Tisch. Sie kam sich nicht komisch vor, als sie Kane dabei zusah, wie er die Quittung unterschieb, bemerkte aber, dass Kane dem geduldigen Manager ein ordentliches Trinkgeld hinzufügte. Eine Sache mehr, die sie an ihm mochte.

Er stand auf und schob ihren Stuhl für sie zurück. Nachdem sie aufgestanden war, hielt er ihre Hand in der seinen und ging mit ihr zur Tür. Draußen angekommen blieb er kurz stehen und scannte die Umgebung. Das Restaurant befand sich in einer Straße mit einigen anderen Geschäften, aber zu dieser späten Stunde parkten nur wenige Autos am Straßenrand. Dennoch stellte Brain sicher, dass keine Gefahr drohte, bevor sie zum Wagen gingen.

Aspen beschwerte sich nicht. Sie wusste ganz genau, was er tat; auch sie hatte im Training gelernt, sich mit der Umgebung ausgiebig vertraut zu machen. Sie selbst hatte zwar noch nie mit einem Delta-Force-Team trainiert, da die Einheiten keine Feldsanitäter nutzten, sondern sich auf ihre eigenen Fähigkeiten verließen, wenn es hart auf hart kam, aber auch sie war darin ausgebildet worden, aufmerksam zu sein.

Aspen lehnte den Kopf im Autositz zurück und sie beide schwiegen auf dem Weg zurück zu ihrer Wohnung. Als sie ankamen, parkte er und schaltete den Motor aus.

»Wo wohnst du?«, fragte Aspen. Sie wollte nicht, dass der Abend schon jetzt zu Ende ging. Aber egal, wie viele Fragen sie auch stellte, irgendwann würde das der Fall sein.

»Ich habe ein kleines Häuschen, nicht weit von hier.«

»Ein Haus?«, fragte Aspen überrascht. »Keine Wohnung?«

»Nein. Ich wollte mich hier wortwörtlich ›zu Hause‹ fühlen. Meine eine Nachbarin ist eine einundneunzig Jahre alte Witwe, auf der anderen Seite wohnt eine Familie mit drei Kindern. In den Gärten spielen oft junge Kinder und ältere Ehepaare genießen die etwas kühleren Abende auf der Terrasse, sobald die Hitze des Tages nachlässt. Das ist ein schönes Gefühl.«

»So klingt es auch«, sagte Aspen und war fast etwas neidisch. Sie träumte schon lange von einem Haus. Einem richtigen Zuhause. Aber ihre Karriere beim Militär hatte sie bis jetzt davon abgehalten. Sie zerbrach sich den Kopf, worüber sie noch sprechen könnten, und sie ließ den Blick dabei an Kanes Arm hinunterwandern. Er lag auf der Armstütze zwischen ihnen. Dann platzte aus ihr heraus: »Du hast tolle Venen.«

Er blinzelte und lächelte dann. »Ähm ... Danke?«

Aspen lief rot an und strich mit einem Finger sanft über eine sich hervorhebende Vene an Kanes Unterarm. »Das ist etwas, was mir inzwischen auffällt. Es ist bei manchen

Leuten nicht einfach, einen Zugang zu legen. Wenn ich solche prominenten Venen wie deine sehe, dann kann ich mir nicht helfen, ich muss einfach daran denken, wie einfach es wäre, eine Nadel hineinzustechen.«

Als sie sein ersticktes Lachen vernahm, schaute sie auf und bemerkte plötzlich, was sie eigentlich gesagt hatte. »Also, ich meine, einen Zugang zu legen. Zum Beispiel für eine Infusion. Ach, verdammt ... ich halte jetzt am besten die Klappe.«

Kanes Lächeln wurde breiter. »Du bist richtig süß, meine *cha-gee*.«

Sie wusste nicht, was sie darauf erwidern sollte. Bis jetzt hatte sie noch nie jemand »süß« genannt. Dafür war sie einfach zu groß und zu sportlich. Aber wenn Kane sie im gleichen Satz »Schatz« und »süß« nannte, dann klang es wie das beste Kompliment aller Zeiten.

»Kann ich dich morgen anrufen?«, fragte er.

»Das wäre schön«, sagte sie.

»Gut. Das freut mich. Also los. Es ist spät und ich bin mir sicher, dass du morgen früh aufstehen musst, um zu trainieren.«

Sie war enttäuscht, aber gleichzeitig wusste sie, dass diese Verabredung nun mal irgendwann enden musste. Sie nickte und stieg aus dem Wagen aus. Kane empfing sie, nahm ihre Hand und ging mit ihr zur Haustür.

»Du musst mich nicht bis zur Türschwelle begleiten.«

»Ich weiß.«

Aspen konnte sich nicht helfen und musste lächeln. Sie mochte das Gefühl von ihrer Hand in der seinen. Und zwar sehr. Sie war nervös, wenn sie an die bald anstehende Verabschiedung dachte und wie diese ablaufen würde. Deshalb verlief der Weg zu ihrer Wohnung in Schweigen.

Nachdem sie angekommen waren, schloss sie die Tür auf und sah dann etwas hilflos zu Kane.

Er lächelte sanft und hob eine Hand, mit der er ihr Gesicht umrahmte. Er kämmte ihre Haare mit zwei Fingern hinter ihr Ohr und strich mit dem Daumen sanft über ihre Wange. Dann ließ er die Hand wieder sinken. »Ich hatte einen wunderschönen Abend, *querida*.«

»Lass mich raten: Spanisch?«

Er lächelte. »Ja.«

»Ich auch«, sagte Aspen.

»Lass uns morgen miteinander sprechen. Lass dich nicht von den Idioten fertigmachen«, sagte er, bevor er einen Schritt zurücktrat.

»Kein Abschiedskuss?«, platzte es aus Aspen heraus.

Kane schüttelte den Kopf. »Wenn ich diese Lippen, die ich schon den ganzen Abend über angestarrt habe, auch nur berühre, dann gehe ich heute Abend nicht mehr weg.«

Seine Worte klangen vollkommen sachlich. Er flirtete nicht mit ihr und versuchte auch nicht, sie zum Lächeln zu bringen.

Aspen leckte sich über die Lippen und sah, wie sich als Antwort seine Pupillen erweiterten. »Aber irgendwann wirst du mich küssen, oder?«, neckte sie.

»Auf jeden Fall«, antworte Kane mit Nachdruck. »Darauf kannst du zählen. Schlaf gut.«

»Du auch«, sagte sie.

»Dann los. Geh ruhig rein und schließe die Tür. Ich gehe, wenn ich weiß, dass du sicher drinnen angekommen bist.«

Aspen nickte und hielt den Blickkontakt mit ihm, solange sie konnte. Sie verschloss die Tür und hängte die Kette ein.

»Gute Nacht, Aspen«, hörte sie ihn sagen, dann waren nur noch seine sich entfernenden Schritte zu hören.

Sie atmete einmal heftig ein und aus, lehnte sich mit dem Rücken gegen die Tür und glitt dann daran hinab, bis sie mit angezogenen Knien auf dem Fußboden saß. Für eine Sekunde hielt sie die Luft an. Dann brach ein strahlendes Lächeln aus ihr heraus, das sich von einem Ohr zum anderen zog, wie bei einem verliebten Teenager.

Es sah ganz so aus, als hätte Kane genauso starke Gefühle für sie wie sie für ihn. Was für ein Glück!

# KAPITEL DREI

Die nächsten anderthalb Wochen hatten Brain und Aspen viel zu tun. Sie hatten es nicht geschafft, sich zu treffen, telefonierten aber mindestens einmal am Tag. An einem Abend hatten sie über zwei Stunden miteinander gesprochen, an einem anderen nur zehn Minuten. Mit jedem Telefonat fühlte Brain sich Aspen näher.

Nun hatten sie es endlich geschafft, eine weitere Verabredung zu vereinbaren. Sie wollten sich in zwei Tagen treffen und Brain konnte es kaum erwarten. Er war nervös und voller Vorfreude. Brain hatte noch nie einer Frau gegenüber so starke Gefühle entwickelt, was ihn gleichzeitig ängstigte und erfreute.

Seine Kameraden und er hatten gerade den Vormittag in einer Besprechung über die immer instabilere Situation in Afghanistan zugebracht und waren nun auf dem Weg zum Mittagessen, bevor sie das Treffen fortsetzen wollten. Die Armee-Offiziere sprachen darüber, Einheiten zur Stabilisierung ins Land zu senden. Bis jetzt waren noch keine Delta-Einheiten für einen möglichen Einsatz im Gespräch, aber das konnte sich jederzeit ändern.

»Trigger?«, rief Brain, als sie in Richtung der Cafeteria auf dem Stützpunkt gingen.

»Was gibt's?«, fragte sein Freund.

»Hast du einen Moment Zeit?«

»Natürlich. Stimmt was nicht?«, fragte Trigger.

»Alles in Ordnung«, beruhigte Brain ihn schnell. »Es ist nur ... ich habe in letzter Zeit viel über etwas nachgedacht. Woher wusstest du damals, dass Gillian mehr war als nur eine weitere Freundin?«

Trigger entspannte sich, sobald er bemerkte, dass Brain nicht an einem Gespräch über die nationale Sicherheit interessiert war. Er winkte in Richtung der anderen, um sie wissen zu lassen, dass sie gleich nachkommen würden. Dann drehte er sich mit einem Schulterzucken zu Brain um. »Sie hatte einfach so etwas an sich. Es war unmöglich, nicht die ganze Zeit an sie zu denken. Als wir nach Venezuela mussten, um die Flugzeugentführer zu stellen, musste Gillian deren Kontaktperson spielen und ist dabei extrem ruhig geblieben. Professionell. Natürlich war klar, dass sie Todesangst hatte, aber sie tat ihr Bestes, ihre Angst nicht zu zeigen. Das hatte mich von Anfang an fasziniert. Und als der Einsatz beendet war, tat es richtig weh, sich von ihr trennen zu müssen. Ich habe danach jeden Tag an sie gedacht.«

Brain nickte.

»Aspen?«, fragte Trigger.

»Ja. Ich bewundere sie. Nicht nur, weil sie als hochqualifizierte Feldsanitäterin mit den Rangers mithalten kann, sondern auch, weil sie es trotz ihres Geschlechts geschafft hat. Damit meine ich weniger die körperliche Belastung, sondern vielmehr, dass sie sich ständig aufs Neue beweisen muss.«

»Und?«

»Und was?«, fragte Brain nach.

»Da muss doch mehr dahinterstecken. Ich meine, wir treffen ständig Frauen, die in männerdominierten Berufen arbeiten und mehr als einen guten Job machen. Was macht sie so besonders?«

Anstatt sofort zu antworten, dachte Brain erst über die Frage seines Freundes nach. Warum war Aspen so anders als die Frauen, die er bisher getroffen hatte? »Sie hört zu. Ich meine, sie hört richtig gut zu und wartet nicht nur darauf, dass sie wieder etwas sagen kann. Und sie bewertet nicht. Ich habe ihr von meinen Eltern erzählt und wie ich aufgewachsen bin, und sie hat nicht einmal mit der Wimper gezuckt.«

»Wenn wir nachher in die Besprechung zurückkehren und beschlossen wird, dass wir noch heute ausrücken müssen, woran würdest du als Erstes denken?«, fragte Trigger.

Brain atmete scharf ein.

»Das da gerade«, sagte Trigger, »was war das für ein Gedanke?«

»Ich würde sie anrufen wollen. Und ihr bei einem Treffen erzählen, was passiert ist. Ihr sagen, dass ich sie nicht verlasse, auch wenn sie für eine Weile nichts von mir hören würde.«

Trigger nickte. »Du denkst nicht daran, deinen Nachbarn anzurufen, damit er deine Pflanzen gießt und deinen Briefkasten leert. Du denkst nicht daran, was uns bei dem Einsatz passieren könnte. Dein erster Gedanke gilt Aspen. Du willst sicherstellen, dass es ihr gut geht und dass sie weiß, dass du eine Weile weg sein wirst.«

Brain nickte.

»Und genau das unterscheidet sie von anderen Frauen«, erklärte Trigger ihm mit Nachdruck, »dass du immer als Allererstes an sie denkst und daran, ob es ihr gut geht.«

»Ich kenne sie aber noch nicht sehr lange«, warf Brain ein.

»Das ist egal. Nur weil sie für dich etwas ganz Besonderes ist, muss das nicht heißen, dass ihr morgen heiratet und eine Horde Kinder bekommt. Mein Ratschlag? Schau, wo es hinführt. Versuche nicht, die Situation die ganze Zeit zu analysieren. Wenn du mit ihr reden willst, dann ruf sie einfach an. Wenn du sie sehen willst, dann lade sie ein. Manche Männer lassen sich mit den Antworten ja immer eine paar Tage Zeit, um weniger interessiert zu wirken. Mach das bloß nicht, das ist bescheuert.«

»Das mache ich sowieso nicht«, murmelte Brain.

Trigger lachte leise und klopfte seinem Freund auf die Schulter.

»Wir haben jeden Abend miteinander telefoniert, seit wir uns das erste Mal getroffen haben«, gab Brain zu.

»Das ist gut. Die einfachste Art, das Herz einer Frau zu gewinnen, ist es, zuerst ihr Freund zu sein. Lass sie einfach von ihrem Tag erzählen. Versuche nicht, Lösungen für ihre Probleme zu finden. Das Wichtigste ist, ihnen zuzuhören. Aber wenn es darauf ankommt, dann musst du für sie da sein und dafür sorgen, dass sie sich sicher fühlt. Auch wenn sie stark und abgehärtet ist, ist es immer gut, wenn man weiß, dass jemand einem den Rücken stärkt.«

Brain nickte. Das wusste er besser als viele andere. Er hatte als Kind die meiste Zeit in Einsamkeit verbracht. Die Kinder in seinem Alter wollten nie mit ihm spielen und als er auf die Highschool und an die Uni kam, war er einfach noch zu jung, um wahre Freunde unter seinen Mitschülern zu finden. Er wusste zwar nicht, ob Aspen jemanden brauchte, der ihr den Rücken stärkte, aber er war auf jeden Fall bereit dazu. »Danke.«

»Gern geschehen. Also, ich weiß nicht, wie es dir geht,

aber ich bin am Verhungern. Lass uns essen gehen«, sagte Trigger.

»Ich komme gleich. Ich muss nur noch kurz telefonieren.«

Trigger grinste. »Ich bin mir sicher, dass Gilly sich freuen würde, Aspen besser kennenzulernen.«

Brain nickte seinem Freund als Antwort zu. Auch er wollte, dass Aspen Gillian und Kinley besser kennenlernte, aber im Moment war er noch zu sehr von ihr eingenommen. Er wollte sie noch besser kennenlernen, bevor er sie mit seinen Freunden teilte.

Er klickte Aspens Nummer an und hielt sich das Handy ans Ohr. Er war sich nicht sicher, ob sie antworten würde, hoffe aber, dass sie die Zeit finden würde, eine Pause zu machen und etwas zu essen.

Aber das Handy klingelte viermal und schaltete dann auf den Anrufbeantworter weiter. Er zögerte und fragte sich, ob der Anruf eine blöde Idee gewesen war. Vielleicht sollte er sich einfach am Abend noch einmal bei ihr melden. Aber bevor er sich entschieden hatte, piepste der Anrufbeantworter in sein Ohr. »Hi. Ich bin's. Brain ... also, Kane. Wir haben gerade Mittagspause und ich dachte, ich versuche mal mein Glück und sehe, ob ich dich erreiche. Ich habe eigentlich keinen Grund, dich anzurufen ... außer, um dir zu sagen, dass ich an dich denken musste.«

Er zog die Augenbrauen zusammen. Gott, er klang genau wie der Sonderling, der er war. »Wie auch immer, ich hoffe, du hast heute einen guten Tag. Ich versuche es später noch mal. Bis dann.«

Er legte auf, kniff die Augen zusammen und plagte sich mit Selbstzweifeln. Er hatte wie ein Idiot geklungen. Er seufzte, steckte das Handy in die Hosentasche und machte sich auf den Weg zur Kantine. Er mochte Aspen. Und zwar sehr. Aber er hatte nicht viel Erfahrung mit Beziehungen und wollte sie auf keinen Fall in die Enge treiben oder zu bemüht wirken.

Aber es war einfach so, dass er unbedingt mit ihr reden wollte. Er wollte wissen, wie es ihr ging. Er wollte wissen, ob sie schon herausgefunden hatte, ob ihre Einheit an einem Einsatz teilnehmen würde. Er wollte wissen, was sie zum Abendessen plante und welche Fernsehsendungen sie anschauen wollte.

Kurz gesagt: Er wollte alles über sie herausfinden.

Er nahm einen tiefen Atemzug und versuchte, seine Neugier über Aspen zu zügeln. Er war das Genie, an das sich alle wandten, wenn sie Antworten wollten. Er musste für die Besprechung am Nachmittag bei klarem Verstand sein und durfte sich nicht von seinen Gedanken an Aspen ablenken lassen. Er würde viel Zeit haben, sie besser kennenzulernen. Er musste nicht schon in der ersten Woche alles über sie erfahren.

Mit diesem beruhigenden Gedanken im Hinterkopf ging Brain ins Gebäude. Er würde Aspen aus seinen Gedanken verbannen ... zumindest für ein paar Stunden.

---

Aspen war erschöpft. Es war zwanzig Uhr geworden und sie war seit halb sechs auf den Beinen. Derek hatte sich während der letzten Tage wie ein riesiges Arschloch aufgeführt. Aspen war sich nicht sicher, ob er eifersüchtig und verletzt war, weil sie ihm klargemacht hatte, dass sie nicht mehr mit ihm ausgehen würde, oder ob die Spannungen im Nahen Osten ihm zusetzten und er sich wegen eines eventuellen Einsatzes sorgte. Auf jeden Fall ließ er seine schlechte Stimmung an ihren beiden Einheiten aus.

Unabhängig von seinen Gründen waren die letzten paar Tage ziemlich heftig gewesen. Zusammen mit zwei anderen Einheiten, darunter die von Derek, hatte Aspens Ranger-Einheit in den nachgebauten »Städten« im unzugänglichen Hinterland des Armeestützpunktes Fort Hood trainiert. Sie waren durch den Dreck gekrochen, während die Sonne auf sie herabbrannte. Als Feldsanitäterin musste Aspen theoretisch nicht das gleiche Training absolvieren wie die anderen Soldaten, aber sie fühlte sich dazu genötigt. Wenn sie in Afghanistan auf einem Einsatz waren, dann war es ihre Aufgabe, den anderen Soldaten zu folgen, alle eventuellen Wunden zu versorgen und darauf zu achten, dass sie genug tranken.

Sie wollte keine Sonderbehandlung, weil sie eine Frau war, und deshalb wollte sie genauso leiden und schwitzen wie ihre Kameraden.

An diesem Nachmittag hatten sie eine Übung absolviert, bei der sie sich unerkannt an einen Taliban-Stützpunkt heranschleichen mussten. Natürlich war die Übung gestellt. Die Soldaten, die die Taliban mimten, wussten ganz genau, dass sie sich anschleichen sollten, und waren deshalb sehr aufmerksam. In einem echten Einsatz hätten die Terroristen keine Ahnung, dass sie eine Attacke planten. Aber sie mussten das Spiel mitspielen. Sie waren wieder und wieder aufgeflogen und sowohl ihr Sergeant als auch die anwesenden Offiziere hatten ihr Versagen jedes Mal mit einer Schimpftirade quittiert. Die ganze Sache war demoralisierend und frustrierend gewesen und Aspen war mehr als bereit, sich ins Bett zu legen und die nächsten vierundzwanzig Stunden durchzuschlafen.

Aber das sollte nicht sein. Am nächsten Morgen musste sie erneut um halb sechs auf der Matte stehen und die Aufgaben über sich ergehen lassen.

Sie stand an ihrem kleinen Kühlschrank in ihrer Wohnung und starrte mit abwesendem Blick hinein. Sie musste etwas essen, wusste aber beim besten Willen nicht, wonach ihr der Sinn stand. Sie hatte keine Energie mehr, sich ein Abendessen zu kochen. Wenn sie ehrlich zu sich war, dann fühlte sich die kühle Brise aus dem Kühlschrank besser an als der Gedanke an Essen.

Ein Klopfen an der Tür schreckte sie aus ihrer Trance hoch. Sie wollte gerade aufmachen, als ihr Telefon klingelte. Ohne auf die Anzeige zu schauen, nahm sie ab und blickte gleichzeitig durch den Türspion.

»Hey, Brain hier.«

»Hallo Kane«, sagte Aspen müde und runzelte die Stirn aufgrund des Mannes in Uniform vor ihrer Tür, der eine große, braune Papiertüte in der Hand hielt. »Kannst du eine Sekunde warten? Hier steht ein Typ vor der Tür, der sich wahrscheinlich verlaufen hat.«

»Hat er nicht«, sagte Kane. »Ich habe ihn geschickt.«

Verwirrt öffnete Aspen die Tür.

»Aspen Mesmer?«, fragte der Mann.

»Die bin ich.«

»Das ist für dich. Viel Spaß!« Der Mann streckte ihr die Papiertüte entgegen und sobald sie sie entgegengenommen hatte, drehte er sich um und verschwand den Gang hinunter.

»Was ist das denn?«, murmelte sie.

»Ich habe mir Sorgen gemacht, weil ich dich heute Nachmittag nicht erreichen konnte. Also habe ich einen Freund auf dem Stützpunkt angerufen und der hat mir gesagt, dass eure Einheit noch nicht vom Training zurückgekehrt ist. Ich habe ihn gebeten, mir zu sagen, wann ihr fertig seid, und habe mir dann die Freiheit genommen, dir ein Abendessen zu bestellen. Du hast mir nach unserer ersten

Verabredung gesagt, dass du nie wieder ein Restaurant aussuchen willst, also habe ich eines rausgesucht. Ich hoffe, es schmeckt dir.«

»Du hast mir Essen bestellt?«, fragte Aspen. Sie kannte die Antwort auf ihre Frage schon, aber ihr Gehirn arbeitete heute einfach besonders langsam. Ihr Magen knurrte, als sie den Essensgeruch aus der Tüte wahrnahm und merkte, wie hungrig sie war.

»Ja. Ich bin mir nicht sicher, ob du es magst oder nicht, aber ich dachte mir, dass ein paar Proteine nicht schaden könnten. Nachdem du den ganzen Tag der Hitze ausgesetzt warst, brauchst du die Nährstoffe, die du verloren hast. Ich habe bei einem hawaiianischen Restaurant bestellt. Das Gericht heißt Laulau und besteht aus Schweinefleisch, welches in Taro-Blätter eingewickelt und dann für ein paar Stunden gedünstet wird, bis das Fleisch geradezu auf der Zunge zergeht. Superlecker. Aber falls du kein Schweinefleisch magst, habe ich dir auch noch einen Hamburger mit hausgemachter Teriyaki-Sauce dazu bestellt. Auch großartig. Ach, und dann habe ich noch Hähnchen mit Reis auf hawaiianische Art bestellt, als Beilage.«

Aspen hatte die Tüte auf ihre Arbeitsfläche in der Küche gestellt und packte sie aus, während Kane erklärte, was er bestellt hatte. Die Portionen waren riesig und sie wusste, dass sie sie niemals aufessen konnte. Aber sie freute sich so sehr über die Geste und darüber, dass sie nicht selbst kochen musste, dass sie für einen Moment sprachlos war.

»Aspen? Ich hoffe, es ist okay, dass ich das Essen bestellt habe. Ich weiß, wie es sich anfühlt, wenn man nach dem Training so müde ist, dass man nicht mehr die Energie zum Kochen hat. Aber nichts zu essen macht den nächsten Tag nur noch anstrengender. Nach der heutigen Besprechung ist mir klar geworden, dass dein Training in nächster Zeit wahrscheinlich sehr hart werden wird ... ich dachte, dass ich dir so zumindest ein bisschen unter die Arme greifen kann.«

Aspen spürte, wie ihr Tränen in die Augen stiegen, und sie kniff sie kurz zusammen. Sie packte ihr Handy mit festem Griff und flüsterte: »Vielen Dank.«

»War das also in Ordnung?«, fragte Kane. »Nicht jeder mag hawaiianisches Essen.«

»Ich habe keine Ahnung, ob ich es mag oder nicht, aber ich kann dir versprechen, dass ich so viel von diesem wunderbar riechenden Fleisch essen werde, wie ich nur kann, um danach mit vollem Magen glücklich einzuschlafen«, sagte sie.

»Gut. Ich schwöre, dass ich kein Stalker oder so was bin. Ich habe mir einfach Sorgen gemacht, weil ich dich den ganzen Tag über nicht erreichen konnte. Und die Nachricht, die ich dir heute Mittag auf Band gesprochen habe ... dafür muss ich mich entschuldigen.«

Sie hatte noch nicht die Zeit gehabt, die Nachrichten auf ihrer Mailbox abzuhören. »Du hast eine Nachricht hinterlassen?«, fragte sie.

»Oh ... Ähm ... Ja. Aber du kannst sie einfach löschen.«

Nun war ihre Neugier geweckt, vor allem, weil Kane sich angesichts der Nachricht offensichtlich unwohl fühlte. Sie fragte: »Was hast du gesagt?«

»Nichts. Ich hatte Mittagspause und dachte, ich könnte dich erreichen.«

»Du weißt aber schon, dass ich mir die Nachricht sofort anhören werde, wenn wir aufgelegt haben, oder?«, fragte sie. »Du kannst einer Frau nicht sagen, dass sie eine Nachricht nicht abhören und sofort löschen soll«, neckte sie ihn.

»Warst du gemein? Hast du dich etwa aufgeregt, weil ich nicht geantwortet habe?«

»Nein, natürlich nicht!«, rief Kane. »So was würde ich nie tun. Hast du das schon mal erlebt? Idioten!«

Sie mochte es, dass er sofort Partei für sie ergriff. »Das war ein Scherz, Kane!«

Er seufzte. »Ich habe einfach gemerkt, dass meine Nachricht etwas bescheuert ist. Wie ein verknallter Teenager, der um Aufmerksamkeit bettelt.«

Aspen schluckte schwer. »Du bist in mich verknallt?«

Er zögerte nicht einmal, bevor er antwortete. »Ja.«

»Und dann glaubst du, dass ich mich ärgere, wenn du mich mitten am Tag anrufst und mir eine Nachricht aufs Band sprichst?«

Diesmal kam seine Antwort nicht sofort. »Ich weiß nicht.«

»Tue ich nicht«, sagte Aspen. »Vielen Dank, dass du angerufen hast. Ich hatte heute einfach keinen Moment für mich selbst. Als wir doch noch eine kurze Pause machen durften, musste ich dafür sorgen, dass alle genug trinken und nicht etwa in der Hitze ohnmächtig werden. Danach hatte ich gerade noch genügend Zeit, ein Brötchen zu essen, bevor wir weitermachen mussten.«

»Du musst aber auch daran denken, dich um dich selbst zu kümmern«, sagte Kane mit Nachdruck. »Du bist der Einheit keine Hilfe, wenn du selbst keine Kraft mehr hast. Glaub mir, ich habe das auch schmerzhaft lernen müssen.«

Aspen liebte es, dass er sich solche Sorgen um sie machte. Sie mochte zwar ihre Teamkameraden, aber von denen war keiner auf die Idee gekommen, sich um sie zu sorgen.

»Wenn ich könnte, würde ich deinem Team klarmachen, dass du einer der wichtigsten Menschen in der Einheit bist. Es sollte eigentlich selbstverständlich sein, auf den Sanitäter achtzugeben. Glaub mir, wenn sie sich in einer direkten

Attacke befinden und eine Kugel abkriegen, dann würden sie es sehr bereuen, wenn du nicht in der Nähe wärst.«

Aspen musste schmunzeln. Sie wusste, dass sie noch immer müde und hungrig war, doch sie konnte sich nicht stoppen. »Sie würden es bereuen?«, fragte sie.

»Es bereuen. Angepisst sein. Und vor allem: tot. Wahrscheinlich alles miteinander«, sagte Kane ohne einen Funken Humor.

»So schlimm ist es nicht. Mir geht es gut«, sagte sie. »Danke für das Essen.«

»Gern. Sollen wir uns übermorgen dennoch treffen?«, fragte er.

»Auf jeden Fall. Hoffentlich sind Derek und die Sergeants nicht der Meinung, dass wir eine weitere nächtliche Trainingseinheit benötigen«, sagte sie. »Worauf hast du Lust?«

»Es war eine lange Woche für dich. Wie wäre es, wenn wir nicht ausgehen? Du könntest zu mir kommen und ich könnte uns ein paar Steaks machen, wir könnten einen Film schauen oder so. Ich bin da ein ziemlich typischer Kerl, ich habe einen riesengroßen Fernseher und gefühlt tausend DVDs. Und Netflix gibt es natürlich auch noch. Wie du willst.«

»Das klingt nach einem guten Plan«, stimmte Aspen ihm zu.

»Gut. Ich sollte gegen sechzehn Uhr Feierabend machen können, vorausgesetzt, es passiert nichts Unvorhergesehenes. Ich müsste auf dem Heimweg noch schnell im Supermarkt vorbei und dann den Rasen meiner Nachbarin mähen. Ich habe ihr das schon vor Ewigkeiten versprochen und bin einfach noch nicht dazu gekommen. Wie wäre es, wenn du um halb sieben zu mir kommst? Ich weiß, das ist fürs Abendessen fast schon etwas spät, aber so lange brauchen die Steaks ja nicht. Ich würde noch ein bisschen Gemüse dazu aufsetzen.«

»Das klingt super«, sagte Aspen. Das tat es wirklich. »Kane?«

»Ja, *darling*?«

Sie kicherte und vergaß für einen Moment, was sie hatte sagen wollen. »Welche Sprache war das?«

»Englisch.«

»Ich verstehe. Also, noch mal vielen Dank, dass du heute an mich gedacht hast.«

»Da nicht für«, sagte er. »Es sieht so aus, als könnte ich einfach nicht aufhören, an dich zu denken. Es fühlt sich ehrlich gesagt fast schon komisch an. Aber ich habe heute mit Trigger gesprochen und er meinte, dass es ihm mit Gillian genauso ergangen war. Da habe ich mich etwas wohler gefühlt.«

Aspen atmete tief ein. »Du hast mit deinem Kameraden über mich gesprochen?«

»Ja. Natürlich nichts Persönliches. Ich habe nur gesagt, dass ich ständig an dich denken muss und am liebsten immer wissen will, was du gerade tust. Er und Gillian werden sogar bald heiraten. Sie sind ein tolles Paar. Ich hatte mir gedacht, dass Lefty oder er die besten Ansprechpartner in dieser Sache sind, da sie beide in einer langfristigen Beziehung leben. Ich habe mich ja ehrlich gesagt noch nie so gefühlt und wollte wissen, ob das normal ist.«

Sie mochte das. »Ist es nicht.«

»Nicht normal?«, fragte er zurück.

»Nein. Ich habe so etwas selbst noch nie gefühlt. Ich habe heute lange darüber nachgedacht. Als ich so müde war, dass ich dachte, ich könnte keinen Schritt mehr gehen, habe ich an dich gedacht und wie du mich anfeuerst. Das hat geholfen. Sogar eine ganze Menge.«

»Gut. Aber du brauchst mich gar nicht. Du bist stark und großartig, genau so, wie du bist, Aspen.«

»Vielen Dank«, flüsterte sie.

»Genieß dein Essen«, sagte er dann, »bevor es noch kalt wird. Obwohl ich gestehen muss, dass das Schwein auch kalt ganz toll schmeckt.«

»Hören wir morgen voneinander?«, fragte Aspen.

»Ja. Und falls ich dich nicht erreichen kann, dann spreche ich dir halt wieder eine komische Nachricht aufs Band. So wie die, die ich dir heute hinterlassen habe«, sagte er und lachte leise.

»Ich bin mir sicher, dass sie nicht komisch ist«, widersprach Aspen.

»Ich mir schon. Aber ehrlich gesagt ist mir das auch egal. So bin ich nun einmal. Ich bin das ›Genie‹, so war es schon immer. Schlaf nachher gut, *darling*.«

»Das werde ich. Du auch.«

»Gute Nacht.«

»Nacht.«

Aspen legte auf, griff aber nicht sofort zu ihrem Essen. Sie suchte nach ihrer Mailbox und klickte auf die Nachricht, die sie vorher übersehen hatte.

*»Hi. Ich bin's. Brain ... also, Kane. Wir haben gerade Mittagspause und ich dachte, ich versuche mal mein Glück und sehe, ob ich dich erreiche. Ich habe eigentlich keinen Grund, dich anzurufen ... außer, um dir zu sagen, dass ich an dich denken musste.«*

Sie spielte die Nachricht noch einmal ab und lächelte dabei breit. Die Nachricht klang ein bisschen unbeholfen, aber man konnte hören, dass Kane es ernst meinte. Er hatte einfach angerufen, weil er an sie gedacht hatte. Wie konnte sie eine solche Geste nicht zu schätzen wissen?

Sie beschloss, die Nachricht nicht zu löschen, sondern als Andenken zu behalten. Dann legte sie das Handy zur

Seite und suchte in der Küchenschublade nach dem Besteck. Sie machte sich nicht die Mühe, einen Teller herauszuholen, sondern stürzte sich sofort auf das Schweinefleisch. Als die hawaiianischen Gewürze in einer Geschmacksexplosion auf ihrer Zunge ankamen, stöhnte sie lustvoll auf.

In diesem Augenblick beschloss sie, dass sie Kanes Essensauswahl ab heute immer hundertprozentig vertrauen würde. Dann schlang sie den Rest des Gerichts herunter, wobei jeder Bissen sie erneut in Ekstase versetzte.

Später am Abend, als sie schon im Bett lag, spielte sie Kanes Nachricht noch einmal ab, bevor sie ihr Handy auf den Nachttisch legte und sich auf die Seite drehte. Sie hätte sich nie ausgemalt, dass die Bitte um einen Kuss, der nur dazu dienen sollte, Derek in seine Schranken zu verweisen, solche Auswirkungen haben würde. Und dennoch lag sie nun im Bett und träumte von einem Delta-Soldaten. Einem Mann, der ihr einfach nicht mehr aus dem Kopf gehen wollte.

Obwohl sie vielleicht nicht sofort nach Las Vegas durchbrennen und ihn heiraten wollte, so war sie doch sehr gespannt darauf, wohin ihre Beziehung noch führen würde. Sie waren beide bei der Armee, was einer festen Beziehung im Weg stehen könnte. Und dazu war er noch bei einer Spezialeinheit, was nicht ideal war. Aber er war freundlich, witzig, intelligent und ja, manchmal auch etwas seltsam. Sie konnte ihre nächste Verabredung kaum erwarten.

# KAPITEL VIER

Brain war spät dran. Seine Besprechung war länger gegangen als gedacht, also war er in Windeseile zum Supermarkt gefahren. Zu Hause angekommen hatte er sich schnell eine kurze Hose angezogen und die Steaks in den Kühlschrank geworfen. Ein neues T-Shirt hatte er sich noch nicht angezogen, weil er ganz genau wusste, dass er es komplett durchschwitzen würde, während er den Rasen seiner Nachbarin mähte.

Es war noch immer heiß draußen und Aspen würde in einer Stunde eintreffen. Er hatte also gerade genügend Zeit, um den Rasen zu mähen, schnell unter die Dusche zu springen und die Steaks vorzubereiten. Natürlich hatte er nicht eingeplant, dass seine Nachbarin, die einundneunzigjährige Witwe Winnie Morrison, nach der er hin und wieder sah, großen Redebedarf hatte und ihn nicht so einfach wieder gehen lassen wollte.

So waren schon zwanzig Minuten vergangen, bevor er überhaupt den Rasenmäher angeworfen hatte. Es war nicht so, dass Brain es nicht mochte, mit Winnie zu reden. Sie war witzig und unterhaltsam. Er war an diesem Tag nur besonders spät dran und wusste, dass Aspen bald kommen würde. Aber dennoch wollte er einen guten Job machen; es wäre Winnie gegenüber nicht fair, den Rasen ungleich zu mähen, und ihn würde es ebenfalls ärgern, wenn er später in den anderen Garten hinübersah.

Deshalb war er noch nicht einmal halb fertig, als Aspen in seine Einfahrt einbog. Er schaltete den Mäher aus und wischte sich mit dem Arm über die Stirn, bevor er ihr entgegenlief. Erst lächelte er, aber als er näher kam, wurde sein Blick ernst.

Aspen sah furchtbar aus. Sie war blass und ihre Hände zitterten.

»Was ist passiert?«, fragte er, sobald er nahe genug war.

»Das ist nicht gerade die Begrüßung, die ich erwartet hatte«, neckte sie.

»Aspen, was ist passiert?«, wiederholte Brain, der sich nicht von ihrem gewollt lockeren Kommentar abwimmeln ließ.

Sie seufzte. »Ich bin einfach müde.«

Brain hatte das Gefühl, dass da noch mehr dahintersteckte, wollte aber nicht im Vorgarten in der prallen Sonne darüber diskutieren. Er wollte sie in den Arm nehmen, war aber extrem verschwitzt und glaubte nicht, dass sie das mögen würde. Also nahm er sie sanft beim Ellbogen und führte sie zur Haustür. »Komm erst mal rein«, sagte er.

»Bin ich zu früh?«, fragte sie und zog die Augenbrauen zusammen.

»Nein. Es ist meine Schuld, ich bin spät dran. Ich habe Winnie versprochen, ihren Rasen zu mähen, aber auf der Arbeit ist es später geworden als gedacht. Willst du dich etwas ausruhen, während ich den Rasen noch fertig mähe?«

Sie blieb abrupt stehen und Brain blieb nichts anderes übrig, als das Gleiche zu tun.

»Du willst mich einfach in deinem Haus allein lassen, während du nicht da bist?«

Brain musste lachen. »Willst du etwa meine Sachen klauen?«

»Natürlich nicht«, rief sie.

»Oder meine Schränke im Bad durchsuchen?«

»Nein, das würde ich nie tun.«

»Nicht dass du viel Spannendes finden würdest. Ich habe Aspirin, ein bisschen Verbandszeug und irgendeine Creme gegen Fußpilz, glaube ich. Aspen, mir ist es egal, ob du im Haus allein bist oder nicht. Obwohl es erst unsere zweite offizielle Verabredung ist, haben wir uns in den letzten zwei Wochen fast täglich gesprochen. Ich glaube, dass ich dich langsam immer besser kennenlerne. Außerdem bist du erschöpft. Ich nehme an, dass das Angebot, meine Klimaanlage ausgiebig auszuprobieren, nicht so schlecht klingen kann. Ich brauche noch etwa zwanzig Minuten da draußen, dann bin ich fertig. Ich würde dann schnell duschen und mit dem Essen beginnen. Du kannst dich so lange einfach ausruhen.«

Brain war aufgewühlt, als ihre Augen sich fast sofort mit Tränen füllten.

»Verdammt. Aspen?«

»Mir geht es gut«, sagte sie und holte einmal tief Luft. »Es war eine beschissene Woche.«

Er konnte sich nicht zurückhalten, er streckte seine Hand aus und strich ihr eine Strähne ihres hellbraunen Haares aus dem Gesicht hinter das Ohr. Dabei bemerkte er, dass sie trotz der großen Hitze nicht schwitzte. Er zog die Augenbrauen zusammen. »Du hast nicht genug getrunken«, sagte er zu ihr.

»Ich weiß.«

»Und wahrscheinlich auch noch einen Sonnenstich.«

»Das weiß ich auch«, sagte sie resigniert.

Nun wollte er sie erst recht so schnell wie möglich ins Haus bugsieren. Er ergriff ihren Arm und führte sie hinein. Er hatte eigentlich vorgehabt, sie hereinzugeleiten und dann gleich mit dem Rasen weiterzumachen, aber das konnte er jetzt natürlich nicht mehr, da er wusste, dass sie nicht nur müde, sondern auch krank war.

Er führte sie direkt in die Küche, zeigte auf einen der Barstühle an der erhöhten Küchentheke und befahl: »Setz dich.«

Sie kam seinem Wunsch nach und Brain nahm einen großen Becher aus Metall aus dem Schrank. Er gab ein paar Eiswürfel hinein und füllte ihn dann bis zum Rand mit gefiltertem Wasser, welches er in seinem Kühlschrank aufbewahrte. Er stellte den Becher vor ihr ab und sagte: »Trink das.«

Sie nickte und hob den Becher an ihre Lippen. Brain schnappte sich als Nächstes die Honigmelone, die er eigentlich als Dessert gedacht hatte, und schnitt sie in kleine Stücke. Er gab sie in eine große Schüssel und stellte sie vor Aspen ab.

»Iss etwas davon. Der Zucker wird dir helfen, dich etwas besser zu fühlen. Und trink aus, ich gebe dir noch einen zweiten Becher.« Brain wusste, dass er sie herumkommandierte, aber er konnte es einfach nicht ertragen, sie so zu sehen. Er ging um den Tisch herum und ergriff ihren Ellbogen. »Nimm dein Wasser mit, ich bringe die Früchte. Das Sofa ist viel bequemer, da kannst du auf mich warten.«

Aspen seufzte, nickte und stand auf. Zusammen gingen sie zum Sofa und Brain blieb noch einen Moment stehen, bis sie es sich bequem gemacht hatte. Er gab ihr die Fernbedienung und erklärte ihr kurz, wie sie funktionierte.

»Geh ruhig, Kane. Mir geht es gut.«

Er sah das anders. Wollte ihr sagen, dass es ihr nicht gut ging und dass er ein Problem damit hatte, dass sich bis jetzt niemand um sie gekümmert hatte. Natürlich war sie eine erwachsene Frau und eine Sanitäterin noch dazu. Sie wusste selbst, wie sie auf sich aufzupassen hatte. Aber er mochte es nicht, sie in diesem Zustand zu sehen. Schließlich nickte er aber und ging wieder nach draußen. Würde er bei ihr bleiben, würde er sicher etwas sagen, das er später bereuen würde.

Er wusste, dass Aspens Einheit viel trainieren musste. Er hatte gerüchteweise gehört, dass die Rangers für einen Einsatz in Afghanistan im Gespräch waren. Er hasste den Gedanken, aber er wusste, dass solche Einsätze zur Arbeit beim Militär dazugehörten. Ihm selbst ging es nicht anders.

Aber er hatte definitiv ein Problem damit, dass die Vorgesetzten ihrer Einheit anscheinend kein Interesse daran hatten, auf ihre Soldaten aufzupassen. Natürlich mussten sie sich an die Hitze gewöhnen, die in Afghanistan noch viel drückender sein würde. Aber seine Soldaten zu überfordern war keine besonders schlaue Taktik.

Der nächste Gedanke fiel Brain schwer, aber er musste daran denken, dass Aspen eine Frau war. Er wusste, dass sie sowohl das Training der Rangers als auch das als Sanitäter absolvieren konnte, aber dennoch war ihre körperliche Kraft nicht so groß wie die eines Mannes. Das würde sie aber nicht hören wollen. Deshalb war es erst mal sinnvoller, sich zurückzuziehen und den Ärger abklingen zu lassen.

Er wollte sich mit Trigger besprechen. Vielleicht gab es ja einen Weg, andere unauffällig darauf hinzuweisen, dass bei den Ranger-Einheiten einiges im Argen lag. Eigentlich wollte er sich nicht einmischen, aber es war klar, dass Aspen einen schlimmen Sonnenstich hatte. Den Männern in ihrer Einheit ging es sicherlich nicht viel besser. Das war auf die schlechte und undurchdachte Führung durch die Offiziere zurückzuführen.

Brain wusste nicht genau, ob er sich abreagiert hatte, als er mit dem Rasen in Winnies Garten fertig war, aber hoffentlich fühlte sich zumindest Aspen nach der kurzen Pause und dem Wasser etwas besser.

Er winkte Winnie zu, die ihn vom Haus aus beobachtet hatte. Brain musste lachen, als er sah, wie enthusiastisch sie zurückwinkte. Sie hatte vor einiger Zeit zugegeben, dass sie vielleicht dreimal so alt war wie er, den Anblick eines hübschen jungen Mannes aber immer noch zu schätzen wusste.

Aber seine Gedanken waren sofort wieder bei Aspen, als er nach drinnen und in Richtung Wohnzimmer ging, wo er sie zurückgelassen hatte. Er hatte erwartet, dass sie noch immer auf dem Sofa liegen würde, aber stattdessen stand sie an der großen, gläsernen Terrassentür, die zu seinem Garten führte. Er hatte daran gedacht, sein Grundstück zu umzäunen, war aber noch nicht dazu gekommen. Außerdem war es einfacher, ein Auge auf Winnie zu haben, solange kein Zaun die Häuser trennte.

Brain warf einen Blick auf den Wasserbecher und stellte fest, dass er noch fast voll war. Sie hatte den Becher wohl schon einmal ausgetrunken und sich neu eingeschenkt. Die Melonenstücke waren auch stark dezimiert. »Aspen?«

Sie drehte sich um und er konnte an ihren hängenden Schultern und den dunklen Schatten unter ihren Augen erkennen, dass sich ihre Pläne für den Abend geändert hatten. Er ging zu ihr und streckte ihr seine Hand entgegen. Sie ergriff sie, ohne zu zögern. Ohne ein Wort drehte er sich um und ging zum Treppenhaus, wobei er den Becher ergriff.

Sein Haus war nicht besonders groß, etwa einhundertvierzig Quadratmeter, aber er hatte sein Schlafzimmer neu gestaltet und seitdem war es sein Lieblingsraum. Sie folgte ihm, ohne sich zu beschweren. Er öffnete die Tür zum Schlafzimmer. Auch das kommentierte sie nicht. Er ging mit ihr zum Bett und forderte sie auf, sich zu setzen. Das tat sie und schaute zu ihm auf.

Brain stellte den Becher neben sie auf den Nachttisch und ging zu dem Ledersessel, der in der Ecke des Raumes stand. Auf dem Sessel lag eine Steppdecke, die er vor einigen Jahren gekauft hatte. Er hatte sie in einem Laden gesehen und sie hatte ihn daran erinnert, wie seine Mutter während seiner Kindheit an einem ähnlichen Stück gearbeitet hatte. Er konnte nicht widerstehen und kaufte sie. Manchmal, wenn er nicht schlafen konnte, saß er in dem Sessel und wickelte sich in die Steppdecke ein. Dann dachte er an die guten Dinge in seinem Leben, nicht etwa an die Albträume, die ihn manchmal nachts wach hielten.

Er brachte die Decke zum Bett. »Leg dich hin, *tesoro*.«

Sie legte den Kopf leicht schief und er lächelte. »Italienisch. Leg dich hin.«

Sie legte sich hin, ohne zu widersprechen. Brain konnte nun erahnen, wie müde sie wirklich war. Er lehnte sich vor und zog ihr die Schuhe aus, dann breitete er die Steppdecke über ihr aus. »Ich werde duschen gehen. Ruh dich aus, Aspen.«

»Mir geht es gut«, sagte sie ihm erneut.

»Ich weiß«, log er.

»Ich fühlte mich schon viel besser, nachdem ich das Wasser getrunken und die Melone gegessen hatte.«

»Gut.«

Sie sah ihn für einen langen Moment mit schläfrigen Augen an. »Du siehst wirklich gut aus.«

Brain lachte leise. »Danke?«

»Nein, ich meine es ernst. Wenn ich mal neunzig Jahre

alt bin, dann hätte ich auch nichts dagegen, wenn du mein Gras mähen würdest – nur in kurzer Hose.«

Immer noch lächelnd beugte Brain sich vor und küsste sie auf die Stirn. »Schlaf gut, Aspen.«

»Okay. Kane?«

Er hatte sich gerade zum Bad umgedreht, aber als er seinen Namen hörte, wandte er sich ihr wieder zu. »Ja?«

»Warum sind Männer solche Schweine?«

Seine Muskeln spannten sich an, aber er zwang sich, ihr eine ruhige Antwort zu geben. »Nicht alle sind Schweine.«

Sie seufzte. »Ich weiß. Aber manchmal überschatten die Schweine alles andere.«

Brain konnte sich nicht helfen. Er ging zurück und setzte sich auf die Bettkante. Aspen lag auf der Seite und hatte die Beine angezogen. Er lehnte sich über sie und legte die Hände auf ihre Schultern. »Ich würde dir gern sagen, dass ich mich noch nie wie ein Schwein verhalten habe, aber das wäre eine Lüge. Als ich neu in der Armee war, dachte ich, dass Frauen beim Militär nichts verloren haben. Ich war mir sicher, dass sie nicht dafür gemacht sind, in Kriegsgebiete einzufliegen. Nicht weil ich dachte, sie sind nicht stark genug, sondern weil ich es einfach nicht unterstützen konnte, dass sie sich in eine so große Gefahr begeben. Aber mit den Jahren verstand ich, dass ich falschlag.«

»Wie?«

»Den Ausschlag gab eine Frau, die mir das Leben rettete. Und das meiner Einheit. Wir steckten in Afrika fest. Ich kann dir nicht sagen, wo genau wir uns befanden oder in welchem Kontext, aber ich kann sagen, dass wir ziemlich am Arsch waren. Je länger wir feststeckten, desto schlimmer wurde die Situation. Immer mehr Leute tauchten um uns herum auf, alle schwer bewaffnet. Es war nur eine Frage der

Zeit, bis sie uns überrennen würden. Wir waren nur zu siebt und die Dorfgemeinschaft stand geschlossen gegen uns.«

Aspen riss die Augen auf. »Was ist passiert? Wie habt ihr es da raus geschafft?«

»Ein Helikopter kam aus dem Westen angeflogen. In der einen Sekunde waren wir verloren, in der nächsten hörten wir das laute Surren des herannahenden Helis; das beste Geräusch, das man sich in dieser Situation vorstellen kann. Der Pilot flog todesmutig über das feindliche Gebiet. Er flog so tief, dass er fast die Dächer der Gebäude streifte. Die Leute rannten in alle Richtungen davon. Die Maschine landete auf dem Marktplatz und ich schwöre, da waren keine zehn Zentimeter Platz zwischen den Gebäuden und den Rotorblättern des Helis. Die Tür ging auf und wir sieben sprangen hinein. Wir konnten uns noch nicht einmal aufrichten, da hob der Pilot schon wieder ab, die Tür sperrangelweit offen. Sie hatte gesehen, dass jemand mit einem Raketenwerfer auf uns zielte.«

»Sie?«

»Ja. Sie. Die Männer im Heli versuchten, die Tür zu schließen, meine Einheit und ich lagen noch immer auf dem Boden und konnten nicht helfen. Während die Pilotin den Helikopter mit einer Hand aus der Engstelle in die Luft manövrierte, benutzte sie ihre linke Hand, um mit einer Pistole aus der offenen Tür zu zielen. Sie schoss dem Typen mit dem Raketenwerfer direkt zwischen die Augen. Er fiel zu Boden. Sie legte die Pistole weg und steuerte uns in aller Seelenruhe aus dem feindlichen Gebiet. Ich bin mir sicher, dass sie während der ganzen Zeit nicht einmal einen schnelleren Puls bekommen hat.

Nachdem wir gelandet waren, das werde ich nie vergessen, drehte sie sich zu uns um, grinste breit und sagte: ›Das hat Spaß gemacht.‹ Ich war dem Tod schon öfter sehr nahe, aber so nahe wie an diesem Tag noch nie. Und die Pilotin dachte, es wäre ›Spaß‹.« Brain schüttelte ungläubig den Kopf.

»Weißt du, was sie jetzt macht?«, fragte Aspen.

»Sie arbeitet für eine zivile Fluggesellschaft. Da verdient sie sicherlich extrem gut, ist aber wahrscheinlich ziemlich gelangweilt«, antwortete Brain. »Es tut mir leid, dass deine Teammitglieder nicht verstehen, wie viel du ihnen hilfst.«

»Nicht alle sind so«, gab Aspen zu.

»Derek«, sagte Brain mit zusammengebissenen Zähnen.

»Er hat die Teams noch nie gut behandelt. Ich weiß nicht, was mich geritten hat, trotz dieses Verhaltens mit ihm auszugehen. Vielleicht habe ich ihm eine Chance gegeben, weil er gut aussah. Aber jetzt, wo ich ihm klipp und klar gesagt habe, dass ich nichts von ihm will, macht er uns allen das Leben schwer.«

»Du solltest jemandem davon erzählen«, schlug Brain vor.

»Aber wem?«, fragte Aspen. Sie klang nicht verärgert, sondern resigniert, was Brain wütend machte. »Ich habe ja keine Beweise, dass ich schuld an seinem Verhalten bin. Du verstehst nicht, wie es ist, als Frau in einer Spezialeinheit zu dienen. Ich weiß, dass ich kein richtiger Ranger bin, aber ...«

»Sag das nicht«, unterbrach Brain sie. »Schmälere deine eigene Leistung nicht. Du bist genauso ein Ranger wie alle anderen. Du hast vielleicht nicht die Auszeichnung zum Ranger erhalten, aber du begleitest sie auf all ihren Einsätzen. Du erlebst die gleichen brenzligen Situationen wie sie. Du hast genau das gleiche Training absolviert.«

»Das stimmt«, sagte Aspen mit etwas mehr Selbstbewusstsein. »Aber ich kann Derek ja nicht einfach verpetzen wie im Kindergarten. Beim Militär ist es einfach so, dass man die Klappe halten und weitermachen muss. Andernfalls ist man die blöde Kuh, die es einfach nicht draufhat. Es ist es nicht wert, anderen davon zu erzählen. Es ist einfacher, es kommentarlos über sich ergehen zu lassen.«

Brain wollte ihr widersprechen. Er wollte ihr sagen, dass sie zum Offizier ihrer Einheit gehen und ihm über die Vorfälle Bericht erstatten sollte, aber er wusste, dass sie recht hatte. Sollte sie sich beschweren, dann würden alle sofort die Vermutung haben, dass ihr das Training zu anstrengend war. Das nervte ihn.

»Mir geht es gut«, sagte Aspen nun sanft, als hätte sie seine Gedanken gelesen.

»Willst du darüber reden, was heute passiert ist? Oder diese Woche?«, fragte Brain.

»Ja, aber nicht jetzt. Und du musst endlich duschen gehen. Du müffelst.« Sie grinste. »Und ich habe Hunger.«

Brain lächelte. Er mochte es, dass sie ihn nicht zurückwies. Sie wollte zwar im Moment nicht darüber sprechen, was vorgefallen war, aber war grundsätzlich nicht dagegen. Das war genug. »Okay, *tesoro*. Ruh deine Augen aus, während ich duschen gehe.«

»›Ruh deine Augen aus‹«, sagte sie mit einem kleinen Lachen. »Das habe ich noch nie gehört.«

»Meine Mom hat das immer gesagt, wenn ich zu lange aufgeblieben bin, um zu lernen. Sie kam in mein Zimmer und sagte, dass meine Augen sich nun ausruhen müssten. Die Mathematik würde auch bis zum Morgen auf mich warten.«

Aspen lächelte, als er diese Erinnerung mit ihr teilte.

»Geht es dir wirklich gut?«, fragte er besorgt.

Zum ersten Mal, seit sie angekommen war, verschwand die Spannung für einen Moment aus ihrem Gesicht und sie nickte. »Jetzt schon.«

»Gut.«

»Kane?«

Er schüttelte den Kopf in gespielter Verzweiflung. »Ich schaffe es nie in die Dusche, wenn du mir immer mehr Fragen stellst«, sagte er.

Ihre Lippen zuckten, aber sie redete weiter. »Es tut mir leid, dass ich die Stimmung zerstört habe. Ich hatte mich so gefreut, dich heute wiederzusehen.«

Es war, als passten die Puzzleteile in Brains Kopf endlich zusammen. Es fühlte sich an, als kannte er Aspen schon ewig. Sie hatten sich seit ihrem ersten Treffen zwar nicht mehr geküsst, aber er kannte sie schon jetzt viel besser als all die Frauen, mit denen er über die Jahre ausgegangen war. Da sie viel am Telefon gesprochen hatten, konnten sie sich kennenlernen, ohne dass ihnen die körperliche Anziehung einen Strich durch die Rechnung machte. »Ich auch. Und du hast die Stimmung sicher nicht zerstört. Wir hatten sowieso vor, uns heute einen entspannten Abend zu machen.«

»Dass ich in deinem Bett schlafe, hattest du für heute sicher nicht geplant«, sagte sie.

Brain konnte sich nicht helfen, er hob suggestiv die Augenbrauen.

Aspen musste kichern. »Okay, vielleicht war das der Plan.«

»War es nicht. Wirklich. Ich genieße es sehr, dich besser kennenzulernen, Aspen. Die guten wie auch die schlechten Erlebnisse. Beziehungen bestehen nicht immer nur aus eitel Sonnenschein. Ich will, dass du dich sicher genug fühlst, um deine wahren Gefühle mit mir zu teilen. Wenn du dich ärgerst, dann ärgerst du dich. Wenn du dich aufregst, dann regst du dich auf. Wenn du glücklich bist, bist du glücklich. Verstanden?«

»Das macht Sinn«, sagte sie. »Ist es okay, wenn ich ein kleines Nickerchen mache, während du duschst?«

»Natürlich.«

»Ich habe in den letzten Tagen nicht gut geschlafen und heute war ein anstrengender Tag.«

Brain legte sich den Finger an die Lippen. »Du musst dich mir nicht erklären. Ich freue mich, dass du dich sicher genug fühlst, dich hier auszuruhen.«

»Du machst mir keine Angst, Kane.«

Er wusste, dass sie ihn auf den Arm nehmen wollte, aber er meinte es ernst, als er antwortete: »Gut.« Dann lehnte er sich über sie und küsste sie sanft auf die Stirn, bevor er aufstand. Er ging ohne einen weiteren Blick zurück ins Badezimmer. Er wusste, wenn er sie noch einmal ansah, dann würde er ihre Seite nicht mehr verlassen.

Zehn Minuten später hatte er geduscht und sich eine Jogginghose und ein T-Shirt angezogen. Er war noch immer barfuß und seine Haare standen in alle Richtungen ab. Er wollte, dass Aspen sich wie zu Hause fühlte, und dachte sich, dass sie besser entspannen konnte, wenn er es sich ebenfalls bequem machte.

Als er aus dem Badezimmer kam, blieb er abrupt sehen, als er Aspen im Bett liegen sah.

Aspen hatte sich unter seiner Steppdecke zusammengerollt ... und er hatte noch nie eine schönere Frau gesehen. Ihre Wangen waren gerötet, was ihn freute, da sie davor so bleich gewesen war. Er wollte sich am liebsten zu ihr ins Bett kuscheln, zwang sich aber, in Richtung Tür zu gehen. Sie hätte wahrscheinlich gewollt, dass er sie nach seiner Dusche aufweckte, aber er brachte es nicht übers Herz. Wenn sie den ganzen Abend brauchte, um sich auszuschlafen, dann durfte sie das auch.

Sie würden anderen Abende miteinander verbringen

SUSAN STOKER

können. Brain wusste ganz genau, wie schlecht es sich anfühlte, übermüdet zu sein. Sie hatte während der letzten Wochen schwer arbeiten müssen, um sich auf einen möglichen Einsatz in Afghanistan vorzubereiten. Er hatte kein Problem damit, sie schlafen zu lassen.

Er schloss die Tür bis auf ein paar Zentimeter, dann ging er nach unten. Aspen hatte gesagt, dass sie hungrig war, deshalb würde er etwas kochen, was sich später leicht aufwärmen ließ, sobald sie aufgewacht war. Er würde das gekaufte Fleisch verwenden, aber nicht als typisches Steak.

Einige Zeit später hatte er ein grünes Chili con Carne in seinem Schongarer angesetzt. Nun saß er auf dem Sofa, hatte die Füße auf den Couchtisch gelegt und schaute sich ein Fußballspiel im Fernsehen an. Er hatte den Ton sehr leise eingestellt und trank ein Glas Wein, das er sich eine Stunde zuvor eingeschenkt hatte.

Er hörte ein Geräusch hinter sich und drehte sich um. Aspen stand an der Treppe. Sie hatte die Steppdecke wie einen langen Umhang um sich herumgewickelt. Ihre Haare waren auf einer Seite geplättet von dem Kissen, auf dem sie gelegen hatte. Sie hielt den Wasserbecher in der Hand und ihre Augen waren noch ganz klein; sie sah aus, als würde sie schlafwandeln.

Er stand sofort auf und streckte ihr die Hand entgegen. »Komm her, *chérie*.«

»Französisch«, murmelte sie und ging auf ihn zu. »Das habe ich erkannt.«

Er nahm ihr den Becher aus der Hand und legte den Arm um ihre Schultern; dann umarmte er sie. Überraschenderweise lehnte sie sich in die Umarmung und machte es sich an seiner Brust gemütlich. Brain schlang nun beide Arme um ihre Hüfte und hielt sie fest, während sie ihre

Nase in seinem Hals vergrub. Weil sie eine ähnliche Größe hatten, passten sie perfekt zusammen.

»Fühlst du dich besser?«, fragte er.

Sie schüttelte den Kopf. »Nein. Nickerchen sind nicht so mein Ding. Ich bin müder aufgewacht, als ich schlafen gegangen bin.«

»Und grummeliger«, witzelte er.

Sie kicherte.

»Hungrig?«, fragte er.

Sie schüttelte den Kopf, aber sagte: »Ja.«

Brain konnte sich nicht helfen, er musste lachen. »Ich verstehe. Setz dich, ich mache dir einen Teller fertig.«

Aspen hob den Kopf und atmete tief ein. »Das riecht fantastisch.«

Brain zuckte mit den Schultern. »Ist nichts Besonderes. Nur ein grünes Chili. Ich habe einfach das Steak hineingeschnitten, das ich gekauft hatte. Dann noch ein paar Tomaten und grüne Chilis. Dann noch etwas Gemüsebrühe und einige Karotten dazu und fertig. Es ist ein einfaches Gericht, das aber immer gut schmeckt. Achtung: Ich mag es scharf«, warnte er. »Ich nehme an, dass du damit umgehen kannst, nachdem du das letzte Mal im Restaurant die scharfe Salsa geradezu verschlungen hast.«

»Ich mag es auch scharf«, sagte Aspen und schaute ihm tief in die Augen.

Brain wollte sie noch nie so sehr küssen wie in diesem Moment. Aber stattdessen zwang er sich, sie loszulassen und einen Schritt zurückzumachen. »Ich bringe dir noch etwas Wasser«, sagte er und zeigte auf den Becher, den er immer noch in der Hand hielt. »Einen Sonnenstich sollte man nicht auf die leichte Schulter nehmen.«

»Ich weiß. Und vielen Dank«, sagte sie zu ihm und wickelte sich die Decke enger um die Schultern.

Brain richtete ihr einen Teller her und brachte ihn zu ihr. Sie redeten nicht, während sie aßen. Stattdessen schauten sie das Fußballspiel im Fernsehen an. Nachdem sie den Teller leer gegessen hatte, fragte Brain, ob sie einen Nachschlag wolle.

»Nein danke«, sagte Aspen. »Aber nochmals vielen Dank. Das war superlecker.«

»Gern geschehen«, antwortete Brain und räumte die Teller ab. Bevor er in die Küche ging, um die Teller in die Spüle zu stellen, griff er nach ihrem Wasserbecher und reichte ihn ihr ohne ein weiteres Wort.

Aspen kicherte und nahm pflichtbewusst einen Schluck. »Ein bisschen dominant bist du ja«, kommentierte sie.

Brain lächelte. Es war nicht so, dass er besonders dominant sein wollte, aber er sorgte sich um sie. Er glaubte nicht, dass sie in letzter Zeit viel verwöhnt worden war, und er nahm gern diese Rolle ein.

Er kam ins Wohnzimmer zurück und setzte sich neben Aspen. Ohne zu zögern, lehnte sie sich an seine Seite. Brain hob seinen Arm und legte ihn um ihre Schultern, während sie sich an seine Seite kuschelte. Er war glücklich, den ganzen Abend so neben ihr zu sitzen, ohne ein Wort zu sagen. Er fühlte sich in ihrer Anwesenheit einfach wohl. Er hatte kein Interesse daran, sie dazu zu zwingen, über das zu reden, was heute vorgefallen war und dazu geführt hatte, dass sie einem Zusammenbruch nahe gewesen war, als sie bei ihm ankam. Wenn sie davon erzählen wollte, dann würde er ihr aber zuhören. Nun war es erst mal seine Hauptaufgabe, einfach für sie da zu sein.

Aspen fühlte sich nun schon viel besser als zu dem Zeitpunkt, an dem sie bei Kane eingetroffen war. Das sollte einiges heißen, denn sie war noch immer erschöpft. Sie wusste, dass sie zu wenig getrunken hatte und einen Sonnenstich hatte. Die zwei Stunden Schlaf in Kanes frisch gemachtem Bett, mit dem Wissen, dass Kane im gleichen Haus war, waren die beste Erholung gewesen, die sie diese Woche bekommen hatte.

Seit sie mit dem Training für den Einsatz in Afghanistan begonnen hatten, waren die Anforderungen ihres Sergeants und von Derek, der die andere Einheit leitete, immer unerfüllbarer geworden. Sie war sich fast sicher, dass sie sehr bald in den Nahen Osten geschickt werden würden, aber natürlich waren keine genauen Details über ihren Einsatz bekannt. Deshalb mussten sie sich auf die schlimmsten Ereignisse vorbereiten.

Dennoch war sie der Ansicht, dass ihre Vorgesetzten Idioten waren. Sie kümmerten sich nicht um ihre Soldaten, sondern trieben sie bis über ihre Grenzen hinaus bis zur Erschöpfung. Und obwohl sie es nicht beweisen konnte, vermutete Aspen, dass Derek der Auslöser für dieses übertriebene Training war.

Sergeant Vandine, der ihre Einheit leitete, war normalerweise ein sehr verständnisvoller Mann. Aber Derek brachte auch ihn dazu, die Einheit immer weiter anzutreiben. Dabei wurde der Ton immer rauer. Nicht nur sie, auch ihre Teamkameraden mussten immer häufiger Schimpftiraden über sich ergehen lassen. Sie hatte heute versucht, mit ihrem Vorgesetzten über das Training zu sprechen, aber er hatte ihr nicht zuhören wollen. Stattdessen hatte er ihr klipp und klar gesagt, dass er sich wohl nach einem anderen Sanitäter umsehen müsse, wenn sie dem Training nicht gewachsen war. Das hatte sie sehr verletzt. Vor allem, weil es ihr weniger um sie selbst gegangen war als um ihre Kameraden.

Sie hatte nicht gewusst, was sie von Kane erwartete, als sie an seiner Tür stand. Eigentlich war sie nur vorbeigekommen, um ihm zu sagen, dass sie zu erschöpft war, um den Abend mit ihm zu verbringen, aber der Anblick von Kane, oben ohne und glänzend vor Schweiß ... er hatte sie sprachlos gemacht. Er hatte sofort bemerkt, dass sie zu wenig getrunken hatte, und sich darum gekümmert. Das war mehr, als ihre Kameraden in der Einheit je für sie getan hatten.

Als sie das Wasser trank und ein bisschen Obst aß, sah sie ihm dabei zu, wie er den Garten seiner Nachbarin mähte. Er hatte den ganzen Tag gearbeitet – sie wusste, dass er zurzeit viele Überstunden machte –, und dennoch nahm er sich die Zeit, seiner Nachbarin zu helfen. Dann brachte er sie ins Bett und ließ sie schlafen.

Sie hatte nicht einen Gedanken daran verschwendet, ob er sie Situation ausnutzen würde. Sie kannte ihn zwar noch nicht sehr lange, fühlte sich in seiner Nähe aber schon jetzt sicherer als mit ihren Kameraden. Das war ernüchternd. Immerhin arbeitete sie seit über zwei Jahren mit der gleichen Einheit.

Sie hatte immer viel Gutes über den Zusammenhalt der Teams in den Spezialeinheiten gehört und war auch deswegen sehr erfreut gewesen, die Position bei den Rangers zu bekommen. Aber die Realität war ganz anders als in ihrer Vorstellung. Damals wie heute wurde sie wegen ihres Geschlechts als Außenseiterin behandelt. Das machte sie traurig.

Als sie aufwachte, war sie erschöpft, verwirrt und hungrig. In der Luft lag ein köstlicher Geruch, dem sie ohne weitere Gedanken nach unten folgte.

Aspen hatte noch nie einen so selbstlosen Mann wie Kane getroffen. Wenn sie darüber nachdachte, sprach sie in ihren Telefonaten immer mehr über sich selbst. Er fragte immer interessiert nach, wollte wissen, wie ihr Tag gewesen war, was sie gerade tat und wie sie aufgewachsen war. Er war ein einfacher, angenehmer Gesprächspartner und am Ende der Gespräche war sie immer überrascht, wie lange sie sich unterhalten hatten. Eines Abends hatten sie sich über dreieinhalb Stunden unterhalten, aber es hatte sich angefühlt wie fünfzehn Minuten.

Nun saß sie auf dem Sofa, an seine Seite gekuschelt, ihr Hunger gestillt und nicht mehr ganz so erschöpft, wie sie es zuvor gewesen war. Es gab keinen Ort auf der Welt, an dem sie in diesem Moment lieber wäre.

Sie schaute zu Kane auf und sah, dass auch er völlig entspannt das Fußballspiel genoss. Sie bemerkte das Weinglas, das er auf der Sessellehne balancierte, und musste fragen: »Wein?«

Er schaute sie an und zuckte mit den Schultern. »Meine Eltern kennen sich sehr gut mit Wein aus und haben mich schon mit vierzehn immer wieder kosten lassen. Ich trinke auch Bier, aber ich bevorzuge einen guten Wein. Und du?«

Aspen rümpfte die Nase. »Ich habe Cocktails am liebsten. Sex on the Beach und Malibu Sunset sind meine Favoriten.«

»Ist notiert«, sagte Kane.

Und Aspen wusste, dass er sich die beiden Getränke merken würde.

Sie war eine Weile still, dann fragte sie: »Sind du und dein Team sich sehr nahe?«

Er schien sofort zu ahnen, dass sie nicht einfach Small Talk führen wollte. Er stellte den Fernseher stumm, drehte sich etwas zu ihr und schenkte ihr seine ganze Aufmerksamkeit. »Ja.«

»Nein, ich meine, seid ihr euch *wirklich* nahe?«, fragte Aspen.

»Ich würde für jeden meiner Kameraden mein Leben geben«, sagte Kane, ohne zu zögern. »Mehr als das: Ich würde das Gleiche auch für Gillian oder Kinley tun, einfach weil ich weiß, wie sehr Trigger und Lefty sie lieben. Mein Team ist die Familie, die ich mir als Kind immer gewünscht habe. Sie verstehen mich zwar nicht immer, aber ich weiß mit hundertprozentiger Sicherheit, dass die anderen hinter mir stehen. Und zwar sowohl im Kampf als auch beim Weihnachtseinkauf bei Walmart, wenn wir uns um den letzten Einkaufswagen prügeln müssen.«

Aspen lächelte bei dem letzten Satz, antwortete aber nicht.

»Was ist heute passiert?«, fragte Kane sanft.

»Ich glaube, ich habe es schon mal erwähnt ... ich bin zur Armee gegangen, weil ich so viel Gutes von dem engen Zusammenhalt innerhalb der Einheiten gehört habe.«

Kane nickte.

»Ich wusste, dass es als Frau nicht einfach werden würde, aber ich dachte, dass ich mit den Vorurteilen umgehen kann. Ich hatte die Hoffnung, dass meine Kameraden sehen würden, wie gut ich in meinem Job bin, welchen Beitrag ich leiste und das zu schätzen wissen würden.«

Sie wurde kurz still und überlegte, wie sie weitererzählen sollte. Kane unterbrach sie nicht, während sie nachdachte. Das war eine weitere Eigenschaft, die sie sehr schätzte. Er versuchte nicht, die Stille zu füllen.

»Der heutige Tag begann wie jeder andere diese Woche. Wir hatten eine Besprechung, in der wir die neuesten Informationen aus dem Nahen Osten analysierten und darüber redeten, was unsere Rolle bei einem Einsatz sein könnte. Inzwischen ist, glaube ich, jedem klar, dass wir nach Afghanistan geschickt werden. Gegen zehn Uhr sind wir dann zu dem Übungsgelände im Norden des Stützpunktes gefahren, wo eine Kleinstadt errichtet wurde. Wir haben Szenario nach Szenario durchgespielt, stundenlang. Es war extrem heiß und wir hatten keinerlei Pause um die Mittagszeit. Derek und Sergeant Vandine hatten immer neue Aufgaben und beide Teams mussten ihren Befehlen gehorchen.

Gegen halb vier hatten einige meiner Kameraden kein Wasser mehr und sahen immer schlechter aus. Ehrlich gesagt ging es uns allen ziemlich schlecht, weil wir stundenlang der prallen Sonne ausgesetzt gewesen waren. Darauf habe ich Sergeant Vandine schließlich hingewiesen. Ich habe gesagt, dass wir eine Pause brauchen, weil einige der Soldaten kurz vor dem Zusammenbruch stünden. Für einen Moment dachte ich, dass er mir zustimmen würde. Doch bevor er etwas sagen konnte, hatte Derek das Wort an sich gerissen und mich vor dem gesamten Team heruntergemacht.

Er sagte, dass es keine Überraschung sei, dass ich nicht mit den Anforderungen klarkäme. Er sagte, dass ich das schwächste Glied in der Kette sei und dass es ihn nicht überraschen würde, wenn durch meine Unfähigkeit die anderen den Einsatz in Afghanistan nicht überleben würden. Ich hatte eigentlich gehofft, dass zumindest Vandine mich ernst nimmt ... aber das tat er nicht.« Aspen senkte den Blick zu ihren Händen und zupfte an ihren Fingerspitzen.

Kane nahm ihre Hände in die seinen und fragte: »Wie hat dein Team darauf reagiert?«

Aspen schaute ihn an. Ihre Stimme klang ruhig, aber er konnte einen Unterton heraushören, den er nicht zuordnen konnte. »Nichts.«

»Wie meinst du das, nichts?«, fragte Kane, der nicht halb so ruhig war wie Aspen.

Sie zuckte mit den Schultern. »Nichts. Die anderen hörten zu, sagten aber nichts. Aber das ist okay. Ich meine, sie haben mich ja nicht darum gebeten, dass ich mich für sie einsetze. Sie hatten sicher keinen Bock, dass Derek ihnen den Marsch bläst, sollten sie etwas sagen.«

»Das geht so nicht«, sagte Kane mit Nachdruck. »Das geht so einfach nicht. Erstens bist du Sanitäterin. Du bist für die Gesundheit deines Teams verantwortlich. Wenn du sagst, dass sie eine Pause brauchen, dann ist das Gesetz. Und es ist ja nicht so, als kämst du frisch aus der Grundausbildung. Du bist schon lange bei den Rangers. Du hast sogar das gleiche Training wie sie absolviert. Zweitens würde ein guter Anführer sein Team niemals an den Rand der Erschöpfung treiben. Das ist eine bescheuerte Idee. Ein Team, das körperlich und geistig erschöpft ist, macht Fehler. Es ist anfälliger für einen Hinterhalt oder sogar eine Geiselnahme. Und drittens, das ist der wichtigste Punkt, kümmern sich Kameraden umeinander, wenn einer von ihnen ungerecht behandelt wird. Du hast in dieser Situation richtig entschieden, sie hätten dich also unterstützen sollen.«

Aspen schloss die Augen und kuschelte sich näher an Kane. Tränen stiegen ihr in die Augen und sie musste sich sehr konzentrieren, um nicht anzufangen zu weinen. Was für eine Soldatin sie war, wie sie hier den Tränen nahe auf dem Sofa lag! Wenn Derek sie nun sehen würde, dann würde dieses Verhalten all seine bösen Kommentare nur bestätigen: dass sie nicht fähig war, als Feldsoldatin in einer Spezialeinheit zu dienen.

»Genug davon«, befahl Kane nun.

Überrascht sah Aspen ihn an. »Genug wovon?«

»Hör auf, an das Arschloch zu denken und daran, was der Kerl denken könnte. Du bist kein Roboter. Die anderen in deinem Team übrigens auch nicht. Weil dein Sergeant zu blöd dafür war, hast du seinen Job gemacht. Du hast dich für dein Team eingesetzt. Das ist das, was gute Anführer tun, Aspen. Sie treffen schwere Entscheidungen, von denen sie wissen, dass andere sie ablehnen könnten.«

Und nun war es wirklich so weit: Tränen liefen ihr über die Wangen. »Es tut mir leid«, murmelte sie und versuchte, die Tränen an ihrer Schulter abzuwischen.

Kane fasste sie sanft mit der Hand am Kinn und drehte ihren Kopf so, dass sie sich wieder in die Augen sahen. »Schäme dich nicht dafür, Gefühle zu haben, *elskling*. Die Leute denken oft, dass Soldaten Maschinen sind, aber in Wahrheit haben wir wahrscheinlich tiefere Gefühle als viele andere. Wir sehen schreckliche Dinge. Wir kommen in lebensbedrohliche Situationen. Die Dinge, die wir tun müssen, sind schlimmer als in jedem Horrorfilm. Wir fühlen uns schuldig. Weine ruhig. Das gehört dazu. Aber nicht wegen dieses Vollidioten. Er ist deine Tränen nicht wert.«

Zum ersten Mal in ihrem Leben hatte Aspen das Gefühl, dass jemand sie wirklich verstand. Sie musste noch stärker weinen. Die Tränen durchnässten Kanes T-Shirt, aber ihn schien das nicht zu stören. Er streichelte ihr sanft übers Haar und hielt sie im Arm, während sie die Gefühle herausließ, die sich während der letzten Woche angestaut hatten. Die Traurigkeit und die Wut darüber, dass ihre Vorgesetzten einfach nicht einsahen, was sie ihren Teams antaten.

»Und dass dein Team dich nicht unterstützt hat ... das tut mir leid«, sagte Kane, nachdem ihre Tränen nachgelassen hatten. »Das ist gemein. Ich weiß, dass du eine verdammt gute Sanitäterin bist, und dein Team sollte sich glücklich schätzen, dich an seiner Seite zu haben.«

»Vielleicht bin ich gar nicht so gut«, sagte Aspen.

»Das kann ich mir nicht vorstellen«, entgegnete er und klang so überzeugt, dass Aspen erneut die Tränen aufstiegen. »Ich kenne die Männer nicht, mit denen du zusammenarbeitest, aber ich würde jetzt mal behaupten: im Zweifel für den Angeklagten. Es kann gut sein, dass einige von ihnen unter einem Sonnenstich litten, genauso wie du. Sie haben wahrscheinlich Angst vor dem Einsatz in Afghanistan und vor dem, was sie dort erwarten wird. Dann ist da noch der Gruppenzwang. Ich bin mir fast sicher, dass einige von ihnen dir später dafür gedankt haben, dass du etwas gesagt hast, nicht wahr?«

Aspen nickte. »Ja. Sie schienen sogar ein schlechtes Gewissen zu haben, weil sie mich nicht unterstützt hatten.«

»Siehst du, das meine ich«, sagte Kane.

Sie sah den Mann an, der sie noch immer in den Armen hielt, und bemerkte, dass sein Kiefer noch immer sehr angespannt war. »Du hättest etwas gesagt.«

Er nickte sofort.

»Und dein Team auch.«

Er nickte wieder.

Aspen kuschelte sich näher an ihn und legte einen Arm hinter seinen Rücken und einen über seinen Bauch. Sie hatte die Beine angezogen und nun lagen sie auf seinen Oberschenkeln. Sie saß quasi auf seinem Schoß, aber das störte sie nicht. Es fühlte sich so bequem an und sie konnte zum ersten Mal in dieser Woche richtig entspannen. »Das ist es, was ich auch haben will. Deshalb bin ich zum Militär gegangen.«

»Aber du hast es dort nicht gefunden«, schloss Kane.

»Nein. Das macht mich traurig.«

»Glaubst du, dass du diesen Zusammenhalt in einem anderen Beruf finden könntest?«, fragte er.

Aspen zuckte mit den Schultern. »Ich weiß es nicht. Vielleicht, vielleicht auch nicht. Aber dann wären meine Ansprüche auch niedriger.«

»Das ist doch aber auch keine Lösung«, sagte Kane.

Bevor Aspen etwas darauf erwidern konnte, fuhr er fort: »Ich bin kein Hellseher. Ich habe keine Ahnung, was morgen oder nächste Woche oder nächsten Monat passieren wird. Aber eines weiß ich ganz genau: Wenn wir uns gut verstehen ... und wir beschließen, uns weiterhin zu sehen, und unsere Beziehung enger wird, dann wirst du genau dieses Gefühl bei mir und meinem Team finden.«

Aspen sah ihn erstaunt an.

»Ich meine es ernst«, sagte er und seine haselnussbraunen Augen drückten dabei große Ehrlichkeit aus. »Gillian und Kinley sind großartig und ich glaube, dass du dich gut mit ihnen verstehen wirst. Wenn du etwas brauchst, egal was, dann kannst du Trigger jederzeit anrufen. Oder Lefty, Oz, Lucky, Doc und Grover. Sie alle werden dir helfen, ohne Fragen zu stellen.«

»Team Brain, ja?«, fragte sie. Sie musste einfach einen Witz machen, um nicht wieder das Weinen anzufangen.

»Genau das«, bestätigte Kane.

»*Elskling*?«, fragte sie dann, als sie sich an dieses neue Kosewort erinnerte.

Kane wich ihrem Blick aus. »Norwegisch.«

»Du musst dich nicht schämen«, sagte sie zu ihm. »Ich mag es.«

»Nur der größte Sonderling auf dem Planeten kann ›Schatz‹ in zwei Dutzend Sprachen sagen«, erwiderte er.

»Na ja, dafür weiß ich, dass die Tropfrate für zweihundert Milligramm intravenös gegebene Ringerlösung bei fünfzig Tropfen pro Minute für eine Stunde liegt. Wenn du dich also als Sonderling bezeichnest, dann bin ich auch einer. Und wir Sonderlinge müssen zusammenhalten.«

Aspen liebte das Lächeln, das sich auf Kanes Lippen formte. Er war wunderschön, innerlich wie äußerlich. Aber das wollte sie ihm nicht sagen. Männliche Delta-Soldaten fanden es bestimmt nicht so toll, als »schön« bezeichnet zu werden.

»Musst du morgen arbeiten?«, fragte er nach einer Weile.

»Nein. Wir haben am Samstag frei, aber am Sonntag habe ich wieder Dienst. Es wurde eine weitere Besprechung über den Einsatz angesetzt.«

Kane rümpfte die Nase und Aspen musste lachen. »Ich weiß. Aber das Gute ist, dass der Einsatz laut jetzigem Stand nicht allzu lange gehen soll. Im Moment sind zwei Monate im Gespräch. Sie hoffen, dass das genügend Zeit ist, um den Mann ausfindig zu machen, der für die Probleme verant-wortlich ist. Wenn der Anführer gefunden wird, so denken sie, werden auch die Anhänger wieder ruhiger.«

»Das ist gut«, sagte Kane. »Wirst du mir schreiben?«

»Dir?«, witzelte Aspen.

»Nein, meiner Nachbarin Winnie«, gab Kane schnell zurück.

»Vielleicht, wenn ich ihre E-Mail-Adresse hätte.«

»Sie hat keine E-Mail-Adresse«, erklärte Kane ihr. »Aber vielleicht sollte ich dir meine geben, dann kann ich ihr die Nachrichten ausdrucken und in den Briefkasten werfen.«

»Das klingt nach einem Plan«, sagte Aspen mit einem kleinen Lächeln. Das gefiel ihr. Mit Kane herumzualbern. Mit Kane ernste Gespräche zu führen. Ihr gefiel alles, was sie miteinander taten.

»Wenn du morgen nicht arbeiten musst, wollen wir uns noch einen Film anschauen?«

»Du würdest dein Fußballspiel aufgeben, um einen Film mit mir anzuschauen?«, fragte sie.

»Natürlich ... ich kann das Spiel ja aufzeichnen.«

Aspen begann zu lachen. »Eine Bedingung habe ich aber.«

»Natürlich«, sagte Kane.

»Ich darf den Film wählen.«

Er tat so, als müsste er schwer seufzen. »In Ordnung, aber du bist eine harte Verhandlerin. Ich kann nicht versprechen, dass ich nicht einschlafe, wenn du dir einen komischen Film heraussuchst.«

»Was meinst du denn mit einem ›komischen Film‹?«, fragte Aspen mit hochgezogenen Augenbrauen und spielte die schnell Beleidigte.

Als Antwort griff Kane nach der Fernbedienung, die auf dem Wohnzimmertisch vor ihm gelegen hatte, und gab sie ihr ohne ein weiteres Wort.

---

Brain hielt Aspen in den Armen und schloss die Augen. Sie war nach der Hälfte von *Was für ein Genie* eingeschlafen. Er war ein großer Fan der Achtzigerjahre-Komödien, vor allem, wenn es um eine Gruppe cleverer Teenager ging.

Er regte sich noch immer über Aspens Team auf. Was für Idioten die Typen waren, dass sie ihr nicht geholfen hatten, als Derek auf sie losging. Derek war ja nicht einmal der Vorgesetzte des Teams und selbst unter diesen Umständen hatten sie sich nicht für Aspen eingesetzt.

Er hatte nicht gelogen; er hatte den größten Respekt für die Sanitäter und würde all sein Geld darauf verwetten, dass die Rangers sie nicht so schnell abschreiben würden, wenn sie im Kampf verletzt auf ihre Hilfe angewiesen wären. Sie würden Aspen um Hilfe bitten, ohne Rücksicht darauf, in welche Gefahr sie sich bringen müsste, um ihnen zu helfen.

Er atmete tief ein und aus, um seine Wut unter Kontrolle zu bringen, und schaute auf Aspen hinunter. Sie lag auf dem Sofa und benutzte seine Oberschenkel als Kissen. Er hatte während der letzten Stunde ihre Haare gestreichelt und hatte keinerlei Bedürfnis, sich zu bewegen. Er freute sich, dass sie endlich den Schlaf aufholen konnte, den sie so dringend brauchte.

Er hasste den Gedanken daran, dass sie bald nach Afghanistan ausrücken musste. Aber er wusste, dass es Teil ihres Jobs war, ihm ging es genauso. Es würde eine Zeit kommen, wenn auch er zu einem Einsatz fahren und sie zurücklassen musste.

Er unterbrach diesen Gedankengang und schüttelte den Kopf. Seine Gedanken eilten mit ihm davon. Sie hatten gerade erst begonnen, sich zu verabreden. Sie hatten sich bis jetzt nur zweimal gesehen, aber weil sie sich so oft am Telefon unterhalten hatten, fühlte er sich ihr schon sehr nahe.

Sie schienen sich einfach gut zu verstehen. Vielleicht deswegen, weil sie beide in der Armee dienten. Oder vielleicht lag es daran, dass sie einfach gut zusammenpassten. Er wusste nicht, woran es lag, dass sich die Verbindung zwischen ihnen so intensiv anfühlte ... aber er mochte das Gefühl. Er mochte *sie*.

Er schloss die Augen. Im Film richtete sich gerade der Laser auf Jerrys Haus und Hunderte Kilo an Maiskörnern poppten zu Popcorn auf. Er versuchte, sich zu entspannen. Er konnte die Zukunft nicht beeinflussen, aber er konnte diesen Moment genießen.

Er würde nur für ein paar Minuten die Augen schließen. Wenn der Film vorbei war, dann würde er Aspen aufwecken, ihr einen Kaffee machen, damit sie wach genug zum Fahren war, und ihr auf dem Heimweg mit seinem eigenen Wagen nachfahren, um sicherzustellen, dass sie gut nach Hause kam. Er liebte es, wenn sie in seinem Haus war, aber sie würde sicherlich bald schlafen gehen wollen.

Der letzte Gedanke, an den er sich erinnerte, bevor ihm die Augen zufielen, war, wie sehr er es genossen hatte, Aspen in seinem Bett schlafen zu sehen.

# KAPITEL FÜNF

Aspen wachte langsam auf. Ihr war so behaglich zumute, dass sie sich nicht einmal bewegen wollte. Allein der Gedanke daran, irgendwann aufstehen zu müssen, schreckte sie ab. Sie hatte vom Training in der letzten Woche ziemlichen Muskelkater bekommen und im Moment wollte sie wirklich nicht ihre Augen öffnen, aufstehen, duschen und zur Arbeit gehen. Es brauchte eine Weile, bis sie realisiere, dass sie heute freihatte; doch noch immer wollte sie nicht aufstehen.

Erst als sich ihr vermeintliches Kissen plötzlich zu bewegen begann, wurde ihr bewusst, wo sie sich befand und warum es hier so bequem war.

Kane.

Sie schlug die Augen auf und legte den Kopf in den Nacken; so konnte sie direkt in Kanes haselnussbraune Augen sehen.

»Hallo«, sagte er mit tiefer und kratziger Stimme.

»Hey«, antwortete sie.

»Gut geschlafen?«

Aspen nickte. »Überraschenderweise. Aber verlange

bloß nicht von mir, dass ich mich heute allzu schnell bewege.«

Er lächelte. »Muskelkater?«

»Überall«, gab sie zu.

»Ich wollte nicht einschlafen«, sagte er.

Aspen war froh, dass er die Situation sofort ansprach. Sie war überrascht, aber ärgerte sich nicht darüber, dass Kane und sie die ganze Nacht zusammen auf der Couch verbracht hatten. »Kein Problem«, sagte sie.

»Nein, ich meine es ernst. Ich hatte große Pläne für gestern Abend. Ich wollte dir noch einen Kaffee aufsetzen, damit du wach genug bist, um nach Hause zu fahren, und dir mit meinem eigenen Wagen nachfahren, um sicherzustellen, dass du gut ankommst.«

Aspen sah ihn einen Moment an, ohne zu antworten.

»Was ist?«, fragte er.

»Du wärst mir nach Hause gefolgt?«

»Natürlich. Warum überrascht dich das?«

»Na ja, weil du weißt, dass ich nicht allzu weit entfernt wohne, und du ebenfalls ziemlich müde warst.«

»Ich hätte mich nicht gut gefühlt, dir einfach nur nachzuwinken und dich allein in die Nacht hinaus zu schicken. Wie geht dieser Spruch? Nach Mitternacht passiert nichts Gutes mehr. Und obwohl Killeen eine relativ sichere Stadt ist, heißt das noch lange nicht, dass nichts passieren kann. Und solange du mit mir ausgehst, wird dir nichts passieren, dafür werde ich sorgen.«

Aspen war sprachlos. Sie konnte nicht umhin, sich an ihre zweite Verabredung mit Derek zu erinnern. Sie wollte noch schnell auf die Toilette, bevor sie das Restaurant verließen. Derek hatte gewitzelt, dass sie ja »quasi« ein Ranger war und deshalb sicherlich gut allein nach Hause kommen würde. Sie hatte damals auch gelacht, aber als sie aus der Toilette zurückkam, war er schon gegangen. Der Parkplatz war nicht beleuchtet und schon ziemlich dunkel, obwohl es erst zehn Uhr abends war. Diese Aktion kam ihr sehr unhöflich vor.

Obwohl sowohl Derek als auch Kane gut aussehende Männer waren, könnten sie sich nicht mehr voneinander unterscheiden. Derek sah zwar gut aus – und war sich dessen sehr bewusst –, aber er war arrogant und egoistisch. Kane dagegen war manchmal etwas unsicher und sich seines Aussehens nicht bewusst; er war großzügig und machte sich Sorgen um seine Freunde. Aspen war sicher, dass sie mit der Zeit auch Kanes schlechte Eigenschaften entdecken würde, hatte aber das Gefühl, dass seine guten Charaktereigenschaften diese mehr als wettmachen würden.

»Bist du wütend?«, fragte Kane und brachte sie so wieder in die Gegenwart zurück.

»Wütend? Etwa, weil du mich nicht beim Schlafen gestört hast und ich so die Möglichkeit hatte, zum ersten Mal in dieser furchtbaren Woche auszuschlafen? Oder weil ich dich die ganze Nacht als Kissen missbraucht habe und mich hier auf deinem superbequemen Sofa ausstrecken durfte? Ähm ... nein.« Sie grinste, als sie den Satz beendete.

»Na ja, eigentlich war es nicht mein Plan, schon bei der zweiten Verabredung mit dir zu schlafen«, witzelte Kane.

Aspen blinzelte überrascht, dann musste sie lachen. »Irgendwie haben wir tatsächlich miteinander geschlafen, nicht wahr?«, fragte sie.

»Und das, ohne uns überhaupt zu küssen«, fuhr Kane fort.

»Ich glaube, daran kann man etwas ändern. Aber erst, nachdem ich mir die Zähne geputzt habe«, erklärte Aspen ihm. Auf Kanes Gesicht spielten Verlangen und Zärtlichkeit bei dieser Aussage.

Sie lagen nebeneinander auf dem Rücken auf dem Sofa. Einen Arm hatte er um sie geschlungen und mit dem anderen bedeckte er ihre Hand, die auf seiner Brust lag. Sie hatten sich in der Nacht aneinandergekuschelt und sie hatte kein Interesse daran, sich zu bewegen. Sie wusste zwar nicht, wann sie sich so hingelegt hatten, konnte sich aber nicht darüber beschweren.

»Was hast du heute vor?«, fragte Kane sie. »Ich weiß, dass du heute freihast, aber du hast nicht gesagt, ob du Pläne hast.«

»Ich habe ein paar Erledigungen zu machen«, sagte Aspen und rümpfte die Nase. »Ich muss noch einkaufen, aber ich will nicht zu viel besorgen, falls wir schon bald nach Afghanistan geschickt werden. Ich muss noch ein paar Glühbirnen in meiner Wohnung austauschen. Ansonsten wollte ich eigentlich nur auf der Couch sitzen und nichts tun. Warum?«

Kane wich ihrem Blick für einen Moment aus und sie war sich nicht sicher, was er als Nächstes sagen würde. Es war interessant zu sehen, wie selbstsicher er in manchen Bereichen war und wie schüchtern in anderen Belangen. »Meine Kumpels wollten mich heute besuchen. Sowie Gillian, Kinley und vielleicht auch Devyn. Vielleicht hast du ja Lust dazuzustoßen, nachdem du deine Besorgungen erledigt hast.«

»Wer ist Devyn?«

»Grovers Schwester. Sie ist kürzlich aus Missouri hergezogen. Wir glauben, dass Lucky ein Auge auf sie geworfen hat, aber Grover hat bis jetzt noch nichts mitbekommen. Im Moment halten wir uns zurück und warten gespannt

darauf, wie sich die Sache weiterentwickelt«, erklärte
Kane ihr.

Aspen wollte gern kommen. Sehr gern sogar. Sie hatten
sich gestern so lange darüber unterhalten, wie sehr sie es
sich wünschte, als Teil eines Teams akzeptiert zu werden,
dass sie auf der einen Seite unglaublich gern kommen
würde, aber auf der anderen Angst hatte, die Einladung
anzunehmen. Sie zögerte, weil Kane und sein Team ihr
genau vorführen würden, was sie bei ihren Kameraden
vermisste. Dennoch wollte sie gern kommen, weil sie die
Hoffnung hatte, diesen Zusammenhalt außerhalb der
Arbeit zu finden.

»Es ist völlig in Ordnung, wenn du nicht kommen willst.
Ich weiß, wie kostbar ein freier Tag ist, vor allem, wenn man
sich gerade auf einen Einsatz vorbereitet.«

»Ich würde gern kommen«, platzte es aus Aspen heraus.

Das Lächeln auf Kanes Gesicht war riesig. »Super«,
sagte er.

»Um wie viel Uhr soll ich da sein?«

»Gegen vier?«, entgegnete er. »Ich werde ein paar Burger
besorgen und dann können wir einfach gemütlich zusam-
mensitzen, bis es Zeit zum Abendessen ist. Und sei nicht
überrascht, falls Winnie vorbeikommt. Sie liebt es, wenn ich
für Gäste koche, weil sie dann die ganzen heißen Soldaten
aus der Nähe begutachten kann. Das sind ihre Worte, nicht
meine.«

»Ich glaube, ich mag deine Nachbarin«, sagte Aspen mit
einem Lachen.

»Jeder mag sie«, antwortete Kane. »Ich glaube, Gillian
und Kinley haben sie als Oma adoptiert. Sie sehen auch
nach ihr, wenn unser Team im Ausland unterwegs ist, was
mich immer sehr beruhigt.«

»Soll ich etwas mitbringen?«

»Das ist nicht nötig«, sagte Kane schnell.

»Okay. Das geht so nicht. Entweder du sagst mir, was ich mitbringen soll, oder ich mache mich zum Affen und kaufe den halben Supermarkt leer«, sagte Aspen mit Nachdruck.

Er lächelte. »Na dann. Da du sowieso zum Supermarkt gehst, kannst du einen Salat mitbringen. Ich bin mir zwar nicht sicher, wie groß das Interesse der männlichen Gäste am Blattwerk sein wird, weil wir Männer uns ja ausschließlich von rohem, roten Fleisch ernähren, aber ...«

Aspen rollte die Augen. »Okay. Dann mache ich einen Kartoffelsalat. Selbst so männliche Männer wie du und deine Freunde können dazu nicht Nein sagen ... Schließlich sind Kartoffeln die beste Beilage für ein gutes Stück Fleisch.«

»Selbstgemacht?«, fragte Kane.

»Natürlich. Die angerührten Salate sind Mist.«

»Mayonnaise oder Essig?«

Aspen sah ihn mit zusammengekniffenen Augen an. »Ist das wichtig?«

»Extrem«, sagte er gespielt ernst. »Also, was für ein Dressing ist es?«

»Essig natürlich«, sagte Aspen.

Kane tat so, als würde er vor Erleichterung aufseufzen. »Ein Glück.«

Aspen musste schmunzeln. »Du bist verrückt.«

»Nein, ich weiß nur, wie sich ein guter Kartoffelsalat gehört«, sagte er. Dann wurde sein Lächeln kleiner. »Danke, dass du heute Morgen so nett zu mir warst. Ich wollte dich wirklich noch nach Hause bringen.« Er gestikulierte vage in Richtung Haustür und Einfahrt, wo ihre beiden Wagen geparkt waren.

»Kein Problem. Wirklich, ich bin ganz froh, dass du mich nicht aufgeweckt hast. Ich habe lange nicht mehr so gut geschlafen und ich fühle mich richtig erholt. Du hast mir etwas Gutes getan.«

»Ich kann nicht behaupten, dass mir das besonders schwergefallen ist«, sagte Kane. »Als ich um zwei Uhr nachts mit einem verspannten Hals aufgewacht bin, habe ich uns in diese Schlafposition bugsiert. Du hast so tief geschlafen, dass du dich nicht einmal beschwert hast, als ich mich neben dich gelegt habe.«

Aspen zuckte mit den Schultern. »Wenn ich wirklich tief schlafe, dann schlafe ich wie ein Stein. Aber das passiert leider nicht jede Nacht. Manchmal liege ich ewig wach und die Gedanken in meinem Kopf fahren Achterbahn.«

»Das kenne ich nur zu gut«, sagte Kane und Aspen konnte sich gut vorstellen warum. Sie hatten nicht über die Einsätze gesprochen, auf die sie schon gehen mussten, und sie wussten beide, dass sie keine Details miteinander teilen durften. Aber sie war sich sicher, dass er als Soldat einer Spezialeinheit schon einige schreckliche Dinge gesehen haben musste.

»Ich glaube, ich habe noch eine unbenutzte Zahnbürste im Bad«, sagte er und wechselte so das Thema.

»Hast du so viele weibliche Übernachtungsgäste, dass du welche vorrätig hast?«, fragte Aspen, bevor sie über ihre Worte nachdenken konnte.

Aber Kane zögerte nicht zu antworten. »Natürlich nicht. Der Zahnarzt hat mir bei meinem letzten Termin eine neue Zahnbürste aufgeschwatzt und ich habe sie einfach noch nie benutzt. Ich weiß, ich weiß, man sollte Zahnbürsten regelmäßig austauschen, aber ich mag Veränderungen nicht und die alte Bürste war noch gut.«

Er kam ein bisschen ins Schwimmen, was Aspen süß fand. »Ich weiß«, sagte sie und klopfte ihm sanft auf die Brust. »Entschuldige, das war eine blöde Unterstellung. Du bist erwachsen und wir haben uns gerade erst kennengelernt.«

»Meine letzte Verabredung ist über ein halbes Jahr her«, sagte Kane. »Es ist über zwei Jahre her, dass ich eine feste Freundin hatte.«

Er lief rot an, als er dies zugab, aber Aspen war geschockt. »Hast du dich in all der Zeit mit niemandem getroffen?«, fragte sie.

Er schaute sie einen Moment lang an, bevor er erwiderte: »Du siehst mich nicht auf die gleiche Art an wie die anderen Frauen.«

»Das ist doch bescheuert«, sagte Aspen etwas genervt. »Du bist ein wunderschöner Mann, Kane. Deine Augen sind einfach Wahnsinn. Und deine Haare sind immer so süß verstrubbelt, dass ich sie am liebsten mit den Händen durchkämmen will. Und wenn du mich anlächelst, dann werden meine Knie schwach.«

»Und dann mache ich den Mund auf und sage etwas Merkwürdiges und den Frauen wird klar, dass sie sich die ganze Zeit meinen Blödsinn anhören müssen, wenn sie von meinen körperlichen Vorzügen profitieren wollen.«

»Das ist doch nicht wahr«, sagte Aspen, die jetzt wirklich verärgert war. Sie setzte sich auf und starrte auf ihn hinunter. »Nur damit du das in deinen Kopf bekommst: Ich habe kein Problem damit, dass du so viel schlauer bist als ich. Ich bin mir sicher, dass deine Abiturnote sehr viel besser ist als meine, aber wen stört das? Wenn du auf Zulu mit mir sprechen willst, warum nicht, mir ist das egal.«

»*Sithandwa*«, erwiderte Kane.

»Gesundheit.«

Er lächelte. »Das heißt ›Schatz‹ auf Zulu«, erklärte er ihr.

»Ernsthaft?«, fragte Aspen und verlor für einen Moment

den Faden. »Das sollte eigentlich ein Scherz sein. Ich weiß nicht einmal, wo in Afrika Zulu gesprochen wird.«

»Hauptsächlich in Südafrika. Zulu ist eine Bantusprache und wird von zehn bis zwölf Millionen Menschen als Muttersprache gesprochen«, sagte Kane.

Aspen lächelte. Sie legte ihre Hand auf seine Wange. »Was ich sagen will: Ich finde es toll, dass du so viel weißt, Kane. Und dass du die Schule schon so früh abgeschlossen hast. Ich finde es sehr bewundernswert, dass du dennoch als einfacher Soldat zum Militär gegangen bist. Und deine Freunde können dich alle sehr gut leiden. So wie ich die Sache sehe, bist du nicht nur intelligent, sondern ein guter, verlässlicher Mann. Das finde ich viel wichtiger.«

Kane sah sie lange an, während verschiedene Emotionen sich auf seinem Gesicht widerspiegelten. »Vielen Dank«, flüsterte er.

»Gern geschehen«, flüsterte sie zurück und konnte die Luft zwischen ihnen knistern spüren. Sie waren sich in diesem Moment sehr, sehr nahe.

»Die Zahnbürste sollte in der Schublade links vom Waschbecken liegen«, sagte er schließlich.

»Hast du kein Problem damit, dass ich deine Schubladen durchsuche?«

»Du kannst gern noch mehr als meine Schubladen durchsuchen.«

Aspen musste lachen, denn sie verstand seine zweideutige Anspielung sofort. »Wie wäre es, wenn wir es erst mal mit ein paar Küssen probieren?«

»Gern«, sagte er, setzte sich auf und zog sie mit sich. Aspen sollte eigentlich nicht von seiner Stärke überrascht sein, war es aber trotzdem. Er konnte sie so einfach anheben, als wäre sie klein und zierlich, obwohl sie mit ihren eins fünfundsiebzig nun wirklich nicht die Kleinste war. Obwohl sie also fast gleich groß waren, konnte er sie ohne Probleme über seinen Schoß heben und half ihr, sich aufzurichten.

Sie stöhnte. »Gott, der Muskelkater ist grauenvoll.«

»Du solltest ein langes, heißes Bad nehmen, sobald du zu Hause bist«, sagte Kane. »Und dich etwas strecken. Das hilft.«

»Ein Bad klingt nicht schlecht«, sagte Aspen seufzend.

Er starrte sie an und es fiel ihr nicht schwer, seine Gedanken zu erraten. »Ich werde mich sicherlich nicht nackt in deine Wanne legen«, sagte sie spitz. »Vor allem nicht bei unserer zweiten Verabredung. Ich habe zwar hier übernachtet, aber ich werde dennoch nicht nackig in deinem Bad rumturnen. Ich weiß ja gar nicht, wann du die Badewanne das letzte Mal ausgewischt hast.«

Wie sie es geplant hatte, lachte er daraufhin. »Das kann ich verstehen. Und ich muss ganz ehrlich zugeben, dass ich nicht weiß, wann ich das letzte Mal die Wanne geputzt habe. Ich mache das aber gleich heute, nur zur Sicherheit. Für zukünftige Übernachtungspartys.«

»Das kannst du machen«, sagte Aspen lächelnd. Im Geiste schrieb sie »Hat das Bad länger nicht mehr geputzt« als ersten Eintrag auf die Liste mit Kanes schlechten Eigenschaften. Gleichzeitig ergänzte sie die schon viel längere Liste der positiven Züge um »Ist aber bereit, die Wanne zu putzen, wenn er darum gebeten wird«.

»Ich setze einen Kaffee auf, während du dir die Zähne putzt«, sagte Kane zu ihr.

»Ich hoffe, du hast Milch und Zucker da«, murmelte Aspen. »Ich mag es süß.«

»Notiert«, sagte Kane. »Das trifft auch auf deine Lieblingscocktails zu.«

Aspen zuckte mit den Schultern. »Was kann ich sagen, ich bin einfach eine Naschkatze.«

»Habe ich mir auch notiert. Jetzt ab ins Bad, ich mache dir einen supersüßen Kaffee.«

»Kane?«

»Ja?«

»Danke.«

»Wofür?«, fragte er und legte den Kopf schief.

»Dafür, dass du so großartig bist. Dass du die Situation nicht ausgenutzt hast. Dass du mich den Film hast aussuchen lassen. Dass du kein Schwein bist.«

»Ich gebe mein Bestes«, sagte er.

»Das tust du wirklich und ich versuche, das wertzuschätzen. Aber ich vermute, dass du ein ›schweinisches‹ Verhalten niemals absichtlich an den Tag legen würdest, und vor allem nicht deinen Freunden gegenüber.«

»Das stimmt.«

»Ich fühle mich mit dir so sicher, und das sage ich nicht über viele Menschen.«

»Das ist aber schade«, entgegnete er und runzelte die Stirn leicht. »Du solltest das zumindest auch über die Männer sagen können, mit denen du zusammenarbeitest.«

Aspen zuckte mit den Schultern.

»An meiner Seite darfst du dich immer sicher fühlen«, versprach Kane.

»Danke«, flüsterte sie und machte dann einen Schritt von ihm weg, bevor sie etwas tat, das sie später bereuen würde – zum Beispiel, ihn zu packen und ohne weiteres Vorspiel herauszufinden, ob die Erektion, die sie auf dem Sofa liegend an ihrem Bein gespürt hatte, wirklich so groß war, wie sie sich angefühlt hatte.

Sie sahen sich so lange weiter in die Augen, bis sie bei der Treppe angekommen war und sich umdrehen musste, um nach oben zu gehen. Sie bildete sich ein, dass Kane hinter ihr leise stöhnte, aber das konnte nicht sein.

Sie musste einen kühlen Kopf bewahren. Sie entwickelte immer stärkere Gefühle für Kane und langsam machte ihr das Angst. Das war sonst überhaupt nicht ihre Art. Sie war vorsichtig und überlegte es sich immer gut, bevor sie eine Beziehung einging. Aber er hatte etwas an sich, was sie leichtsinnig machte, und am liebsten wollte sie alle Vorsicht über Bord werfen.

Sie versuchte, sich auf die Besorgungen zu konzentrieren, die sie heute noch erledigen musste, bevor sie wieder zu Kane und seinen Freunden stoßen wollte. Außerdem hatte Aspen inzwischen die Zahnbürste gefunden, die Kane ihr versprochen hatte.

Dreißig Minuten später stand sie an der Fahrertür ihres eigenen Wagens in Kanes Einfahrt und war ein bisschen nervös.

»Also ... um vier Uhr dann?«, fragte sie.

»Ja.«

»Soll ich außer dem Kartoffelsalat noch etwas mitbringen?«

»Nur dich selbst«, sagte Kane. Er hob eine Hand zu ihrem Gesicht und strich mit dem Daumen über ihren Wangenknochen. »Es tut mir leid, dass du gestern einen so harten Tag hattest. Ich habe versucht, ihn etwas besser zu machen.«

»Du hast es nicht nur versucht, sondern auch geschafft«, bestätigte Aspen ihm.

»Das ist gut.« Er ging einen Schritt auf sie zu. »Darf ich dich küssen?«, fragte er leise.

Aspen sah ihm tief in die Augen und nickte.

Aber Kane küsste sie nicht sofort. Er sah sich ihr Gesicht ganz genau an, als wollte er sich jedes Detail einprägen.

Dann strich er mit dem Daumen an ihrer Unterlippe entlang.

»Kane?«, fragte sie zögerlich.

»Ja?«

Aspen leckte sich über die Lippen und sah, wie seine Pupillen sich vergrößerten. »Willst du mich nun küssen oder nicht?«

Anstatt einer Antwort senkte Kane den Kopf leicht. Seine Lippen berührten die ihren in einem unschuldigen Kuss. Einmal, dann zweimal. Dann ließ er eine Hand ihren Rücken hinabgleiten und zog sie sanft zu sich heran. Mit der anderen Hand umfasste er ihren Nacken. Aspen fühlte sich, als würde er sie komplett umgeben, als er mit dem Mund ganz plötzlich den ihren einfing und sie lange, ausdauernd und intensiv küsste.

Nur ein einziges Mal zuvor hatten ihre Finger und Zehen so gekribbelt wie in diesem Moment – neulich, als Kane sie in der Kneipe geküsst hatte. Ihre Lippen öffneten sich und er nahm die Einladung an; er knabberte sanft an ihren Lippen und spielte mit ihrer Zunge. Es war mehr als nur ein Kuss – es war eine Ansage: Du bist mein. Und Aspen war das gerade recht.

Mit einer Hand hatte sie Kanes Oberarm umklammert, die andere an seiner Seite in seinem T-Shirt vergraben, und sie nahm den Kuss genauso enthusiastisch an, wie Kane ihn gab. Sie konnte spüren, wie sein Bart an ihrem Kinn kratzte, doch das trug nur zu dem überwältigenden Gefühl bei, das der Kuss in ihr auslöste.

Erst als ein Nachbar im Protest gewollt laut den Roll-laden herunterließ, hob Kane den Kopf. Er ließ sie aber nicht los, sondern drehte den Kopf nur leicht und lachte leise.

Aspen drehte den Kopf ebenfalls und musste lachen, als

sie Winnie in ihrem Vorgarten stehen sah, die Zeitung in der einen Hand, die andere zum Gruß erhoben. Kane nickte ihr kurz zu, dann drehte er sich wieder zu Aspen um.

»Ich glaube, ich muss dich nun gehen lassen, aber eigentlich will ich das gar nicht«, gab er zu.

Wie immer sagte er genau die richtigen Dinge, um Aspen schwach zu machen. »Du musst aber noch einiges tun heute«, erinnerte sie ihn.

»Ich weiß.«

»Genau wie ich.«

»Das weiß ich auch«, sagte Kane und hielt sie weiter fest.

Aspen lächelte und streichelte ihm über den Arm. »Wir sehen uns heute Nachmittag.«

Kane holte einmal tief Luft und atmete langsam aus, dann stellte er sich gerader hin und ließ sie los. Er strich sich mit einer Hand durchs Haar, sodass es erst recht in alle Richtungen abstand.

Er leckte sich über die Lippen und am liebsten hätte Aspen ihn sofort wieder geküsst. Aber sie hielt sich zurück ... gerade noch.

»Sagst du mir Bescheid, wenn du gut zu Hause angekommen bist?«, fragte er.

»Es ist ja nicht weit«, sagte sie und zuckte die Schultern.

»Bitte?«

Wie konnte sie Nein sagen, wenn er so nett fragte? »Na gut.«

»Ich will nicht kontrollierend sein«, sagte er zu ihr. »Ich will nur wissen, dass du gut nach Hause gekommen bist.«

»Ich verstehe.« Sie verstand es wirklich. Es war gut zu sehen, dass er sich um sie sorgte. »Ich schreibe dir eine Nachricht, sobald ich daheim bin.«

»Okay. Wir sehen uns später.«

Aspen nickte. Kane griff um sie herum und öffnete die

Wagentür für sie. Sie setzte sich, startete den Motor und fuhr aus der Einfahrt hinaus. Kane blieb, wo er war, und schaute ihr nach. Sie war etwas verlegen; sie hatte noch nie einen Mann gekannt, der sie so umsorgte.

Als sie das Ende der Straße erreicht hatte und einen letzten Blick in den Rückspiegel warf, konnte sie sehen, dass Kane zu seiner Nachbarin hinübergegangen war und sich nun mit Winnie unterhielt. Er war der aufmerksamste Mann, den sie je getroffen hatte ... und das machte ihr Angst. Er konnte doch nicht so perfekt sein, oder? Irgendwann würde er ihr seine schlechten Seiten offenbaren und sie hoffte, dass diese ihren ersten, guten Eindruck nicht zerstören würden. Sie wollte und brauchte keinen perfekten Mann, aber bis jetzt hatte sich Kane als ihr absoluter Traummann herausgestellt.

Es würde einige Zeit dauern, um herauszufinden, ob Kane seine besonnene Art nur aufgesetzt hatte, um ihr näherzukommen, aber das konnte sie sich kaum vorstellen. Sie war sich sicher, dass Kane Temple genau der Mann war, den sie bis jetzt kennengelernt hatte. Ein netter Mann, der bis jetzt von den Frauen übersehen worden war, weil er einfach nicht genügend Schurken-Qualitäten hatte. Aber das war sowieso nicht das, was Aspen wollte. Ihr Leben war gefährlich und aufregend genug. Sie wünschte sich einen Partner, der mit ihr durch dick und dünn ging, und bis jetzt entpuppte sich Kane immer mehr als dieser Mann.

Diese Gedanken machten sie nervös. Aspen versuchte, sich erst mal von ihnen zu lösen. Ihr ging die Sache mit Kane fast etwas zu schnell. Sie würde ihn am Nachmittag auf jeden Fall besuchen, aber davor musste sie sich mental etwas stärken. Sie wollte die Sache langsamer angehen und Kane besser kennenlernen. Erst dann wollte sie entscheiden, was der nächste Schritt sein sollte.

Sie hatte ihre Entscheidung getroffen. Sie tat zwar weh und war nicht genau das, was Aspen gern tun wollte. Sie parkte vor ihrem Wohnhaus und atmete tief durch. Kanes Geruch hing noch immer an ihren Klamotten und brachte ihre Entscheidung schon jetzt ins Wanken. »Hoffentlich ist er wirklich der Mann, den ich bis jetzt kennenlernen durfte«, flüsterte sie, bevor sie aus dem Wagen ausstieg und zu ihrer Wohnung ging.

## KAPITEL SECHS

Es war Viertel nach vier und Brain stand in seiner Küche und redete mit Oz. Die anderen hielten sich im Garten oder im Wohnzimmer auf. Das Haus war voller Menschen; er liebte es, wenn seine Freunde vorbeikamen.

»Kommt Aspen auch?«, fragte Oz.

»Sie hat auf jeden Fall zugesagt«, antwortete Brain.

»Geht es ihr gut?«

Brain nickte. »Ja. Vielleicht sogar zu gut.«

»Wie meinst du das?«

»Wie ich es gesagt habe. Sie arbeitet hart, ist freundlich, intelligent ... alles ist fast zu gut, um wahr zu sein«, erklärte Brain seinem Freund. »Ich bin manchmal nicht so gut darin, Menschen richtig einzuschätzen. Ich habe Angst, dass wir uns näherkommen und sie sich dann als eine ganz andere Person entpuppt.«

»Das kann ich verstehen. Du hast sie noch nicht so häufig gesehen, oder?«, fragte Oz.

»Nein. Wir hatten zwei Verabredungen. Aber wir haben viel am Telefon gesprochen und uns Nachrichten geschrieben. Ich habe das Gefühl, sie besser zu kennen als viele andere Frauen, mit denen ich ausgegangen bin«, sagte Brain.

»Ich will jetzt nicht, dass das falsch rüberkommt, aber … soll ich ein Auge auf sie haben, wenn sie eintrifft? Ich will sie nicht ausspionieren, aber ich könnte beobachten, wie sie mit anderen umgeht. Manchmal ist es einfacher, sich eine objektive Meinung über jemanden zu bilden, wenn man sich nicht zu dem Menschen hingezogen fühlt.«

Brain merkte, wie er rot anlief, versuchte aber, dies zu überspielen. »Ich freue mich immer über deine Meinung, will aber nicht, dass du sie ausspionierst. Ich will nicht, dass sie sich unwohl fühlt.«

»Keine Angst, sie würde es überhaupt nicht mitbekommen«, sagte Oz.

»Ich weiß, aber nein, lieber nicht. Ich mag sie, Oz. Und zwar sehr. Ich glaube, das ist der Grund, warum ich so nervös bin.«

»Ich freue mich für dich«, sagte sein Freund und klopfte ihm auf die Schulter.

»Danke.«

»Aber denk daran, dass sie nicht perfekt ist. Niemand ist perfekt. Wenn du immer nur nach negativen Charakterzügen suchst, dann kannst du ihre guten Qualitäten gar nicht schätzen lernen.«

»Keine Angst, das wird nicht passieren«, sagte Brain und lächelte. »Sie ist ein so wunderbarer Mensch, dass man es nicht übersehen kann. Das ist es, was mich nervös macht.«

»Was kann man nicht übersehen?«, fragte Kinley, die gerade mit Lefty im Schlepptau in die Küche kam.

»Jemand so Hübsches wie dich«, witzelte Oz.

Kinley wurde rot und rollte die Augen.

»Machst du dich etwa an meine Freundin ran?«, fragte

Lefty und legte besitzergreifend den Arm um Kinleys Schultern.

»Nein, auf keinen Fall«, sagte Oz mit einem Lächeln. Dann nickte er Brain kurz zu und ging an dem Paar vorbei zurück ins Wohnzimmer.

»Wann kommt Aspen?«, fragte Kinley.

»An mir hat heute wohl keiner Interesse. Alle fragen mich nur nach Aspen«, witzelte Brain.

Kinley runzelte die Stirn und schüttelte den Kopf. »Nein, das stimmt doch nicht. Ich freue mich immer, dich zu sehen, Brain.«

»Das weiß ich doch«, sagte er zu ihr. »Das war ein Scherz. Ich hoffe, dass sie bald hier sein wird. Sie musste heute noch einige Dinge erledigen, vielleicht wurde sie aufgehalten.«

»Hast du sie angerufen oder ihr geschrieben?«, fragte Kinley.

Brain schüttelte den Kopf. »Ich wollte sie nicht nerven.«

Kinley rollte noch einmal die Augen und zog ihr Handy aus der Tasche. »Wie ist ihre Nummer?«

Brain zögerte. Er war sich nicht sicher, ob er die Nummer ohne Aspens Einwilligung weitergeben sollte, aber dann gab er Kinleys ungeduldigem Blick nach und sagte die Nummer auf.

Kinley tippte sie in ihr Handy ein und schrieb eine schnelle Nachricht, dann nickte sie. »Geht doch.«

Sekunden später vibrierte das Handy in ihrer Hand. Lefty laß die Nachricht, die gerade angekommen war, laut vor: »Ich fahre gerade los. Ich komme etwas zu spät, wie immer. Entschuldige.«

»Reg dich nicht auf, Brain«, sagte Kinley, die nicht wollte, dass Brain die gute Laune verloren ging. »Ich bin mir sicher, dass sie nicht immer so spät ist.«

Brain musste lachen. Er hatte Oz gerade erzählt, dass er keine negativen Eigenschaften an Aspen finden konnte, nun kannte er zumindest eine. Sie war gestern nicht zu spät gewesen, als sie zu ihm gefahren war, aber das lag eventuell daran, dass sie direkt von der Arbeit gekommen war. Er dachte an ihre vielen Telefongespräche während der letzten anderthalb Wochen zurück und stellte fest, dass sie, wenn sie eine Zeit vereinbart hatten, oft etwas zu spät angerufen hatte.

Aber damit konnte er umgehen. Er nahm sein eigenes Handy zur Hand und schrieb eine kurze Nachricht.

»Du bist jetzt aber nicht sauer, weil sie spät dran ist, oder?«, fragte Kinley.

»Was? Nein«, sagte Brain mit Nachdruck. »Ich habe ihr nur geschrieben, dass sie sich Zeit lassen soll, damit sie keinen Unfall baut oder geblitzt wird.«

»Gut«, sagte Kinley. »Ich mag sie. Ich will nicht, dass du sie verärgerst und sie nicht mehr mit dir ausgehen will.«

Brain rollte die Augen. »Ich glaube, dazu ist es schon zu spät«, sagte er ehrlich. »Ich bin viel zu fürsorglich und beschützerisch. Ich bin gestern Abend mit ihr auf dem Sofa eingeschlafen und als ich um zwei Uhr mitten in der Nacht aufwachte, habe ich mich nicht etwa entschuldigt und sie nach Hause gebracht, sondern habe sie weiterschlafen lassen. Und dann habe ich schlecht über ihr Team geredet und sie zum Weinen gebracht. Ich glaube nicht, dass ich mich sonderlich gut anstelle.«

Kinley schüttelte den Kopf. »Einen Beschützerinstinkt zu haben ist nicht so schlecht«, sagte sie und schaute den Mann an, der sie in den Armen hielt. »Und so schlimm ist es nicht, in den Armen eines schönen Mannes wie dir aufzuwachen. Sei nicht so streng mit dir selbst«, befahl sie. »Und versuche einfach, kein Idiot zu sein, sodass sie weiterhin mit dir ausgehen will, okay?«

Brain und Lefty mussten beide lachen. »Habe verstanden. Ich werde mein Bestes geben.«

»Gut. Lass mich wissen, wenn sie ankommt«, sagte Kinley.

»So groß ist das Haus ja auch nicht, du wirst es schon mitbekommen, wenn sie hier ist«, sagte Brain zu ihr.

»Nicht, wenn ich im Garten bin«, sagte Kinley, drehte sich um und bugsierte Lefty aus der Küche.

Vor nicht allzu langer Zeit hätte Brain wahrscheinlich darüber gewitzelt, wie sehr sich sein Kamerad von seiner Freundin herumkommandieren ließ, aber er hatte das Gefühl, wenn Aspen ihm vorschreiben würde, wo es langgehen sollte, dann würde er sich kaum beschweren. Er würde ihr überallhin folgen.

Früher waren ihre Treffen Männerabende gewesen, an denen er und seine Freunde Burger aßen, Bier tranken und bis spät in die Nacht miteinander diskutierten. Nun, da Kinley, Gillian und Devyn zu ihnen gestoßen waren, gab es neben den Burgern auch Salate und Beilagen; er hatte sogar einen Mixer gekauft, um gute Margaritas für die Frauen in der Runde mixen zu können. Winnie kam auch immer häufiger vorbei. Inzwischen traten Trigger und Lefty mit ihren Freundinnen früher als sonst den Heimweg an und die anderen folgten nicht viel später.

Aber Brain hatte nichts gegen diese Veränderungen. Er mochte es, seine Kameraden so glücklich zu sehen, und seit die Frauen Teil der Gruppe waren, redeten sie weniger über die Arbeit und genossen einfach ihre Freizeit miteinander. Brain hatte einen solchen Freundeskreis erst, seit er beim Militär war. Zuvor war er zwar hin und wieder zu Lerngruppen eingeladen worden, war aber jedes Mal gegangen, wenn der Alkohol zu fließen begann. Er liebte es, ein Teil dieser Gruppe zu sein. Das war einer der Gründe, warum er so gern den Gastgeber spielte: Er mochte es, mitten im Geschehen zu sein.

Er hatte gerade ein paar weitere Margaritas gemixt, als er ein Klopfen an der Tür hörte. Er wusste, dass es Aspen war, und beeilte sich, um vor Doc an der Tür zu sein und sie selbst in Empfang zu nehmen.

Aspen stand auf der Türschwelle und sah etwas zerzaust aus.

»Entschuldige, dass ich zu spät bin. Ich bin tatsächlich eingeschlafen. Ich habe zwar meine Besorgungen erledigt und wollte danach nur ganz kurz die Füße hochlegen, weil sie vom Training noch immer wehtaten, aber bin dann eingenickt und erst drei Stunden später wieder aufgewacht. Dann musste ich noch den Kartoffelsalat fertig machen, der jetzt sicher nicht lange genug gezogen hat, und mich umziehen.«

Brain antwortete nicht, sondern streckte die Hand nach ihr aus und zog sie sanft zu sich heran. Er gab ihr einen tiefen Kuss, der seiner Meinung nach viel länger hätte sein können. »Ich freue mich einfach, dass du gekommen bist«, sagte er zu ihr.

»Ich mich auch«, antwortete sie leise.

»Und ich freue mich, dass du nicht perfekt bist.«

»Was? Wer hat denn das behauptet? Natürlich bin ich nicht perfekt, Kane.«

Er schüttelte den Kopf. »Ich habe kein Problem damit, dass du hin und wieder etwas zu spät bist. Vor allem nicht, da du noch Schlaf nachgeholt hast. Du hast die Erholung gebraucht.«

»Ich bin nicht immer zu spät«, protestierte sie.

Er zog die Augenbrauen hoch.

»Okay, vielleicht bin ich tatsächlich hin und wieder etwas knapp dran, aber nicht mit Absicht«, gestand sie. »Und was ist mit dir? Du bist selbst ziemlich perfekt. Am besten sagst du mir, welche Fehler du hast, damit ich mich für mein Zuspätkommen nicht zu arg schämen muss.«

Brain setzte dazu an, ihr zu sagen, dass er viele Fehler hatte, aber Gillian unterbrach ihn.

»Brain hat viel zu viele Selbstzweifel«, sagte sie.

»Und Stinkefüße«, fügte Trigger grinsend hinzu. »Echt, wenn er nach dem Training die Stiefel auszieht, gleicht das einer chemischen Bombe.«

Brain lief rot an und drehte sich zu seinem Freund um, um ihn wütend anzuschauen. »Halt doch die Klappe!«

Aspen musste kichern. Er drehte sich wieder zu ihr um. Sie machte einen Schritt auf ihn zu und hakte sich bei ihm unter. »Ich arbeite mit dir an den Selbstzweifeln und mit den stinkenden Füßen kann ich umgehen.«

»Ich dachte, du kommst gar nicht mehr«, sagte Gillian zu Aspen und zerstörte so den kurzen, intimen Moment zwischen ihr und Brain. »Brain hat Margaritas gemixt und die schmecken heute echt besonders gut. Du musst einfach einen probieren.«

»Für dich habe ich Extrazucker reingetan«, erklärte Brain, ohne den Blick von Aspen zu nehmen. Sie verstand schnell, dass der Zucker nur für sie war.

»Vielen Dank«, flüsterte sie, bevor sie sich von Gillian in Richtung Küche bugsieren ließ, um dort den Kartoffelsalat abzustellen und gegen einen Drink einzutauschen.

»Gillian freut sich schon den ganzen Tag darauf, Aspen zu sehen«, sagte Trigger zu Brain. »Sie mag sie sehr.«

»Gut. Aspen könnte ein paar Freundinnen gebrauchen«, sagte Brain und sah, wie Aspen auf einen Kommentar von Gillian zu lachen begann. Es dauerte nicht lange, bis auch

Kinley und Devyn zu ihnen stießen und sich zusammen in die Küche drängten. Sie schenkten sich nach und prosteten einander zu.

»Fühlt sich gut an, nicht wahr?«, fragte Trigger.

»Was meinst du?«, fragte Brain zurück, riss den Blick von Aspen los und wandte sich seinem Freund zu.

»Wenn man unbedingt will, dass ein anderer Mensch glücklich ist.«

Brain dachte einen Moment über Triggers Worte nach und nickte dann. Das beschrieb sein momentanes Gefühl sehr gut. Was er wollte war nicht mehr wichtig, wenn Aspen in der Nähe war. Er wollte nur, dass sie glücklich war und den Zusammenhalt fand, nach dem sie so lange gesucht hatte.

»Nun aber«, sagte Trigger und legte Brain den Arm um die Schultern. »Ich bin hungrig. Lass uns die Burger auf den Grill werfen. Ihr geht es gut. Die Mädels werden sich um sie kümmern.«

Brain nickte. Er wusste, dass sein Freund recht hatte. Aspen war in guten Händen.

Zwei Stunden später wuschen Aspen und Brain zusammen ab, während die anderen es sich im Wohnzimmer bequem gemacht hatten. Sie lachten und unterhielten sich. Zuvor hatten sie sich alle mit den Burgern, dem besten Kartoffelsalat, den Brain je gegessen hatte, und den anderen Beilagen vollgestopft. Winnie saß zufrieden in einem Schaukelstuhl, den Brain besorgt hatte, nachdem sie ihm erzählt hatte, wie sehr sie ihren alten Stuhl vermisste, den sie immer auf der Veranda stehen hatte, bevor er in einem Sturm zerstört wurde. Lefty saß mit Kinley auf seinem Schoß auf dem Sofa, Trigger und Gillian saßen neben ihnen. Lucky suchte unauffällig die Nähe zu Devyn und die anderen saßen auf den Stühlen, die sie vom Esstisch ins Wohnzimmer getragen hatten.

Gerade unterhielten sie sich über die tropischen Stürme, die im Moment immer häufiger über die Karibik hereinbrachen, als Trigger plötzlich aufstand und sich räusperte.

»Ich kann mir keine bessere Gelegenheit für das vorstellen, was ich vorhabe, als im Kreis meiner allerbesten Freunde.«

Brain merkte, wie Aspen neben ihm erstarrte und flüsterte: »Oh mein Gott.«

Er stellte die Pfanne ab, die er gerade schrubbte, trocknete sich schnell die Hände ab und wandte sich zu seinen Freunden um.

Trigger redete weiter. Er drehte sich zu Gillian, die noch immer auf der Couch saß und ihn mit großen Augen anschaute.

»Gilly, jeder Tag, den ich mit dir verbringe, ist ein Geschenk. Du sorgst dafür, dass ich immer wieder Neues lerne, und ich kann mir ein Leben ohne dich nicht mehr vorstellen. Ich bewundere deine Stärke, deine Extrovertiertheit, liebe es, neben dir schlafen zu gehen und neben dir aufzuwachen. Ich will mein restliches Leben damit verbringen, dich immer besser kennenzulernen, und dafür sorgen, dass du das allerbeste Leben hast. Gillian, willst du mich heiraten?«

Brain hörte, wie Aspen scharf einatmete, und zog sie zu sich heran, sodass ihr Rücken an seiner Brust ruhte. Er legte seinen Kopf auf ihre Schulter und sah zu, wie sein bester Freund Trigger die Luft anhielt, während er auf Gillians Antwort wartete.

»Du Idiot«, sagte sie liebevoll und streckte ihre linke Hand aus. »Du hast mich doch schon gefragt, erinnerst du dich? Ich trage jeden Tag den Verlobungsring.«

»Ich weiß, dass wir noch nichts geplant haben, aber ich will nicht mehr länger warten.«

Gillian lächelte. »Ich heirate dich, wann immer du willst, Walker, aber planen will ich es nicht.«

»Gut. Ich habe den Ehevertrag, den wir nur noch unterschreiben müssen. Und nächste Woche ist der Termin auf dem Standesamt, wenn du willst.«

Gillian blinzelte überrascht. »Ach ja?«

»Ja. Was meinst du?«

Als Antwort sprang Gillian von der Couch auf und in Triggers Arme. »Ja!«

Jeder im Raum begann zu klatschen.

Aspen drehte den Kopf und sah Brain mit einem Lächeln auf den Lippen an. »Das war süß.«

»Das stimmt. Du wusstest von Anfang an, worauf er hinauswollte, nicht wahr?«, fragte er.

Sie zuckte mit den Schultern. »Na ja, das war ja nicht so schwer zu erraten. Hat er euch Jungs nicht eingeweiht?«

Brain schüttelte den Kopf. »Nein. Ich habe ein bisschen länger gebraucht, um zu verstehen, worauf er hinauswill, weil er schon einen Antrag gemacht hat. Aber ich freue mich für die beiden.«

»Ich mich auch. Viele Frauen träumen von so einem Antrag. Es ist wunderschön, wenn der Mann deiner Träume sich öffentlich zu dir bekennt und um deine Hand anhält.«

»Ist das etwas, das du dir wünschst?«, fragte er.

»Was?«

Brain gestikulierte in Richtung Trigger und Gillian, die sich noch immer in den Armen lagen.

»Ja, schon.« Aspen zuckte mit den Schultern. »Wenn du darüber sprichst, ob ich jemanden finden will, den ich liebe und der mich heiraten will. Moment«, sagte sie und drehte sich zu ihm um, »ist das auch dein Wunsch? Also, nicht sofort, aber irgendwann?«

»Ja«, sagte Brain sofort. »Ich will jemanden, auf den ich mich verlassen kann, egal welche Herausforderungen das Leben bereithält. Ich will diesen Herausforderungen gemeinsam entgegensehen und eine Familie haben. Ich will jemanden, der die Kinder liebt, egal ob sie schlau sind oder auch nicht.«

»Du würdest gern mehr mit deinen Eltern reden, nicht wahr?«, fragte Aspen leise.

Brain seufzte. »Ja. Sie wollten, dass ich der nächste Nobelpreisträger oder so was werde. Als ich mich für ein anderes Leben beim Militär entschied, hatten sie wohl das Gefühl, dass all meine bisherigen Leistungen nicht mehr zählen.«

Es fühlte sich so an, als wären Aspen und er ganz unter sich, was bewundernswert war, denn im Wohnzimmer ging noch immer die Post ab.

»Das tut mir leid«, sagte Aspen leise.

»Ist schon okay. Ganz ernsthaft? Es ist ihr Verlust.«

»Wenn sich die Gelegenheit ergibt, würde ich sie trotzdem gern treffen ... wenn du willst.«

»Aber natürlich. Ich hasse sie ja nicht. Ich besuche sie nur nicht so oft, wie ich vielleicht sollte. Aber wenn du sie kennenlernen willst, dann können wir gern hinfahren. Meine Eltern und ich sind nur sehr verschieden. Ich glaube, dass sie nicht daran geglaubt haben, dass ich je eine Frau finde, die nicht so ist wie ich.«

»Was meinst du?«, fragte Aspen und legte den Kopf schief.

»Also jemanden, der nicht die ganze Zeit den Kopf in den Büchern hat und Matheformeln runterbeten kann.«

»Aber es ist doch nichts falsch daran, intelligent zu

sein«, argumentierte Aspen. »Ich bin mir fast sicher, dass deine Eltern sogar etwas enttäuscht sein werden, weil ich nicht so ein Genie bin wie du.«

»Da bist du dir sicher, *dorogoy*?«

»Du kannst mich nicht mit deinem Serbisch überraschen.« Sie zog die Augenbrauen hoch.

»Das war Russisch«, sagte er lachend. Dann wurde er ernst. »Du sorgst dafür, dass ich mit den Füßen auf dem Boden bleibe. Das hat so noch keiner geschafft. Außerdem denke ich nicht die ganze Zeit daran, was andere wohl über mich denken, weil ich zu beschäftigt damit bin, an dich zu denken. Du akzeptierst mich so, wie ich bin, und das bedeutet mir sehr viel«, sagte er zu ihr.

»Weil ich dich genau so mag, wie du bist«, sagte sie sanft.

»Wenn unsere Beziehung irgendwann an diesem Punkt ist, dann mache ich dir einen Antrag, den du nicht vergessen wirst«, versprach Brain.

Aspen lief rot an und schüttelte den Kopf. »Ich brauche keinen supertollen Antrag, Kane. Ein einfaches ›Willst du mich heiraten?‹ ist genug ... wenn unsere Beziehung an diesem Punkt angelangt ist.«

Brain nickte, aber seine Gedanken rasten. Er überlegte sich, wie er einen Antrag gestalten könnte, sodass er romantisch und auch etwas extravagant war. Eigentlich sollte ihn die Vorstellung allein nervös machen, aber stattdessen fühlte es sich einfach ... richtig an.

»Los geht's, lass uns deinen Freunden gratulieren«, sagte sie.

»Unseren Freunden«, verbesserte er sie sanft.

Aspens Lächeln hätte nicht größer sein können. »Unseren Freunden«, stimmte sie zu.

Als sie sich umdrehte, um ihn aus der Küche zu schieben, genau so, wie Kinley es früher am Tag mit Lefty gemacht hatte, klingelte ihr Handy.

Aspen verzog das Gesicht und zuckte mit den Schultern. Brain wollte ihr vorschlagen, nicht ranzugehen, aber er hielt sich zurück. Er wusste genauso gut wie sie, dass sie bei ihrem Job keine Anrufe ignorieren konnte.

»Hallo?«, sagte sie uns hielt sich das Handy ans Ohr.

Brain hörte ihren Teil der Unterhaltung und er merkte, wie er sich dabei immer mehr anspannte.

»Jawohl, Sir. Ich verstehe, Sir. Um vier Uhr, Sir, ich werde da sein. Vielen Dank. Gleichfalls. Bis dann.«

Als sie auflegte, wusste Brain, dass sich nicht nur die Pläne für den Abend geändert hatten, sondern dass sie am frühen Morgen in den Mittleren Osten fliegen würde.

»Das war der Major«, erklärte sie ihm.

»Du wirst am Morgen ausrücken«, beendete Brain den Satz.

Aspen nickte.

Ohne lange nachzudenken, nahm Brain sie in die Arme und sie lehnte sich an seine Brust.

»Zum ersten Mal in meinem Leben will ich nicht gehen«, murmelte sie an seinem Hals. »Ich habe mich sonst immer auf die Einsätze gefreut. Darauf, etwas tun zu können.«

»Ich weiß«, beruhigte Brain sie. Und er verstand, was sie sagen wollte. Er hatte das gleiche Gefühl, wenn ein Einsatz anstand. Aber er war sich sicher, dass dieses Gefühl von jetzt an anders sein würde.

Er legte Aspen die Hände auf die Schultern und sah ihr tief in die Augen. »Das ändert aber nichts an unserer Beziehung«, sagte er mit Nachdruck.

Sie nickte.

»Ich meine es ernst. Mir ist egal, wie lange du weg bist, ich werde auf dich warten.«

»Ich sollte in zwei Monaten zurück sein«, sagte sie schnell.

»Das ist ja gar nichts«, sagte Brain zu ihr, aber ihm wurde schwer ums Herz. Er wusste nicht, wie er es aushalten sollte, sie zwei Monate lang nicht zu sehen. Zum ersten Mal wurde ihm bewusst, wie sich Gillian und Kinley wohl fühlen mussten, wenn sie erfuhren, dass ihr Team einen Einsatz hatte. Er verstand, wie Trigger und Lefty sich fühlten, wenn ein Einsatz beschlossen wurde. Aber er musste positiv bleiben, für Aspen.

»Ich werde dir schreiben und du kannst mir schreiben«, sagte er.

»Natürlich«, sagte sie und nickte.

»Aber bitte«, sagte er mit weicher Stimme, »bitte pass auf dich auf. Es gibt noch so viel, was ich über dich lernen will.«

Aspen nickte erneut. »Und ich über dich.«

»Wir werden uns schreiben und du kannst mir jede Frage stellen, die dir in den Sinn kommt. Ich werde ehrlich antworten, ich verspreche es«, sagte Brain. »Auch wenn du denkst, die Frage ist zu persönlich. Du kannst mich alles fragen, okay?«

»Okay. Das Gleiche gilt für dich.«

»Wir schaffen das zusammen«, sagte Brain zu ihr. »Wir müssen uns einfach daran gewöhnen. Leider. Du musst auf Einsätze und ich auch. Es liegt an uns, ob wir diese Trennungen auf Zeit dafür nutzen, uns noch besser kennenzulernen, oder ob sie dazu führen, dass wir uns voneinander entfernen.«

»Ich verstehe nicht, wie emotional mich das macht,

obwohl wir uns erst seit zwei Wochen kennen«, sagte sie mit einem kleinen Stirnrunzeln.

»Ich glaube, das kann man gar nicht rational nachvoll-ziehen«, sagte Brain. »Ich kann es selbst kaum glauben, aber so ist es einfach.«

»Okay. Du hast recht. Aber vergiss bloß nicht, wer den ersten Schritt gemacht hat«, sagte sie mit einem Augenzwin-kern, um die Situation aufzulockern.

Brain lachte leise. »Wie könnte ich? Eigentlich wollte ich mich nicht ausnutzen lassen, aber in dem Moment, in dem sich unsere Lippen berührten, war es um mich geschehen. Lass dich nicht von Derek beeindrucken«, sagte er, als er sich daran erinnerte, dass er bei dem Einsatz mit dabei war.

»Ich werde es versuchen.«

»Gut. Ich werde es vermissen, mit dir zu sprechen«, gab Brain zu.

»Mir geht es genauso.«

»Hey, ihr beiden, das soll eine Party werden!«, rief Trigger aus dem Wohnzimmer. »Setz noch ein paar Marga-ritas für die Mädchen auf und stell ein paar Bier kalt. Und wenn du willst, bekommst du auch ein bisschen Wein, Brain!«

Er drehte sich zu seinen Freunden um und schüttelte den Kopf. »Aspen muss leider los.«

Die anderen beschwerten sich und seufzten.

Sie zuckte mit den Schultern. »Die Pflicht ruft.«

Als sie diese drei Worte hörten, wurden die Delta-Soldaten ernst. Einer nach dem anderen kam zu ihr in die Küche, umarmte sie und wünschte ihr alles Gute. Auch die anderen Frauen verstanden, dass Aspen nicht nur früher gehen musste, sondern auf einen Einsatz geschickt wurde, und wünschten ihr ebenfalls das Allerbeste.

Brain begleitete Aspen zur Tür, obwohl er sie am

liebsten in seinem Schlafzimmer eingesperrt hätte, damit sie nicht gehen konnte. Es war ein schockierender Gedanke; schließlich war er selbst Soldat. Er hielt sie den ganzen Weg zu ihrem Wagen in den Armen, welcher wie die Fahrzeuge seiner Kameraden am Straßenrand geparkt war.

Er nahm ihren Kopf in die Hände und küsste sie, ohne um Erlaubnis zu bitten. Er küsste sie lange und ließ seiner Frustration darüber, sie monatelang nicht sehen zu können, freien Lauf.

Aspen küsste ihn mit genauso viel Gefühl zurück.

Nach ein paar Minuten machte Brain einen Schritt zurück und legte seine Stirn an ihre.

»Ich meine es ernst, pass auf dich auf, *dorogoy*. Ich werde nicht gut schlafen können, bis ich weiß, dass du wieder sicher zu Hause angekommen bist.«

»Werde ich«, versicherte sie ihm.

»Sag deinen Rangers, dass sie gut auf dich aufpassen sollen, sonst werden sie am eigenen Leib erfahren, was genau so ein Delta-Soldat alles draufhat«, sagte Brain mit einem drohenden Unterton.

Aber Aspen kicherte nur. »Ich mag es, dass du dich meinetwegen mit einer ganzen Einheit von Ranger-Soldaten anlegen willst.«

»Ich bin ein Delta, ich komme mit diesen Jungs schon klar. Und wenn ich mir ein paar giftige Spinnen besorgen muss, die ich nach eurer Rückkehr in ihren Bettchen verstecke.«

Aspen lachte und umarmte ihn fest. Brain hielt sie fest und atmete tief ein.

*Gardenien.* Er würde diesen Geruch sein ganzes Leben lang nicht vergessen.

Er nahm einen letzten, tiefen Atemzug, dann ließ er sie gehen. Sie musste noch einiges erledigen. Er machte einen

Schritt zurück und steckte die Hände in die Hosentaschen. »Ich rufe dich um Viertel nach drei an, damit du auch wirklich wach bist«, versprach er ihr.

Aspen lächelte ihn an. »Vielen Dank, das ist nett. Es wäre nicht gut, wenn ich verschlafen würde. Der Sergeant würde sich ziemlich aufregen.«

Brain konnte sich nicht dazu durchringen, ihr Lächeln zu erwidern. Plötzlich war ihm die Kehle wie zugeschnürt und er brachte kein weiteres Wort heraus.

Er sah zu, wie Aspen die Wagentür öffnete und sich auf den Fahrersitz setzte. Sie ließ den Motor an und ließ das Fenster herunter.

»Ich schreibe dir, sobald ich kann«, versprach sie ihm.

Brain nickte.

»Vielen Dank für den schönen Abend. Bitte entschuldige mich bei den anderen, weil ich so plötzlich gehen musste, und gratuliere Trigger und Gillian von mir. Es ist schade, dass ich ihre standesamtliche Hochzeit verpassen werde.«

Brain schluckte schwer und nickte erneut.

»Bis dann, Kane.«

Als er nicht antwortete, legte sie den Gang ein und wollte gerade losfahren.

»Aspen?«, platzte es aus Brain heraus.

Sie hielt den Wagen an. »Ja?«

»Tritt ein paar Terroristen in den Hintern, okay?«

Sie lächelte. »Mache ich.«

Dann war sie weg.

Brain sah den Rücklichtern ihres Fahrzeugs noch lange nach, bis sie in die nächste Straße einbog und um die Ecke verschwand.

»Verdammt«, murmelte er.

»Tut weh, nicht wahr?« Lefty stand plötzlich hinter ihm.

»Und wie«, stimmte Brain ihm zu, ohne sich umzudrehen.

»Als ich herausfand, dass Kinley im Zeugenschutzprogramm war und ich keine Ahnung hatte, wo sie sich befand und ob sie dort sicher war, fraß mich das von innen auf. Ich dachte, ich würde sterben.«

Brain nickte.

»Ich konnte nur weitermachen, weil ich genau wusste, wie stark Kinley war. Und dass sie das tat, was sie für richtig hielt. Ich hasste es, dass ich nicht für sie da sein und sie beschützen konnte, ich musste darauf vertrauen, dass sie auf sich selbst aufpasste. Sie tat, was sie tun musste, um zu mir zurückzukehren.«

Nun fühlte Brain sich besser.

Er drehte sich zu seinem Freund um. »Aspen ist großartig. Sie ist stark – muss sie ja sein, um mit den Rangers mithalten zu können. Alles wird gut werden.« Er glaubte an seine Worte. Aber er hasste es, nicht bei ihr zu sein. Hasste es, dass er sie nicht beschützen konnte, nicht jede Minute des Tages bei ihr sein konnte. Er wusste, dass sie auf sich selbst aufpassen konnte. Und obwohl sie bei ihrem Team nicht den Zusammenhalt gefunden hatte, den sie sich wünschte, würde er darauf wetten, dass die Männer, mit denen sie arbeitete, ihr zur Seite stehen würden, wenn es hart auf hart kam.

Daran musste er glauben, sonst hätte er sie nicht gehen lassen können.

»Das ist sie«, stimmte Lefty ihm zu. »Los, komm wieder rein. Wir planen gerade eine Hochzeitsfeier für Trigger und Gillian, weil sie sich weigert, das zu tun. Winnie erzählt irgendwas von Strippern und aufblasbaren Puppen und irgendjemand muss ihr Einhalt gebieten, sonst kommt sie noch damit durch.«

Brain konnte sich nicht helfen, er musste lachen. Das klang ganz wie Winnie: Stripper auf der Hochzeit. Er ging zurück zum Haus, aber bevor er hineinging, schaute er noch einmal die Straße hinunter, dorthin, wo die Rücklichter von Aspens Wagen verschwunden waren.

»Fahr vorsichtig, meine Liebe«, flüsterte er, bevor er zurück in sein Wohnzimmer zu seinen Freunden ging.

# KAPITEL SIEBEN

*Von: Aspen*
*An: Kane*
*Betreff: Endlich da!*
Kane,

hallo! Wir sind endlich angekommen. Ich kann dir natürlich nicht genau sagen, wo wir angekommen sind, nur so viel: Um uns herum erstrecken sich die Sanddünen, aber mein Surfbrett konnte ich noch nicht ausprobieren. ;) Der Flug war in Ordnung. Ich konnte natürlich nicht schlafen. Mein Sitzplatz war einfach nicht so bequem wie dein Sofa. Wir haben unsere Schlafplätze zugeteilt bekommen und wie immer bin ich weit von meinem Team entfernt untergebracht. Ich verstehe zwar warum, aber das ist frustrierend. Wie können wir uns je besser kennenlernen, wenn wir nicht zusammenwohnen?

Na ja, wir werden nicht allzu lange hier sein, wir werden bald auf unseren ersten Einsatz geschickt. Ich wollte dir nur schnell schreiben, dass ich sicher angekommen bin und alles so weit gut ist. Bis bald!

Aspen

. . .

*Von: Brain*

    *An: Aspen*

    *Betreff: Re: Endlich da!*

    Aspen,

wie schön, von dir zu hören. Ich habe schon die ganze Zeit auf deine Nachricht gewartet. Ich freue mich, dass der Flug gut gelaufen ist und dass du gut angekommen bist. Ich hatte gar nicht an die Situation mit den Unterkünften gedacht, kann mir aber vorstellen, wie frustrierend das ist. Und du hast recht, oft ergibt sich der Zusammenhalt am Abend, wenn man mit dem Team runterkommt und sich etwas entspannen kann. Wir haben immer über den Tag geredet und darüber, was am nächsten Morgen auf uns zukommen wird. Bleib stark!

Winnie und die anderen Frauen haben mich gebeten, dir die besten Grüße auszurichten. Gillian und Trigger bereiten sich auf ihre Hochzeit vor und wir haben beschlossen, danach einen kleinen Empfang bei mir im Haus abzuhalten. Leider habe ich nicht die geringste Ahnung, wie ich eine Hochzeitsparty organisieren soll, und Gillian will sich in die Planung partout nicht einmischen. Ich kann verstehen warum, sie muss das ja täglich für die Arbeit machen. Hast du ein paar Ideen für mich?

Ich habe es schon gesagt, aber ich will es noch einmal sagen: Pass auf dich auf. Man weiß nie, was einen erwartet. Ich habe gehört, dass das Wetter ziemlich schlecht werden soll bei euch.

    Brain

*Von: Aspen*

*An: Kane*

*Betreff: Wetter*

Kane,

ja, das Wetter ist ziemlich schlecht und es soll wohl auch so bleiben, solange wir hier sind. Ich werde auf jeden Fall meine Regenjacke und meinen Regenschirm mitnehmen, wenn ich nach draußen gehe. :)

Es tut mir leid, dass ich die Hochzeitsparty verpassen werde. Ich glaube, am besten wäre es wohl, ein paar Häppchen anzubieten. Die Gäste können sie einfach essen und sie sind nicht schwer zu kaufen/machen. Die meisten Sachen kannst du bestimmt im Supermarkt bekommen, aber zusätzlich würde ich die Gäste bitten, selbst etwas mitzubringen, so sparst du dir viel Zeit. Einige Beispiele, was die Gäste mitbringen könnten: gefüllte Eier, Tomaten-Mozzarella-Spieße, Fruchtspieße, Tortilla-Chips und Salsa-Soße (oder auch Kartoffelchips und ein Dip), Fleischbällchen, Hähnchenflügel, Kartoffelecken, Würstchen im Schlafrock oder eine Fleisch- und Käseplatte. (Ich weiß, ich weiß, ich bin hungrig; aber das Essen hier ist einfach nicht das Beste.)

Bitte gratuliere Trigger und Gillian von mir. Vielleicht bringe ich ihnen ein Glas Sand als Geschenk mit. Ich mache natürlich Witze.

Ich weiß, dass es erst ein paar Tage sind ... aber ich vermisse dich.

Aspen

*Von: Brain*

*An: Aspen*

*Betreff: Re: Wetter*

Ich vermisse dich auch, *gráinne* (das ist übrigens Irisch

*grins*). Manchmal frage ich mich, warum es bei uns so schnell klick gemacht hat, aber dann sage ich mir, dass ich nicht zu viel darüber nachdenken sollte. Es gibt viele Dinge auf dieser Welt, die ich nicht verstehe, und ich genieße es, mit jemandem diese Gefühle zu teilen.

Wie ist das Wetter? Meine Freunde und ich haben ziemlich beunruhigende Nachrichten über Stürme in der Region gehört, und das macht mich nervös. Die Gerüchte besagen, dass wir eventuell bald auch eine Urlaubsreise in die Nähe unternehmen werden. In einer Woche oder so werde ich mehr wissen.

Vielen Dank für deine Vorschläge. Ich habe mit Kinley gesprochen und sie will auf jeden Fall mit den Häppchen helfen. Sie will auch Gillians Freundinnen anrufen, damit sie uns helfen können. Winnie hat angeboten, den Kuchen zu machen. Es wird kein traditioneller Hochzeitskuchen, aber aufgrund der knappen Zeit ist das das Beste, was wir hinbekommen.

Ich vermisse es, deine Stimme zu hören. Ich habe mich so daran gewöhnt, jeden Abend mit dir zu reden, dass es sich jetzt komisch anfühlt, nach dem Abendessen direkt den Fernseher einzuschalten, ohne dich von deinem Tag erzählen zu hören.

Pass auf dich auf, *gráinne*.

Brain

Von: Aspen

An: Kane

Betreff: Re: Re: Wetter

Heute war kein guter Tag. Es gibt Tage, an denen ich meinen Job hasse, und heute war so einer. Erinnerst du dich, wie ich nach dem Trainingstag zu deinem Haus gekommen bin und einen Sonnenstich hatte? Heute ist es ziemlich ähnlich gelaufen. Die Kameraden, mit denen ich arbeite, waren extrem abweisend, und ich bin sehr einsam, obwohl ich den ganzen Tag unter Leuten bin. Aber ich muss stark bleiben und es über mich ergehen lassen. Und weinen darf ich auf keinen Fall. Sie würden mich eine Versagerin nennen und mir vorwerfen, dass ich nicht das Zeug zu meinem Beruf habe. Derek ist weiterhin ein Idiot und im Nachhinein schäme ich mich dafür, dass ich je glauben konnte, dass er einer von den Guten ist. Er ist kein guter Anführer und das einzig Gute an einem Tag wie heute ist wohl, dass er nicht mein Vorgesetzter ist.

Es tut mir leid, dass ich heute nicht positiver und optimistischer sein kann. Ich vermisse dich.

Aspen


*Von: Brain*

*An: Aspen*

*Betreff: Stark bleiben!*

Ich habe deine E-Mail gerade erst bekommen. Es tut mir leid, dass ich nicht bei dir sein und dich umarmen kann. Ich wünschte, ich könnte es. Es tut mir leid, dass Derek so ein Idiot ist. Es macht mich wütend zu hören, dass dein Team dich nicht so unterstützt, wie Kameraden es tun sollten. Und du musst dich nicht verstellen, wenn du mit mir sprichst. Ich will, dass du du selbst bist, egal welche Laune du hast.

Ich vermisse dich auch. Ein Geständnis: Die Steppdecke, die du an dem Abend benutzt hast, an dem du bei mir warst, riecht immer noch nach dir. Ich decke mich damit zu, seit du gegangen bist. So fühle ich mich dir näher.

Brain

. . .

*Von: Aspen*
*An: Kane*
*Betreff: Großartiger Tag!*
Kane,

ich hatte heute wirklich einen großartigen Tag! Und ich weiß, meine letzte E-Mail war sehr pessimistisch, aber der heutige Tag war super. Wir sind herumgelaufen und haben uns die Gegend angeschaut, wie jeden Tag, seit wir angekommen sind. Dann hörten wir Schreie aus einem der Häuser. Ein kleiner Junge stand vor der Tür und weinte; als er uns sah, gestikulierte er wild, dass wir näher kommen sollen. Ich blieb zurück und ließ den anderen den Vortritt. Aber der Junge kam direkt zu mir, als er das rote Kreuz auf meiner Tasche sah.

Ich ging ins Haus und sah, dass seine Mutter in den Wehen lag. Sie schrie vor Schmerzen und war allein im Haus. Niemand half ihr. Ich machte mich sofort an die Arbeit – und meine Kameraden halfen mir, ohne Fragen zu stellen! Sie schienen kein Problem damit zu haben, einer Frau bei der Geburt zu helfen. Wir haben als Team zusammengearbeitet und es fühlte sich richtig gut an.

Wir haben der Frau geholfen, ein wunderhübsches Mädchen zur Welt zu bringen. Ich habe davor nur ein anderes Kind zur Welt gebracht und dabei auch eher nur assistiert. Das Geschenk des Lebens so hautnah mitverfolgen zu dürfen ist ein unglaubliches Gefühl. Ein Wunder.

Die Mutter war so dankbar, dass sie gar nicht aufhören konnte, meine Hand zu küssen, und der kleine Junge war ganz entzückend. Ich hätte deine Übersetzungskünste gebrauchen können, aber alles in allem haben wir uns gut geschlagen.

Und ... wie war die Hochzeitsfeier? Das war gestern, oder? Oder heute? Mich bringen die verschiedenen Zeitzonen immer durcheinander.

Aspen


*Von: Brain*

*An: Aspen*

*Betreff: Re: Großartiger Tag!*

Ich freue mich zu hören, dass du einen guten Tag hattest. Die Familie kann sich glücklich schätzen, dass ihr genau zu dem Zeitpunkt in der Gegend wart, an dem sie eure Hilfe brauchte. Ich bin stolz auf dich!

Die Hochzeit war schön. Die Häppchen sind gut angekommen; vielen Dank für deine Vorschläge. Die tatsächliche Hochzeit auf dem Standesamt war ziemlich kurz, aber dafür auch sehr romantisch (zumindest denke ich, dass das deine Meinung wäre). Trigger überraschte Gillian damit, dass er ihre und seine Eltern eingeladen hatte. Wendy, Ann und Clarissa, langjährige Freundinnen von Gillian, waren ebenfalls da; und natürlich das gesamte Team. Der Raum war vollgestopft, aber das störte keinen.

Weil du ein Mädchen bist und dich das sicherlich interessiert: Gillian trug ein knielanges, pinkes Kleid mit pinkfarbenen Converse-Sneakern, die mit Pailletten besetzt waren. Sie sah wunderschön aus. Trigger hatte beschlossen, seine Paradeuniform zu tragen, und ich glaube nicht, dass die beiden sich während der Zeremonie auch nur für eine Sekunde aus den Augen gelassen haben. Ich bin mir sicher, dass Ann oder jemand anderes ein Video davon gemacht hat, ich sende dir eine Kopie, sobald ich es bekomme.

Winnies Kuchen war auch großartig. Er war zwar etwas schief, aber das störte niemanden. Ich wünschte, du wärst hier. Alle haben nach dir gefragt und wollten wissen, ob ich von dir gehört habe. Ob du es glaubst oder nicht, hier zu Hause wartet dein Team auf dich. Wir vermissen dich.

Brain

*Von: Aspen*

*An: Kane*

*Betreff: Re: Re: Großartiger Tag!*

Mir geht es gut. Damit musste ich anfangen, damit du dich nicht allzu sehr aufregst.

Heute ist etwas vorgefallen, aber sei beruhigt, mir geht es wirklich gut. Ich bin mir nicht sicher, was du darüber gehört oder nicht gehört hast. Wir sind wie jeden Tag, seit wir hier sind, durch die Gegend gelaufen, als nicht so nette Menschen beschlossen, dass sie uns nicht in ihrem Gebiet haben wollen. Holman und Buckland, zwei meiner Kameraden, wurden verletzt, aber nicht zu schlimm. Ich habe mir den Kopf angeschlagen, als Hamilton mich zur Seite und aus der Angriffslinie einer der bösen Typen schubste. Aber wie gesagt, mir geht es gut.

Weiß du, an manchen Tagen kann ich fast daran glauben, dass wir die Welt ein kleines bisschen besser machen, aber an anderen Tagen ist es so, als hätte sich die ganze Welt gegen uns verschworen. Außerdem fühle ich mich, als würden meine Gefühle Achterbahn fahren. Den einen Tag bin ich optimistisch und glücklich, am nächsten depressiv und niedergeschlagen. Ich weiß, dass das nicht gesund ist, und nach Tagen wie dem heutigen frage ich mich, was ich eigentlich mit meinem Leben mache.

Und schon wieder werde ich depressiv. Verdammt, ich mag das nicht.

Also ... wie geht es dir? Haben Lucky und Devyn sich

schon angenähert? :) Hast du mit deinen Eltern gesprochen? Ich könnte ein bisschen Normalität im Moment sehr gut gebrauchen.

Aspen

*Von: Brain*

    *An: Aspen*

    *Betreff: Normalität*

    Aspen,

was ist schon normal? Ich verstehe, was du durchmachst, und obwohl dir das sicher nicht allzu viel hilft, so hoffe ich doch, dass du dich etwas weniger allein fühlst.

Ich habe von dem Vorfall gehört und ich bin sehr froh, dass du mir sofort geschrieben hast, sonst hätte ich mir unglaubliche Sorgen gemacht. Und ja, Männer machen sich Sorgen. Ich hasse es zu hören, dass du verletzt wurdest, aber ich bin froh, dass Hamilton auf dich aufgepasst hat. So soll es in einem Team sein.

Ich weiß nicht, was sich zwischen Lucky und Devyn abspielt. Ich beteilige mich selten am Klatsch im Freundeskreis und wir hatten viel zu tun. Aber egal, wie beschäftigt ich bin, du gehst mir nicht aus dem Kopf. Es ist über einen Monat her, dass ich dich das letzte Mal gesehen habe, und ich vermisse dich mit jedem Tag mehr. Ich habe vergessen, wie langweilig mein Leben war, bevor ich dich getroffen habe. Jeden Tag, wenn ich von der Arbeit nach Hause komme, sitze ich allein in meinem Haus und sehe fern, bis ich auf dem Sofa einschlafe.

Aber zurück zu dem Vorfall ...

Ich hatte Angst, mein Schatz. Ich kann es kaum ertragen, daran zu denken, dass du in solche Vorfälle verwickelt bist, und wenn ich darüber nachdenke, was dir alles hätte passieren können, werde ich fast verrückt. Ich glaube fest daran, dass du deinen Job toll machst. Aber ich mache mir einfach Sorgen. Bitte, pass auf dich auf. Ich will, dass du bald wieder nach Hause zurückkommst und wir gemeinsam herausfinden können, wie es mit uns beiden weitergeht. Ich habe noch lange nicht genügend Zeit mit dir verbracht.

Pass auf dich auf.

Brain xoxo

*Von: Aspen*
*An: Kane*
*Betreff: Gedanken*
Kane,

ich habe auf diesem Trip sehr viel darüber nachgedacht, was ich mit meinem Leben machen will. Natürlich liebe ich, was ich tue. Ich liebe es, im medizinischen Bereich zu arbeiten, glaube aber, dass ich diese Leidenschaft auch auf eine andere Art und Weise ausleben kann und dabei vielleicht sogar glücklicher werde. Das heißt natürlich nicht, dass ich unsere momentane Situation nicht mehr ernst nehmen werde, aber ich will mir weiterhin Gedanken machen, wie die Zukunft für mich aussehen wird.

Weißt du was? Ich dachte, diese Mission sei gut für mich. Ich wollte ein bisschen Abstand zu dir gewinnen, weil ich viel zu schnell viel zu starke Gefühle für dich entwickelt habe. So schnell habe ich noch nie eine Bindung zu einem anderen Menschen aufgebaut. Ich dachte, dass die Entfernung eine gute Sache sei. Aber nun wird mir langsam klar, dass sich meine Gefühle im letzten Monat nicht geändert haben. Ich hänge noch immer genauso sehr an dir wie an dem Tag, an dem wir uns voneinander verabschiedet haben. Ich prüfe mehrmals am Tag, ob du mir eine E-Mail geschrieben hast, und wenn ich eine Antwort von dir bekommen habe, dann lese ich sie wieder und wieder, um mich dir nahe zu fühlen. Ich glaube, dass an dem Sprichwort etwas dran ist: Liebe wächst mit der Entfernung. So geht es mir zumindest.

Natürlich kann es gut sein, dass du das hier liest und dich innerlich windest, weil du darüber nachdenkst, wie du mehr Distanz in unsere Beziehung bringen kannst, weil dir alles zu schnell geht. Mehr Abstand, als wir im Moment schon haben, lach.

Nun muss ich aber Schluss machen. Wir haben morgen einen ziemlich großen Ausflug vor uns und ich weiß schon jetzt, dass Derek sich dabei wie ein Idiot verhalten wird.

Ich vermisse dich.

Aspen xoxo


*Von: Brain*

*An: Aspen*

*Betreff: Re: Gedanken*

Mir geht es genauso wie dir und ganz sicher denke ich nicht darüber nach, mehr Distanz zwischen uns zu bringen. In keiner Weise.

Und ... es sieht ganz so aus, als würden wir uns schneller wiedersehen, als wir gedacht haben. Wir hatten ja über die Möglichkeit geredet, dass meine Freunde und ich ebenfalls ausrücken. Sieht so aus, als wäre das nun beschlossene Sache.

Bis bald

Kane


*Von: Aspen*

*An: Kane*

*Betreff: Trip*

Ich habe ein paar Tage nichts von dir gehört. Ich nehme an, ihr seid schon aufgebrochen.

Aspen

# KAPITEL ACHT

Aspen wachte nach einer ruhelosen Nacht auf. Sie war nervös und aufgeregt wie eine Sechsjährige am Weihnachtsmorgen.

Kane würde heute ankommen.

Die Mission, die die Ranger-Einheiten im letzten Monat beschäftigt hatte, war nicht so gelaufen wie gewünscht. Sie hatten es nicht geschafft, den Mann ausfindig zu machen, der hinter den Aufständen in der Region steckte, und die Armee hatte die Delta-Force-Einheit geschickt, um sie zu unterstützen.

Derek war wütend, als er hörte, dass Kane der Delta-Einheit angehörte und bald auf dem Stützpunkt ankommen würde. Die Patrouillengänge der letzten drei Tage waren die Hölle gewesen. Derek hatte die beiden Teams erneut bis zum Rande der Erschöpfung getrieben, um den Taliban-Anführer zu finden, bevor die Deltas eintrafen. Die beiden Einheiten arbeiteten öfter zusammen. Und obwohl Aspen prinzipiell daran glaubte, dass sie zusammen sicherer waren, vor allem, wenn sie die Stadt patrouillierten, wünschte sie sich manchmal, dass ihre und Dereks Einheit nicht so eng zusammenarbeiten würden. Sie hatte das Gefühl, dass Derek die Jagd auf den Terroristen als eine Art Wettkampf ansah, obwohl sie alles andere als das war.

Aber Aspen hatte nichts gesagt. Sie hatte auch Dereks Vorgesetztem nicht Bericht erstattet. Er hatte nichts Illegales getan; er bewegte sich nur in der Grauzone zwischen entschlossenem Handeln und Rücksichtslosigkeit. Stattdessen hatte sie, wie die restlichen beiden Einheiten, still gelitten.

Und nun, nachdem sie einen Monat lang versucht hatte, Kane in E-Mails zu erklären, was passierte, ohne dabei die hohen Sicherheitsprotokolle zu brechen, denen sie als Soldaten unterlagen, würde er bald wieder bei ihr sein. Sie würde ihn sehen und mit ihm sprechen können. Aspen wusste, dass jeglicher körperliche Kontakt während der Mission verboten war, aber das war in Ordnung. Es wäre genug, einfach nur sein vertrautes, freundliches Gesicht zu sehen.

Die Dinge zwischen ihr und ihrem Team hatten sich in den letzten Tagen verbessert, denn gefährliche Situationen schweißten unweigerlich zusammen, aber noch immer hatte sie das Gefühl, dass etwas zwischen ihr und den anderen stand. Sie hatte gefragt, ob sie im gleichen Zelt wie ihre Teamkameraden unterkommen könne, aber die Armee hatte das strikt abgelehnt. Männer und Frauen mussten getrennt schlafen, Ende der Diskussion.

Weil Derek, Sergeant Vandine und deren vorgesetzte Offiziere sich nach der Ankunft der Delta-Einheit sofort mit dieser treffen wollten, hatten die Rangers einen raren freien Vormittag. Aspen wusste, dass ihre Kameraden sich im Kantinenzelt verabredet hatten, um ein warmes Frühstück miteinander einzunehmen, und danach in ihrem Zelt Karten spielen wollten. Sie war nicht eingeladen. Vor einer

Woche wäre sie deswegen sicherlich am Boden zerstört gewesen. Aber heute konnte ihr nichts die Laune verderben, bald schon würde sie Kane wiedersehen.

Sie fühlte sich wie eine verzweifelte verliebte Zwölfjährige, die darauf wartete, ihre Lieblings-Boyband zu sehen, als sie in der Nähe des Landeplatzes herumlungerte, auf dem die Helikopter landeten, die von dem nahe gelegenen, größeren Stützpunkt einflogen.

Sie war schon zweimal enttäuscht worden, weil Helis ohne das Delta-Team an Bord angekommen waren. Aber beim dritten Mal hatte sie Glück und sie sah mit breitem Lächeln dabei zu, wie sieben bekannte Gesichter aus der großen Maschine stiegen. Sie wollte nichts mehr, als sich in Kanes Arme zu werfen, aber sie behielt sich gerade noch so unter Kontrolle.

Die Männer gingen auf sie zu und Aspen bereitete sich geistig darauf vor, sie ganz professionell mit einem Händeschütteln auf dem Stützpunkt zu begrüßen. Doch Trigger machte ihr einen Strich durch die Rechnung, als er seinen Rucksack fallen ließ und sie fest umarmte.

Überrascht und etwas geschockt blieb Aspen nicht viel anderes übrig, als ihn ebenfalls zu umarmen.

»Vielen Dank für das Hochzeitsgeschenk«, sagte er, als er sie endlich losließ.

»Geschenk?«, fragte Aspen.

»Ja. Von dir und Brain. Ich habe Gillian schon zweimal auf den Schießstand mitgenommen; die Glock, die ihr uns geschenkt habt, ist große klasse.«

»Ähm ... Gern geschehen«, antwortete Aspen. Sie hatte nicht gewusst, dass Kane ihren Namen auf das Geschenk geschrieben hatte. Aber bei dem Gedanken bekam sie Schmetterlinge im Bauch.

Dann fand sie sich in einer Umarmung von Lefty

wieder, der ihr sagte, wie froh er war, sie zu sehen und dass er ihr gut ging.

Jedes einzelne Teammitglied nahm sie in die Arme und begrüßte sie überschwänglich. Lucky war als Vorletzter dran und als er sie im Arm hielt, flüsterte er ihr ins Ohr: »Es ist schön, dich lebendig und gesund zu sehen.« Er sprach weiter: »Und falls du dich fragst, warum wir dich alle so umarmen ... das liegt nicht nur daran, dass wir alle deine Freunde sind, sondern weil wir wissen, wie ungemütlich Derek werden kann, wenn ihm etwas nicht passt. Aber er kann schlecht behaupten, dass Kane und du sich unangemessen verhalten, wenn wir uns alle umarmen.«

Sie grinsten sich an, als Lucky einen Schritt zurückmachte, und Aspen standen Tränen in den Augen. Es war verwunderlich, wie schnell diese Männer sie als Teil ihres Teams akzeptierten, während ihr eigenes Team noch immer Abstand hielt. Aber darüber wollte sie im Moment nicht nachdenken. Sie war so dankbar, dass sie die Chance bekam, Kanes Arme um sich zu spüren, dass sie kaum an etwas anderes denken konnte.

Und dann stand sie plötzlich vor Kane. Seine haselnussbraunen Augen funkelten und Aspen wollte sich am liebsten sofort an seine Brust werfen. »Hi«, sagte sie plötzlich schüchtern und dachte an all die intimen Dinge, die sie in ihren E-Mails ausgetauscht hatten.

Ohne Worte streckte Kane die Arme nach ihr aus. Die Umarmungen seiner Kameraden hatten sich gut angefühlt, aber es war etwas ganz anderes, seine Berührung zu spüren und seinen frischen Geruch einzuatmen, den er auch nach der stundenlangen Anreise noch trug. Sie schmolz förmlich in seinen Armen.

»Verdammt, das fühlt sich gut an«, flüsterte er.

Sie wusste, dass ihnen mehr als eine kurze Umarmung

zur Begrüßung nicht erlaubt war, deshalb schloss Aspen die Augen und versuchte ihr Bestes, sich diesen Moment einzuprägen. Aber natürlich mussten sie die Umarmung viel zu schnell beenden. Kane war der Erste, der sie losließ, machte aber keinen Schritt zurück wie seine Teamkameraden. Er hob eine Hand an ihre Stirn und strich ihr eine Haarsträhne aus dem Gesicht. Dabei musterte er die Wunde, die sie bei dem Zusammenstoß letzte Woche davongetragen hatte.

»Tut es noch weh?«, fragte er leise.

Aspen lächelte. »Ich habe noch ein bisschen Kopfweh, aber ansonsten ist es nicht schlimm.«

Er runzelte die Stirn, sagte aber: »Gut.«

»Wir haben Gillian eine Glock zur Hochzeit geschenkt?«, fragte sie, um die Stimmung aufzuhellen und sich davon abzuhalten, ihre Lippen auf die seinen zu legen.

Er grinste. »Ja. Sie ist lila, fast schon violett. Und eine ziemlich gute Waffe, wenn ich das sagen darf.« Dann wurde er ernst. »Wie hat Derek sich in letzter Zeit angestellt?«

Aspen zuckte mit den Schultern. »Er ist frustriert, weil es uns nicht gelungen ist, Mullah Abbas Akhund zu finden. Ich denke, er will ihn selbst finden und erschießen, weil er weiß, welche Auszeichnungen damit einhergehen könnten.«

»Was für ein Idiot«, sagte Kane und schüttelte den Kopf. »Ich meine, es ist richtig, dass dieser Mann den Tod verdient hat. Aber wer sich mehr um seinen persönlichen Ruhm als um die Sicherheit seiner Leute schert, der hat in unserem Job nichts verloren.«

»Da stimmte ich dir zu«, entgegnete Aspen. »Und wenn ich die Informationen richtig im Kopf habe, dann ist der Anführer höchstwahrscheinlich Abdul Shahzada, nicht etwa Akhund.«

Als Kane nicht antwortete, biss Aspen sich auf die Lippe.

»Aber da erzähle ich dir wahrscheinlich nichts Neues, oder?«

»Nein, sprich ruhig weiter. Ich will wissen, wie du die Situation hier einschätzt«, sagte Kane zu ihr.

Aspen schaute sich um und bemerkte, dass auch das restliche Team ihr gespannt zuhörte.

»Okay, also dann. Akhund ist derjenige, auf den sich die Rebellen öffentlich berufen. Er tritt bei den Reden auf und ihn bezeichnen die Dorfbewohner als Anführer. Aber einige behaupten, dass Akhund nicht wirklich die Entscheidungen trifft. Sie haben Shahzadas Namen erwähnt, aber niemand weiß, wo er ist oder welche Pseudonyme er haben könnte.«

Kane nickte und so war Aspen klar, dass er und sein Team schon längst Bescheid wussten.

»Wir müssen Akhund finden«, sagte Doc von rechts.

»Er wird uns sagen können, was es mit diesem Shahzada-Typen auf sich hat«, fügte Lucky hinzu.

»Wir müssen los«, sagte Trigger. »Der Oberbefehlshaber wartet auf uns.«

»Eine Sekunde«, sagte Kane zu seinem Team und die anderen nickten ihm zu, bevor sie sich zurückzogen.

Aspen schaute Kane an und leckte sich nervös über die Lippen. Sie freute sich so sehr, ihn zu sehen, und es wirkte so, als wäre auch er froh, sie zu sehen. Aber als er stumm blieb und sie für einen sehr langen Moment mit einem nachdenklichen Blick ansah, bekam sie plötzlich Angst, dass er als Nächstes zugeben würde, dass er für sie beide keine Zukunft sah. Oder dass es ihm zu schnell ging und er die Sache langsamer angehen wollte.

»Mach dir nicht so viele Sorgen«, sagte Kane, ganz so, als hätte er ihre Gedanken gelesen.

»Ich ... freue mich einfach, dich zu sehen.«

»Ich auch. Ich habe dich ziemlich arg vermisst, das kannst du dir gar nicht vorstellen.«

»Ich glaube schon, dass ich mir das vorstellen kann«, antwortete sie mit einem kleinen Lächeln auf den Lippen.

»Obwohl ich dich nicht so berühren und küssen kann, wie ich es gern möchte, ist schon allein deine Anwesenheit genug, dass ich mich besser fühle als im gesamten letzten Monat. Ich hatte mir solche Sorgen gemacht, als du von deiner Kopfverletzung erzählt hast.«

Es war schön, das zu hören, und Aspen musste schwer schlucken, damit ihr keine Freudentränen in die Augen stiegen. »Mir geht es gut, glaub mir.«

Sie sah, wie er den Blick erneut zu der Wunde an ihrer Schläfe schweifen ließ, bevor er ihr in die Augen sah. »Ich muss noch ein paar Einsatzbesprechungen über mich ergehen lassen, aber willst du danach mit mir und den Jungs zusammen zu Mittag essen?«

»Gern«, sagte Aspen, ohne zu zögern. Sie versuchte normalerweise, mit ihren Rangers zu essen. Dabei musste sie höllisch aufpassen, dass sie zur gleichen Zeit wie die anderen ankam, denn richtig *eingeladen* war sie dabei nie.

»Gut. Wir werden wahrscheinlich kurz danach auf Patrouille gehen müssen, um die Gegend kennenzulernen, aber ich will so viel Zeit wie irgend möglich mit dir verbringen. Auch wenn wir nur gemeinsam essen gehen.«

Sie wollte nicht daran denken, wie er und seine Freunde den Stützpunkt verließen, weil sie aus erster Hand wusste, wie feindlich ihnen die Dorfbewohner gesonnen waren, aber sie hatte keinerlei Einfluss auf die Entscheidungen der Offiziere und musste sich mit dem Gedanken abfinden. Kane war gut in dem, was er tat, und konnte sich voll und ganz auf sein Team verlassen. »Mir geht es genauso«, sagte sie.

»Was wirst du heute Vormittag machen?«, fragte er sie.

Aspen wusste, dass Kane eigentlich keine Zeit für Small Talk hatte, und dennoch stand er hier und tat genau das. »Meine Kameraden hängen zusammen in ihrem Zelt ab, ich werde wahrscheinlich in mein Zelt zurückgehen. Vielleicht mache ich ein Nickerchen.«

Kane runzelte die Stirn. »Haben sie dich nicht eingeladen?«

Aspen zuckte mit den Schultern.

»Idioten«, murmelte er.

»Das sind sie gar nicht«, sagte Aspen. »Außer Derek, aber er ist Gott sei Dank nicht in meiner Einheit. Sie wissen nur nicht, wie sie mit mir umgehen sollen.«

»Sie sollten dich als wichtiges Teammitglied schätzen«, murmelte Kane.

»Ist schon okay«, beruhigte sie ihn.

»Brain, wir müssen los«, rief Trigger nun in ihre Richtung.

»Wir sehen uns im Kantinenzelt zum Mittagessen«, sagte sie zu ihm.

»Genau, bis dann«, bestätigte Kane. »Ich habe dich vermisst, *kochanie*.«

Aspen legte fragend den Kopf schief.

»Polnisch«, antwortete er.

»Gott, wie ich das vermisst habe«, platzte es aus Aspen heraus.

Kane streckte den Arm nach ihr aus und berührte mit seinem Handrücken kurz ihre Wange, dann lehnte er sich nach vorn und setzte seinen Rucksack auf. »Bis später«, sagte er leise.

»Bis später«, echote Aspen, während sie diesem unwiderstehlichen Mann nachsah, der zu seinen Freunden aufschloss und dann in Richtung Offizierszelt verschwand.

Brain konnte sich während der Einsatzbesprechung kaum konzentrieren. Er wusste, dass er Notizen machen und dem Oberbefehlshaber zuhören sollte, aber er konnte nichts anderes tun, als Sergeant Derek Spence mit kaum unterdrückter Wut anzustarren. Der Mann war nicht nur eingebildet, sondern sorgte sich auch nicht um die Soldaten, die ihm unterstanden. Tatsächlich trieb seine Arroganz ihn so weit, dass er unbedingt »gewinnen« wollte – in diesem Fall hieß das, Akhund vor dem Delta-Team dingfest zu machen.

Er war darauf so fokussiert, dass er nichts anderes mehr wahrnahm, vor allem nicht seine eigenen Schwächen.

Es half natürlich nicht, dass Derek ihn wiedererkannte und ihm ebenfalls unfreundliche Blicke zuwarf. Kane hatte eigentlich keine Lust, sich mit dem anderen Soldaten messen zu müssen, aber bedachte man, wie Derek nicht nur Aspen, sondern auch die anderen Soldaten behandelte, dann war fast sicher, dass Derek früher oder später Probleme bekommen würde. Und leider würden diejenigen, die ihn umgaben, für seine Fehler bezahlen müssen.

Nachdem Derek und Sergeant Vandine damit fertig waren, den Deltas zu erklären, was sie im letzten Monat unternommen hatten, um den Taliban-Anführer zu finden, begannen sie, gemeinsam über die nächsten Schritte nachzudenken.

Der mysteriöse Abdul Shahzada bereitete ihnen Sorge, aber das Ziel der Mission war Akhund. Wenn sie es schafften, Akhund zu töten, dann würden die Taliban einige Zeit brauchen, um sich neu zu organisieren und einen neuen Anführer zu finden. Falls Shahzada zum neuen Anführer erwählt würde, müsste er über kurz oder lang sein Gesicht zeigen, und dann wäre es der Armee ein Leichtes, mehr Informationen über ihn zu bekommen.

Die Besprechung dauerte bis halb eins. Nun wollte Brain nichts mehr, als Aspen zu sehen. Er fragte sich, was sie den Vormittag über getan hatte, und hoffte, dass sie genügend Zeit für ein Nickerchen gefunden hatte.

Er verließ gerade das Zelt, als Sergeant Spence zu ihm aufschloss. Er griff nach Brains Arm und zwang ihn so dazu, sich umzudrehen.

»Wenn du glaubst, dass du hier einfach aufkreuzen und dann mit Aspen vögeln kannst, dann bist du deinen Posten schneller los, als du denkst«, warf Derek ihm entgegen.

Brain reagierte so schnell, dass der andere Mann keine Zeit hatte, sich zu verteidigen. Er stieß Derek so hart mit der Hand vor die Brust, dass Derek nach hinten auf die Zeltplane fiel. »Erstens, fass mich nicht an«, knurrte Brain und konnte spüren, wie sich seine Teammitglieder um ihn herum positionierten. Er nahm auch wahr, dass niemand zu Dereks Hilfe geeilt war. »Zweitens, wenn du glaubst, ich würde irgendetwas tun, das Aspens Karriere gefährden könnte, dann bist du noch ein viel größeres Arschloch, als ich vermutet hatte – und das heißt etwas, denn ich hatte dich schon eine ganze Weile als ziemlichen Vollidioten abgestempelt.«

»Fick dich!«, murmelte Derek.

»Ich kann meine persönlichen Gefühle von meiner professionellen Einstellung trennen. Das solltest du dir auch mal überlegen. Du musst langsam darüber hinwegkommen, dass sie kein Interesse an dir hat. Mesmer ist eine klasse Feldsanitäterin und es ist deine Aufgabe, mit ihr und ihrem Team zusammenzuarbeiten – nicht gegen sie.«

»Du hast keine Ahnung, wovon du redest«, zischte Derek. »Ich sehe doch genau, dass du und deine Kumpels keine lästigen Frauen im Team haben. Sie hält uns auf und wir hätten Akhund längst gefangen, wenn wir nicht ständig Rücksicht auf sie nehmen müssten.«

»Rücksicht? Wie meinst du das?«, verlangte Brain zu wissen.

»Sie ist zu langsam«, sagte Derek und verzichtete auf weitere Beispiele.

»Lass mich raten«, mischte sich Grover ein, »du hast ein Problem damit, dass du deinen Schwanz nicht jederzeit auspacken und in den Straßengraben pinkeln kannst, weil ihr eine Frau im Team habt.«

Derek zuckte mit den Schultern. »Das ist nur eine von tausend Sachen, die es mit ihr so kompliziert machen. Wir sollten uns darauf konzentrieren, diesen Terroristen zu finden, aber stattdessen liegt sie mir ständig in den Ohren, dass ich die Teams zu hart rannehme. Sie beschwert sich, weil sie zu viel arbeiten müssen und nicht genug trinken. Es ist eine Schande, dass die Armee Frauen bei den Rangers erlaubt, und eine Zumutung, dass wir eine als Sanitäterin bei uns dulden müssen!«

»Sobald es brenzlig wird und ihr ihre Hilfe braucht, wirst du froh sein, dass sie dabei ist«, gab Lefty zu bedenken. »Ich bin mir sicher, du wirst derjenige sein, der am lautesten um Hilfe schreit, wenn du einen Splitter im Finger hast.«

Dereks Lippen verzogen sich. »Ihr denkt, dass ihr unbesiegbar seid. Eilmeldung – das seid ihr nicht. Ihr seid nicht besser als ich. Und ihr müsst den gleichen Regeln folgen wie ich auch.« Er starrte Brain hasserfüllt an. »Wenn ich sehen sollte, dass du Mesmer auch nur einmal berührst, dann werde ich euch beide anzeigen. Dann werden wir ja sehen, wie unbesiegbar du vor dem Militärgericht sein wirst. Wobei«, er hielt kurz inne, »warum eigentlich nicht? Küss die Schlampe doch genau so, wie du es in der Kneipe getan hast, sodass ich einen guten Grund habe, sie anzuzeigen und rauszuwerfen. Dann bekommen wir hoffentlich einen richtigen Sanitäter.«

Brain machte einen Schritt nach vorn, die Hand zur Faust geballt. Er wollte nichts lieber, als Derek klarzumachen, was er von seinem Geschwätz hielt. Trigger und Oz packten ihn an den Armen, bevor er handgreiflich werden konnte. Er schüttelte seine beiden Freunde ab und lehnte sich nahe an Dereks Gesicht. Derek war größer als Brain, aber das machte ihm keine Angst. Sein Haar war schwarz und fettig; es sah so aus, als wäre es seit Tagen nicht gewaschen worden. Er stank und seine Uniform war schmutzig.

»Du bist alles andere als ein Paradebeispiel für einen guten Soldaten und noch weniger für einen Ranger. Schau dich an – du siehst aus, als wärst du gerade aus Gott weiß was für einem Loch gekrochen. Natürlich sind die Standards auf Einsätzen geringer, aber du siehst aus, als hättest du seit Wochen keine Dusche von innen gesehen. Versuche lieber, ein Vorbild für dein Team zu sein, nicht die Schande, die du gerade bist. Und wenn du Mesmer oder mich noch einmal beleidigst, dann wirst du es bereuen.«

»Drohst du mir etwa?«, knurrte Derek.

»Das ist keine Drohung. Das ist ein Versprechen«, sagte Brain mit ruhiger Stimme. Dann drehte er sich um und ließ den anderen Mann stehen, bevor er etwas tat, das Aspens Karriere gefährdete ... wie etwa, dem Sergeant ins Gesicht zu schlagen.

Derek war nicht gut darin, mit Kritik umzugehen. Brain verstand nun sehr viel besser, womit Aspen sich tagtäglich herumschlagen musste. Mit so jemandem wie Derek arbeiten zu müssen, würde jeden darüber nachdenken lassen, zu kündigen und einen neuen Job zu suchen.

»Das hast du gut gemacht«, stellte Trigger fest, während sie in Richtung Kantine gingen.

»Er ist ein Arschloch«, sagte Brain mit zusammengebissenen Zähnen.

»Allerdings.«

Brain nahm einen tiefen Atemzug und versuchte, seinen Ärger zu unterdrücken. Er wollte nicht mit schlechter Stimmung zu seiner Verabredung mit Aspen erscheinen und ihr dann erklären müssen, dass Derek der Grund dafür war. »Wir gehen heute Nachmittag auf Patrouille, richtig?«

»Ja«, stimmte Trigger zu. »Hast du dich bis dahin wieder unter Kontrolle?«

»Natürlich«, antwortete Brain. Da war er sich sicher. Aspen zu sehen und mit ihr zu sprechen, würde ihm helfen, sich zu beruhigen.

Das Team betrat das Kantinenzelt und Brain hielt sofort nach Aspen Ausschau. Er sah sie mit einem Lächeln auf den Lippen auf ihn zukommen.

»Hi«, sagte sie und suchte seinen Blick. »Wie lief's?«

»Wie erwartet«, antwortete Brain. »Wir müssen gleich nach dem Essen los.«

Sie war darüber etwas enttäuscht, aber lächelte ihn weiter an. »Dann sollten wir uns schnell etwas zu essen besorgen, damit du nachher genügend Energie hast, oder?«

»Hast du schon gegessen?«, fragte Lucky.

Sie schüttelte den Kopf. »Nein. Ich habe auf meinem Handy ein Buch gelesen, während ich auf euch gewartet habe.«

Trigger, Oz und Grover machten sich zur Schlange an der Essensausgabe auf und Brain legte Aspen sanft eine Hand an den Rücken, um sie aufzufordern, den anderen zu folgen. Er stellte dabei sicher, dass sie beide zwischen seinen Freunden standen, sodass diese einen Schutzring um sie bildeten – nur für den Fall, dass Derek in der Nähe und auf Ärger aus war. Wenn ihre eigenen Ranger sie schon nicht unterstützten, so würde sein Team doch sicherstellen, dass ihr nichts passierte.

Sie schnappten sich jeweils ein Tablett und stellten sich an. Eine junge Frau stand an der Essenausgabe und verteilte grüne Bohnen. Auf ihrem Namensschild stand *Sierra* und ihre roten Haare waren im Nacken zu einem Knoten zusammengebunden und mit einem Haarnetz bedeckt. Sie begrüßte Aspen mit einem breiten Lächeln.

»Hey!«

»Hi, Sierra«, sagte Aspen und lächelte zurück. »Wie geht es dir? Bist du gut angekommen?«

»Bin ich. Danke der Nachfrage.«

Aspen drehte sich zu Brain um. »Sierra ist neu hier. Sie ist letzte Woche eingetroffen. Sie arbeitet für den Catering-Dienstleister des Stützpunktes.«

Grover, der hinter Brain stand, lehnte sich zu ihnen. »Was hat dich denn dazu getrieben, mitten ins Nirgendwo zu kommen?«, fragte er interessiert.

Sierra zuckte mit den Schultern. »Ich wollte schon immer meinem Land dienen, aber ich kann nicht mit Waffen umgehen und für viele andere Bereiche in der Armee bin ich einfach zu klein.«

»Zu klein? So klein bist du doch gar nicht«, sagte Grover.

Sierra machte einen Schritt zur Seite – und von der Kiste herunter, auf der sie anscheinend gestanden hatte, um das Essen zu servieren. Plötzlich war sie einige Zentimeter kleiner. »Ich bin gerade mal einen Meter achtundfünfzig groß, die meisten Menschen halten mich für einen Teenager«, sagte sie, wirkte darüber aber nicht verärgert. Sie stieg wieder auf ihre Kiste und lächelte sie an. »Ich mag die Arbeit hier bis jetzt sehr gern. Ich freue mich, endlich meinem Land dienen zu können, auch wenn ich nur koche und die Teller wasche. Immerhin kann ich so die Soldaten unterstützen, die täglich ihr Leben riskieren.«

Brain mochte die junge Frau sofort, obwohl sie etwas naiv klang.

»Ich weiß nicht, wie lange ich hier sein werde«, sagte Aspen zu ihr. »Aber wenn du mal etwas unternehmen willst, sag mir Bescheid. Es wäre schön, ein paar Freunde auf dem Stützpunkt zu haben.«

»Gern«, antwortete Sierra und lächelte erneut.

»Die meisten Dienstleister haben ihre Zelte ganz am Rand des Stützpunktes. Sag mir nicht, dass du auch dort untergebracht bist«, sagte Grover mit einem missbilligenden Unterton in der Stimme.

Brain sah seinen Freund überrascht an.

»Äh, doch, dort bin ich auch untergebracht«, antwortete Sierra.

»Hey, beeilt euch mal!«, rief ein Soldat, der hinter ihnen gestanden hatte und aufgrund der Verzögerung ungeduldig geworden war.

»Bis später«, sagte Aspen zu der anderen Frau und dann bewegten sie sich weiter vorwärts.

Brain folgte ihr, hörte aber noch, wie Grover hinter ihm zu Sierra sagte: »Sei vorsichtig, hier ist vieles anders als zu Hause.«

»Ich weiß«, sagte Sierra und klang dabei viel überzeugter, als ihr unscheinbares Äußeres vermuten ließ. »Ich sehe vielleicht wie ein Kind aus, bin aber schon lange keins mehr. Ich kann gut auf mich selbst aufpassen. Ich wäre nicht nach Afghanistan gekommen, wenn ich Angst vor dem gehabt hätte, was mich hier erwartet.«

»Ich mache mir nur Sorgen«, sagte Grover. »Du bist

keine Soldatin und die Lage hier im Land ist sehr unruhig. Sei vorsichtig, okay?«

Sierra und Grover starrten sich einen langen Moment an, bevor sie versprach: »Das werde ich. Entschuldige, dass ich gleich so defensiv geworden bin. Ich weiß deine Sorge zu schätzen.«

Grover nickte und setzte sich in Bewegung.

Brain wollte seinen Freund davor warnen, zu tiefe Beziehungen hier auf dem Stützpunkt zu formen, weil sie alsbald wieder nach Texas zurückkehren mussten, blieb aber still. Grover machte sich wahrscheinlich um die meisten Frauen hier Sorgen, wie er es mit jedem tat, den er einer Gefahr ausgesetzt sah.

»Da hinten ist ein Tisch frei«, sagte Oz von vorn und zeigte auf einen leeren, runden Tisch mit acht Stühlen. Die anderen kamen dazu und setzten sich. Brain rutschte mit seinem Stuhl etwas näher an Aspen heran und berührte unter dem Tisch ihr Bein mit dem seinen.

Sie lächelte ihn kurz an, kommentierte die Situation aber nicht.

Brain war froh, sie wiederzusehen. So froh, dass es ihm fast schon Sorgen machte. Es war faszinierend, wie schnell sich seine Stimmung verbesserte, sobald er mit ihr sprach. Das hätte er nicht gedacht. Sie durften sich auf dem Stützpunkt körperlich nicht näher kommen, aber die Trennung während der letzten Wochen schien sie noch enger zusammengeschweißt zu haben.

»Hattet ihr eine gute Besprechung?«, fragte Aspen in die Runde.

Doc nickte. »Ja. Sieht so aus, als wärt ihr ziemlich beschäftigt gewesen, seit ihr angekommen seid.«

Aspen verzog das Gesicht. »Auch wenn es nicht zu viel geführt hat. Akhund ist nicht dumm und scheint immer genau zu wissen, was wir als Nächstes vorhaben. Das nervt.«

»Glaubst du, dass er Insiderinformationen bekommt?«, fragte Lefty leise.

»Ich weiß es nicht«, sagte Aspen, ohne die Theorie vom Tisch zu weisen. »Ich würde gern Nein sagen, aber es ist möglich. Jedes Mal wenn wir eine neue Spur haben und seinen Aufenthaltsort herausbekommen, ist er schon wieder verschwunden. Wie ein Geist. Niemand hat etwas gesehen oder gehört. Es war sehr frustrierend.«

Brain hörte seinen Freunden nur mit halbem Ohr zu, weil er sich auf das Gespräch konzentrierte, das im Moment am Nebentisch stattfand. Fünf afghanische Männer unterhielten sich in ihrer Muttersprache Paschtunisch. Eigentlich hätte er nicht zugehört, aber das Thema des Gesprächs ließ ihn aufhorchen.

*»Ich kann mich einfach nicht an den Anblick von Frauen in Uniform gewöhnen.«*

*»Eine Schande ist das.«*

*»Da stimme ich zu. Frauen gehören ins Haus, sie sollten kochen, putzen und die Kinder erziehen.«*

*»Die Frau da drüben kommt ja rum. Jetzt isst sie mit den Männern, die erst heute angekommen sind.«*

Einer der Männer schüttelte entsetzt den Kopf. *»Es ist mehr als genug, dass sie den Männern schöne Augen macht, mit denen sie arbeitet. Jetzt hat sie auch noch die Neuankömmlinge in ihren Krallen. Eine Hure.«*

Brain wurde es zu viel. Das war genug. Normalerweise behielt er es für sich, dass er Leute verstehen konnte, die in einer anderen Sprache sprachen. So konnte er sein Wissen schon oft gewinnbringend auf Missionen einsetzen. Aber sein Bedürfnis, Aspen zu beschützen, wog schwerer als sein gesunder Menschenverstand.

Er schob seinen Stuhl zurück und ging zu dem anderen Tisch hinüber. Er hörte, wie auch seine Kameraden aufstanden, um ihn zu unterstützen, obwohl sie keine Ahnung hatten, was vorgefallen war.

Brain stützte sich mit den Händen auf dem Tisch ab und starrte die fünf Männer an, bevor er sie auf Paschtunisch ansprach.

»*Sergeant Mesmer ist eine hochqualifizierte Sanitäterin. Sie ist eine erfahrene Soldatin. Wenn ihr nicht in der Lage seid, euch anständig zu verhalten, während ihr auf dem Stützpunkt seid, dann schlage ich euch vor, anderswo euer Brot zu verdienen. Soldaten müssen respektiert werden, unabhängig von ihrem Geschlecht.*«

Die Männer starrten ihn mit großen Augen an. Sie hatten ganz offensichtlich nicht erwartet, dass ein Amerikaner ihre Sprache nicht nur verstand, sondern auch sprechen konnte.

»Natürlich«, sagte einer der Männer in stark akzentuiertem Englisch. »Wir wollten nicht respektlos sein.«

Brain starrte ihn scharf an. »*Das klang gerade noch ganz anders. Entschuldigt euch*«, sagte er noch auf Paschtunisch.

»Entschuldigung«, sagte der Mann sofort.

»*Nicht zu mir müsst ihr das sagen*«, sagte Brain und nickte in Richtung Aspen. »*Zu ihr.*«

Alle fünf Männer standen auf, verbeugten sich leicht und entschuldigten sich.

»Tut mir leid.«

»Ich entschuldige mich.«

»Bitte vielmals um Entschuldigung.«

»Wir haben es nicht so gemeint.«

»Entschuldigung.«

Brain stellte sich wieder aufrecht hin. Dann sagte er: »In Zukunft solltet ihr davon ausgehen, dass andere verstehen, was ihr sagt. Wir sind hier, um euch zu helfen, und ihr habt uns dafür Respekt entgegenzubringen. Vergesst das nicht.« Er nickte den Männern zu, die sich noch immer nicht wieder hingesetzt hatten, und ging an seinen eigenen Tisch zurück.

Seine sechs Kameraden standen mit finsteren Blicken hinter ihm, obwohl sie nicht verstanden hatten, was gerade passiert war. Sie hatten solche Vorfälle schon öfter erlebt. Wenn man so viele Sprachen verstand wie Brain, kam es vor, dass man auch unangenehme Gespräche überhörte. Viele Leute schauten auf Amerikaner herab und hatten kein Problem damit, in deren Gegenwart lauthals in einer anderen Sprache über sie herzuziehen und ihrem Unmut Luft zu machen, weil sie sich sicher waren, dass die Amerikaner sie nicht verstehen würden.

Sobald Brain den Afghanen den Rücken zugewandt hatte, griffen diese nach ihren Tabletts und machten sich auf in Richtung Rückgabestation. Er hatte kein Problem damit, dass er ihre Mittagspause verkürzt hatte.

Das Team setzte sich wieder an den Tisch. Aspen fragte: »Was ist passiert?«

»Die Männer hatten keine Ahnung, dass ich sie verstehen kann, und haben einige nicht ganz so nette Dinge über dich gesagt«, erklärte Brain ihr.

Aspen runzelte die Stirn. »Und?«

»Und was?«

»Das ist alles? Das ist alles, was sie gesagt haben?«

Brain nickte.

Sie starrte ihn an. »Kane, ich weiß zwar nicht genau, was sie gesagt haben, aber ich glaube, ich habe das meiste schon von unseren eigenen Leuten gesagt bekommen. Mich kann nichts mehr schocken. Ich arbeite schon seit Jahren fast ausschließlich mit Männern zusammen. Ich musste mich durchbeißen, um da hinzukommen, wo ich heute bin. Wenn ich mich jedes Mal aufregen würde, nur weil jemand etwas hinter meinem Rücken über mich sagt, dann wäre ich jetzt nicht hier. Ich habe eine ziemlich dicke Haut.«

»Das. Ist. Mir. Egal«, erwiderte Brain. »Solange ich da bin, müssen die Leute sich benehmen.«

Sie lief rot an und Brain wollte nichts mehr, als ihre Hand in der seinen zu halten. Aber er hatte gerade einen Streit angezettelt und die Blicke der anderen waren noch immer auf sie gerichtet. Derek hatte das Zelt betreten, kurz nachdem sie sich hingesetzt hatten. Würde er Aspen zu öffentlich berühren, würde Derek das sofort an die Offiziere weiterleiten. Brain hatte zwar keine Angst vor ihm, wollte aber auf keinen Fall etwas tun, das sich negativ auf Aspen auswirken könnte.

»Danke«, flüsterte sie.

»Also ... willst du uns dennoch grob erzählen, worum es ging?«, fragte Trigger, nachdem sie wieder mit dem Essen begonnen hatten.

»Nein«, grummelte Brain, der noch immer schlecht gelaunt war. »Meine größere Sorge ist eigentlich, dass die Armee lokale Mitarbeiter eingestellt hat, die den USA vielleicht nicht so viel Unterstützung entgegenbringen, wie sie es sollten.«

»Willst du etwas sagen?«, fragte Doc.

»Natürlich«, antwortete Brain. »Es ist schwierig genug, Freunde von Feinden zu unterscheiden. Falls wir unsere Feinde eingeladen haben, mit uns zu arbeiten und zu essen, dann kann das nur schiefgehen.« Er sah Aspen an. »Ich nehme an, dass sie als Übersetzer arbeiten?«

Aspen zuckte mit den Schultern. »Ich weiß es nicht. Sie könnten auch Soldaten der afghanischen Armee sein. So wie ich es verstehe, werden die Soldaten immer wieder zeitweise hier stationiert, um von unseren Teams zu lernen.«

Brain schnaufte. »Halte dich von ihnen fern«, sagte er zu Aspen.

Sie nickte sofort. »Ich hatte nicht mit dem Gedanken gespielt, sie zum Tee einzuladen«, sagte sie mit einem kleinen Lächeln.

»Ich meine es ernst.«

Aspen runzelte die Stirn. »Das verstehe ich ja. Normalerweise habe ich nicht genügend Freizeit, um auf dem Stützpunkt herumzulaufen. Euch heute Morgen abzuholen war eine Ausnahme. Heute ist einer der ersten Tage, die wir freihaben. Normalerweise sind wir den ganzen Tag auf Patrouille und am Ende des Tages falle ich einfach nur noch ins Bett. Ich habe keine Zeit, mit den Dorfbewohnern rumzuhängen.«

Brain hörte, wie einer seiner Teamkameraden ein Lachen unterdrücken musste, wandte den Blick aber nicht von Aspen ab. »›Rumzuhängen‹?«, fragte er mit hochgezogener Augenbraue.

»Ja. Zu entspannen. Gemeinsam etwas unternehmen. Freunde werden. Was auch immer«, sagte sie genervt.

»Entschuldige, ich habe es etwas übertrieben. Ich mache mir Sorgen um dich«, sagte Brain zu ihr.

Sie nickte. »Entschuldigung angenommen. Haben sie solch schlimme Sachen gesagt?«

»Nicht wirklich. Aber ich mag es nicht, wenn andere schlecht über dich reden. Vor allem, wenn es nicht wahr ist.«

»Okay.«

Das war eine andere Sache, die Brain sehr an Aspen schätzte. Sie war nicht nachtragend.

Er öffnete den Mund und wollte sie gerade fragen, was

sie den restlichen Tag vorhatte, als Derek plötzlich an ihrem Tisch erschien. »Wir rücken in dreißig Minuten aus, Mesmer. Wenn du nicht bereit bist, dann gehen wir ohne dich.«

Brain biss die Zähne zusammen. Was für ein Arschloch.

Aspens Sergeant tauchte hinter Derek auf. »Wir haben eine neue Spur, die zu Akhund führen könnte, und wir werden mit den Deltas zusammenarbeiten, um ihr nachzugehen.«

Sie nickte. »Ich werde da sein«, sagte sie zu den beiden Männern. Sergeant Vandine nickte und verließ das Zelt. Derek starrte Aspen und die anderen Männer noch eine Sekunde an, bevor er dem anderen Mann folgte.

»Er ist so ein Idiot«, sagte Grover leise.

»Richtig«, stimmte Aspen ihm trocken zu, dann stand sie auf und ergriff ihr Tablett. »Sieht so aus, als hätten wir einen anstrengenden Nachmittag vor uns.«

Die anderen folgten ihr, nahmen die Tabletts und leerten sie an der Rückgabestation.

Brain hatte früher schon öfter mit Soldatinnen zusammengearbeitet. Er respektierte sie genauso sehr wie seine männlichen Kollegen. Aber sein Beschützerinstinkt hatte ein Problem damit, Aspen ins Dorf zu lassen, um nach einem Terroristen zu suchen, der sie ohne einen zweiten Gedanken erschießen würde.

Er rief sich ins Gedächtnis, dass sie schon über einen Monat hier war und dazu noch einen fantastischen Job machte. Sie würde nicht in einer Ranger-Einheit dienen, wenn dem nicht so wäre.

Nachdem sie ihre Tabletts zurückgegeben und das Zelt verlassen hatten, ergriff Brain Aspens Oberarm. Das restliche Team hatte sich auf den Weg zu ihrem Zelt gemacht, wo inzwischen ihr Gepäck und ihre Ausrüstung angekommen waren. »Sei vorsichtig da draußen«, sagte er zu ihr.

»Das bin ich immer«, antwortete sie sofort. »Du musst auch vorsichtig sein. Du kennst dich in der Gegend nicht aus und einige der Bewohner sind ziemlich aggressiv.«

»Damit kann ich umgehen«, sagte Brain.

Aspen lächelte. »Das heißt also, dass wir nun zusammenarbeiten werden? Auf die eine oder andere Weise?«

Er grinste. »Sieht so aus.«

»Aber du wirst dich da draußen hoffentlich nicht wie ein Steinzeitmann verhalten und versuchen, mich die ganze Zeit zu beschützen.«

»Das kann ich nicht versprechen«, entgegnete Brain ehrlich. »Aber ich versuche mein Bestes, mich zurückzuhalten.«

»Das wäre nett«, sagte Aspen. In ihren Augen spiegelte sich allerdings weiterhin Unsicherheit.

»Alles in Ordnung?«, fragte Brain.

»Es ist nur ... ach, egal, das ist blöd.«

»Was denn, *mpenzi*? Sprich dich aus.«

»Welche Sprache war das?«, fragte sie, um Zeit zu gewinnen.

»Swahili.«

»Ernsthaft? Verdammt, ich hatte ja meine Zweifel, dass du wirklich so viele Sprachen sprichst, aber langsam glaube ich es. Swahili? Wahnsinn.«

»Woran hast du gerade gedacht?« Brain ließ nicht locker.

Sie seufzte, bevor sie zugab: »Ich will nur nicht, dass du schlecht über mich denkst. Ich weiß, dass ihr zu den Besten der Besten gehört. Zwar mache ich einen guten Job, aber ich weiß nicht, ob ich eure Standards erfüllen kann. Ich will, dass du stolz auf mich bist. Dass du es nicht bereust, dich für mich eingesetzt zu haben.«

Brain konnte nicht anders und musste ihr die Hände auf die Schultern legen. Am liebsten hätte er sie umarmt, aber das ging nicht. »Ich erwarte nicht, dass du perfekt bist, und hoffe, dass du das auch nicht von mir erwartest. Am wichtigsten ist es, dass wir wachsam sind und uns nicht überraschen lassen. Dass wir das tun, was getan werden muss, um die Sonne noch ein weiteres Mal aufgehen zu sehen. Macht das Sinn?«

Sie nickte.

»Ich werde immer stolz auf dich sein«, sagte er dann sanft. »Nach allem, was ich bis jetzt gesehen und gehört habe, machst du das Beste aus einer schwierigen Situation. Dein Team sollte eigentlich auf dich aufpassen, aber irgendwie scheinen die Jungs dazu nicht in der Lage zu sein. Das liegt wahrscheinlich daran, dass eure Anführer, und vor allem Derek, dir das Leben so schwer machen. Die anderen halten sich aus der Situation raus, weil sie nicht im Kreuzfeuer enden wollen.«

»Ich gebe ihnen keine Schuld daran«, sagte Aspen.

»Natürlich tust du das nicht. Du bist ein netterer und verständnisvollerer Mensch, als ich es je sein werde. Ich habe kein Problem damit, ihnen die Schuld zu geben«, sagte Brain mit fester Stimme. »Nun aber los, mach dich fertig. Wir werden ein paar Terroristen in den Hintern treten und diesem Akhund die Hölle heißmachen. Je schneller, desto besser. Dann können wir umso früher nach Texas zurückkehren und an unserer Beziehung feilen.«

Ihre Augen wurden groß. »Du gehst also davon aus, dass ich weiterhin Interesse an dir habe«, witzelte sie.

Brain lächelte. »Davon gehe ich tatsächlich aus. Ich will dich küssen, dich berühren, dich unter mir fühlen. Ich hoffe, dass es dir ähnlich geht.«

Sie leckte sich über die Lippen und sagte schüchtern: »Das tut es.«

»Gut. Nun aber los, bevor ich mich vergesse und dich hier und jetzt küsse.«

»Kane?«

»Ja?«

Aspen nahm einen tiefen Atemzug. »Vielen Dank, dass du mich heute verteidigt hast.«

»Immer«, sagte Brain mit Überzeugung.

Sie machte einen Schritt zurück und er ließ die Hände sinken. Sie drehte sich um und ging ohne einen Blick zurück zu ihrem Zelt.

Brain wusste, dass er sich nun auf die Mission konzentrieren und seine Gedanken sortieren musste. Auch er ging in Richtung seines Zeltes davon. Er hoffte, dass sie diesen Typen Akhund so schnell wie möglich finden würden, sodass sie Afghanistan hinter sich lassen konnten.

———

Abdul Shahzada, der den amerikanischen Offizieren nur als Muhammad Qahhar bekannt war, sah mit steinernem Gesichtsausdruck zu, wie sich der eingebildete Soldat von dem Zelt entfernte.

Innerlich kochte er vor Wut.

Er hasste die Amerikaner. Alle. Er arbeitete hier auf dem Stützpunkt als Übersetzer, direkt neben ihnen, um Informationen für die Taliban abzugreifen. Die Tatsache, dass einer der Amerikaner ihn beim Mittagessen zurechtgewiesen hatte, ließ seinen Hass nur größer werden. Was bildete er sich ein, ihre vertrauliche Unterhaltung zu belauschen? Wie konnte er ihm, Abdul Shahzada, Vorschriften machen wollen? Er war kein Mann, auf den man hinabsah. Nicht, wenn einem das eigene Leben etwas wert war. Doch genau das hatte der Amerikaner gewagt.

Und ihn gezwungen, sich bei einer Frau zu entschuldigen.

Ein solches Verhalten würde nicht folgenlos bleiben.

Er hatte mehr über die Abläufe auf dem Stützpunkt gelernt, als er zu träumen gewagt hätte. Dazu hatte er einfach den Soldaten bei ihren Gesprächen zugehört. Zum Beispiel wusste er, dass das Delta-Team gerade angekommen war und den Auftrag hatte, Mullah Abbas Akhund ausfindig zu machen. Aber sie waren genauso große Idioten wie alle anderen. Sie hatten keine Ahnung, dass Akhund nicht der Mann war, um den sie sich Sorgen machen sollten.

Akhund posierte zwar als das öffentliche Gesicht ihrer Vereinigung, aber Abdul war derjenige, der hinter den Kulissen alle Fäden in der Hand hielt.

Abdul wusste, dass er Akhund über die Entwicklungen informieren sollte, sodass dieser eine Chance hatte, sich zu verstecken. Aber er hatte keine Lust mehr, aus dem Schatten zu operieren. Er wollte seine rechtmäßige Position als Führer ihrer Gruppe antreten. Er wollte seinen Vorgesetzten beweisen, dass er die Kontrolle hatte – und sie verteidigen konnte.

Akhund war auf sich allein gestellt. Würde er dabei getötet, so war das Schicksal. Der Wille Allahs.

Abdul wollte, dass jeder einzelne Amerikaner, der sich auf diesem Stützpunkt befand, den Preis für seine Verfehlungen zahlen musste. Dafür, dass sie sich ungefragt in die Angelegenheiten seines Landes eingemischt hatten. Für ihre Ungläubigkeit.

Er musste an die Soldatin denken. Was, wenn er ihre Entführung anordnete? Sie war eine Hure, die sich mit allen möglichen Männern einließ. Sie trug eine Uniform, die wahren Soldaten allein gehören sollte, und sie war zu freundlich zu den Einwohnern. Sie versuchte wohl, sie vom Glauben an Allah abzubringen – und das war unakzeptabel. Sie zu entführen würde auch dem Mann einen Schlag versetzen, der sie am Mittagstisch verteidigt hatte. Er würde sicherlich vor Soge verrückt werden, sobald sie verschwunden war.

Eine Vorstellung, die ihn mit Genugtuung erfüllte ... aber es gab ein paar Stolpersteine. Abdul wusste aus erster Hand, wie aggressiv die amerikanischen Offiziere werden konnten, wenn einer ihrer Soldaten verschwand. Sie sparten weder Geld noch Ressourcen, um den Verschwundenen wiederzufinden. Und nicht nur das, die Hure hatte nicht nur eine, sondern gleich zwei Einheiten, die sie beschützten. Drei, wenn er die Gruppe mitzählte, die heute angekommen war. Es wäre nicht einfach, sie in die Finger zu bekommen, egal wie sehr er das wollte.

Plötzlich hörte er ein Geräusch in seiner Nähe und drehte sich um. Eine amerikanische Frau in Küchenschürze verließ gerade das Essenszelt. Ihre Haare hatten die Farbe des Teufels und sie war unnatürlich klein.

Als sie davonging, ohne ihn bemerkt zu haben, formte sich eine Idee in Abduls Kopf.

Was, wenn er keine Soldatin entführte?

Sondern nur eine Arbeiterin?

Er folgte der kleinen Amerikanerin mit großem Abstand und bemerkte, dass sie nicht mit den Soldaten sprach, an denen sie vorbeikam. Es sah so aus, als würden die meisten sie nicht einmal wahrnehmen. Sie wäre ein gutes Ziel. Wenige würden es merken oder sich darum kümmern, wenn sie verschwand.

Und er könnte seine Wut auf Amerika an ihr auslassen.

Er glaubte nicht, dass die amerikanische Regierung einen großen Wind um eine niedrige Arbeitskraft machen würde, die verschwand. Die Amerikaner würden sicherlich glauben, dass sie von sich aus gegangen war ... und so hätte er alle Zeit der Welt mit ihr.

Sie würde sicherlich weinen und ihn um Gnade anflehen. Aber keine bekommen. Jeder Tropfen Blut aus ihren Adern würde ihn stärker machen.

Die Rache an den schrecklichen, unausstehlichen Amerikanern war sein Ziel. Dafür musste die Teufelsfrau herhalten. Und zusätzlich war sie ideales Trainingsmaterial für seine Männer: Sie konnten lernen, einen echten Menschen zu befragen und zu foltern. Sie würde seiner Bewegung als Lernmaterial dienen.

Abdul grinste in sich hinein und verfolgte die Frau weiter, bis sie in ihrem Zelt am äußeren Rand des Stützpunktes verschwand.

*Perfekt.*

Er wusste, dass es nun nicht mehr lange dauern würde, bis er öffentlich als Führer der Region anerkannt wurde. Er verschmolz mit den Schatten zwischen den Zelten. Noch musste er geduldig bleiben. Aber schon sehr bald würde die kleine Teufelsfrau eine weitere Waffe in seinem Arsenal werden und niemand würde etwas davon mitbekommen.

Einmal mehr würde er die Oberhand gewinnen über die ungläubigen Amerikaner, die ihm und seinen Leuten ihren Glauben und ihre Lebensweise vorschreiben wollten.

Seine Zeit war gekommen – und was für eine Zeit es werden würde!

# KAPITEL NEUN

Die Haare in Aspens Nacken standen zu Berge, seit einer Viertelstunde schon. Ihre Einheit hatte die Aufgabe bekommen, drei Straßenzüge im Westen der Stadt zu durchkämmen. Dereks Einheit war für die angrenzenden Straßen verantwortlich. Sie hatte keine Ahnung, wo sich Kane und sein Team im Moment aufhielten. Sie vermutete, dass sie eine ganz ähnliche Aufgabe hatten: von Haus zu Haus zu gehen und nach Akhund zu suchen.

Die Anwohner waren von Anfang an über ihre Anwesenheit nicht sonderlich begeistert gewesen, das war also nichts Neues, aber heute waren sie besonders unfreundlich. Sie verstand nicht warum. Aber die Männer, mit denen sie unterwegs war, waren angespannt, da sie den Ärger und die Ablehnung genauso spürten wie sie selbst.

Derek hatte die beiden Einheiten an diesem Nachmittag wieder an ihre Grenzen getrieben. Zweimal war er Sergeant Vandine ins Wort gefallen und hatte ihm verboten, seine Befehle zu hinterfragen. Obwohl sie beide als befehlshabende Sergeants eine Einheit anführten, hatte Derek diese Position schon länger inne und so einen inoffiziellen Vorteil gegenüber Vandine. Der sich immer weiter steigernde Konflikt zwischen den beiden Sergeants und die Unfreundlichkeit der Bewohner während ihrer Suche nach Akhund führten dazu, dass Aspen in höchster Alarmbereitschaft war.

Anscheinend hatte die Armee einen Tipp bekommen, dass der Anführer der Taliban in diesem Teil der Stadt viele Unterstützer hatte, und es war möglich, dass einige von ihnen ihm dabei halfen, sich vor dem amerikanischen Militär zu verstecken.

Aspen positionierte sich am Eingang einer kleinen Gasse, die von zwei dreistöckigen Häusern flankiert war, und hielt ihr Gewehr bereit. Sergeant Holman und Buckland gingen rechts und links einer weiteren Tür in Position. Die Sergeants Hamilton und Vandine klopften laut an die Tür und gaben sich auf Paschtunisch zu erkennen. Sie befahlen den Bewohnern, die Tür zu öffnen, und warnten sie, dass sie ansonsten die Tür einschlagen würden.

Schweiß lief Aspen über das Gesicht. Sie trug ihren Schutzhelm und volle Uniform sowie einen großen Rucksack mit ihrer medizinischen Ausrüstung, den sie immer bei sich hatte. Sie schwitzte heftig in der Nachmittagshitze. Sie packte ihr Gewehr fester und ließ den Blick über die Umgebung schweifen, immer auf der Suche nach Ärger. Drei weitere Männer der Ranger-Einheit hielten sich in der Nähe auf und dienten als Unterstützung für die Männer, die auf der Suche nach Akhund gleich das Haus betreten würden.

Aber bevor die Männer die Tür öffnen könnten, brach die Hölle los.

Acht Männer in schwarzen Hosen und Oberteilen rannten um die Straßenecke. Sie schrien laut und feuerten mit automatischen Waffen auf Aspen und ihre Kameraden.

Nachdem sie sichergestellt hatte, dass keiner ihrer

Kameraden im Kreuzfeuer stand, schoss Aspen, ohne zu zögern, zurück.

Die Schüsse hallten laut in der sonst so ruhigen Straße. Einer der Männer, die auf sie zuliefen, stieß einen Schrei aus und ging zu Boden. Die meisten im Team hatten es Aspen gleichgetan und zurückgeschossen, während sie Schutz in der Gasse suchten. Nur Vandine und Holman waren gefangen. Sie standen noch immer im Türrahmen des Hauses, das sie hatten durchsuchen wollen, und konnten sich nicht in Sicherheit bringen. Ihre beste Chance bestand darin, sich im Türrahmen zu verbarrikadieren, bis das Team mit den angreifenden Männern fertig war.

Die nächsten anderthalb Minuten waren so chaotisch, dass Aspen wie ferngesteuert war. Das hier war keine Übung. Die Kugeln, die durch die Luft flogen, waren echt. Die Gefahr zu sterben war greifbar.

Sie erlaubte sich nicht, länger darüber nachzudenken. Sie lag auf dem Boden hinter der Häuserkante und spähte um die Ecke. Die Talibankämpfer hatten nun defensive Positionen eingenommen und versuchten, die Soldaten einen nach dem anderen aus der Deckung zu locken, während die Rangers aus dem Schutz der Gasse zurückfeuerten.

Aspen fühlte nichts, als sie darauf wartete, dass einer der Männer hinter der Mauer hervorlugte, bei der er Schutz gesucht hatte. Einen Moment, nachdem sein Kopf erschienen war, fiel er mit einer ihrer Kugeln zwischen den Augen zu Boden.

Sie hörte Vandine aufschreien, als er von einer Kugel getroffen wurde, und ihr Team bemerkte fast im gleichen Moment, dass auch Holman angeschossen war.

»Wir können nicht mehr warten! Gebt uns Deckung«, rief Vandine von seinem Standpunkt im Türrahmen.

Ohne nachzudenken, feuerte Aspen ein ganzes Leucht-feuer an Kugeln in Richtung Feind, um ihrem Sergeant und Holman genügend Zeit zu geben, Schutz in der Gasse zu finden, in der sich das restliche Team schon befand.

Als die beiden Männer bis auf drei Meter an den Eingang der Gasse herangekommen waren, legte Aspen das Gewehr nieder und lief ihnen entgegen, um den beiden Männern zu helfen. Da Vandine Holman gestützt hatte, war Aspen davon ausgegangen, dass der jüngere Mann die schwereren Verletzungen davongetragen hatte, aber sobald sie ihren Vorgesetzten sah, merkte sie, dass sie falschlag.

Vandine war kreidebleich und sein gesamtes rechtes Bein war in Blut getaucht. So viel Blut, dass es sich zwangs-läufig um eine arterielle Wunde handeln musste. Wenn sie jetzt nicht schnell reagierte, würde der Mann noch vor Ort verbluten.

Aspen trug, wie der Rest des Teams, ein Headset. Dies benutzte sie nun, um ihrem und Dereks Team, das sicher-lich die Schüsse gehört hatte und deshalb auf dem Weg zu ihnen war, Bericht zu erstatten. »Zwei Männer angeschos-sen. Wir brauchen Verstärkung, um sie hier herauszu-bekommen.«

»Unmöglich«, erklang Dereks Stimme in ihren Ohren. »Das war eine Ablenkung. Wir haben Akhund umzingelt. Wir brauchen mehr Leute hier, um ihn herauszuholen. Er wird uns nicht noch einmal durch die Lappen gehen!«

Aspen war vor Schock wie erstarrt. Hatte Derek sie nicht richtig verstanden? Sie versuchte es noch einmal. »Ich wiederhole, wir haben zwei Verletzte. Schwer verletzt. Wir sind umzingelt und brauchen Verstärkung.«

»Und ich wiederhole«, sagte Derek verärgert, »unsere erste Priorität ist Akhund! Jeder Soldat, der noch laufen kann, zu uns. Sofort. Das ist ein Befehl!«

Aspen sah zu den fünf unverletzten Männern ihrer Einheit hinüber. Für einen Moment teilten sie ihren Unglauben über das, was sie gerade gehört hatten.

»Verstanden?«, schrie Derek in ihre Kopfhörer. »Wir brauchen Verstärkung, sofort. Sobald ihr hier seid, werden diese Arschlöcher schnell genug den Schwanz einziehen. Lasst die Sanitäterin ihren Job machen und bewegt eure Ärsche hierher. Wir holen sie raus, sobald wir Akhund überwältigt haben, das ist eine Sache von ein paar Minuten!«

Aspen hörte, wie Vandine stöhnte, und wandte sich ihm zu. Er lag im Dreck der Gasse und war kaum noch bei Bewusstsein. Holman war nicht in ganz so schlechter Verfassung wie der Sergeant, aber es sah so aus, als hätte der Schuss seine rechte Hand zerfetzt.

Als sie wieder von den Verwundeten aufschaute, waren die restlichen Mitglieder ihres Ranger-Teams verschwunden.

Für einen Moment starrte sie schockiert in die leere Gasse hinein. Sie konnte nicht glauben, dass sie sie zurückgelassen hatten. Scheiße.

Mit schnellen Bewegungen schleifte Aspen Vandine tiefer in die Gasse. Sie warf einen nervösen Blick zum anderen Ende der kurzen Gasse. Von dort konnten sich ohne Probleme mehr Männer anschleichen. Sie schluckte schwer. Sie hörte Schreie von der Straßenecke, an der sie Holman zurückgelassen hatte, und lief sofort zurück. Am liebsten hätte sie sofort seine Hand behandelt, aber sie wären alle tot, wenn er die restlichen Talibankämpfer nicht in Schach hielt.

Sie gab ihm ihre Waffe. »Vandine verblutet. Ich muss einen Druckverband anlegen. Kannst du die Position halten?«, fragte sie.

Holman, der auf dem Boden saß, schaute zu ihr auf und sein Blick war voller Entschlossenheit. Sie wussten beide, dass ihre Chancen, heil aus der Situation rauszukommen, sehr gering waren, vor allem, da die anderen Kameraden sie verlassen hatten. Aber sie würden nicht aufgeben. Holman war ein Ranger, Mitglied einer der besten Einheiten. Er nahm die Waffe mit seiner guten, linken Hand entgegen und nickte.

Aspen legte ihm kurz die Hand auf die Schulter, dann lief sie zurück zu Vandine.

Sie konnte nicht glauben, dass Derek sie hier zurückgelassen hatte. Er hasste sie mit einer Leidenschaft, die vollkommen irrational war, aber sie wusste, dass er die anderen Soldaten respektierte. Heute hatte er sein Verlangen, Akhund dingfest zu machen, über das Leben der anderen gestellt.

Sie ging neben Vandine in die Knie und stellte ihren Rucksack neben sich. Dann griff sie in ihre Hosentasche und zog einen Druckverband heraus, den sie dort immer aufbewahrte. Sie schnappte sich das Armeemesser, das sich in dem Holster an ihrer Weste befand, und schlitzte die Vorderseite von Vandines Hose komplett auf, vom Oberschenkel bis zum Schuh.

Das Blut pulsierte aus einer tiefen Wunde an der Innenseite seines Schenkels. Mit jedem Herzschlag verlor er einen weiteren Schwall Blut. Er hatte nur noch Minuten zu leben, wenn sie die Blutung nicht stoppen konnte.

Sie ließ das Messer fallen, wickelte den Kompressionsriemen um Vandines Oberschenkel, befestigte ihn und drehte dann, so schnell sie konnte, an dem Knebel, um den Riemen enger zu ziehen und genügend Druck aufzubauen, um die Blutung zu stoppen. Sie war dankbar, wie einfach der Verband mit einer Hand zu bedienen war, und schaute sich zum Gassenende um.

Und fluchte. Zwei Männer lugten von der Straße in die Gasse hinein.

Ohne nachzudenken, griff sie nach Vandines Waffe. Eine Hand hatte sie noch immer an dem Knebel des Druckverbands, mit der anderen zielte sie, so gut sie konnte, in Richtung Gassenausgang und schoss zweimal. Zum Glück zogen sich die Männer zurück und erwiderten das Feuer nicht.

»Verdammt, verdammt, verdammt«, murmelte sie. Sie hatte es zwar geschafft, den Druckverband anzulegen und die Blutung zu stoppen, aber sie waren noch immer leichte Beute für die Talibanmänner. Früher oder später würden sie sie überrennen.

»Nehmen Sie die Waffe mit und bringen Sie Holman und sich in Sicherheit«, sagte Vandine mit schwacher Stimme.

»Einen Scheiß werde ich«, erwiderte Aspen.

»Das ist ein Befehl«, sagte ihr Vorgesetzter.

Aspen ignorierte ihn und konzentrierte sich darauf, den Knebel zu sichern. Der Druckverband würde halten, bis der Sergeant operiert werden konnte. Sie wusste nicht, ob er sein Bein verlieren würde, aber zumindest würde er in dieser schmutzigen Gasse nicht verbluten.

»Mesmer, haben Sie mich gehört?«, fragte Vandine.

Aspen sah ihrem Vorgesetzten in die Augen. Sie waren in der Vergangenheit nicht immer miteinander klargekommen. Ihrer Meinung nach war er nicht durchsetzungsfähig genug, vor allem, wenn es um Derek ging. Er hatte Derek Entscheidungen treffen lassen, die nicht gut für das Team waren. Aber sie würde ihn hier nicht sterben lassen. Auf keinen Fall.

»Ich habe Sie gehört«, sagte sie zu ihm, bevor sie nach ihrem Rucksack griff und eine Ampulle Ketamin herauszog. Das Schmerzmittel war effektiver, wenn es intravenös gegeben wurde, aber dafür hatte sie keine Zeit. Vandine litt unter großen Schmerzen, die sie sofort bekämpfen musste, sodass er wieder mobil wurde. Irgendwie mussten sie es schaffen, sich aus der Gasse in Sicherheit zu bringen, bevor die Taliban sie überrannten.

Sie griff nach ihrem Messer und schnitt Vandines Hemd auf, um an seinen Arm zu kommen.

»Sie hätten mit ihnen gehen sollen«, sagte Vandine mit schwacher Stimme.

Aspen nahm einen tiefen Atemzug und konzentrierte sich darauf, die richtige Menge Ketamin in die Spritze zu ziehen. Dann wandte sie dem Sergeant den Rücken zu. Sie legte seinen Arm ausgestreckt auf den Boden und stach mit der Nadel vorsichtig in seine Vene, während sie sagte: »Ich habe den Eid der Rangers genauso auswendig gelernt wie Sie, Sergeant. Und ein Teil besagt: ›Ich werde meine Kameraden niemals in den Händen meiner Feinde zurücklassen.‹« Sie schaute ihm in die Augen, während sie das Schmerzmittel in seine Vene drückte. »Ich bin vielleicht in Ihren Augen kein richtiger Ranger, aber ich nehme diesen Glaubenssatz ernst.«

Für einen Moment dachte sie, dass er schon zu viel Blut verloren hatte, um sie zu verstehen. Dann nickte er kurz. »Wie ist unsere Situation?«, fragte er, die Stimme noch immer leise und schwach.

»Holman ist am Gasseneingang«, sagte sie und nickte in seine Richtung. »Er hält die Feinde in Schach. Wir müssen die Gasse auf der anderen Seite verlassen.«

Vandine drehte den Kopf und sah zum anderen Ende der Gasse. Als er das tat, bemerkte Aspen die beiden

Männer von vorher, die wieder um die Ecke schauten. Sie hob die Waffe und schoss ein paarmal in ihre Richtung. Die Gasse an diesem Ende zu verlassen, wo die beiden Männer auf sie warteten, war nicht ideal, aber immer noch besser, als in die sechs oder mehr Männer hineinzulaufen, die sie auf der anderen Seite erwarteten.

Sie wusste, dass sie sich in einer unmöglichen Lage befanden, und hielt ihre Waffe auf das Gassenende gerichtet. Das Ketamin brauchte drei Minuten, um Wirkung zu zeigen, dann mussten sie es wagen.

Sie hatte ihren Job gemacht, den Patienten stabilisiert und ihm so weit geholfen, wie es die Situation zuließ. Wäre das Team bei ihnen geblieben, so wäre es ein Leichtes gewesen, Vandine aus der Gefahrensituation zu tragen, aber nun waren sie auf sich allein gestellt.

Sie hörte mehr Schreie und Schüsse von dort, wo sie Holman zurückgelassen hatte. Vandine sagte: »Gehen Sie zu ihm. Ich bin zwar verletzt, aber ich kann immer noch auf die beiden Männer am anderen Ende schießen.«

Aspen nickte und lief zu Holman.

»Was ist los?«, fragte sie.

Holman sah nicht gut aus. Er saß noch immer auf dem Boden, doch nun bewegte er seinen Oberkörper wie in Trance vor und zurück. Verdammt.

»Ich weiß nicht. Ein paar Männer waren dabei, uns auf der Straße entgegenzulaufen, aber plötzlich haben sie sich umgedreht und sind weggerannt. Sergeant Spence hatte vielleicht recht, und sie folgen den anderen.«

Mehr Schreie drangen aus der nächsten Straße zu ihnen und Aspen sah ihre Chance.

»Zeit zu gehen«, sagte sie zu Holman. »Warte hier.«

Sie lief zu ihrem Rucksack zurück und verpackte die Ausrüstung, die sie verwendet hatte, um Vandine zu helfen.

Ein paar wertvolle Sekunden vergingen, in denen sie eine weitere Ampulle Ketamin, eine neue Spritze und einen Verband heraussuchte und in ihre Hosentasche stopfte, dann setzte sie den Rucksack auf. Sie lief zurück zu Holman. »Gib mir deinen Arm.«

Er fragte nicht warum, sondern streckte ihr seinen linken Arm entgegen. Seine mitgenommene rechte Hand schützte er an seiner Brust. Mit einem Blick stellte Aspen fest, dass drei seiner Finger fehlten und die anderen beiden nur noch an ein paar Sehnen und Muskeln hingen. Er würde sie sicherlich verlieren. Einer der Talibankämpfer hatte einen Glückstreffer gelandet.

Mit automatisierten Bewegungen spritzte Aspen ihrem Teamkameraden eine Dosis Schmerzmittel in den Arm. Sie musste ihm nicht erzählen, welche Nebenwirkungen auftreten könnten, das wussten sie alle nur zu gut. Sie hatten es in einer der vielen Unterrichtsstunden zum Thema Feldmedizin gelernt.

Sie dauerte keine fünfzehn Sekunden, um seine Hand notdürftig zu verbinden. Viel würde es nicht bringen, aber zumindest etwas.

»Ich komme gleich mit Vandine zurück und dann nur weg hier«, sagte sie zu Holman, als sie fertig war. Er nickte.

Sie hoffte, dass Holman keine Wahnvorstellungen bekommen würde, wie es einigen Leuten nach der Gabe von Ketamin erging, und lief zurück zu Vandine. Als sie ihn erreichte, hatte er das Bewusstsein verloren. Wahrscheinlich war das für ihn ein Segen. Glücklicherweise schienen die beiden Männer vom anderen Ende der Gasse verschwunden zu sein. Sie wusste zwar nicht genau warum, war aber froh darüber. So hatten sie zumindest eine klitze-kleine Chance, lebend aus der Situation herauszukommen.

Sie nahm einen tiefen Atemzug und rollte Vandine auf

die Seite, um ihn hochheben zu können. Das war eine der schwersten Aufgaben für sie. Einen neunzig Kilogramm schweren Mann zu tragen, wenn er bewusstlos war, war ihr fast unmöglich.

Genau in dem Moment, in dem sie sich nach vorn beugte, hörte die erneut Schüsse von der Straße. Das gab ihr den nötigen Adrenalinkick.

Sie positionierte den Sergeant über ihrer Schulter im Gamstragegriff, wobei ihr Headset verrutschte. Die Ohrstöpsel wurden ihr aus den Ohren gezogen; nun konnte sie nicht mehr mit den anderen Rangers kommunizieren.

Aber sie wusste, dass sie es wohl nicht mehr schaffen würde, Vandine hochzuheben, wenn sie ihn noch einmal absetzte. Langsam ging sie zurück zu Holman. Er schaffte es aufzustehen, auch wenn er sich dafür an der Wand abstützen musste.

»Zeit zu gehen«, sagte sie.

»Wohin?«, fragte Holman.

Überrascht, dass der Mann, der sie sonst ignorierte, nach ihrer Meinung fragte, spähte sie um die Ecke. Sie konnte niemanden sehen. Die Anwohner versteckten sich sicherlich in ihren Häusern und die Männer, die wie aus dem Nichts aufgetaucht waren, schienen ebenfalls verschwunden.

Sie zeigte nach rechts. »Dort entlang. Weg von den Männern, die auf uns geschossen haben. Wir können uns erst in Richtung Stützpunkt orientieren, wenn wir aus diesem Viertel raus sind.«

Holman nickte und machte einen Schritt von der Wand weg. Er stolperte. Seine Schritte waren die eines Mannes, der viele Stunden trinkend in der Kneipe verbracht hatte, aber seine Waffe hatte er mit seiner guten Hand fest im Griff.

Aspen taumelte unter Vandines Gewicht, folgte Holman aber. Sie verließen die Gasse, ohne dass auf sie geschossen wurde. Ein gutes Zeichen. Sie gingen bis zum Ende der Straße. An der Ecke angekommen lehnten sie sich an die Häuserwand und Holman lugte in die nächste Kreuzung hinein.

Er gab ihr das Zeichen, dass sie freie Bahn hatten, und sie gingen gen Süden weiter.

Sie waren kaum einen Häuserblock weit gekommen, als sich die Haare in Aspens Nacken erneut aufstellten. Sie fluchte und sagte: »Warte, Holman.«

Der andere Mann blieb sofort stehen und sie musterten ihre Umgebung.

Aspen wusste nicht, was ihre Aufmerksamkeit erregt hatte – bis sie ein Geräusch hörte. Männer, die sich leise unterhielten, als wollten sie sich an jemanden heran-schleichen.

Und dieser jemand war wohl Aspen mit ihren zwei verwundeten Kameraden.

»Verdammt«, murmelte sie. »Feinde hinter uns«, sagte sie zu Holman. Sie hatten keinerlei Deckung. Es gab keine Gassen in der Nähe und auf der offenen Straße waren sie leichte Beute. »Los, los, los«, rief sie in Richtung Holman und sie begannen beide zu laufen.

Wenn sie es bis zum Ende des Straßenblocks und um die Ecke schaffen würden, dann könnten sie es vielleicht vermeiden, gefangen genommen zu werden.

Die Schüsse hallten hinter ihr und Aspen schrie auf, als sie plötzlich Schmerzen in ihrem Unterschenkel verspürte. Aber sie hörte nicht auf zu laufen. Sie umrun-deten die Straßenecke – und das Leben zog an Aspens Augen vorbei.

Holman und sie waren direkt in eine Gruppe Männer

hineingelaufen. Der Mann, der direkt vor Holman stand, ergriff ihn an den Schultern und verhinderte so einen Sturz.

Eine Sekunde lang war Aspen bereit, bis zum Tod zu kämpfen, doch dann erkannte sie ihr Gegenüber und ging vor Erleichterung fast in die Knie.

Sie waren direkt in die Arme von Kanes Team geflüchtet.

Die sieben Delta-Soldaten waren komplett in Schwarz gekleidet und auf ihren Gesichtern spiegelte sich Wut. Sie war noch niemals so froh gewesen, jemanden zu sehen, wie in diesem Augenblick.

Ohne Worte gingen Trigger, Lefty und Oz an ihr vorbei und begannen, das Feuer ihrer Verfolger zu erwidern. Grover schnappte sich Holmans Arm und half ihm, aufrecht stehen zu bleiben, während Kane sie am Ellbogen packte.

»Die anderen werden sie ablenken«, sagte Lucky, als er und Doc sie in die andere Richtung leiteten.

»Aber wir können eure Kameraden nicht zurücklassen«, rief Aspen ängstlich, während sie versuchte, gleichzeitig zu laufen und sich nach den anderen umzusehen.

»Tun wir nicht«, sagte Kane mit ruhiger Stimme. »Wir treffen uns am nächsten Häuserblock wieder.«

»Sicher?«, musste Aspen fragen.

»Ja«, bestätigte Kane.

Aspen atmete erleichtert auf. Sie glaubte ihm. Kane führte sie mit einer Hand, damit sie nicht stolperte, und hielt eine Pistole in der anderen, falls sie überrascht wurden.

Aber er hatte nicht angeboten, ihr Vandine abzunehmen. Hatte nicht die Kontrolle übernommen.

Ihr Respekt vor Kane und seinem Team war in diesem Moment so groß, dass sie es nicht in Worte fassen konnte.

Sie mussten nicht weit gehen, keine zwei Häuserblocks,

was gut war, denn Aspen wusste, dass sie es nicht viel weiter geschafft hätte. Vandine wurde mit jedem Schritt schwerer und sie musste sich immer mehr auf Kane als Stütze verlassen.

Der große Armeewagen, der mitten auf der Straße vor ihnen geparkt stand, war das Schönste, das sie je gesehen hatte.

Die Deltas arbeiteten wie eine geölte Maschine. Das war gleichzeitig beeindruckend und niederschmetternd zu sehen. Niederschmetternd, weil es genau das war, was sie immer erreichen wollte, aber mit ihrem Team nie geschafft hatte.

»Lass mich ihn nehmen«, sagte Kane zu ihr.

Sie nickte kurz, als Vandines Gewicht von ihren Schultern verschwand. Die Erleichterung war unfassbar und sie ergriff dankbar Luckys Hand. Er war schon auf die Ladefläche des Wagens gesprungen und half ihr, ebenfalls einzusteigen. Sie setzte ihren rechten Fuß auf das Trittbrett und zuckte zusammen, als der Schmerz sie durchfuhr.

Sie ignorierte ihn und zog sich mit Luckys Hilfe nach oben.

Sie machte den anderen Platz und sah dabei zu, wie Kane, Doc und Grover Vandine in den Wagen hoben. Sie legten ihn auf den Boden und Aspen setzte sich an seine Seite, um zu kontrollieren, ob der Druckverband beim Laufen verrutscht war.

Der Verband saß fest. Aspen wandte sich Holman zu, sobald auch er im Wagen saß. Sie waren noch nicht losgefahren, wahrscheinlich weil sie auf die drei anderen Delta-Soldaten warteten.

Bevor sie den Mund öffnen und Holman ansprechen konnte, legte Kane ihr eine Hand auf den Arm. »Du blutest«, sagte er.

»Ich weiß«, sagte Aspen und schob sich ihren Rucksack von den Schultern. Sie wusste, dass sie einen Schuss abbekommen hatte, konnte sich aber im Moment nicht darum kümmern. Sie musste sich erst um Holmans Hand kümmern. Ihre Wunde war nicht gefährlich; ihr war auch nicht schwindelig, sie hatte also nicht viel Blut verloren. Sie wollte sich darum kümmern, sobald sie ihr Team versorgt hatte.

Kane musste ihre Entschlossenheit gespürt haben und sagte nichts mehr darüber. Als sie ihren Rucksack öffnete, fragte er allerdings: »Was kann ich tun, um zu helfen?«

Aspen war ihm für die Hilfe dankbar und sagte: »Gib mir eine Sekunde.« Dann drehte sie sich zu Holman um. Der Soldat saß aufrecht, seine Hand noch immer gegen seine Brust gepresst.

»Ich muss mich um die Hand kümmern«, sagte sie sanft.

»Ich weiß«, sagte er, bewegte sich aber nicht.

»Brauchst du mehr Ketamin?«, fragte sie.

Sie sah zu, wie Holman tief einatmete. Sein Blick streifte von ihr zu Kane und den anderen Delta-Soldaten.

Sie hatte das Gefühl, dass Holman nicht zugeben wollte, dass er mehr Schmerzmittel benötigte.

Grover nahm ihm die Entscheidung ab. »Er braucht mehr«, sagte er.

Holman grunzte und sah den anderen Mann an.

»Es hilft niemandem, wenn du hier den Macho raushängen lässt«, sagte Grover zu ihm. »Nimm die Schmerzmittel. Das macht dich nicht zu einem schlechteren Soldaten.«

Holman sah zurück zu Aspen und nickte. Es war ein winziges Nicken, aber es genügte. Sie bereitete eine zweite Spritze für ihn vor und er streckte ihr seinen guten Arm entgegen. Sobald sie fertig war, griff er sofort wieder nach seiner Waffe.

»Willst du dich hinlegen?«, fragte sie.

Holman schüttelte den Kopf. »Ich kann dich nicht beschützen, wenn ich mich hinlege.«

Aspen schlucke schwer. Sie wusste nicht, ob ihn das Ketamin dazu trieb, sie beschützen zu wollen, verstand aber die guten Absichten dahinter.

»Okay.« Sie drehte sich zu Kane um. »Kannst du seinen Arm für mich halten?«

»Wie?«

»Setze dich neben ihn und halte seinen Ellbogen und Unterarm. Das wird wehtun. Er wird sich wegen des Ketamins nicht erinnern, aber bestimmt anfangen zu schreien.«

»Werde ich nicht«, flüsterte Holman. »Schreie locken den Feind an.«

Ohne ein weiteres Wort brachte Kane sich in Position. Er hielt Holmans Arm genau so, wie Aspen es ihm gesagt hatte. Sie entfernte den blutigen Verband, den sie angelegt hatte, und nahm sich ein paar Sekunden Zeit, um die Hand ihres Kameraden ganz genau anzuschauen. Sie sah schlimm aus und war kaum mehr als Hand zu erkennen. Sie wusste sofort, dass die Ärzte die Hand nicht würden retten können.

So schnell sie konnte, legte sie einen neuen Verband an. Sie musste die Blutung stoppen und die Hand vor Infektionen schützen.

Holman wandte sich in Kanes Griff, blieb aber stumm.

Gerade als sie den Verband verschloss, hörte sie, wie die drei Delta-Soldaten sie erreichten.

»Los geht's«, sagte Trigger und sprang auf die Ladefläche.

Er sprach mit den beiden Männern, die in den vorderen Teil des Wagens eingestiegen waren, und auf sein Kommando ließen sie sofort den Motor an und fuhren los.

»Müsst ihr nicht bei der Suche nach Akhund helfen?«, fragte Aspen.

Grover antwortete ihr: »Wir sind ein Team. Wir bringen euch drei erst mal in Sicherheit und auf den Stützpunkt zurück, dann gehen wir wieder los. Dieser Vollidiot Spence macht so viel Lärm, dass der Feind genau weiß, wo sich die Ranger-Teams im Moment befinden. Nach der Scheiße, die er heute abgezogen hat, werden wir sicherstellen, dass er nicht mehr für die Suche eingesetzt wird. Wir werden Akhund ohne Dereks ›Hilfe‹ umso schneller finden.«

Aspen sollte sich angegriffen fühlen. Schließlich war sie während der letzten anderthalb Monate ebenfalls an der Suche nach Akhund beteiligt gewesen, aber sie konnte nur daran denken, dass die sieben Delta-Soldaten sie, Holman und Vandine zum Stützpunkt zurückbegleiteten. Das mussten sie nicht tun, aber sie hielten zusammen. Wie ein Team.

Hatte sie sich davor noch gewundert, wie ein echtes Team zusammenarbeitete, so hatte sie jetzt keine Zweifel mehr.

Aber sie wusste, dass sie auch nach einer Versetzung in eine andere Einheit immer außen vor bleiben würde. Die Armee hatte zwar die Rangers und andere Spezialeinheiten für Frauen geöffnet, aber im Moment war der Preis für ihre Akzeptanz noch sehr hoch. Dereks Verhalten hatte das heute nur erneut bestätigt.

»Vielen Dank für eure Hilfe«, sagte sie zu Kane, als sie Holmans Hand zurück in seinen Schoß sinken ließ. Seine Augen waren glasig und sein Atem ging schnell, aber das überraschte sie nicht. Nicht nach dem, was sie gerade zusammen durchgemacht hatten.

Sie drehte sich zu Vandine um, der hinter ihr auf dem Boden lag, und überprüfte seinen Puls. Er war noch immer ohnmächtig, aber er atmete und sein Herz schlug regelmäßig, was gut war. Sein Blutdruck war viel zu niedrig und sie dachte kurz daran, ihm eine Bluttransfusion zu legen, wusste aber, dass sie bald auf dem Stützpunkt eintreffen würden, und beschloss, so lange noch zu warten.

»Kann ich mir nun dein Bein ansehen?«, fragte Kane neben ihr. Er war ihr so nahe, dass Aspen für einen Moment erschrocken zurückschreckte.

»Langsam, *polyagapiménos*. Alles ist gut.«

Sie musste lachen. »Poly-bitte-was-nos?«

Aber Kane zuckte nicht einmal mit den Lippen. »Griechisch. *Polyagapiménos*. Du blutest immer noch.«

Aspen verdrehte den Hals, um ihren Unterschenkel anzusehen. Ihre Hose war blutverschmiert, aber sie fühlte fast keinen Schmerz. Sie versuchte, ihren Fuß zu bewegen, und zuckte zusammen. Okay, das tat jetzt wirklich weh. Aber sie glaubte nicht, dass es mehr als eine oberflächliche Wunde war. Sie blutete nicht allzu stark und obwohl die Wunde schmerzte, machte sie sich im Moment mehr Sorgen um die anderen.

Sie schüttelte den Kopf. »Nicht jetzt. Ich muss dafür sorgen, dass Vandine stabil bleibt, bis er operiert werden kann. Holman ist auch noch nicht über den Berg. Die Wunde muss warten.«

Sie konnte den Ausdruck auf Kanes Gesicht nicht interpretieren, aber seine Intensität ließ ihr die Röte ins Gesicht steigen. »Was?«, flüsterte sie.

»Ich habe noch nie in meinem Leben jemanden kennengelernt, der mich so beeindruckt hat«, sagte Kane zu ihr.

Aspen konnte den Blick nicht von ihm abwenden.

»Wir sahen dich mit Holman die Straße entlanglaufen und wussten, dass ihr in unsere Richtung kommen würdet.

Wir konnten das Feuer eurer Verfolger nicht erwidern, weil ihr in der Schusslinie wart.«

Aspen nickte. Sie verstand, was er sagte.

»Mensch, das war ein Anblick!«, rief Lefty. »Zu sehen, wie du die Straße entlangranntest, während du einen Mann trugst, der größer und schwerer ist als zu selbst. Sehr beeindruckend.«

»Habt ihr gesehen, dass sie in einer Hand auch noch die Waffe trug?«, fragte Doc.

»Und nicht nur das, ihren Rucksack hatte sie auch noch dabei«, fügte Grover hinzu.

»Und sie ist einfach weitergelaufen, nachdem sie angeschossen wurde«, sagte Lucky.

»Wie ich sagte ... beeindruckend«, sagte Kane. Er hatte den Blick nicht von ihr genommen, während seine Kameraden sie lobten.

Aspen zuckte mit den Schultern, aber das Lob war Balsam für ihre Seele nach dem, was sie gerade erlebt hatte. »Ich wollte ihn nicht zurücklassen. Ich habe einen Eid abgelegt.«

»Einen Eid, den der Rest deines Teams anscheinend noch nie gehört hat«, grummelte Lefty.

Aspen zwang sich, den Blick von Kane abzuwenden. »Sie haben einen direkten Befehl erhalten«, verteidigte sie ihre Kameraden.

»Und selbst wenn der heilige Gott höchstpersönlich angeordnet hätte, dass sie ihre Kameraden zurücklassen sollten, hätten sie es nicht tun sollen«, argumentierte Kane.

Aspen richtete den Blick wieder auf ihn.

»Nein, ich meine es ernst. Ohne seine Einheit ist jeder Soldat verloren. Sie wussten, dass sie euch drei in den Tod schicken, und sind trotzdem gegangen. Das ist nicht in Ordnung«, sagte Kane und verzog das Gesicht.

»Aber ...«

»Er hat recht«, flüsterte Vandine.

Aspen drehte den Kopf zu ihm. »Sergeant!«, rief sie, erstaunt, dass er wieder bei Bewusstsein war.

»Es war meine Schuld«, sagte der Mann. »Ich habe Spence in den letzten Wochen nicht genügend Kontra geboten. Ich hätte mich schon lange wehren sollen. Ich war meinem Team kein guter Anführer und deshalb waren die Männer unsicher, was das Ziel ihrer Mission sein sollte und wem sie gehorchen sollen.« Er hob die Hand und streckte sie blind nach Aspen aus.

Sie ergriff seine Hand und ließ ihre Finger auf seinem Handgelenk ruhen, sodass sie seinen Puls prüfen konnte, während der Wagen mit viel zu hoher Geschwindigkeit durchs Dorf und zum Stützunkt jagte.

»Es war nicht richtig, wie er mit Ihnen umgegangen ist. Wir sind Rangers, keine Siebtklässler. Haben Sie mich wirklich getragen?«, fragte er.

Aspen brauchte ein paar Sekunden, um den schnellen Themenwechsel zu verarbeiten, dann nickte sie. »In den Übungen haben Sie mich immer in ein Team mit dem schwersten Mann aus unserer Einheit gesteckt, um zu sehen, ob ich aufgebe.«

»Aber das ist nie passiert«, sagte Vandine und in seiner Stimme schwang Stolz mit. »Ihr seid gute Menschen«, sagte er sanft. »Und ich sage das nicht nur, weil ihr mir das Leben gerettet habt.«

Aspen nickte noch einmal und wusste nicht, was sie erwidern sollte.

»Werde ich mein Bein verlieren?«, fragte er und sah ihr tief in die Augen.

Aspen wollte ihn am liebsten anlügen und ihm sagen, dass alles gut werden würde. Und dass er schon bald wieder ganz normal laufen würde. Aber sie war sich nicht hundertprozentig sicher, dass das stimmte. Sie wollte ihm keine falschen Hoffnungen machen. »Ich bin nicht sicher. Ich habe getan, was ich konnte, aber die Ärzte auf dem Stützpunkt müssen entscheiden. Ich bin mir sicher, dass sie ihr Möglichstes geben werden, um das Bein zu retten.«

Er nickte. Dann richtete er den Blick auf Holman, bevor er wieder sie ansah. »Seine Hand?«

Aspen presste die Lippen aufeinander und schüttelte leicht den Kopf.

»Akhund?«, fragte Vandine.

Trigger antwortete ihm. »Davongekommen. Spence und die anderen sind ihm nach, aber ich glaube, er hat sie abgeschüttelt. Aber wir werden ihn finden«, sagte er im Brustton der Überzeugung.

Vandine nickte. »Sobald wir aus dem Weg sind«, sagte er mit einem kleinen Grinsen.

»Genau das«, sagte Grover. »Solange er auf freiem Fuß ist, ist niemand sicher.«

Der Wagen wurde langsamer und Aspen spannte sich an.

»Alles gut«, sagte Kane und legte die Hand auf ihren Arm. »Wir sind am Tor.«

Sie nickte. Für eine Sekunde hatte sie Angst gehabt, dass sie in einen Überfall geraten waren. In dem Wagen saßen sie wie auf einem Präsentierteller.

Nach weniger als einer Minute bewegte sich der Wagen wieder vorwärts und Aspen konnte die vertrauten Zelte und Schilder des Stützpunktes hinter ihnen vorbeiziehen sehen, während sie auf das Krankenhaus zurasten. Sie wusste, dass Holman und Vandine hier so gut wie möglich versorgt und stabilisiert werden würden, bevor sie erst nach Kuwait und dann nach Deutschland gebracht würden.

Der Wagen kam vor dem Krankenhaus zum Stehen und Aspen wollte ihren Patienten aus dem Wagen helfen. Sie schaute sich um und sah, dass Vandine wieder ohnmächtig geworden war. Das war wahrscheinlich das Beste, denn er hatte noch immer große Schmerzen.

Als sie wieder aufsah, konnte sie sehen, dass eine Gruppe Ärzte und Krankenpfleger auf sie wartete. Insgesamt hielten sie drei Tragen.

»Drei?«

»Du wurdest angeschossen«, sagte Kane als Erklärung.

Sie runzelte die Stirn. »Mir geht es gut. Ich lege mich sicherlich nicht auf eine Trage. Ich muss den Ärzten erklären, wie es meinen Patienten geht.«

Kane runzelte die Stirn. »Aspen ...«

»Nein«, sagte sie nachdrücklich. Dann fuhr sie etwas sanfter fort: »Es tut zwar weh, ist aber nicht lebensbedrohlich. Ich lasse es ansehen, sobald ich weiß, dass es meinem Team gut geht.« Als Vandine aus dem Wagen gehoben wurde, bewegte sie sich auf den Knien neben ihm her, die Hand noch immer auf seiner Brust ruhend. Sie sah, wie er auf die Trage gehoben und nach drinnen gebracht wurde.

Dann galt ihre Aufmerksamkeit Holman. »Ich kann laufen«, protestierte er, als die Krankenpfleger und Ärzte versuchten, ihn auf die Trage zu hieven.

»Natürlich kannst du laufen«, versicherte Aspen ihm. »Aber die Ärzte müssen sich ja auch ihren Unterhalt verdienen, oder?«

Er rollte die Augen und schüttelte den Kopf in ihre Richtung, setzte sich aber auf die Trage.

Mit einem Seufzer der Erleichterung drehte Aspen sich um und wollte ihren Rucksack aufsetzen, aber Kane hatte ihn sich schon über die Schulter geschwungen. »Das mache ich«, sagte er zu ihr.

Dankbar für seine Hilfe begann Aspen, aus dem Wagen zu klettern, zögerte dann aber. Ihr Bein hatte nun, da das Adrenalin nicht mehr so sehr durch ihr Blut rauschte, ernsthaft angefangen zu schmerzen.

Ein Krankenpfleger schob die Trage näher an sie heran, aber Trigger und Grover hielten ihn auf. »Sie bekommt das hin«, sagte Trigger leise zu dem Mann.

Kane sprang aus dem Wagen und bot ihr seinen Arm an. »Stütz dich an mir ab«, befahl er.

In jeder anderen Situation hätte sie sich über seinen befehligenden Ton beklagt, aber in diesem Moment war sie zu dankbar für seine Hilfe. Sie ergriff seine Hand – und fühlte plötzlich, wie eine Art Stromschlag sie durchfuhr.

Überrascht blickte sie zu Kane auf ... und in seinem Gesicht spiegelten sich eine solche Sorge und Leidenschaft, dass es sie fast zum Stolpern brachte. Aber Kane ließ sie nicht los.

Mit der anderen Hand umfasste er sie an der Hüfte und so hob er sie aus dem Wagen. Er gab ihr eine Sekunde, um festen Halt zu finden, dann ließ er ihre Hand los. Den Arm, den er um ihre Hüfte geschlungen hatte, bewegte er nicht. Er ging an ihrer Seite, als sie das Zelt betraten. Aspen wusste, dass sie hinkte, und hasste sich dafür, dass sie so ihre Schwäche zeigte. Aber der Mann an ihrer Seite trug dazu bei, dass sie sich stärker fühlte, als sie war.

Wäre sie allein gewesen, hätte sie sich Sorgen darüber gemacht, was die anderen wohl von ihr denken würden, warum sie nicht mehr bei ihrer Einheit war, wo der Rest der Rangers geblieben war und was genau passiert war. Aber mit Kane und seinem Team fühlte sie sich fast unbesiegbar.

Es brauchte gute zwanzig Minuten, um beide Ärzteteams über Vandines und Holmans Wunden aufzuklären. Sie beschrieb, was sie getan hatte und wie viel Ketamin die beiden bekommen hatten. Sie gab ihre professionelle Einschätzung ab, wie schlimm die Wunden der beiden waren. Und dann war ihr Job als Sanitäterin plötzlich getan.

Kane und Oz halfen ihr in eines der Behandlungszimmer, während Trigger sich auf die Suche nach einem Arzt für ihre eigenen Wunden machte. Lefty stellte ihren Rucksack auf dem Boden ab und sortierte den Inhalt neu, der bei ihrem Einsatz in der Gasse ziemlich durcheinandergeraten war.

Grover fragte, ob sie Hunger hätte, und obwohl sie verneinte, machte er sich dennoch auf die Suche nach Sierra und wollte sie bitten, etwas Essbares für Aspen aufzutreiben. Doc bot an, zu Aspens Zelt zu gehen und ihr einen neuen Satz Klamotten zu besorgen, weil klar war, dass ihre Hose ein Fall für die Mülltonne war.

Ihr stiegen Tränen in die Augen.

»Alles in Ordnung?«, fragte Kane alarmiert.

Aspen nickte. »Ja, aber ... warum seid ihr noch immer hier?«

Kane setzte sich neben sie auf die Liege und nahm ihren Kopf in beide Hände. »Ein Team ist immer füreinander da, *chérie.*«

»Ich bin doch gar nicht in eurem Team«, flüsterte sie.

»Natürlich bist du das«, gab Kane zurück. Sie hätte schwören können, dass er langsam den Kopf sinken ließ, um sie zu küssen, doch in diesem Moment betrat der Arzt das Zimmer, und er musste einen Schritt zurück machen.

»Ich habe gehört, Sie wurden angeschossen«, sagte der Arzt ohne lange Vorrede. »Lassen Sie mich mal sehen.«

Aspen legte sich auf den Bauch und ließ den Arzt ihr Hosenbein nach oben schieben, um ihren Unterschenkel zu mustern. Sie lag still, als er die Wunde reinigte und vernähte. Es tat weh, aber Kanes Anwesenheit, der mit überkreuzten Armen an der Wand lehnte, machte die Prozedur leichter erträglich, als sie sonst gewesen wäre.

Nachdem der Arzt die Wunde verbunden hatte, zog Aspen sich die neue Uniformhose an, die Doc ihr gebracht hatte. Es war zu schmerzhaft, wieder in ihren Stiefel zu schlüpfen, aber Doc hatte auch an ein Paar Flipflops gedacht, die sie nun stattdessen anzog.

Während sie behandelt wurde, fand sie heraus, dass Vandine und Holman beide so schnell wie möglich nach Deutschland ausgeflogen werden sollten – und sie sollte überraschenderweise dabei sein.

Als sie diese Neuigkeiten hörte, wollte sie sofort protestieren, aber Kane schüttelte den Kopf in ihre Richtung und sie presste die Lippen aufeinander. Aspen hatte keine Ahnung, warum sie mit einem medizinischen Transport nach Deutschland gebracht werden sollte, obwohl sie nicht allzu stark verletzt war, aber Kane klärte sie auf, als sie eine Minute für sich hatten.

»Vandine hat darauf bestanden«, sagte er zu ihr. »Er hat gesagt, dass du im gleichen Team und ebenfalls verletzt bist. Ich glaube, dass der Stützpunkt-Offizier mehr als froh ist, dich mit ihnen mit und damit verfrüht nach Hause zu schicken, nachdem Holman ihm erzählt hatte, was heute vorgefallen ist. Er ist nicht gerade glücklich über Spence' Verhalten und wie die andere Einheit und deine Kameraden euch zurückgelassen haben. Ich glaube, er denkt, dass ein bisschen Abstand zwischen dir und deinen Kameraden im Moment eine gute Idee sein könnte.«

»Also werde ich für Dereks Dummheit bestraft. Ganz toll«, murmelte Aspen. Dann seufzte sie und schaute zu Kane hoch. »Was passiert, wenn wir alle nach Texas zurückkehren?«

»Keine Ahnung, aber ich bin mir sicher, dass du dir etwas einfallen lässt«, sagte Kane zu ihr.

»Ihr bleibt aber hier, oder?«

»Ja. Sobald ihr abgereist seid, müssen wir wieder da rauß und weitermachen. Wir müssen Akhund finden.«

»Und natürlich werdet ihr das«, sagte Aspen überzeugt. »Die Offiziere hätten uns allen viel erspart, wenn sie von Anfang an euch geschickt hätten.«

Kane lächelte und ein weiteres Mal dachte Aspen, dass er sie nun küssen würde, aber diesmal wurden sie von einem Krankenpfleger unterbrochen, der den Raum für den nächsten Patienten säubern wollte.

Ehe sie sichs versah, stand Aspen neben einem riesigen Medizinhubschrauber, mit dem sie die lange Reise nach Kuwait antreten würde, bevor es nach Deutschland und dann Texas weiterging. Doc war zu ihrem Zelt gegangen und hatte ihre restlichen Sachen eingepackt und Aspen versuchte, nicht daran zu denken, dass er dabei auch ihre Unterwäsche gesehen haben muss.

Trigger, Lefty, Lucky, Doc und Grover standen alle hinter Kane; sie trugen noch immer ihre schwarzen Hosen und Oberteile. Der Helikopter startete langsam. Sie hatten sie alle zum Abschied umarmt und ihr alles Gute und ein baldiges Wiedersehen gewünscht.

Nun war es an der Zeit, sich von Kane zu verabschieden.

»Ich würde ja sagen, dass ich dir schreibe, aber es kann sein, dass wir noch vor dir zu Hause eintreffen werden«, sagte Kane.

»Pass auf dich auf«, sagte Aspen. Sie wusste aus erster Hand, welche Gefahr hinter den Zäunen des Stützpunktes auf ihn wartete. Mehr als einmal in den letzten paar Stunden hatte sie gedacht, dass sie den Tag nicht überleben würde. Dass sie den Heimweg in einem Leichensack antreten würde.

»Ich passe auf«, versprach Kane.

Für einen Moment standen sie sich schweigend gegenüber. Aspen wollte ihm sagen, wie sehr sie sich um ihn sorgte, konnte aber nicht die richtigen Worte finden.

Dann murmelte er: »Scheiß drauf«, und streckte die Arme in ihre Richtung aus.

Eine Hand legte er in ihren Nacken und mit der anderen umfasste er ihre Hüfte. Er zog sie zu sich, während Aspen vor Überraschung nach Luft schnappte. Ihre Hände landeten auf seiner Brust ... und schon fanden seine Lippen die ihren.

Der Kuss war viel intensiver als der, den sie vor so vielen Monaten in der Kneipe geteilt hatten, und Aspen blieb die Luft weg.

Sie schloss die Augen und vergrub ihre Finger in seiner Brust, als Kane den Kopf schief legte, um den Kuss zu vertiefen. Erst jetzt verstand sie mit ganzem Herzen, was einen Kuss unwiderstehlich machen konnte. Die Küsse, die sie bis jetzt von Ex-Freunden bekommen hatte, hatten sich zwar nett angefühlt, aber noch nie hatte sie eine solche Leidenschaft und Lust empfunden wie in diesem Moment.

Aber nun, als Kanes Lippen die ihren berührten, durchfuhr sie die Lust wie ein Stromschlag. Jedes Haar an ihrem Körper stellte sich auf und sie zitterte am ganzen Leib. Sie wusste, dass sie zurückweichen sollte. Es war eine schlechte Idee, sich zu küssen, wenn gefühlt der halbe Stützpunkt dabei zusah. Aber sie hätte die Lippen nicht von den seinen nehmen können, auch wenn ihr Leben davon abgehangen hätte.

Viel zu schnell hob Kane den Kopf und löste sich von ihr. Sie sah, wie er sich über die Lippen leckte, und für einen Moment hielt sie die Hand im Nacken nur noch fester.

»Wenn du dich erschießen lässt, wäre ich ziemlich angepisst«, flüsterte sie.

Kane schmunzelte. »Notiert. Pass auf dein Bein auf. Damit du dir keine Entzündung holst«, sagte er.

»Werde ich.« Sie wusste ja, worauf sie zu achten hatte. Nun war es an der Zeit, in den Helikopter zu steigen, aber sie konnte sich nicht von Kane lösen. Sie fühlte sich sicher mit ihm. Als könnte ihr niemand etwas anhaben, solange sie in seinen Armen lag. Nicht Derek. Nicht die Talibankämpfer. Nichts.

Mit einem tiefen Atemzug machte sie einen Schritt zurück.

Seine Hände fielen an seine Seite und sie fühlte sich sofort einsam. Sie liebte und hasste das Gefühl gleichermaßen. Hasste es, weil sie eine unabhängige und selbstbestimmte Frau sein wollte. Liebte es, weil es neu und aufregend war, solche tiefen Gefühle für einen Mann zu verspüren. Und es war klar, dass es nicht nur ihr so ging.

Kane nickte ihr einmal kurz zu und machte dann ein paar Schritte zurück, um sich neben seinen Kameraden einzureihen. Alle sieben schauten zu, wie sie in den Helikopter kletterte und dieser abhob. Aspen schaute dem Team am Boden so lange nach, bis sie es nicht mehr sehen konnte.

Erst dann schloss sie die Augen und legte die Stirn an das kleine Fenster neben ihrem Sitz. Sie und Kane waren nur für ein paar Stunden zusammen in Afghanistan gewesen, aber irgendwie wusste Aspen, dass diese Zeit ihr Leben für immer verändert hatte.

# KAPITEL ZEHN

Anderthalb Wochen.

So lange brauchten sie, um Akhund zu finden, auszuschalten, ihre Ergebnisse den oberen Offizieren auf dem Stützpunkt in Afghanistan mitzuteilen und nach Texas zurückzukehren.

Brain freute sich darauf, Aspen wiederzusehen.

Er hatte ihr, seit sie den Stützpunkt verlassen hatte, nur zweimal schreiben können, weil er die meiste Zeit damit verbracht hatte, Akhund zu suchen. Er hatte erfahren, dass ihr Bein fast vollständig verheilt war und dass sie bis jetzt noch nicht die Möglichkeit gehabt hatte, mit Derek oder dem Rest ihres Teams zu sprechen.

Sie war ein paar Tage in Deutschland geblieben, bevor sie heimgeflogen war. Ihre Eltern besuchten sie aus Minnesota, nachdem sie erfahren hatten, dass sie angeschossen worden war, und waren am vorherigen Tag wieder abgereist.

Brain wusste auch, dass Aspen bald wieder zur Arbeit zurückkehren musste, aber dass sie sich nicht darauf freute.

Obwohl sie sich nur per E-Mail ausgetauscht hatten, hatte er die Unsicherheit aus ihren Worten herausgelesen.

»Wirst du Aspen besuchen?«, fragte Oz.

Brain nickte. Sie waren am Flughafen von Fort Hood angekommen und zum ersten Mal verstand Brain die Eile, die Trigger und Lefty nach einer Mission hatten, um ihre Frauen wiederzusehen.

»Weiß sie, dass du zurück bist?«

»Ich werde ihr eine Nachricht schreiben, bevor ich gleich zu ihrer Wohnung fahre«, sagte Brain.

»Bist du sicher, dass das eine gute Idee ist?«

Brain runzelte die Stirn. »Wie meinst du das?«

»Vielleicht braucht sie ein bisschen mehr Vorwarnung, bevor du einfach so bei ihr reinstürmst. Frauen ziehen sich gern schön an und schminken sich, bevor sie ihren Freund empfangen.«

Brain presste für einen Moment die Lippen aufeinander. Dann sagte er: »Wir sind noch nicht wirklich ein Paar.«

Oz zog die Augenbrauen hoch. »Ach ja? Euer Abschiedskuss hat eine ganz andere Geschichte erzählt. Na ja, umso mehr Gründe, ihr genügend Zeit zu geben, bevor du einfach so bei ihr vorbeischaust.«

Brain hatte an nichts anderes gedacht als daran, Aspen so bald wie möglich wiederzusehen. Aber Oz hatte nicht unrecht. Ohne ein weiteres Wort zog er sein Handy aus der Tasche.

*Brain: Hast du in anderthalb Stunden zufällig Zeit? Ich würde dich gern sehen.*

. . .

Sofort sah er die drei Punkte, die anzeigten, dass Aspen eine Antwort eintippte.

*Aspen: Du bist zurück?*

    *Brain: Lach. Bin ich.*

    *Aspen: Klasse! Hast du Hunger? Soll ich etwas kochen?*

    *Brain: Danke, nein. Wir sehen uns später. Freu mich.*

    *Aspen: Ich mich auch!*

    *Brain: Wie geht es deinem Bein?*

    *Aspen: Sehr gut. Die Narbe ist ziemlich heftig, aber das ist mir egal.*

    *Brain: Eine Narbe zeigt nur, was für ein starker Mensch du bist.*

    *Aspen: Das gefällt mir. Geht es dir gut?*

    *Brain: Wie meinst du das?*

    *Aspen: Du wurdest nicht angeschossen, erstochen, gefoltert oder geschlagen?*

    *Brain: Nein.*

    *Aspen: Sehr gut. Wir sehen uns später. Freu mich.*

    *Brain: Ich mich auch. Ich muss Schluss machen. Bis nachher.*

    *Aspen: Bis dann!*

Brain steckte das Handy wieder in die Tasche und wusste, dass auf seinen Lippen ein idiotisches Grinsen hing, aber er konnte sich nicht helfen. »Gute Idee«, sagte er zu Oz.

»Damit du Bescheid weißt: Ich mag sie«, sagte Oz. »Ich weiß, dass du meine Erlaubnis nicht brauchst, um mit jemandem auszugehen, aber Aspen ist total in Ordnung – für einen Ranger.«

Brain rollte die Augen und schlug seinem Kumpel freundschaftlich auf die Schulter.

»Kommt ihr Trantüten auch mal?«, rief Trigger aus der Ferne zu ihnen hinüber. »Wir müssen noch die ganze Ausrüstung aufräumen und die Abschlussbesprechung hinter uns bringen. Ich würde Gillian gern heute noch sehen.«

»Wir kommen«, rief Brain zurück. Seine Gedanken drehten sich immer noch um Aspen. Er konnte es nicht erwarten, ihr hoffentlich geheiltes Bein mit eigenen Augen zu sehen. Er wollte diese knisternde Energie, die er in ihrer Nähe und vor allem dann verspürte, wenn sie sich küssten, genauer erforschen. Er wollte einfach ihre Stimme hören. Er hatte das dumpfe Gefühl, dass er Aspen total verfallen war, aber das störte ihn nicht.

Zwei Stunden später, nach einer langen und intensiven Besprechung, in der die Männer kein Blatt vor den Mund nahmen, als es darum ging, was in Afghanistan passiert war – weder, als es um den Zustand der Ranger-Teams ging, noch, als sie über ihre eigene, erfolgreiche Suche nach Akhund sprachen –, stand Brain vor Aspens Wohnungstür. Er hatte geduscht und sich Jeans und ein einfaches, schwarzes T-Shirt angezogen.

Zwei Komma drei Sekunden, nachdem er an ihre Tür geklopft hatte, ging diese auf und Aspen stand vor ihm. In diesem Moment erschienen die anderthalb Wochen, in denen er sie nicht gesehen hatte, plötzlich wie Jahre.

»Hey!«, sagte sie fröhlich.

Ohne ein weiteres Wort machte Brain einen Schritt auf sie zu. Sie trat einen Schritt zurück und er schloss die Wohnungstür hinter ihnen. Er ging weiter auf sie zu.

Mit einem verschmitzten Lächeln auf dem Gesicht wich sie weiter und weiter nach hinten aus.

Keiner von ihnen sagte etwas, aber Brain fühlte sich wie ein Löwe, der seine Partnerin verfolgte. Aspen stieß gegen eine kleine Kommode und schlängelte sich rückwärts um sie herum, noch immer lächelnd. Schließlich stand sie mit dem Rücken zu der Wand in der Nähe ihrer Küche.

Brain fing sie ein, indem er die Hände auf beiden Seiten neben ihren Schultern an die Wand stützte, und lehnte sich zu ihr. Er liebkoste ihre Halsbeuge und Aspen legte den Kopf schief, um ihm mehr Raum zu geben. Mit den Händen umfasste sie seine Hüfte; er schwelgte in dem Gefühl ihrer Berührung.

»Gardenien«, flüsterte er und atmete ihren Geruch ein.

»Meine Hautcreme«, flüsterte sie zurück und vergrub die Hände tief in seinem T-Shirt.

Brain lehnte sich weit genug zurück, um ihr in die Augen zu sehen. »Hey«, sagte er leise.

»Hey«, wiederholte sie.

Es gab so viel, das Brain ihr sagen wollte, aber im Moment konnte er nichts anderes tun, als ihr in die wunderschönen, braunen Augen zu schauen. Ihre Wimpern waren lang und geschwungen; das hatte er zuvor noch nicht bemerkt. Sie trug kein Make-up; das brauchte sie auch gar nicht. Ihre Haut war zart und weich, und je länger er sie anschaute, desto mehr Röte stieg ihr in die Wangen.

»Kane?«

»Ja?«

»Werden wir den ganzen Abend hier herumstehen und uns wortlos in die Augen sehen?«

»Vielleicht.«

Sie grinste. »Na ja, warum nicht.«

Brain musste zurücklächeln. Er wollte sie küssen. Wollte sie überall berühren. Er wollte, dass sie ganz die Seine wird. Aber er wollte sie nicht verschrecken. Deshalb sagte er stattdessen: »Wir haben noch nicht wirklich darüber gesprochen, aber ich würde unsere Beziehung gern offiziell machen. Ich will, dass wir ein Paar sind. Ich will nicht, dass du mit anderen Männern auf Verabredungen gehst, wenn wir zusammen sind.« Er hielt den Atem an, während er auf ihre Antwort wartete.

»Okay.«

Er stieß die angehaltene Luft aus. »Das ist alles? Okay?«

Sie zuckte mit den Schultern. »Ja. Aber das heißt auch, dass du mit niemand anderem ausgehst, nicht wahr?«

»Natürlich«, bestätigte Brain. »Es ist ja nicht so, als würden die Frauen bei mir Schlange stehen«, sagte er ehrlich und bereute es sofort.

Aber Aspen schien der Kommentar nicht zu stören. »Selbst schuld«, erwiderte sie. »Aber ich glaube, wir müssen das nun mit einem Kuss besiegeln«, fuhr sie fort.

Damit hatte Brain nun wirklich kein Problem. Es war ihm sowieso schon schwer genug gefallen, an irgendetwas anderes zu denken als das Gefühl von ihren Lippen auf seinen. Ohne ein weiteres Wort lehnte er sich zu ihr und küsste sie.

Aspen stöhnte und ihre Hand fand den Weg unter sein T-Shirt, wo sie seine nackte Haut streichelte, während sie ihn zurück küsste.

Brain konnte spüren, wie er Gänsehaut auf den Armen bekam, und er knurrte, bevor er sich noch mehr in den Kuss hineinlehnte. Aber Aspen ließ sich nicht von seiner Leidenschaft abschrecken. Sie erwiderte seinen aggressiven Kuss genauso enthusiastisch.

Brain konnte nicht sagen, wie lange sie so an der Wand standen und sich küssten, aber als er fühlte, wie Aspen sich mit den Händen an seinem Hosenbund auf der Suche nach ... mehr zu schaffen machte, zog er sich zurück.

Sie beide atmeten schwer und er sah, dass Aspens

Pupillen sich geweitet hatten. Sie war so wunderschön – und aus irgendeinem Grund schien sie ihn zu mögen.

Für einen kurzen Moment durchfuhr Brain die Angst. Wenn sie wüsste, was für ein großer Sonderling er tatsächlich war, dann wäre sie bestimmt nicht mehr so interessiert. Aber er versuchte, diese selbsterniedrigenden Gedanken zu verdrängen. Er war kein Kind mehr und Aspen keines der gemeinen Nachbarkinder, mit denen er aufgewachsen war und die sich über ihn lustig gemacht hatten, weil er zu gut in der Schule war und immer der Jüngste in der Klasse.

»Das war ... beeindruckend«, sagte sie lächelnd.

Brain schüttelte kurz den Kopf und trat einen Schritt zurück. Er ergriff ihre Hand und ging mit ihr ins Wohnzimmer. Er gestikulierte, dass sie sich hinsetzen sollte, und als sie das getan hatte, schob er ihren Wohnzimmertisch aus dem Weg und kniete sich vor sie hin.

»Was tust du ... meinem Bein geht es gut, Kane«, sagte Aspen zu ihm.

Aber Brain ignorierte ihren Kommentar und schob das lose Hosenbein ihrer Baumwollhose nach oben, um sich selbst vom Zustand des Beines zu überzeugen. Er legte den Kopf schief, als er die noch immer heilende Schusswunde ansah. Die Wunde war nicht verbunden und er konnte die einzelnen Stiche genau sehen. Die Kugel hatte sie gestreift und ein Stück Fleisch abgerissen. Die Haut war noch immer rosa und leicht geschwollen, aber sie hatte recht, die Wunde heilte gut.

»Ich nehme an, du darfst wieder an leichtem Training teilnehmen?«, fragte er.

Aspen nickte. »Laufen und Gewichte heben darf ich noch nicht, aber viele der anderen Dinge schon.«

Brain strich mit dem Daumen um die Wunde und erinnerte sich daran, wie sie ihren Sergeant getragen hatte, während sie lief. Er musste zugeben, dass er vor einiger Zeit auch noch skeptisch gewesen war, wenn es darum ging, ob Soldatinnen als Feldsanitäter in Eliteteams wie den Rangers dienen sollten. Aber Aspen hatte es innerhalb von Minuten geschafft, seine Meinung komplett zu ändern. Er umfasste sanft ihren Unterschenkel, wobei er darauf achtete, nicht die heilende Wunde zu berühren, und sah zu ihr auf. »Wie geht es den anderen?«

»Vandine ist immer noch in Deutschland. Er wird erst dann nach Dallas ausgeflogen, wenn die Ärzte ihr Okay geben. Die Kugel hat seine Oberschenkelarterie getroffen. Die Ärzte konnten ihn zwar wieder zusammenflicken, wollen ihn aber nicht zu viel bewegen, bis sie sicher sind, dass die Arterie nicht wieder reißt.«

»Er wäre innerhalb von Minuten verblutet, wenn du nicht da gewesen wärst«, sagte Brain. Das war keine Frage.

Aspen nickte nur. Sie hatte das getan, wofür sie trainiert hatte. Sie war froh, dass beide Männer mit dem Leben davongekommen waren, aber sie hatte nur ihren Job gemacht.

»Und Sergeant Holman?«

»Die Ärzte mussten die Hand amputieren. Sie konnten sie nicht retten«, sagte sie.

»Aber er ist wieder in Texas, oder?«, fragte Brain.

Aspen kniff die Augen zusammen. »Wenn du eh schon weißt, wie es ihm geht, warum fragst du mich dann?«, fragte sie leicht irritiert.

»Weil ich wissen wollte, was du weißt«, entgegnete Brain lächelnd, ohne sich von ihrer Irritation verunsichern zu lassen. »Und um meine Informationen mit dir zu teilen, falls du noch nicht auf dem gleichen Stand bist wie ich.«

Sie fühlte sich sofort besser.

»Was hast du morgen vor?«, fragte Brain sie.

»Ich mache ein bisschen Sport am Vormittag. Und ich habe eine Besprechung mit dem Major.«

»Warum?«

Aspen zuckte mit den Schultern. »Ich nehme an, er will darüber sprechen, wann ich wieder ins normale Training zurückkehren kann.«

Brain war sich da nicht so sicher, vor allem, wenn er daran dachte, was sein Delta-Team über den Tag erzählt hatte, an dem sie in Afghanistan verletzt worden war, aber er verfolgte das Thema nicht weiter. »Und am Nachmittag?«

»Ich arbeite im Moment nur halbtags. Warum?«

»Würdest du gern mit mir nach Austin fahren und Holman besuchen?«

»Wirklich?«, fragte sie.

»Ja.«

»Warum?«

»Warum was?«, fragte Brain zurück.

»Warum willst du ihn besuchen? Du hast ja ziemlich klar gemacht, dass du kein Fan von meiner Einheit bist«, sagte Aspen.

»Bin ich auch nicht. Aber du hast mir in einer E-Mail geschrieben, dass du dir Sorgen um ihn machst. Und als Sanitäterin muss es dir unter den Nägeln brennen, selbst zu sehen, wie es ihm geht. Ich kann meine eigene Meinung zurückhalten, wenn es im Gegenzug bedeutet, dass ich dir einen Gefallen tun kann.«

Aspen sah ihn daraufhin so lange wortlos an, dass Brain anfing, darüber nachzudenken, ob er etwas Falsches gesagt hatte.

»Danke«, sagte sie nach einer langen Pause. »Ich würde wirklich gern sehen, wie es ihm geht. Aber musst du morgen nicht arbeiten?«

»Nein. Nach einer Mission haben wir immer ein paar Tage frei.«

Ihre Augen fingen an zu leuchten. »Wirklich?«

»Wirklich. Warum macht dich das so froh?«

»Ich musste nur daran denken, wie sehr Trigger und Lefty das zugutekommt ... ihnen und ihren Freundinnen.«

Brain lachte. Dann stand er auf und streckte die Hand in Aspens Richtung. »Sie haben tatsächlich nichts dagegen. Ehrlich gesagt reiben sie uns anderen das ganz schön unter die Nase, wann immer wir auf dem Rückweg sind.«

»Ich glaube, jetzt, da du eine Freundin hast, wirst du es nicht mehr ganz so nervig finden«, sagte Aspen und zwinkerte ihm zu.

»Das stimmt«, sagte Brain, griff nach ihrer Hand und zog sie zu sich heran.

Aber dabei beließ er es nicht. Er zog sie eng an sich und legte ihr einen Arm um die Taille, sodass sie von den Hüften bis zur Brust ganz eng aneinandergedrückt dastanden. Er wusste, dass sie so höchstwahrscheinlich seine Erektion durch seine Hose fühlen konnte, aber sie machte keine Anstalten, die Umarmung zu beenden. Stattdessen schlag sie ihre Arme um seine Schultern und lächelte.

»Ich würde mich sehr freuen, die nächsten paar Nachmittage nach der Arbeit mit dir zu verbringen, wenn du willst. Es fühlt sich so an, als würde ich dich manchmal schon richtig gut kennen, aber manchmal habe ich das Gefühl, ich muss noch eine Menge über dich lernen. Das würde ich gern tun.«

»Das hört sich gut an«, stimmte Aspen zu.

»Sehr gut.« Brain ließ die Hände zu ihrer Hüfte sinken und konnte sich nicht davon abhalten, einen Daumen unter ihr T-Shirt zu schmuggeln und ihre Haut sanft zu streicheln.

»Und die Dinge in Afghanistan sind gut gelaufen?«, fragte sie.

Brain machte den Mund auf, um zu sagen, dass er nicht über seine Mission reden durfte, als ihm einfiel, dass Aspen ganz genau wusste, wo er gewesen war und warum. Es würde in der Zukunft Situationen geben, in denen er seine Einsätze nicht mit ihr würde besprechen können, aber im Moment war er sehr erleichtert, dass er mit ihr über Akhund sprechen konnte.

»Wir haben ihn gefunden«, sagte er.

»Sehr gut«, erwiderte sie erleichtert. »Und zwar relativ schnell, schließlich bist du jetzt schon wieder zu Hause.«

»Es hat länger gedauert, als nötig gewesen wäre. Weil Spence so viel Staub aufgewirbelt hat, hat Akhund sich ziemlich eingegraben. Wir mussten ein bisschen Detektiv spielen, um ihn ausfindig zu machen.«

»Detektiv spielen – ich nehme an, dass deine Super- kräfte zum Einsatz kamen und du ein paar Gespräche belauscht hast?«, fragte Aspen lächelnd.

Brain hätte ihr als Antwort am liebsten das T-Shirt über den Kopf gezogen, sie auf die Couch gestoßen und ihr ohne Worte ganz genau erklärt, was er von ihrer Neckerei hielt, aber stattdessen setzte er sich auf die Couch und zog sie mit sich. Er setzte sich in die Ecke des überraschend bequemen Sofas und sie kuschelte sich sofort an seine Seite. Brain legte den Arm um ihre Schultern und seufzte zufrieden, als sie den Arm auf seinen Bauch legte und ihre Knie auf seinen Oberschenkeln platzierte.

Eigentlich war er kein Kuschelbär, aber er entschied, nur für sie seine Einstellung zu ändern.

»So etwas in der Art«, gab er zu. »Er hatte sich in einem Haus verbarrikadiert und so viele Frauen und Kinder ange-

SUSAN STOKER

schleppt, wie er nur finden konnte. Er wusste, dass wir keine unschuldige Zivilbevölkerung töten wollten.«

»Was wurde aus den Männern, die auf uns geschossen haben?«, fragte Aspen.

»Die sind nun kein Problem mehr«, sagte Brain. Er wollte ihr nicht im Detail erzählen, wie er diese Männer gejagt und dafür gesorgt hatte, dass sie nie wieder jemandem wehtun würden.

»Ich verstehe. Wie habt ihr Akhund dann erwischt?«

»Mit einem Lautsprecher.«

Aspen zog die Augenbrauen fragend hoch.

Brain zuckte mit den Schultern. »Ich habe einen Lautsprecher genommen und den Leuten in dem Haus auf Paschtunisch erklärt, dass wir das Haus umzingelt haben und sie nicht verletzen wollen. Dass sie ihre Kinder nehmen und gehen sollten.«

»Und dann sind sie einfach gegangen?«, fragte Aspen ungläubig.

»Nicht ganz. Langsam, einer nach dem anderen, haben sie das Gebäude verlassen. Das hat sich über zwei Tage hingezogen. Akhund war darüber nicht sehr glücklich. Wir hörten, wie er seine Leute im Haus anschrie und sie bedrohte, aber aus irgendeinem Grund verletzte er sie nicht, nachdem die erste Frau gegangen war. So brachten die anderen genügend Mut auf, das Haus ebenfalls zu verlassen. Danach mussten wir nur noch das Haus stürmen und Akhund auffordern, sich zu ergeben.«

»Aber er ergab sich nicht so einfach, oder?«

Brain schüttelte den Kopf. »Nein.«

»Und was ist mit Shahzada?«

»Der ist noch immer flüchtig«, sagte Brain. Er drehte sich, um sie anzuschauen. »Was ich jetzt sage, darf diese vier Wände nicht verlassen.«

»Natürlich. Ich weiß, dass du eine höhere Sicherheitsfreigabe hast als ich, aber ich weiß genug, um den Mund zu halten«, sagte Aspen ernst.

»Bevor Akhund starb, prahlte er damit, dass wir Shahzada nie finden würden. Dass er schlauer sei als wir alle zusammen. Dass die Bewohner ihm folgen und dass jeder Versuch, ihn zu finden und hinzurichten, fehlschlagen würde.«

»Hat er irgendwelche Hinweise gegeben, wo oder wer Shahzada ist?«

»Nein«, sagte Brain frustriert. »Wir sind fast sicher, dass er noch in der Gegend ist, aber das ist leider alles, was wir wissen. Es gibt Berichte, die behaupten, dass er ein ziemlich großes Netzwerk an Bewunderern hat. Und dass er normalerweise Menschen entführt, um Informationen zu bekommen.«

Aspen atmete tief ein. »Was, wirklich? Weiß du, ob er im Moment Geiseln bei sich hat?«

»Das ist schwer zu sagen. Es gibt die eine oder andere Person, die verschwunden ist, aber die meisten wurden ausfindig gemacht«, sagte Brain.

»Ich bin froh, dass ich nicht mehr dort bin«, murmelte Aspen.

»Das geht uns beiden so«, stimmte Brain ihr zu.

Aspen nahm einen tiefen Atemzug. »Wie dem auch sei, ich bin froh, dass Akhund Geschichte ist. Er hat die Bewohner terrorisiert.«

»Das stimmt. Ich hoffe, dass unsere Verhandlungen und die Tatsache, dass wir keine Zivilisten getötet haben, dabei helfen werden, die Beziehungen zwischen den USA und Afghanistan in dieser Region etwas zu verbessern.«

»Ich auch«, sagte Aspen und nickte.

Sie waren für einen Moment still. Dann fragte Aspen:

»Bist du sicher, dass du nicht hungrig bist? Ich kann uns etwas kochen, wenn du willst.«

»Ich bin sicher. Aber falls du Hunger hast, will ich dich nicht vom Kochen abhalten.«

»Ich bin nicht hungrig«, sagte Aspen. »Es ist nur ... ich will nicht, dass du dich langweilst.«

Brain sah zu ihr hinunter und lächelte. »Mir ist es egal, was wir machen, solange ich bei dir sein darf, *skat*.«

Sie runzelte die Stirn. »*Skat*? Sag mir bitte, dass das ›Schatz‹ in einer weiteren verrückten Sprache heißt, denn ich kann mir darunter nun wirklich nichts Schönes vorstellen.«

Brain lachte leise. »Das ist Dänisch.«

»Ich glaube, ich bevorzuge *chérie* oder etwas Ähnliches«, sagte sie und zog einen Schmollmund.

»Verstanden.«

Brain redete nicht so gern. Er bevorzugte es, ein Buch zu lesen oder Musik zu hören. Aber in den nächsten Stunden redeten er und Aspen ununterbrochen. Manchmal sprachen sie über ernste Dinge, wie etwa den Klimawandel, wie ein Krieg das Leben von Kindern beeinflusst oder das neue Virus, das sich auf der Welt ausbreitete. In anderen Momenten sprachen sie über komplett Unwichtiges, etwa, welches Fast Food sie am liebsten aßen.

Langsam wurde es spät und Brain wusste, dass er eigentlich gehen sollte, vor allem, da Aspen morgen wieder zum Training erscheinen musste, aber er konnte sich nicht losreißen. Er mochte es, bei ihr zu sein. Er mochte, dass sie sich in seiner Gegenwart wohlfühlte. Es fühlte sich manchmal zu gut an, um wahr zu sein.

Dieser Gedanke führte dazu, dass er sich an eine andere Frau erinnerte.

Er hasste es, an eine andere zu denken, während er mit

Aspen zusammen war. Er versuchte, die Gedanken an die andere Frau zu verdrängen, aber nun, da er sich an das erinnerte, was sie getan hatte, konnte er nicht aufhören, daran zu denken.

Sein Körper musste sich angespannt haben, weil Aspen in diesem Moment den Kopf hob und fragte: »Worüber denkst du denn so angestrengt nach?« Sie hatte sich früher am Abend hingelegt und ihr Kopf hatte auf seinen Oberschenkeln gelegen. Brain strich ihr mit der Hand immer wieder durch die Haare und genoss den Anblick der Strähnen, die über seine Beine fielen.

Er seufzte und dachte nicht einmal daran zu lügen. Aspen würde er immer die Wahrheit sagen. Er wollte, dass sie sein wahres Ich kennenlernte, auch wenn das bedeutete, über seine Unsicherheiten zu sprechen. »Erinnerst du dich, wie ich gesagt habe, dass ich mich zwei Jahre lang mit keiner Frau mehr verabredet habe?«

Sie hob den Kopf etwas mehr und zog die Augenbrauen zusammen. »Natürlich erinnere ich mich.«

»Die Sache ist die ... ich war immer der Jüngste in meinem Umfeld, als ich aufgewachsen bin. In der Schule. In der Uni. Die Frauen um mich herum sahen in mir nie mehr als denjenigen, den sie nach Notizen und nach Hausaufgaben fragen konnten. Als ich zum Militär kam, war ich plötzlich von Männern und Frauen in meinem Alter umgeben, was eine große Umstellung für mich war. Ich wurde nicht von Anfang an als ›Genie‹ behandelt. Tatsächlich wussten die meisten nichts von meinen Abschlüssen und meinen intellektuellen Fähigkeiten.«

»Das ist doch gut«, sagte Aspen sanft.

»Ja. Ich habe die eine oder andere Frau getroffen, aber es hat sich nie richtig angefühlt. Ich wusste nicht wirklich, was ich sagen oder tun sollte, und ich will gar nicht anfangen zu erzählen, wie lange es gedauert hat, um mich mit meiner Sexualität wohlzufühlen. Na ja, vor ein paar Jahren traf ich also diese Frau, Deidre. Meine Kameraden und ich waren nach einer besonders haarigen Mission in die Kneipe gegangen, um uns etwas zu entspannen, und trafen dort auf einige Typen, die ebenfalls hier auf dem Stützpunkt stationiert waren. Wir hatten schon ein paar Biere getrunken, als eine Gruppe Frauen hereinkam. Sie waren ebenfalls Soldaten und kamen direkt auf uns zu. Wir haben angefangen, miteinander zu reden, und irgendjemand hat erwähnt, dass ich ein gutes Gefühl für Sprachen habe. Die anderen beeindruckte das sehr ... aber niemand war so interessiert wie Deidre.«

»Ich glaube, ich weiß, wo diese Geschichte hinführt«, sagte Aspen, setzte sich auf und ließ ihren Arm über seine Brust fallen.

Brain zuckte mit den Schultern. »Ich habe sie nach ihrer Nummer gefragt und ehe ich michs versah, redeten wir jeden Tag miteinander und sie kam oft zu mir. Ich mochte es, mit ihr zu reden. Sie gab zu, dass sie Persisch lernen wollte und nicht richtig vorankam. Ich half ihr gern. Sie hatte beim Lernen große Disziplin und ich bewunderte sie dafür. Ich mochte sie sehr. Sie war hübsch, groß, hatte lange blonde Haare und ich fühlte mich geschmeichelt, weil sie mich an diesem Abend unter all diesen Männern ausgewählt hatte.«

»Ich glaube, ich mag diese Deidre nicht besonders«, sagte Aspen mit Nachdruck.

Es fühlte sich komisch an, aber Brain mochte es, dass Aspen etwas eifersüchtig klang. Er erzählte weiter. »Na ja, sie zeigte nie große Gefühle, aber ich erklärte mir das mit ihrer strikten, religiösen Erziehung, von der sie manchmal gesprochen hatte. Wir haben uns ein paarmal geküsst und gekuschelt, aber miteinander geschlafen haben wir erst, nachdem sie ihren Persisch-Test für das Militär bestanden hatte.

Wir waren beide ein bisschen betrunken und eins führte zum anderen. Wir landeten im Bett und ich dachte, dass alles gut war zwischen uns. Aber am nächsten Morgen wachte sie auf und war alles andere als glücklich. Ich dachte, dass sie vielleicht einfach nur einen Kater hatte, aber sie belehrte mich eines Besseren. Sie sagte mir, dass sie keine Zukunft für unsere Beziehung sah, und bedankte sich für meine Hilfe mit ihrem Test. Aber nun, da sie bestanden hatte, wollte sie unsere Beziehung beenden.«

»Was für eine blöde Kuh!«, rief Aspen.

»Im Nachhinein war es nicht überraschend. Sie hatte mir einige Hinweise gegeben, dass es ihr nicht ernst war. Sie wollte sich nicht öffentlich mit mir zeigen. Sie hatte kaum Interesse, zusammen etwas zu unternehmen, und wollte immer nur zusammen lernen. Selbst die Küsse schienen ihr manchmal unangenehm. Ich meine, sie musste sich betrinken, um am Ende mit mir ins Bett zu gehen! Die Sache war nur ... ich dachte ernsthaft, dass wir uns immer näher kamen. Aber tatsächlich hat sie mich nur als billigen Sprachlehrer missbraucht. Es war einfach zu gut, um wahr zu sein. Am Ende war ich der Idiot, der dachte, dass mehr aus uns werden könnte.«

»Und nun? Glaubst du, dass ich genauso drauf bin? Dass ich dich auf irgendeine Art ausnutze? Hast du deshalb an sie gedacht?«

»Nein, nicht wirklich. Aber manchmal muss ich einfach daran denken: Wenn etwas zu gut wirkt, um wahr zu sein, dann hat das manchmal einen ernüchternden Grund.«

Aspen drehte sich zu ihm, warf ein Bein über seinen Schoß und erschreckte Brain damit fast zu Tode. Sie saß auf seinem Schoß und nahm seinen Kopf in ihre Hände, zwang ihn, ihr in die Augen zu sehen, und sagte: »Es interessiert mich nicht, ob du Französisch, Deutsch, Persisch oder irgendeine andere Sprache sprichst. Das ist zwar total faszinierend und cool und ich muss zugeben, dass ich mich im Gegensatz dazu etwas ungebildet fühle, aber das ist nicht der Grund, warum ich mit dir ausgehe. Willst du wissen, was der Grund ist?«

Brain starrte sie an. »Ja«, sagte er dann.

»Wenn wir beide zusammen sind, dann fühlt es sich so an, als wären wir die einzigen beiden Menschen auf der Welt. Bei dir zu sein macht mich glücklich. Ich fühle mich dir so verbunden wie keinem anderen in meinem Leben. Wenn überhaupt, dann muss ich mir Sorgen machen, dass du mich eines Tages langweilig findest. Ich glaube nicht, dass unsere Beziehung zu gut ist, um wahr zu sein.«

»Das glaube ich auch nicht«, stimmte Brain ihr zu.

»Gut. Lass Deidre hinter dir. Sie hat deine Zeit gar nicht verdient.« Sie rutschte näher an ihn heran und Brain konnte fühlen, wie sein Schwanz auf ihre Bewegung reagierte. Wären sie nackt, dann wäre dieser Moment sehr intim gewesen. Er hätte sich nur ein kleines bisschen bewegen müssen, um in sie einzudringen.

»Küss mich«, flüsterte Aspen.

Sie musste nicht zweimal bitten. Brain griff nach ihrem Nacken und hielt sie fest, während er seine Lippen auf die ihren legte.

Am Anfang war ihr Kuss leicht und süß. Sie knabberte an seinen Lippen und spielte mit ihm. Aber Brain wollte mehr. Immer mehr.

Sie küssten sich für ein paar lange Minuten. Brain wusste, dass er nicht immer so weitermachen konnte; seine Hose wurde immer enger. Mit ihren unbewussten Bewegungen trug Aspen dazu bei, dass sein Schwanz immer größer wurde. Er wollte sie. Mehr als alles andere auf der Welt. Mehr als seinen ersten Masterabschluss. Mehr als seine Position bei den Deltas.

Aber er wollte die Sache langsam angehen. Er wollte, dass sie wusste, dass er sie respektierte, und wenn er ehrlich war, genoss er, wie sie sich langsam aneinander herantasteten. Er hatte sich schon lange nicht mehr so lebendig gefühlt. Aber an diesem Abend, so fühlte er, war nicht der richtige Moment für mehr. Sie musste früh aufstehen und er war auch müde.

Er zog sich zurück und sah lustvoll dabei zu, wie sie sich über die Lippen leckte, die von seinen Küssen rot und feucht waren.

»Willst du wirklich morgen mit mir nach Austin fahren, um Holman zu besuchen?«, fragte sie.

»Ja.«

»Vielen Dank.«

Brain nickte einmal. »Ich werde dich um halb zwei abholen. Du kannst mir schreiben, falls sich etwas ändern sollte oder falls du nicht mehr hinfahren willst.«

»Ich möchte ihn besuchen«, sagte Aspen überzeugt. »Wäre es nicht einfacher, wenn ich zu dir komme?«

»Nein. Weil du dann am Abend noch zu deiner Wohnung zurückfahren müsstest und ich weiß nicht, wie lange wir brauchen werden. Ich will nicht, dass du im Dunkeln noch fahren musst«, sagte Brain.

Aspen lächelte. »Ich bin schon oft nachts gefahren«, erklärte sie ihm. »Ich bin quasi ein Ranger. Ich schaffe das schon.«

»Dann mach es mir zuliebe nicht«, sagte Brain und beharrte auf seinem Standpunkt. Normalerweise hatte er kein Problem damit, nachts in Killeen zu fahren, aber nun war alles anders. Er konnte den Gedanken daran, dass Aspen etwas passierte, einfach nicht ertragen. Nicht, wenn er etwas dagegen tun konnte.

»Okay. Kein Problem.«

Brain nickte, lehnte sich nach vorn, um sie noch einmal zu küssen – er konnte seinen Mund einfach nicht von ihr lassen –, und stand auf, Aspen noch immer auf seinem Schoß.

Sie kreischte und lachte, während sie sich mit den Beinen an ihn klammerte.

Lächelnd ließ er ihre Beine los und schlang seine Arme um ihre Hüfte. Sie standen umschlungen vor ihrem Sofa. Weil sie fast gleich groß waren, konnte er ihr direkt in die Augen sehen. »Ich hatte einen schönen Abend.«

»Ich auch. Ich bin froh, dass du unverletzt zurückgekommen bist«, sagte sie zu ihm.

»Ruh dein Bein aus«, befahl er ihr.

»Ich kann dich zumindest bis zum Wagen begleiten.«

»Nein. Es ist spät. Wenn du mich zum Wagen bringst, dann musst du allein wieder zur Wohnung zurückgehen.«

Sie grinste. »Okay. Aber wirst du mir jemals die Kompetenz zusprechen, selbst über meine Sicherheit zu entscheiden?«

»Es geht mir nicht um deine Kompetenz. Es geht mir darum, dass ich dich beschützen will. Ich weiß, dass du bei den Rangers dienst. Ich weiß, dass du als Feldsanitäterin arbeitest. Du hast fast das gleiche Training wie ich. Aber als dein Freund – und wenn wir uns nicht gerade in einer aktiven Kampfzone in Afghanistan aufhalten – sehe ich dich eben zuerst als Frau. Meine Frau.«

Brain zuckte innerlich zusammen. Das hatte er ja mal total vermasselt. Er würde es ihr nicht verübeln können, wenn sie ihn dafür sofort rausschmiss und nicht mehr wiedersehen wollte.

Aber ihr Lächeln wurde nur breiter. »Ich wäre blöd, nun beleidigt zu sein«, sagte sie zu ihm. »Aber mir ist wichtig, dass du verstehst, dass ich nicht vollkommen hilflos bin. Ich gehöre nicht zu den Frauen, die sich von ihrem Freund alles vorschreiben lassen. Ich komme schon eine ganze Weile allein klar und ich brauche niemanden, der sich um mich kümmert.«

»Notiert. Ich werde mein Bestes versuchen, meinen inneren Höhlenmenschen in seine Schranken zu weisen«, sagte Brain erleichtert.

»Also, kann ich dich zum Wagen begleiten?«, fragte sie neckisch.

»Nein«, sagte Brain und schüttelte den Kopf.

Aspen lachte. »Ich habe einen Scherz gemacht.« Sie lehnte sich zu ihm, küsste ihn und nahm dann seine Hand, um ihn zur Tür zu führen. Brain folgte ihr, ohne sich zu beschweren, und bewunderte ihre schöne Figur von hinten.

Sie hielt an und drehte sich zu ihm um. »Hast du etwa meinen Po bewundert?«

»Ja«, gab Brain sofort zu. »Es ist ein ziemlich hübsches Exemplar.«

Sie grinste. »Na gut, aber fair ist fair. Du wirst dich in Zukunft nicht beschweren können, wenn ich mir deinen Hintern ganz genau anschaue.«

»Abgemacht.« Er strich mit dem Daumen an ihrem Wangenknochen entlang. »Vielen Dank, dass ich vorbeikommen durfte.«

»Jederzeit. Das meine ich so«, sagte sie zu ihm.

Brain ging rückwärts durch die geöffnete Tür und wusste, dass er sich nicht mehr würde zurückhalten können, wenn er sie jetzt noch einmal küsste. »Wir sehen uns morgen.«

»Fahr vorsichtig.«

»Mache ich.«

»Schreibst du mir, wenn du zu Hause angekommen bist?«

Brain legte den Kopf schief. »Ich glaube nicht, dass ich auf dem Heimweg in Schwierigkeiten geraten werde.«

»Mir zuliebe.«

»Okay. Bis morgen.«

»Bis dann, Kane.«

»Tschüss.«

Brain zwang sich dazu, sich umzudrehen und den Gang hinunter, von Aspen weg, zu gehen. Es war wahnsinnig, wie sehr sie ihm am Herzen lag. Er würde nichts unversucht lassen, um diese Frau für immer an seiner Seite zu haben ... auch wenn er keine Ahnung hatte, wie er das anstellen sollte.

# KAPITEL ELF

Aspen wartete schon, als Kane am nächsten Nachmittag an ihre Tür klopfte. Der Vormittag war stressig gewesen. Sie hatte mit ihrem Team trainiert, aber die anderen waren niedergeschlagen gewesen und hatten nicht viel mit ihr geredet. Sie hatten noch nie allzu viel miteinander gesprochen, aber an diesem Morgen waren sie besonders wortkarg gewesen. Sie hatten einen neuen befehlshabenden Sergeant zugeteilt bekommen und bis jetzt hatte Aspen nichts an ihm auszusetzen. Zumindest schaute er nicht auf sie herunter, wie es manche der anderen Rangers taten. Auch Holmans Ersatz war zum ersten Mal beim Training dabei gewesen.

Später am Vormittag hatte sie sich mit dem Major getroffen. Aspen hatte erwartet, dass er mit ihr besprechen wollte, wann sie wieder voll einsatzfähig sein würde, aber stattdessen hatte er tausend Fragen zu ihrem Einsatz in Afghanistan gestellt. Er wollte ganz genau wissen, wie Vandine und Derek in verschiedenen Situationen reagiert hatten, vor allem aber, was sie getan hatten, als die Mission schiefging.

Aspen hatte ein Problem damit, schlecht über andere zu

reden, auch dann, wenn sie die Schuld trugen. Am Ende wurde klar, dass der Major schon ziemlich gut über die Vorkommnisse Bescheid wusste. Sie hatte ihr Bestes getan, die Ereignisse so emotionslos wie möglich wiederzugeben. Sie hielt sich an die Fakten.

Als sie fertig war, lehnte sich der Major mit zusammengepressten Fingern unter seinem Kinn in seinem Stuhl zurück und starrte sie an.

Aspen musste sich stark am Riemen reißen, um sich nicht unter seinem scharfen Blick zu winden. Sie hatte nichts falsch gemacht.

»Mögen Sie Ihren Job, Sergeant Mesmer?«

»Ja, Sir.«

»Lieben Sie Ihren Job?«

Die Frage ließ sie zögern. Sie liebte es, als Sanitäterin zu arbeiten. Wenn sie Entscheidungen traf, die Leben oder Tod bedeuten konnten, dann gab ihr das einen Adrenalinkick. Vor allem aber liebte sie es, dass sie anderen das Leben retten konnte – so wie Vandine und Holman. Aber andere Aspekte ihres Jobs gefielen ihr weniger. Dazu gehörte, dass ihr Team sie noch immer von oben herab behandelte wie ein Bürger zweiter Klasse, und wenn auf sie geschossen wurde.

»Das dachte ich mir«, sagte der Major, bevor sie auf die Frage antworten konnte. Er lehnte sich vor und stützte sich mit den Ellbogen auf dem Tisch ab. »Sie sind eine ausgesprochen gute Sanitäterin, Mesmer. Ich habe mir Ihre Akte angeschaut und Sie haben sich immer vorbildlich verhalten. Sie dienen nun seit fast acht Jahren, nicht wahr?«

»Ja, Sir.«

»Dann müssen Sie sich bald entscheiden, ob sie beim Militär bleiben wollen oder nicht.«

»Ja, Sir«, sagte Aspen erneut.

»Ich will Sie nicht verlieren. Die Armee kann Sie gut gebrauchen. Aber Sie sind hier nicht glücklich, oder?«

Aspen blinzelte, denn sie war überrascht, dass der Mann so offen mit ihr sprach.

»Ich könnte Ihnen hier alles Mögliche versprechen, damit Sie bei uns bleiben. Ich könnte Ihnen erzählen, dass Sergeant Spence versetzt wird oder dass Sie in einer anderen Einheit der Rangers dienen können. Ich könnte Ihnen die Wahl Ihrer neuen Position überlassen oder aber Ihnen einen Bonus zusichern, wenn Sie bei uns bleiben – aber ich glaube nicht, dass Sie dadurch glücklicher würden.«

Er hatte recht. Sie gehörte nicht zu den Menschen, die ein riesiges Gehalt oder ein großes Haus brauchten. Sie wollte dazugehören. Und letztendlich war sie sich nicht sicher, ob sie je wirklich ein Teil des Militärs werden würde. Vor allem nicht in einer Spezialeinheit.

Sie legte die Stirn in Falten.

»Wahrscheinlich verwirre ich Sie gerade etwas, entschuldigen Sie. Ich will nur das Beste für meine Soldaten und wenn das bedeutet, dass sie das Militär verlassen und anderswo ihr Glück finden, dann ist das so. Ich weiß nicht, was Ihre Pläne und Ziele sind. Ich weiß nichts über Ihr Privatleben oder Ihre Familie. Aber nachdem ich gehört habe, wie gut Sie sich in Afghanistan in dieser unmöglichen Situation geschlagen haben, obwohl alles gegen Sie sprach, will ich Ihnen einen Ratschlag geben.

Bevor Sie sich der Armee noch weiter verpflichten, denken Sie darüber nach, was Sie wirklich wollen. Was Ihre Ziele im Leben sind. Und falls dies nicht bedeutet, dass Sie weitere vier Jahre das tun wollen, was Sie jetzt tun, dann suchen Sie sich einen anderen Job.«

Aspen war von den Worten des Majors schockiert. Aber

es fühlte sich gut an, dass ein Offizier ihr ohne Umschweife sagte, was sie selbst schon eine Weile gedacht hatte, und so ihre eigenen Gefühle bestätigte. Fast so, als wäre ihr ein Gewicht von den Schultern genommen.

Trotzdem beendete sie die Unterredung, ohne eine Entscheidung getroffen zu haben. Der Gedanke daran, das Militär zu verlassen, stresste sie. Aber sie wusste, dass sie Kane am Nachmittag sehen würde, und das machte es einfacher, die Situation fürs Erste zur Seite zu schieben – die schweren Entscheidungen, die sie in der nahen Zukunft treffen musste, und das schwierige Wiedersehen mit ihrer Ranger-Einheit.

Als Kane endlich an die Tür klopfte, brauchte sie nur Sekunden, um ihn hereinzulassen.

»Hey. Ich dachte, ich werde dich nie –«

Ihre Worte wurden von Kanes Lippen unterbrochen. Er schlang die Arme um sie, zog sie zu sich heran und küsste sie tief und innig. Aspen konnte sich nicht helfen und lächelte noch während des Kusses.

Als er sie gehen ließ, versuchte sie es erneut: »Hi.«

»Hi«, wiederholte er. »Sollen wir losfahren?« Er machte einen Schritt zurück, aber behielt ihre Hand in der seinen.

Sie liebte es, wie natürlich sich ihre Küsse inzwischen anfühlten. Als wäre es nie anders gewesen. »Ja. Ich muss nur schnell meine Handtasche holen.«

Er drückte ihre Hand einmal, bevor er sie losließ. Das allein jagte Aspen einen wohligen Schauer über den Rücken. Sie ging zurück in ihre kleine Wohnung und schnappte sich ihre Handtasche, die sie auf der Arbeits-fläche in der Küche abgelegt hatte. Nur Sekunden später war sie zurück an der Tür. »Los geht's«, sagte sie zu ihm.

Sie schloss die Tür hinter ihnen ab und sobald sie den Schlüssel in ihre Tasche gesteckt hatte, ergriff Kane ihre

Hand erneut. Es war schon lange her, dass Aspen mit jemandem Händchen gehalten hatte, und sie konnte sich nicht daran erinnern, dass es sich jemals so gut angefühlt hatte.

Als sie es sich in seinem Challenger bequem gemacht hatten und auf dem Weg nach Austin waren, fragte Kane sie, wie ihr Tag gelaufen war. »Wie war dein Vormittag? Wie geht es deinem Bein?«

»Meinem Bein geht es gut«, sagte sie zu ihm, weil sie nicht zugeben wollte, dass es nach dem Training wieder etwas wehtat. Sie hatte ein einfaches Schmerzmittel genommen, bevor er sie abgeholt hatte, und wusste, dass es bald anschlagen würde. »Und mein Morgen war komisch.« Sie fuhr fort und erzählte ihm von der angespannten Beziehung zwischen ihr und ihrer Einheit sowie der Besprechung mit dem Major.

»Was denkst du?«, fragte sie ihn, als sie fertig war.

»Worüber?«

»Darüber, dass ich vielleicht die Armee verlasse. Ich weiß selbst noch nicht, was ich tun will.«

Kane sah sie an. »Du könntest als Sanitätshelferin arbeiten. Oder die Ausbildung zur Rettungssanitäterin absolvieren. Du hast mir mal erzählt, dass dich ein Rettungssanitäter auf die Idee gebracht hat, zur Armee zu gehen, als du ihn während deines Praktikums bei der Polizei hast arbeiten sehen. Du hast schon eine gute Grundausbildung in der Notfallmedizin. Bestimmt könntest du deine Ausbildung zur Rettungssanitäterin verkürzen und schnell eine Stelle finden.«

Aspen blinzelte. Kane klang so überzeugt. Sie war sich sicher, dass sie schnell einen Job finden würde, aber sie müsste erst die Ausbildung und den Test bestehen. Je mehr sie darüber nachdachte, desto mehr gefiel ihr der Gedanke.

Tatsächlich hatte sie noch nie darüber nachgedacht, wie es wäre, im Rettungsdienst zu arbeiten. Der Gedanke, die Armee zu verlassen, hatte sie so sehr beschäftigt, dass sie sich auf nichts anderes mehr konzentrieren konnte.

»Es tut mir leid, dass dein Team sich so idiotisch anstellt. Ich hoffe sehr, dass die anderen sich wegen ihres Verhaltens in Grund und Boden schämen. Sie hätten dich, Holman und Vandine nie zurücklassen sollen.«

»Sie haben von einem Vorgesetzten einen Befehl erhalten«, verteidigte Aspen sie.

»Ich habe es gesagt und ich sage es wieder: Selbst wenn der Präsident der Vereinigten Staaten mir persönlich befehlen würde, dass ich mein Team zurücklassen sollte, würde ich es nicht tun.«

Aspen streckte ihre Hand aus und legte sie auf Kanes Oberschenkel. Er griff sofort nach ihrer Hand.

Es vergingen einige Minuten in Schweigen, bevor Aspen sagte: »Ich mache ihnen keine Vorwürfe.«

»Das solltest du aber«, sagte Kane ruhig. »Das Team steht über allem. Jeder hat seine Stärken und Schwächen, deshalb arbeitet ihr zusammen, um euer Ziel zu erreichen. Mein Team braucht mich für Übersetzungen. Ich höre zu und erstatte Bericht und kann in brenzligen Situationen verhandeln. Ich wüsste nicht, was ich ohne die anderen tun sollte, und ich hoffe, dass sie auch auf mich zählen können.«

»Das können sie«, versicherte Aspen ihm, ohne zu zögern. Sie hatte Kanes Freunde noch nicht so oft gesehen, aber selbst in der kurzen Zeit hatten sie ihr deutlich gezeigt, was sie und ihr Team nicht hatten.

»Ich kann dir nicht sagen, was du dein restliches Leben beruflich tun solltest. Aber ich weiß, was ich in dir sehe. Ich will an deiner Seite sein, ganz egal, wofür du dich am Ende entscheidest. Wenn du beim Militär bleibst, werde ich alles in meiner Macht Stehende tun, damit unsere Beziehung eine Zukunft hat. Das wird nicht einfach werden, weil wir beide jederzeit auf einen anderen Stützpunkt versetzt werden können, aber ich bin nun einmal nicht der Typ Mann, der seiner Freundin vorschreibt, ihren Job hinzuschmeißen und mich bei meinem zu unterstützen.«

Aspen starrte ihn an. »Sagst du etwa, dass du die Armee verlassen würdest, wenn ich es wollte?«

Kane zuckte mit den Schultern. »Ich weiß es nicht. Wir haben ja gerade erst angefangen, uns kennenzulernen, und wissen noch nicht, wohin unsere Beziehung führen wird. Aber ich weiß ganz genau, dass ich noch nie eine solche Verbindung zu einer Frau verspürt habe, und ich werde nur noch zehn Jahre oder so beim Militär sein ... ich hoffe doch, dass die Beziehung zu der Frau, die ich einmal heirate, länger hält. Wenn man es aus diesem Blickwinkel betrachtet, ist die Entscheidung einfach.«

Aspen fühlte, wie ihr Tränen in die Augen stiegen. Sie wusste, dass Kane ihr gerade keinen Heiratsantrag gemacht hatte, aber dass er hier saß und mehr oder weniger sagte, dass er sie über seine Karriere, einen Job, den er liebte, stellen würde, war überraschend und schön. »Ich weiß nicht, was ich tun soll.«

»Das ist okay. Du hast genügend Zeit, darüber nachzudenken. Ich sage nur, dass ich deine Entscheidung unterstützen werde. Ich glaube fest daran, dass du den Teamgeist, nach dem du dich so sehnst, im Rettungswesen finden könntest. Es wird vielleicht ein bisschen dauern, bis du Kollegen findest, mit denen du dich gut verstehst, aber du wärst eine Bereicherung für jedes Unternehmen und deine Patienten hätten großes Glück, dich an ihrer Seite zu haben.«

»Du musst aufhören, so zu reden«, sagte Aspen zu ihm und versuchte, die Tränen herunterzuschlucken.

Er sah sie alarmiert an. »Warum?«

»Nichts. Du bist nur so unglaublich nett zu mir.«

Kanes Gesicht entspannte sich, als er merkte, dass alles in Ordnung war. »Tut mir leid, das fällt mir schwer. Deine Anwesenheit bringt mich dazu, die seltsamsten Sachen zu sagen.«

Sie fühlte, wie er ihre Hand drückte, schloss die Augen und lehnte den Kopf an die Rückenlehne des Autositzes.

Kane sagte nichts mehr, weil er wohl merkte, wie müde diese Unterhaltung sie gemacht hatte. Er machte Musik an und fuhr so vorsichtig, dass Aspen bald darauf einnickte.

Sie wachte auf, als Kane ihre Hand drückte. »Wir sind da, *kallis*.«

Aspen zog ihre Augenbrauen fragend hoch.

»Estnisch«, sagte er.

Lächelnd nickte Aspen und stieg aus dem Wagen. Sobald er auf ihrer Seite angekommen war, ergriff Kane wieder ihre Hand. Er machte immer einen Schritt auf sie zu. Hielt sie fest. Berührte sie. Sie hatte noch nie einen Mann kennengelernt, der so gefühlsbetont war, und musste zugeben, dass es ihr sehr gefiel.

Sie betraten das Militärkrankenhaus, in dem Holman behandelt wurde, und erfuhren von der Rezeptionistin, in welchem Raum er sich befand. Sie fuhren schweigend mit dem Aufzug nach oben und so hatte Aspen genügend Zeit, sich den Kopf darüber zu zerbrechen, was sie zu ihrem Kameraden sagen sollte.

»Mach dir keine Sorgen«, befahl Kane ihr.

Aspen lächelte. »Woher weißt du, dass ich mir Sorgen gemacht habe?«

»Du hast eine ganz dicke Sorgenfalte, genau hier«, sagte er und strich mit dem Finger über ihre Stirn.

»Super, nun mache ich mir Sorgen um meine Falten«, murmelte Aspen, aber Kane lachte nur.

Als sie die Tür zu Holmans Zimmer erreichten, klopfte sie an und als er sie hineinbat, stieß Aspen die Tür auf.

Sie blieb wie angewurzelt stehen, als sie sah, wie viele Leute sich im Zimmer aufhielten.

Eine hübsche Frau, vielleicht ein paar Jahre älter als Aspen, saß auf einem Stuhl neben Holmans Bett. Ein Mädchen im Teenageralter lehnte an der Wand und spielte auf seinem Handy herum; ein Junge, vielleicht sechs oder sieben Jahre alt, saß mit überkreuzten Beinen am Bettende.

»Ich will nicht stören«, sagte Aspen schnell.

»Mesmer!«, rief Holman. »Komm rein!«

Sie trat in den Raum, wobei ihr das Gefühl von Kanes Hand an ihrem Rücken mehr Selbstbewusstsein gab, als sie allein gehabt hätte.

»Was für eine Überraschung! Das sind meine Frau Lynn, meine Tochter Laurie und mein Sohn Max.«

Aspen grüßte die Familie mit einem Lächeln und einem Nicken.

»Und das ist Sergeant Mesmer. Aspen. Sie hat mir das Leben gerettet.«

Nachdem er diese sechs Worte ausgesprochen hatte, starrte jeder im Raum Aspen an.

Sie tat ihr Bestes, um seinen Kommentar herunterzuspielen. »Ich weiß nicht, ob das stimmt. Eigentlich habe ich dir nur einen Verband angelegt.«

»Max, Hände an die Ohren«, befahl Holman und Aspen musste lächeln, als der kleine Junge der Anweisung seines Vaters sofort nachkam.

Als sein Sohn ihn nicht mehr hören konnte, sagte

Holman: »Schwachsinn. Ich bin kein Idiot, Mesmer. Du warst die Ruhe selbst. Du hast mir deine Waffe gegeben, dich um Vandine gekümmert und gleichzeitig den Feind davon abgehalten, die Gasse zu stürmen. Und dann hast du dir den Sergeant über die Schulter geworfen, als würde er nicht mehr wiegen als ein Sack Kartoffeln, und hast uns in Sicherheit gebracht.«

»Daddy, kann ich wieder zuhören?«, fragte Max etwas zu laut.

Holman lächelte seinen Sohn an und nickte. Dann richtete er seine Aufmerksamkeit wieder auf Aspen. Er streckte seine gute Hand aus und bat sie mit einer einladenden Geste, näher zu ihm zu kommen.

Überrascht ging Aspen zur Bettkante und ergriff die Hand ihres Kameraden. So nahe waren sie sich noch nie gekommen. Sie mussten sich zwar im Training berühren, aber das hier war etwas anderes.

»Die anderen hätten uns nicht zurücklassen sollen«, sagte er leise und Aspen wusste sofort, dass er ihre Kameraden meinte. »Aber was mich am meisten schockiert ... Wäre Buckland oder Hamilton oder ein anderer verletzt gewesen anstatt ich, dann hätte ich genauso reagiert, wie unsere Kameraden es getan haben. Ich hatte einfach keine Ahnung, Mesmer.«

»Wie meinst du das?«, fragte sie leise.

»Wie wichtig du für unser Team bist. Du bist unersetzlich.«

Aspen fühlte, wie sich ihre Kehle zusammenschnürte, und für einen Moment war sie sprachlos.

»Ich habe viel nachgedacht, seitdem ich hier liege«, fuhr Holman fort. »Wir waren nicht gerade glücklich, als du zu unserem Team gestoßen bist. Wir dachten, dass du uns aufhalten würdest. Dass wir unseren Job nicht mehr gut machen könnten. Wir haben uns so an deinem Geschlecht aufgehangen, dass wir deine fachlichen Qualitäten vollkommen aus den Augen verloren haben. Ich weiß, dass ich ziemlich spät dran bin ... aber ich will dich für unser unmögliches Verhalten um Verzeihung bitten.«

»Angenommen«, sagte Aspen sofort.

Holman nickte erleichtert.

»Wie geht es dir wirklich?«, fragte sie.

Er zuckte mit den Schultern. »Mir geht es ganz gut. Ich werde mich aber daran gewöhnen müssen, dass ich nur noch eine Hand habe.«

Aspen zuckte zusammen.

»Das war nicht deine Schuld, Mesmer. Ich wusste schon in dem Moment, in dem ich meine Hand zum ersten Mal sah, dass ich sie verlieren würde. Du hättest sie nicht retten können. Mach dir keine Vorwürfe deswegen.«

Aspen nickte.

»Deinetwegen bin ich noch hier«, sagte Holman. Er warf seiner Frau einen Blick zu und die Gefühle, die sich darin widerspiegelten, waren so stark, dass Aspen sich schon fast schämte, sie gesehen zu haben. »Ich kann mich jeden Tag an dem wunderschönen Gesicht meiner Lynn beglücken, von meiner Tochter geneckt werden und meinem Sohn dabei zuhören, wie er von den Fröschen und Schlangen erzählt, die er im Garten gefunden hat.«

Aspen sah sich Holmans Familie noch einmal an und es kam ihr in den Sinn, dass sie bis jetzt noch nicht einmal gewusst hatte, dass sie existierten. Sie hatte keine Ahnung, ob ihre Kameraden Familie oder Kinder hatten. Sie sprachen auf jeden Fall nie darüber. Aber sie hatte sie bisher auch nicht gefragt. Sie war so damit beschäftigt gewesen, als Teil des Teams akzeptiert zu werden, dass sie sich kaum darum gekümmert hatte, ihre Kameraden auf einer persönlichen Ebene kennenzulernen.

Sie verstand nun, dass sie selbst dazu beigetragen hatte, dass sie den anderen nicht nähergekommen war. Natürlich war es nicht nur ihre Schuld, aber auch sie hatte Fehler gemacht.

Holmans Blick fand Kanes, der noch immer im Türrahmen stand. »Ich kenne dich, oder?«

Aspen ließ Holmans Hand sinken und gestikulierte in Richtung Kane. »Das ist Sergeant Temple. Er hat uns geholfen, zum Wagen zu kommen, erinnerst du dich?«

Holman nickte Kane zu. »Stimmt. Danke!«

Kane zuckte mit den Schultern. »Wir haben nicht viel getan. Wenn wir nicht da gewesen wären, hätte Mesmer den Wagen kurzgeschlossen, dich und Vandine auf die Rückbank geworfen und jeden einzelnen überfahren, der zwischen ihr und dem Krankenhaus gestanden hätte, dessen bin ich mir sicher.«

Holman lachte leise. »Daran habe ich keinen Zweifel, aber ich muss dir trotzdem danken.«

Kane nickte.

»Und was nun?«, fragte Aspen Holman.

»Ich werde aus medizinischen Gründen aus dem Militärdienst entlassen und kann dann mein restliches Leben damit verbringen, den einarmigen Piraten mit Hakenhand zu spielen.« Er scherzte zwar, aber Aspen konnte den Schmerz in seiner Stimme hören.

»Warum geht der einhändige Mann über die Straße?«, fragte Max.

Aspen sah den kleinen Jungen überrascht an, aber Holman grinste ihn an und sagte: »Ich weiß nicht, mein Junge, warum?«

»Um zum Secondhandladen zu gehen.«

Die anderen lachten, nur Laurie rollte die Augen. »Das ist gemein«, sagte sie zu ihrem Bruder.

»Du hast gelacht«, erwiderte er.

»Egal.«

Als Aspen Holman den Blick zuwandte, sah sie, wie er seine Kinder liebevoll betrachtete. Er erwiderte ihren Blick und sagte leise: »Ich weiß nicht, was ich machen soll. Ich kenne nichts anderes als das Soldatenleben. Ich bin nach der Schule und meiner Heirat mit Lynn sofort zur Armee gegangen. Aber mir wird schon etwas einfallen. Ich bin am Leben und ich habe eine Familie, die mich liebt. Alles andere ich zweitrangig.«

Aspen nickte. Holman hatte eine gute Einstellung. Natürlich konnte sie auch Zweifel und Unsicherheit in ihm erkennen, aber er wusste, worauf es im Leben wirklich ankam.

Sie verbrachte eine weitere halbe Stunde im Gespräch mit Holman und seiner Familie, aber als sie merkte, dass er müde wurde, war es Zeit zu gehen. Sie drehte sich zu Lynn. »Wenn ihr irgendetwas braucht, egal was, dann meldet euch bitte.«

»Danke«, sagte die andere Frau.

Aspen schrieb ihre Nummer auf das Whiteboard, das im Zimmer an der Wand hing. »Ich meine es ernst. Holman ist mein Kamerad und das heißt, dass du auch ein Teil meines Teams bist. Was auch immer ihr braucht – ich bin für euch da.«

»Vielen Dank, ich weiß das Angebot zu schätzen. Aber im Moment kommen wir klar«, sagte Lynn zu ihr.

Aspen war nicht überrascht über diese Antwort. Sie kannten sich nicht und das machte sie etwas traurig. Sie lächelte die andere Frau an und nickte Holman zu. »Bis bald, Pirat.«

Für eine Sekunde dachte sie, sie hätte das Falsche

gesagt, aber dann brach Holman in Gelächter aus und sie entspannte sich.

»Bis dann, Mesmer.«

Sie verließen das Krankenhaus und sie fühlte, wie Kane seine Hand wieder an ihren Rücken legte. Als sie den leeren Aufzug betraten, lehnte sie sich zu ihm und ließ ihre Stirn an seiner Schulter ruhen. Kane sagte nichts, sondern hob einfach die Hand und massierte ihr den Nacken.

Als sie seinen Wagen erreichten, nahm er sie in die Arme, bevor sie einsteigen konnte.

Wie lange sie im Parkhaus standen und sich umarmten, konnte Aspen nicht sagen. Als sie einen Schritt voneinander wegmachten, fühlte sie sich schon viel besser.

Kane sah sie lange an, dann nickte er. »Hunger?«, fragte er.

»Am Verhungern.«

»Mexikanisch?«

Aspens Augen leuchteten auf. »Aber natürlich.«

Kane lächelte. »Was hältst du von Torchy's Tacos?«

»Sehr gern«, stimmte Aspen zu. Sie hatte bei Ausflügen nach Austin schon öfter in diesem beliebten Restaurant gegessen und hatte das Essen dort sehr gemocht.

Was als ziemlich komischer Tag begonnen hatte, war am Ende also doch noch sehr gut geworden ... und dafür hatte sie Kane zu danken.

***

Stunden später standen sie einmal mehr im Türrahmen ihrer Wohnung und sie verabschiedete sich von Kane. Sie hatten großartige Tacos gegessen und waren zurück zu ihrer Wohnung in Killeen gefahren. Sie redeten, küssten sich, küssten sich noch ein bisschen länger und dann sagte er ihr widerwillig, dass er nach Hause fahren müsse, weil sie beide am nächsten Tag früh aufstehen mussten. Obwohl Kane am nächsten Tag eigentlich freihatte, traf er sich mit seinem Team zum morgendlichen Fitnesstraining.

Aspen wollte ihm widersprechen, aber sie wusste, dass er recht hatte und dass sie beide ihren Schlaf brauchten. »Wann können wir uns wiedersehen?«, fragte sie.

Kane runzelte die Stirn. »Ich bin nicht sicher. Mein Team und ich müssen nach dem Training nach San Antonio fahren, um ein paar befreundeten Feuerwehrmännern bei einer Spendenaktion zu helfen.«

Er lief rot an, während er das sagte, und Aspens Neugier war geweckt. »Was für eine Spendenaktion ist das?«

Kane zuckte mit den Schultern. »Wir wollten etwas Geld sammeln für Feuerwehrmänner und Soldaten, die unter einer Posttraumatischen Belastungsstörung leiden. Es ist eine Art Volksfest, bei dem Kinder die Feuerwehrleute mit Kuchen bewerfen und andere Spiele machen können. Es gibt einen Dreibeinlauf und einen Streichelzoo. Einige Organisationen bringen ihre Therapietiere mit.«

Aspen fühlte, wie ihr Herz dahinschmolz. »Du bist ein guter Mann, Kane Temple.«

»Ich freue mich, dass du das denkst«, sagte er. »Aber um deine Frage zu beantworten, ich bin mir nicht ganz sicher, wann wir uns wiedersehen werden. Ich werde dir aber ganz sicher schreiben, okay?«

»Das ist super«, sagte sie lächelnd.

»Und nun ab auf das Sofa mit dir«, befahl Kane. »Du hast dein Bein den ganzen Tag nicht geschont.«

Das stimmte zwar nicht ganz, weil sie die meiste Zeit im Wagen gesessen hatte, und danach hatten sie in seinem Haus hauptsächlich auf dem Sofa gelegen und sich geküsst oder geredet. Aber sie nickte trotzdem. Es war schön, dass er sich so um sie sorgte.

»Fahr vorsichtig morgen.«

»Das werde ich. Komm her«, sagte Kane und zog sie in seine Arme.

Zehn Minuten später, außer Atem von ihren Abschiedsküssen, schloss Aspen die Tür und drehte den Schlüssel im Schloss, um abzuschließen. Sie ging zum Fenster und sah Kane dabei zu, wie er vom Parkplatz verschwand, bevor sie ins Badezimmer ging.

Als sie im Dunkeln im Bett lag und an die Decke starrte, dachte sie über das nach, was der Major und Holman an diesem Tag gesagt hatten. Sie war in der Armee nicht mehr glücklich. Als sie eingetreten war, hatte sie sich vor Tatendrang und Vorfreude kaum retten können und wollte unbedingt Leben retten. Sie wollte es anderen Frauen leichter machen, in der Spezialeinheit akzeptiert zu werden. Aber nun war sie hauptsächlich müde. Sie war sich nicht sicher, ob sie ihre Vorreiterrolle erfüllt hatte; aber nun war es an der Zeit, etwas zu tun, das ihr Spaß machte. Zeit, das Team zu finden, nach dem sie so lange gesucht hatte.

Sie würde die Kameradschaft, die Kane mit seinem Team verband, nicht in der Armee finden. Aber vielleicht konnte sie sie anderswo finden.

Eine kleine Stimme in ihrem Hinterkopf sagte ihr, dass sie ein Teil von Kanes Team werden könnte. Er hatte über Gillian und Kinley gesprochen und darüber, wie wichtig sie Lefty und Trigger waren; und damit auch dem restlichen Team. Danach sehnte sie sich. Sie wollte Freundinnen, auf die sie sich verlassen konnte. Wollte einen Job, den sie liebte, und mit Menschen arbeiten, mit denen sie gern Zeit verbrachte.

Aber mehr als alles andere wollte sie Kane. Wollte mit

ihm in einem Bett schlafen und mit ihm zusammenleben. Sie wollte mit ihm kochen und danach nicht in ihre eigene, leere Wohnung zurückmüssen, wenn es spät wurde. Kane machte sie sehr glücklich und es war viel zu lange her, seit sie sich das letzte Mal so gefühlt hatte.

Sie wusste nicht, was in der Zukunft mit ihrem Team, dem Militär und ihrer unbestimmten Karriere passieren würde, aber sie hoffte, dass Kane weiterhin an ihrer Seite bleiben würde.

# KAPITEL ZWÖLF

Ein Monat, eine Woche und zwei Tage. So lange war es her, dass Brain aus Afghanistan zurückgekehrt war und er und Aspen offiziell zusammen waren. Sie hatten jeden Tag miteinander gesprochen und sich so oft gesehen, wie es ihre Arbeit erlaubte, aber Brain wollte mehr.

Sie hatten noch nicht miteinander geschlafen, aber damit hatte Brain keine Probleme. Ihre Beziehung wurde immer enger und fester. Er war glücklich, mit ihr zu kuscheln und sie in seinen Armen zu halten. Sie hatten keine weitere Nacht mehr miteinander verbracht, aber waren hin und wieder auf dem Sofa des anderen eingeschlafen. Wenn er mit ihr in seinen Armen aufwachte, fühlte es sich immer richtig an.

Den heutigen Tag verbrachten sie mit seinen Freunden. Sie alle wollten zu seinem Haus kommen. Trigger und Lefty brachten natürlich Gillian und Kinley mit und Grover wurde von seiner Schwester Devyn begleitet.

Er sprach so oft über seine Freunde, dass Aspen fast alles über sie wusste. Sie wusste von ihren Insiderwitzen und kannte die Probleme, die Gillian und Kinley gehabt hatten. Er wusste, dass Aspen und seine Freunde bei ihren vorherigen Treffen in seinem Haus gut miteinander klargekommen waren, und hoffte, dass sie sich auch in Zukunft näherkommen würden.

Das Klopfen an der Tür schreckte ihn aus seinen Gedanken auf und er öffnete mit einem Lächeln auf den Lippen. Aspen stand mit vollen Armen davor. Brain nahm ihr schnell die Kasserolle ab, die sie mitgebracht hatte, und sie lächelte ihn dankbar an.

»Du hättest mich helfen lassen sollen«, sagte er.

»Aber dann hätte ich zweimal herlaufen müssen«, sagte sie lachend.

Brain schüttelte stumm den Kopf. Er hatte schon gelernt, dass seine Freundin unter keinen Umständen zweimal zum Wagen gehen wollte, nicht einmal bei ihm zu Hause, wo sie direkt in der Einfahrt parken konnte. Er vermutete, dass es daran lag, dass ihr eigener Parkplatz ein ziemliches Stück von ihrer Wohnung entfernt war. Wie auch immer, er amüsierte sich jedes Mal darüber. Aspen schleppte lieber zwanzig Einkaufstüten, um alles in einem Aufwasch mitzubringen.

Sie kam herein und sobald sich die Tür hinter ihr schloss, lehnte Brain sich zu ihr. Sie hatten beide die Hände voll, aber das hielt sie nicht davon ab, sich lange und innig zu küssen.

»Es fühlt sich so an, als hätte ich dich ewig nicht gesehen«, sagte sie, nachdem sie ihren Kuss beendet hatten.

Brain ging in die Küche und stellte den Ofen auf eine niedrige Temperatur. Er öffnete die Ofentür und stellte die Kasserolle hinein, um sie warm zu halten, bis die anderen eintrafen. Er drehte sich um und sah, wie Aspen ihre Taschen auspackte.

»Ich habe doch gesagt, dass ich mich um das Essen kümmere«, sagte er zu ihr.

»Ich weiß, aber ich war im Supermarkt und dachte mir, dass es kein Fehler ist, etwas mehr Essen zu haben, als wir brauchen. Deine Freunde sind Muskelpakete. Ich nehme an, dass sie großen Appetit haben, und ich dachte mir, dass ein bisschen Gemüse auch nicht schaden kann.«

Brain streckte die Arme nach ihr aus und umarmte sie. Sie kreischte überrascht auf, lächelte aber, als sie Brust an Brust standen.

»Hey«, sagte er leise. Er nahm sich Zeit, ihren Anblick zu bewundern. Sie trug ein schwarzes, ärmelloses Top und eine kurze Jeanshose, welche ihre langen, muskulösen Beine zur Geltung brachte. Sie hatte Flipflops an und er liebte es, dass sie ihre Fußnägel pink lackiert hatte. Sie trug ihre Haare offen und ihre Locken umspielten ihre Schultern. Brain konnte sich nicht helfen, er musste daran denken, wie diese Locken wohl auf seinem Kissen ausgebreitet aussehen würden.

Alles in allem sah Aspen so aus, als würde sie sich wohlfühlen, und Brain konnte es immer noch nicht glauben, dass sie seine Freundin war.

Aspen lächelte. »Hey.«

»Es fühlt sich wirklich so an, als hätten wir uns ewig nicht gesehen. Wie war die Arbeit gestern?« Sie hatten sich gestern Abend noch ein paar Nachrichten geschrieben, aber dabei ging es hauptsächlich um die Organisation des heutigen Tages.

Aspen seufzte. »Es war ganz okay.«

Brain hatte zwar nicht viel Erfahrung mit Beziehungen, aber er wusste, dass diese Aussage nichts Gutes bedeutete. »Was ist passiert?«, fragte er.

»Derek ist immer noch ein Idiot«, murmelte sie und vermied Blickkontakt.

Brain legte ihr einen Finger unter das Kinn und forderte sie auf, ihm in die Augen zu sehen. »Was ist passiert?«, wiederholte er.

Er war entsetzt, als Aspens Augen sich mit Tränen füllten. Seine Muskeln spannten sich an.

»Es ist nichts«, entgegnete Aspen und streichelte unbewusst seinen Oberkörper, als hätte sie mitbekommen, wie angespannt er als Reaktion auf ihr Unwohlsein war. »Du weißt ja, dass wir während des Tages alle irgendwie unser eigenes Ding machen, aber wir treffen uns immer zum Kampftraining. Na ja, während der letzten Woche hatten wir wieder verstärkt Manövertraining und Derek versuchte mal wieder, das Kommando über beide Einheiten an sich zu reißen. Mein neuer Vorgesetzter ist nicht glücklich darüber, dass Derek versucht, ihn herumzukommandieren, vor allem, da sie den gleichen Rang haben, und gibt im Kontra.

Gestern hat Derek behauptet, dass Frauen nicht stark genug sind, um mit den Rangers mitzuhalten. Er hat nicht direkt über mich gesprochen, aber es war klar, dass ich auch gemeint war. Meine Einheit ist mir mir gegenüber in den letzten Wochen ein bisschen freundlicher gewesen. Vielleicht liegt das an den ganzen Kursen über Gleichberechtigung, die wir besuchen mussten, vielleicht auch an dem Vorfall mit Holman und Vandine. Na ja, mein Vorgesetzter hat Derek vorgeworfen, dass er keine Ahnung hätte, und die beiden haben sich gestritten. Das war eine komische Situation für uns alle. Ich will einfach nicht der Grund für einen Streit sein.«

»Das ist nicht deine Schuld«, sagte Brain, »sondern Dereks. Du kämpfst gegen Jahrzehnte der Diskriminierung an. Aber es freut mich zu hören, dass dein neuer Vorgesetzter sich nicht von Derek unterbuttern lässt.«

»Ja, das hat mich überrascht. Zuerst dachte ich, dass er der Typ Mann ist, der Frauen gar nicht erst in seinem Team toleriert, aber er unterstützt mich tatsächlich sehr im Training«, sagte Aspen.

Brain wusste, wie sehr Aspen sich ein Team wie sein eigenes wünschte. Ein Team, das sie unterstützte und das alles füreinander tat. Er konnte die Rangers nicht dazu zwingen, sie zu akzeptieren, aber er konnte ihr das Team, das sie sich so sehr wünschte, zumindest in ihrer Freizeit geben. Er hatte kein Problem damit, sein eigenes Team mit ihr zu teilen.

»Hast du dich schon entschieden, ob du eine weitere Dienstzeit beim Militär bleiben willst?«, fragte er. Sie hatten lange darüber geredet, was die Vor- und Nachteile wären, sollte sie die Armee verlassen, und welche Möglichkeiten sie danach haben würde. Aber soweit er wusste, hatte sie noch keine Entscheidung getroffen.

»Nein«, gestand sie ihm. »Aber ich glaube, ich werde mich nicht länger verpflichten. Ich habe mich erkundigt; ich kann als Rettungssanitäterin arbeiten, weil ich die Prüfung der Armee bestanden habe. Ich bräuchte nur noch die Lizenz des Staates Texas. Ich habe mir die Stellenausschreibungen noch nicht angesehen, aber ich bin mir sicher, dass ich etwas finden würde. Und wenn nicht hier, dann sicherlich in Austin.«

»Warum hast du dich noch nicht entschieden?«, fragte Brain.

»Es ist nur ... es fühlt sich so an, als würde ich die anderen Frauen, die sich in der Spezialeinheit durchbeißen müssen, im Stich lassen.«

Brain schüttelte den Kopf. »Mach dir darum keine

Sorgen. So solltest du nicht denken, Aspen. Du hast schon so viel mehr getan als viele andere Leute. Du bist Teil eines Ranger-Teams. Verdammt, du bist ein Ranger, wenn auch nicht auf dem Papier. Selbst wenn du die Armee jetzt verlässt, kann dir das keiner nehmen. Und wie dein neuer Vorgesetzter zeigt, ist nicht jeder so ein Idiot wie Derek. Selbst er hatte kein Problem mit dir, bevor du beschlossen hast, nicht mehr mit ihm auszugehen, und so sein Ego verletzt hast. Er hat persönlich etwas gegen dich, was natürlich großer Quatsch ist.«

»Vielen Dank«, sagte Aspen leise. »Die letzten Monate waren einfach sehr stressig. An einem Tag bin ich fest davon überzeugt, dass ich durchhalte, am nächsten will ich am liebsten sofort aufgeben.«

»Du musst dich ja nicht heute entscheiden. Heute kannst du dich amüsieren und Zeit mit deinen Freunden verbringen.«

Sie lächelte. »Ich weiß nicht, ob ich sie schon Freunde nennen würde, wir haben uns ja alle erst ein einziges Mal getroffen, bevor wir nach Afghanistan gegangen sind.«

»Sie sind deine Freunde«, sagte Brain mit Nachdruck. »Daran gibt es keinen Zweifel. Wenn du etwas brauchst, kannst du sie jederzeit anrufen, und sie werden dir helfen, ohne Fragen zu stellen.«

»Deinetwegen«, sagte sie. »Nicht meinetwegen.«

»Im Moment vielleicht, ja. Aber nachdem du sie besser kennengelernt hast? Nein«, widersprach Brain.

»Vielleicht mochten sie mich nur am Anfang«, sagte sie. »Es kann gut sein, dass sie mich nicht mehr mögen, wenn sie mich besser kennenlernen.«

»Das glaube ich nicht. Du bist ein sehr liebenswürdiger Mensch«, sagte er. »Und du hältst es mit mir aus. Das ist auch ein wichtiger Punkt.«

»Weil es sooo schwer ist, mit dir auszukommen«, sagte sie mit Ironie in der Stimme und rollte die Augen.

Brain lachte zusammen mit ihr und begann, sie zu kitzeln.

Aspen kreischte und versuchte, sich aus seinem Griff zu winden, aber Brain blieb standhaft.

Sie lachten beide, als sie hörten, wie sich jemand ganz in der Nähe räusperte.

Brain schaute auf und sah, wie Trigger und Gillian im Türrahmen standen. Er stellte sich gerader hin und legte einen Arm um Aspens Hüfte.

»Oh, hallo«, sagte er, noch immer lächelnd.

Gillian grüßte ihn und sagte dann: »Ich mag sie mit jedem Tag mehr. Jeder, der dich so zum Lachen bringen kann, muss ein guter Mensch sein.«

Aspen schaute ihn an. »Du lachst nicht viel?«

Gillian antwortete, bevor Brain etwas sagen konnte. »Gott, nein. Er ist nicht ganz so grummelig wie Doc, aber fast.«

Aspen sah Brain einen Moment lang an, bevor sie sich wieder an Gillian wandte. »Lass mich dir helfen.« Sie griff nach der Weinflasche, die die andere Frau mitgebracht hatte, und Gillian reichte sie ihr dankbar.

Trigger nickte Brain zu. »Entschuldige, dass wir euch unterbrochen haben. Wir hätten nicht einfach reinkommen sollen.«

»Kein Problem. Du weißt ja, mein Haus ist dein Haus«, sagte Brain zu ihm.

»Ja, aber nun, da du mit Aspen zusammen bist, will ich nicht einfach reinkommen und im schlimmsten Fall etwas sehen, was nicht für meine Augen bestimmt ist.«

Brain lachte leise und nickte. »Das ist ein guter Punkt.«

»Also bitte«, murmelte Aspen, »wir sind bestimmt nicht nackig, kurz bevor wir Gäste erwarten.«

Gillian schüttelte den Kopf. »Sag niemals nie bei diesen Männern«, entgegnete sie augenzwinkernd.

Alle lachten.

Es klopfte an der Tür, bevor Brain antworten konnte, und Oz, Lucky und Doc kamen herein.

»Ich habe gehört, hier soll eine Party steigen«, rief Oz fröhlich.

Grover und Devyn trafen als Nächstes ein; den Abschluss machten Lefty und Kinley.

Die vier Frauen versammelten sich bald in der Küche und lernten sich besser kennen. Brain war etwas unsicher, ob er Aspen allein lassen konnte, aber Trigger bugsierte ihn aus der Küche hinaus. »Sie wird das schon meistern«, sagte er zu ihm.

»Natürlich wird sie das. Ich wollte nur sichergehen, dass sie alles haben, was sie brauchen«, verteidigte er sich.

Trigger lächelte wissend, sagte aber nichts.

Zum Glück war das Wetter sehr gut und die sieben Männer machten es sich auf Brains Terrasse gemütlich und unterhielten sich. Normalerweise liebte Brain es, mit seinem Team zusammen zu sein, wenn sie nicht arbeiten mussten. Er mochte die Gesellschaft. Aber heute konnte er sich nicht davon abhalten, den Blick immer wieder in Richtung Küche schweifen zu lassen, wo Aspen sich noch immer mit den anderen Frauen unterhielt. Sie sah so aus, als hätte sie viel Spaß; auf keinen Fall wollte er sie in einer ungemütlichen Situation allein lassen.

»Hattest du schon Zeit, die letzte Nachricht von Shahzada zu übersetzen?«, fragte Lefty.

Seine Aufmerksamkeit von Aspen abzuwenden und sich auf das Gespräch zu konzentrieren fiel Brain schwer.

Shahzada hatte keine Zeit verschwendet und einen seiner Anhänger angewiesen, ein Manifest im lokalen Radio vorzulesen, in dem er behauptete, dass die westliche Welt ihre Lebensweise und ihre Religion untergraben wolle. Er hatte außerdem gedroht, dass die Amerikaner in der Region nicht vor ihm sicher waren.

Brain nickte Lefty zu und sagte, dass er es geschafft hatte, die Nachricht zu übersetzen, und dies führte zu einer langen politischen Diskussion über die Militärpräsenz der USA im Mittleren Osten.

---

Aspen blickte in Richtung Terrasse und sah, dass Kane und die anderen Männer in ein intensives Gespräch verwickelt waren.

»Sie reden bestimmt über die Arbeit«, sagte Gillian und schüttelte den Kopf. »Walker schwört, dass sie in ihrer Freizeit kaum über ihre Arbeit sprechen, aber ich nehme ihm das nicht ab. Sie können einfach nicht anders.«

Kinley lachte. »Das ist mir auch aufgefallen. Aber wenn wir dazukommen, dann hören sie jedes Mal auf.«

»Natürlich, wir als Zivilisten sind sowieso nicht befugt, an diesen Gesprächen teilzunehmen«, fügte Devyn hinzu. »Aber ich glaube, wenn du allein dazustößt, Aspen, dann würden sie weitersprechen. Schließlich bist du ein Teil des Militärs.«

Aspen blinzelte überrascht. »Nein, bin ich nicht.«

»Natürlich bist du das«, antwortete Devyn.

»Ich bin nur eine Feldsanitäterin«, sagte Aspen.

»Ja, aber du bist Teil einer Ranger-Einheit. Und die Rangers gehören zu den Spezialeinheiten. Genauso wie mein Bruder und seine Freunde. Also bist du eine von ihnen«, argumentierte Devyn.

Aspen konnte sich nicht helfen und musste lachen. »Von mir aus, aber offiziell, auf dem Papier, bin ich eine Feldsanitäterin und kein Ranger. Kane und die anderen haben Zugang zu sehr viel mehr Informationen als ich und ich darf höchstwahrscheinlich gar nicht wissen, worüber sie reden. Ich muss nur wissen, wie lange mein Team unterwegs sein wird und wie viel medizinische Ausrüstung ich einpacken muss.«

Gillian lehnte sich an die Arbeitsplatte in der Küche, nahm einen Schluck aus dem Weinglas, das sie in der Hand hielt, und fragte: »Wie ist es so, die einzige Frau in einer Einheit zu sein? Walker hat mir das erzählt.«

»Es ist nicht einfach«, antwortete Aspen. Das war zwar keine gute Beschreibung, aber alles, was sie im Moment dazu sagen wollte.

»Das kann ich mir vorstellen. Sind die Männer genauso gut aussehend wie die in unserem Team?«, fragte Kinley.

Aspen musste schmunzeln. »Unser Team?«

Kinley lächelte. »Natürlich. Ich bin zwar mit Gage zusammen, aber unsere Jungs gehören einfach alle zusammen.«

Das war die Wahrheit, wie Aspen nun feststellte. Alle Männer hatten die Frauen mit Umarmungen und offensichtlicher Zuneigung begrüßt. Das war weit mehr als der Respekt, den andere den Partnerinnen ihrer Freunde entgegenbrachten.

Als die anderen sie erwartungsvoll anschauten, erinnerte sie sich daran, dass Kinley ihr eine Frage gestellt hatte. »Ach, wenn ich ehrlich bin, sind sie nicht halb so gut aussehend wie unsere Männer.« Sie gestikulierte in Richtung

Terrasse. »Aber sie sind natürlich superfit und haben einen Waschbrettbauch, wie es sich gehört.«

»Ein guter Mann muss mehr mitbringen als einen schönen Körper«, kommentierte Devyn.

»Ach ja?«, witzelte Gillian. »Dann kann ich mir also sicher sein, dass die verstohlenen Blicke, die du Lucky zuwirfst, absolut nichts mit seinem Aussehen zu tun haben?«

Devyn lief rot an und nahm einen großen Schluck Wein aus ihrem Glas, bevor sie mit den Schultern zuckte. »Hey, ich habe ja nicht gesagt, dass man einen hübschen Anblick nicht genießen kann. Aber nein. Ich habe es schon einmal gesagt und ich sage es wieder: Männer bedeuten Ärger.«

»Bist du lesbisch?«, fragte Aspen.

»Nein. Aber ich habe auf unangenehme Weise erfahren müssen, wie manipulativ Männer sein können. Sie benutzen dich so lange, bis du ihnen nichts mehr geben kannst, und schieben dir dann auch noch die Schuld zu. Davon habe ich genug. Ich will einen netten, schüchternen Mann ohne Geschwister und Familie. Dem würde ich eine Chance geben. In fünf Jahren. Oder in zehn.«

Aspen wollte lachen, aber sie hörte eine solche Enttäuschung in Devyns Worten mitschwingen, dass sie sich nicht traute. Sie kannte Devyn noch nicht sehr gut, aber sie sagte trotzdem: »Wenn du je darüber reden willst ... mir wurde gesagt, dass ich eine ziemlich gute Zuhörerin bin.«

»Das Gleiche gilt für mich«, sagte Kinley.

»Und mich«, fügte Gillian hinzu. »Ich glaube, wir hatten alle genügend fragwürdige Ex-Freunde, um dir beiseite-zustehen.«

»Ich habe nie gesagt, dass es sich um einen Ex handelt«, murmelte Devyn und schüttelte den Kopf. »Aber vielen Dank, Mädels. Ich bin gerade einfach nicht bei bester Stimmung, aber das geht vorbei. Und in der Zwischenzeit kann der Anblick eines gut gebauten Mannes nicht schaden. Auch wenn ich sagen muss, dass es sich sehr komisch anfühlt, das über meinen Bruder zu sagen.«

Sie lachten.

»Aber Grover ist schon sexy«, sagte Gillian.

Devyn rollte die Augen.

Aspen mochte die Art und Weise, wie die Frauen miteinander umgingen. Es war lange her, dass sie Teil einer Gruppe Frauen gewesen war, die sich ohne böse Hintergedanken gegenseitig auf den Arm nehmen konnten. Sie hasste es, dass Devyn solch schlechte Erfahrungen machen musste, aber es gefiel ihr, dass sie sich davon nicht beeinflussen ließ.

»Also, Aspen ... du und Brain?«, fragte Kinley.

Aspen versteckte ihr Lächeln hinter dem Weinglas. Sie hatte sich schon gefragt, wann Kane und sie auf ihre Beziehung angesprochen werden würden. »Sieht so aus«, sagte sie.

»Ich freue mich für euch«, sagte Kinley. »Brain ist ... anders als die anderen Männer.«

»Wie meinst du das?«, fragte Aspen und war ehrlich interessiert, was seine Freunde über ihn dachten.

»Ich weiß nicht ... er ist nicht so ein Alphamann wie die anderen«, erklärte Kinley nachdenklich.

Aspen konnte sich nicht helfen. Sie lachte.

»Ich nehme an, das stimmt so nicht?«, fragte Gillian mit einem Grinsen auf dem Gesicht.

»Ich kann verstehen, warum ihr das denkt«, sagte Aspen. »Kane ist nicht der Typ, der breitbeinig durch die Welt läuft und andere herumkommandiert. Ich weiß nicht genau, wie du einen ›Alphamann‹ beschreiben würdest, aber Brain kann genauso dominant sein wie jeder andere.«

Kinley zog die Augenbrauen hoch. »Ach ja? Ich hatte immer den Eindruck, dass er sich im Hintergrund ganz wohl fühlt. Versteh mich nicht falsch, das ist nichts Schlimmes, aber es überrascht mich, dass du ihn als dominant bezeichnest.«

»Kürzlich ist ihm aufgefallen, dass eines der Räder an meinem Wagen zu wenig aufgepumpt war. Ich habe ihm gesagt, dass ich mich auf dem Heimweg darum kümmern würde. Er hat nur den Kopf geschüttelt und die Hand aufgehalten, damit ich ihm meinen Autoschlüssel gebe. Ich habe widersprochen und ihm gesagt, dass ich mich später selbst darum kümmern will. Er hat das nicht akzeptiert und wollte es sofort erledigen. Ich sollte im Haus auf ihn warten und mich ausruhen«, sagte Aspen und lächelte bei dieser Erinnerung.

»Genau das hätte Walker in dieser Situation auch getan«, kommentierte Gillian.

»Ich verstehe. Ein anderes Mal habe ich bei mir in der Wohnung gekocht, hatte aber vergessen, Milch einzukaufen. Ich brauchte sie für die Soße, die ich machen wollte. Er stand sofort auf und ging zur Tür. Ich wollte ihn überreden, dass ich eine andere Lösung finden würde, aber noch bevor ich zu Ende sprechen konnte, kam er zu mir in die Küche, küsste mich und verschwand ohne ein weiteres Wort in Richtung Supermarkt.

Einmal hatte er früher Feierabend und wusste, dass ich mit meinem Team noch beim Training war. Er kam, um uns zuzuschauen. Als Derek ansetzte, mich für irgendeine Kleinigkeit fertigzumachen, schrie er laut: ›Hey!‹, und stellte sich mit überkreuzten Armen direkt neben ihn an den Hindernisparcours. Das war alles, was er sagen musste, damit Derek die Klappe hielt und mich den restlichen Nachmittag in Ruhe ließ. Also – ich weiß ja nicht, was ihr unter einem ›Alphamann‹ versteht, aber Kane kann definitiv dominant auftreten, wenn er will.«

»Wow«, sagte Gillian, »das wusste ich nicht. Ich habe ihn ganz anders eingeschätzt. Er ist … ›das Genie‹, weißt du?«

»Ach, ich weiß nicht«, sagte Aspen mit etwas mehr Nachdruck, als sie geplant hatte. Als Gillians Augen sich weiteten, versuchte sie ihr Bestes, um ihre Stimmlage unter Kontrolle zu bringen. »Ich weiß, dass er schlau ist, das kann ich nicht leugnen. Aber ein Mann kann gleichzeitig schlau und dominant sein. Ich glaube, er wurde sein Leben lang auf seine Intelligenz reduziert, und ich kann verstehen, wie sich das anfühlt. Ich als Frau spüre ständig die Blicke derer auf mir ruhen, die nicht verstehen wollen, dass ich es zu den Rangers geschafft habe. Aber das ist idiotisch. Kane ist viel mehr als ›das Genie‹ der Einheit, auch wenn ihn andere in diese Rolle pressen wollen.«

Die anderen Frauen blieben stumm, während sie über Aspens Worte nachdachten. Dann sagte Devyn: »Ich kenne die Freunde meines Bruders nicht so gut, aber ich weiß aus eigener Erfahrung, dass es oft die Ruhigen sind, vor denen man sich in Acht nehmen muss.«

Einmal mehr wollte Aspen Devyn fragen, ob alles in Ordnung war. Sie wollte herausfinden, was in der anderen Frau vorging, weil es ziemlich offensichtlich war, dass etwas nicht stimmte. Aber Gillian kam ihr zuvor.

»Ich wollte dich nicht angreifen«, sagte sie.

»Nein, nein«, antwortete Aspen »*ich* wollte *dich* nicht angreifen. Ich wollte nur sagen, dass Kane sich in den Momenten behaupten kann, wenn es seiner Meinung nach wirklich zählt. Ich will jetzt nicht sagen, dass er mir gegenüber starke Gefühle hegt, aber er kann genauso dominant werden wie viele andere, wenn es drauf ankommt. Dabei ist es egal, wie hoch sein Intelligenzquotient ist oder wie viele

Sprachen er spricht. Ich glaube, wer in der Spezialeinheit dient, der lernt solches Verhalten.«

»Vielen Dank, dass du es mir nicht übel genommen hast. Ich glaube, es besteht kein Zweifel daran, dass er dir gegenüber starke Gefühle hegt«, sagte Gillian mit einem kleinen Lächeln auf den Lippen. »Walker ist keine große Tratschtante, aber er hat mehr als einmal erwähnt, dass Brain so glücklich aussieht wie schon lange nicht mehr.«

Aspen mochte das. Und zwar sehr.

»Es tut mir leid, dass ich eure Hochzeit verpasst habe«, sagte sie zu Gillian. »Ich habe gehört, sie war richtig schön. Ich war fast ein bisschen neidisch, als ich von den pinkfarbenen Glitzer-Turnschuhen gehört habe, die du anhattest.«

Gillian grinste breit. »Danke. Die waren schon toll. Und vielen Dank, dass du Brain mit den Häppchen für den Empfang geholfen hast. Die waren echt super.«

»Gern geschehen«, sagte Aspen mit einem Lächeln.

In diesem Augenblick öffnete sich die Terrassentür und alle sieben Männer betraten das Haus.

»Ich hoffe, ihr habt Hunger!«, rief Oz und hielt einen Teller voller Burger hoch. »Das Fleisch ist angerichtet.«

»Das kann ich sehen«, murmelte Devyn leise.

Aspen musste sich sehr zurückhalten, um keinen Lachanfall zu bekommen. Um sich abzulenken, holte sie die Kasserolle aus dem Ofen.

Innerhalb weniger Minuten beschränkte sich die Unterhaltung im Haus auf das Nötigste, während jeder mit seinem Essen beschäftigt war. Mit den Beilagen, die alle mitgebacht hatten, und den Burgern, die perfekt gegrillt waren, war es eine der besten Mahlzeiten, die Aspen seit Langem zu sich genommen hatte.

Einige der Männer aßen im Stehen, um den Frauen die Sitzplätze zu überlassen. Freundliches Necken und viele

Komplimente über das Essen machten die Runde und Aspen liebte jede Sekunde davon.

Anderthalb Stunden später hatten alle es sich in Kanes Wohnzimmer bequem gemacht und erzählten Geschichten und Witze. Sie sprachen von Gillians und Triggers Hochzeit und wie erheiternd Winnie bei dem Empfang gewesen war.

Aspen saß auf dem Boden vor Kane, der auf dem Sofa Platz genommen hatte. Sie hatte ihre Arme um seine Beine geschlungen, die er rechts und links von ihr ausgestreckt hatte.

Gillian und Trigger saßen nebeneinander am anderen Ende des Sofas und Devyn saß zwischen Kane und Trigger.

Kinley saß im Sessel auf Leftys Schoß und die anderen Männer hatten sich überall im Raum verteilt einen Platz gesucht. Manche standen, andere saßen. Aber alle sahen entspannt und glücklich aus, was Aspen sehr freute. Es war nicht ihr Haus und nicht ihre Party, aber irgendwie fühlte sie sich dennoch verantwortlich. Vielleicht lag es daran, dass sie während der letzten sechs Wochen so viel Zeit hier verbracht hatte.

Oz war gerade dabei, eine witzige Geschichte über eine Mission zu erzählen, in der das Team nicht in der Lage gewesen war, die Einheimischen eines Landes zu verstehen, und daraufhin in die eine oder andere komische Situation geriet, als Grovers Handy klingelte.

Er stand auf der anderen Seite des Raumes und lehnte an der Wand. Er lächelte, als er auf den Bildschirm sah, und verließ den Raum nicht, als er das Gespräch annahm.

»Hi, Mom, wie geht es dir? Mir geht es gut. Nein, du störst nicht. Ich bin gerade mit dem Team zusammen bei Brain. Ja, Devyn ist auch hier. Hat sie nicht?« Grover sah zu Devyn hinüber und runzelte die Stirn.

Aspen sah ebenfalls zu Devyn und bemerkte, wie die

andere Frau stumm den Kopf in Richtung ihres Bruders schüttelte.

»Willst du mit ihr reden?«, fragte Grover und nachdem seine Mutter offensichtlich zugestimmt hatte, ging er zu Devyn hinüber und hielt ihr das Handy entgegen. »Mom will mit dir sprechen.«

»Nein«, flüsterte Devyn. »Ich will nicht mit ihr reden.«

Grover blinzelte überrascht. »Warum nicht?«

»Einfach weil.«

»Das ist keine Antwort«, sagte Grover zu seiner Schwester. »Rede mit ihr. Sie sagt, dass du dich noch nicht gemeldet hast, seit du hierhergezogen bist.«

»Ich weiß, und vielleicht gibt es dafür einen Grund, Fred«, entgegnete Devyn angespannt.

Bruder und Schwester starrten sich für einen langen Moment an, bevor Grover das Handy wieder an sein Ohr hob. Er ging nicht dahin zurück, wo er an der Wand gestanden hatte. Stattdessen blieb er vor dem Sofa stehen und starrte Devyn an, während er mit seiner Mutter sprach. »Sie kann gerade nicht ans Telefon kommen, Mom, sie hilft in der Küche. Was ist mit euch beiden denn los?«

Im Raum war es still, während Grover der Antwort seiner Mutter lauschte.

»Okay«, sagte er dann, »ich werde mit ihr reden.«

Damit hatte Devyn anscheinend genug. Sie stand abrupt vom Sofa auf und wandte sich an Brain. »Vielen Dank, dass ich heute herkommen durfte. Ich glaube, ich mache mich jetzt langsam auf den Heimweg.«

Grover war stumm am Telefon und Aspen merkte, wie er versuchte, das Gespräch zu beenden, um mit seiner Schwester zu sprechen. Aber Devyn wartete nicht auf ihn. Sie war aufgestanden und zur Tür gegangen, bevor irgendjemand reagieren konnte.

»Devyn, warte!«, rief Grover ihr nach, während er auflegte.

Devyn drehte sich um, um ihn anzuschauen. »Was?«

»Wir müssen uns unterhalten.«

»Nein, das müssen wir nicht«, gab sie hitzig zurück.

Grover ging auf sie zu und die beiden standen sich vor Kanes Haustür gegenüber. Da das Haus nicht so groß war, konnten die anderen jedes Wort ihres Gesprächs mithören.

»Natürlich müssen wir das«, argumentierte Grover. »Warum redest du nicht mehr mit Mom? Sie macht sich Sorgen um dich.«

Devyn prustete verächtlich. »Das ist nicht wichtig.«

»Wie meinst du das? Natürlich ist es wichtig«, entgegnete Grover mit Nachdruck.

»Ich liebe dich, Fred«, sagte Devyn, »aber dabei kannst du mir nicht helfen.«

»Wenn du mir sagst, worum es geht, kann ich es zumindest versuchen«, bot Grover an.

»Mom war so enttäuscht, dass ich Missouri verlassen habe«, sagte Devyn nach langem Schweigen. »Und sie hat mir wieder und wieder gesagt, dass ich einen großen Fehler mache.«

»Aber vielleicht will sie sich nun für ihr Verhalten entschuldigen«, sagte Grover.

»Sie will mich überzeugen zurückzugehen. Mir klarmachen, dass ich falschlag. Dass ich in Missouri hätte bleiben sollen und dass alles ein großer Fehler war. Aber das war es nicht.«

Bruder und Schwester starrten sich einen Moment lang an, dann hob Grover die Arme und umarmte seine Schwester. Er hielt sie lange fest und flüsterte ihr etwas ins Ohr. Sie nickte und machte einen Schritt zurück. Ohne ein weiteres Wort öffnete sie die Tür und verließ das Haus.

Lucky sprang von seinem Platz auf dem Fußboden auf und eilte ihr nach. »Vielen Dank für das Essen, Brain«, rief er über die Schulter, während er das Haus verließ. »Ich kümmere mich darum, dass sie heute Abend gut nach Hause kommt«, sagte er zu Grover, während er an ihm vorbeiging.

Grover nickte und dann war Lucky verschwunden.

»Entschuldigung, das hat die Stimmung total zerstört«, sagte Grover, als er zurück ins Wohnzimmer kam.

»Mach dir keine Sorgen«, versicherte Brain ihm.

»Es ist nur ... unsere Mom hatte immer ein ganz besonderes Auge auf Devyn, weil sie als Kind so krank gewesen ist. Ich verstehe einfach nicht, war los ist und warum sie nicht miteinander reden.«

»Sie wird es dir erzählen, wenn sie dazu bereit ist«, sagte Gillian zu ihm. »Aber wenn du sie zwingst, dann wird sie nicht mit dir reden wollen. Sie hat ihren eigenen Kopf.«

Grover lachte kurz auf. »Das kannst du laut sagen.«

Das Gespräch wandte sich weniger ernsten Themen zu und es dauerte nicht lange, bevor die Stimmung sich wieder aufhellte.

»Hast du je wieder etwas von der Frau aus Afghanistan gehört?«, fragte Oz.

»Welche Frau?«, fragte Aspen, deren Neugier geweckt war.

»Die Kleine«, sagte Doc, »aus dem Kantinenzelt.«

»Sierra?«, fragte Aspen.

»Genau, die«, sagte Grover. »Und nein. Ich habe ihr eine E-Mail geschickt, aber keine Antwort bekommen. Ich nehme an, sie hatte einfach kein Interesse.«

Das überraschte Aspen. Sie kannte Sierra nicht sehr gut, da sie erst eintraf, kurz bevor Aspen das Land verlassen hatte. Aber sie war immer sehr freundlich, wenn nicht sogar etwas naiv gewesen. Sie konnte sich nicht vorstellen, dass sie Grover ihre E-Mail-Adresse gegeben hatte und dann nicht antwortete. »Glaubst du, dass alles in Ordnung ist?«

»Warum sollte es das nicht sein?«, fragte Grover. »Sie arbeitet für das Catering. Sie muss den Stützpunkt nicht verlassen und sich nicht in Gefahr begeben.«

Aspen runzelte die Stirn. Grover hatte die Konfrontation mit seiner Schwester und seiner Mutter noch immer nicht ganz verdaut und das Gespräch über Sierra verbesserte seine Stimmung nicht gerade. Deshalb versuchte sie, das Thema zu wechseln. »Geht ihr alle zu dem Familientag am Wochenende?«

Der Familientag wurde regelmäßig von der Armee organisiert, um Soldaten und ihre Familien in einem entspannten Umfeld zusammenzubringen. Normalerweise wurden dabei Spiele, ein Hindernisparcours, Gesichtermalen und andere Aktivitäten für die Kinder angeboten.

»Ja, wir hatten geplant, uns gegen elf Uhr dort zu treffen. Ich weiß, dass Ghost und sein Team ebenfalls da sein werden«, sagte Trigger.

»Ghost?«, fragte Aspen.

»Er ist der Anführer eines ehemaligen Delta-Teams«, erklärte Kane ihr und lehnte sich dabei nach vorn, um seine Arme auf ihre Schultern zu legen. Weil sie vor ihm auf dem Boden saß, fühlte es sich so an, als würde er sie gleichzeitig von hinten und oben umarmen. Aspen liebte es, wenn er sie so umgab. »Er und sein Team nehmen nicht mehr an aktiven Einsätzen teil, aber sie haben großen Anteil am Training und der Planung von Einsätzen.«

»Und einer der Typen ist Annies Vater, nicht wahr?«, fragte Gillian.

»Richtig«, antwortete Lefty.

»Wer ist Annie?«, wollte Aspen wissen.

»Entschuldigung, Annie ist jetzt dreizehn, glaube ich, und großartig. Ich habe sie bei einem Hindernisparcours mitmachen sehen und sie hat klar geführt. Aber als ein anderer Junge in ihrer Gruppe Schwierigkeiten hatte, ist sie zurückgelaufen, um ihm zu helfen, anstatt den Sieg für sich zu beanspruchen.«

»Sehr cool«, sagte Aspen.

»Das war es«, stimmte Gillian ihr zu.

»Auf jeden Fall ist die Antwort: Ja, wir werden alle da sein. Wirst du mit deiner Einheit kommen?«, fragte Doc.

Aspen spannte sich an und Kane massierte ihr sofort die Schultern. »Nein«, erklärte sie ihm. »Ich meine, wir haben nicht darüber gesprochen. Ich ... wir treffen uns außerhalb der Arbeit nicht, so wie ihr es tut.«

»Ihr Verlust«, flüsterte Kane ihr ins Ohr.

»Du kannst gern mit uns mitkommen«, sagte Kinley mit einem Lächeln.

»Danke. Das wäre toll.«

»Nachdem wir das geklärt haben, glaube ich, es wird langsam spät und wir sollten uns auf den Weg machen«, sagte Lefty.

Aspen konnte sich nicht helfen und musste kichern. So spät war es noch gar nicht. Sie war sich sicher, dass es Lefty nach Hause zog, weil er an diesem Abend noch genügend Zeit haben wollte, um sich ausgiebig um Kinley zu kümmern. Die beiden warfen sich schon den ganzen Abend tiefgründige Blicke zu und so, wie Kinley auf Leftys Schoß hin und her rutschte, war auch sie bereit dafür, den Abend in ihrem Schlafzimmer ausklingen zu lassen.

Die anderen machten sich ebenfalls zum Aufbruch bereit und bald waren Aspen und Kane allein im Haus. Sie drehte sich zu ihm, nachdem sie die anderen an der Tür verabschiedet hatten. »Habe ich etwas Falsches gesagt?«, scherzte Aspen.

Kane lachte leise und umarmte sie, um sie dann ins Wohnzimmer zurückzugeleiten. Er zog sie mit auf das Sofa und lehnte sich zurück, sodass sie neben ihm lag.

Aspen machte es sich gemütlich. Natürlich gab es einige Dinge, die sie noch tun sollte. Den Müll rausbringen, die Küche aufräumen und das Geschirr abwaschen, zum Beispiel. Aber sie war glücklich, wo sie im Moment war.

»Nimm es nicht persönlich. So läuft es meistens. Sobald einer sich zum Aufbruch fertig macht, folgen die anderen auf dem Fuße. Ich werde sie bald genug wieder auf der Arbeit sehen.«

»Stimmt«, überlegte Aspen.

»Also ... was denkst du?«

»Über unsere Freunde?«, fragte sie und stützte sich auf, sodass sie ihn ansehen konnte.

»Ja.«

»Sie sind genauso toll wie damals, als ich sie zum ersten Mal getroffen habe. Es fühlt sich an, als wäre es erst gestern gewesen.«

»Und das, obwohl Grover und Devyn sich gestritten haben«, sagte Kane mit einem Seufzer.

»Weißt du, eigentlich fühle ich mich den anderen dadurch noch näher«, sagte Aspen zu ihm. »Natürlich bin ich nicht glücklich, dass zwischen ihnen etwas im Argen liegt. Aber die Tatsache, dass sie kein Problem damit haben, den Streit vor den Augen der anderen auszutragen ... das zeigt, welch großes Vertrauen sie in euch haben. Dass sie sich in eurer Gegenwart wohlfühlen. Und das fühlte sich gut an, wenn es auch kein schönes Ereignis war. Macht das Sinn?«

»Macht es«, versicherte Kane ihr.

Aspen legte den Kopf an seine Brust. »Ich freue mich für dich, Kane.«

»Warum?«

»Dass du Freunde gefunden hast, die wie eine Familie sind.«

»Sie könnten auch deine Familie werden, wenn du sie lässt«, sagte er leise.

»Ich weiß. Das macht mir Angst.«

»Sollte es nicht«, sagte Kane. »Sie sind gute Menschen. Sie sind immer für dich da.«

Aspen musste das erst mal verarbeiten. Es fühlte sich gut an. Und sie fühlte sich geliebt, weil sie wusste, dass Kane solche loyalen Freunde an seiner Seite hatte. Dadurch fühlte sich der Gedanke an seine zukünftigen Einsätze nicht mehr ganz so schlimm an. Trigger, Lefty, Oz, Lucky, Doc und Grover würden alles tun, um dafür zu sorgen, dass Kane lebend von einem Einsatz zurückkehrte; genauso wie er auch für die anderen alles geben würde. Es war schade, dass sie das Gleiche nicht von ihrem Team behaupten konnte.

Der Tag, an dem sie entscheiden musste, ob sie ihre Dienstzeit bei der Armee verlängern wollte oder nicht, rückte immer näher und Aspen wurde klar, dass sie ernsthaft darüber nachdachte, sich einen anderen Job zu suchen. Das stimmte sie traurig. Sie war an dem Tag, an dem sie erfuhr, dass sie mit einer Ranger-Einheit dienen würde, überglücklich gewesen. Aber egal, wie sehr sie es versucht hatte, sie fühlte sich einfach nicht angenommen; nicht so, wie sie es sich erträumt hatte.

Und zum ersten Mal dachte sie auch darüber nach, dass es vielleicht ihre Anwesenheit war, die den anderen Männern die Chance nahm, sich näherzukommen.

Der Gedanke schmerzte, aber sie konnte die Wahrheit darin nicht verleugnen.

»Worüber denkst du so angestrengt nach?«, fragte Kane.

»Nicht viel«, antwortete Aspen. Wie konnte sie nur zugeben, dass sie sich fühlte, als hätte sie versagt? Vor langer Zeit war es ihr Wunsch gewesen, die Welt ein bisschen besser zu machen. Sie wollte anderen Frauen in der Armee helfen, ein anerkanntes Mitglied der Spezialeinheit zu werden.

»Ich bin stolz auf dich«, flüsterte Kane. »Du hast so hart gearbeitet, um da hinzukommen, wo du heute bist. Auch wenn dein Team es nicht versteht, ich sehe, was für ein Gewinn du für die Armee und für die Rangers bist.«

Und schon fühlte Aspen sich besser. »Vielen Dank«, sagte sie leise.

»Ich weiß, dass die Frage nun vielleicht etwas überraschend kommt, und ich will dich definitiv nicht in Verlegenheit bringen, aber ... willst du hier übernachten?«

Aspens Herz schlug schneller.

»Nicht wegen des Sex. Einfach zum Schlafen. Wir müssen morgen beide nicht arbeiten und ich mag den Gedanken, mit dir in den Armen einzuschlafen und am nächsten Morgen neben deinem hübschen Gesicht aufzuwachen.«

Aspen konnte sich nichts Schöneres vorstellen. Sie richtete sich auf, um ihm in die Augen zu sehen. »Das hängt davon ab ... was würde es denn zum Frühstück geben?«

Er lächelte. »Was immer dein Herz begehrt, *hubibi*.«

»Ich habe nicht die geringste Ahnung, welche Sprache das sein soll«, sagte sie lachend.

»Arabisch.«

»Ich verstehe. Und das war ein Scherz. Ich esse normalerweise kein Frühstück. Solange es Kaffee gibt, ist alles in Ordnung.«

»Kaffee habe ich da«, sagte er lächelnd. »Ich kann morgens auch schnell zum Bäcker fahren und Donuts oder Brötchen besorgen, wenn du willst.«

»Da sage ich nicht Nein«, sagte Aspen zu ihm.

»Einverstanden.«

Sie legte ihren Kopf wieder an seine Brust und seufzte zufrieden. Sie liebte es, wenn sie sich küssten. Liebte es, wie er immer die Hand an ihren Nacken legte und sie dazu brachte stillzuhalten, während er sich holte, was er brauchte. Aber diese Momente mochte sie fast genauso gern. Das Gefühl von seiner Hand an ihrem Rücken, wenn er sie sanft streichelte. Den Klang seines Herzschlags in seiner Brust, ganz nahe an ihrem Ohr.

Zum ersten Mal musste sie sich selbst eingestehen, dass sie Kane Temple unwiderstehlich fand. Es gab keinen Tag, an dem sie nicht an ihn denken musste. Die Tatsache, dass sie auch in der Lage waren, im gleichen Zimmer zu sein und ihren eigenen Plänen ungestört nachzugehen, war ein weiterer Pluspunkt. Sie musste ihn nicht unterhalten; und er sie auch nicht. Sie fühlten sich wohl miteinander – und das war ein Gefühl, das sie so noch in keiner Beziehung gespürt hatte.

Kane könnte ihr Traummann sein.

Sie konnte sich fast bildlich vorstellen, wie sie in fünfzig Jahren gemeinsam auf dem Sofa lagen, ganz so, wie sie es im Moment taten, und die Gesellschaft des anderen genossen. Und dieser Gedanke fühlte sich gut an ... sehr gut sogar.

# KAPITEL DREIZEHN

Im Park war es voll.

Aspen war schon lange nicht mehr auf einem Familientag gewesen. Da sie keine eigenen Kinder hatte und die Einheiten, in denen sie gedient hatte, nie zusammen hingegangen waren, war auch sie ferngeblieben.

Aber zusammen mit Kane und seinen Freunden hatte sie großen Spaß. Am besten gefiel es ihr, Kanes Hand zu halten. Weil es sich bei dem Familientag um ein soziales Beisammensein handelte und sie keine Uniform trugen, war es in Ordnung, ihre Zuneigung öffentlich zu zeigen. Kane hatte ihre Hand ergriffen, kaum, dass sie aus dem Wagen ausgestiegen waren, und sie seitdem nicht mehr losgelassen.

Sie hatten sich mit seinen Freunden getroffen und gingen ziellos durch den Park, um sich einen ersten Eindruck zu verschaffen. Kane begrüßte fast alle, denen sie begegneten. Manchmal blieb er stehen, um ein kurzes Gespräch zu führen, manchmal reichte ein einfaches Nicken als Begrüßung.

»Du kennst aber viele Leute«, stellte sie nach einiger Zeit fest.

Er zuckte mit den Schultern. »Ich bin schon eine ganze Weile hier auf dem Stützpunkt. Das Team und ich versuchen zu helfen, wo es geht.«

»Warum hatten wir uns dann vor diesem Abend in der Kneipe noch nie gesehen?«, fragte Aspen.

Kane sah sie an. »Nimm es nicht persönlich, okay?«

Aspen verspannte sich.

»Atmen nicht vergessen, *dar*. Und bevor du fragst: Das war Kurdisch.«

Aspen atmete aus. »Ich verstehe. Ich habe gefragt. Sprich dich aus.«

Er sagte: »Ich nehme nicht an, dass dein Team allzu viel Freiwilligenarbeit übernimmt?«

Er formulierte es zwar als Frage, aber es war klar, dass er die Antwort schon kannte. Aspen lächelte.

»Ich verstehe. Also ist es wohl so, dass vor unserem ersten Treffen ein normaler Tag für dich darin bestand, zu arbeiten, nach Hause zu fahren und dann zu entspannen.«

Aspen dachte über seine Worte nach und nickte dann.

»So hattest du nicht viele Gelegenheiten, mich und meine Einheit kennenzulernen«, sagte Kane. »Und bitte denke nicht, dass ich über dich urteile. Das tue ich nicht. Du brauchst deine Freizeit, um dich von der Arbeit zu erholen. Das verstehe ich. So, wie du behandelt wurdest, kann ich gut nachvollziehen, warum du am Ende eines Arbeitstages einfach nur noch nach Hause wolltest.«

»Ich fühle mich noch immer schlecht, weil ich mit Derek ausgegangen bin«, murmelte Aspen.

»Das musst du nicht. Typen wie er haben es drauf, Frauen nur ihre gute Seite zu zeigen. Er hat dir sein wahres

Gesicht erst gezeigt, nachdem du ihn zurückgewiesen hattest«, sagte Kane.

»Macht es dir nichts aus, über meine Ex-Freunde zu sprechen?«, fragte Aspen und war gespannt auf seine Antwort.

Kane hielt inne, legte ihr seine Hand an den Nacken und strich ihr mit dem Daumen über ihr Kinn. Es fühlte sich gut an. Sehr gut sogar.

»Nein«, sagte Kane ohne Umschweife. »Ich sage nicht, dass du mir die ganzen glorreichen Details erzählen sollst, aber du bist einunddreißig Jahre alt und wunderschön. Du hattest sicherlich viele Freunde.«

»So viele waren es gar nicht«, widersprach sie.

Aber Kane grinste nur. »Ich mag es, eine ältere, weise Freundin zu haben.«

»Ich bin nur ein Jahr älter als du, sei nicht so dramatisch.«

Sein Grinsen wurde breiter. »Bist wohl auf der Jagd nach jüngeren Liebhabern?«

Aspen brach in Lachen aus und schubste ihn spielerisch. »Genug davon.«

Kane schnappte sie mit einem Griff um die Hüfte und zog sie zu sich heran. Er lehnte sich zu ihr und küsste sie, lustvoll und dominant, und der Kuss war viel zu schnell wieder vorbei.

In diesem Moment wurde Aspen klar, dass sie genug davon hatte, auf ihn zu warten. Bis jetzt hatte sie ihm das Tempo überlassen, wenn es um ihre körperliche Beziehung ging. Aber nun, da sie seinen muskulösen Körper ganz nahe an ihrem spüren konnte, fühlte sie, wie ein lustvoller Schauder durch ihren Körper schoss. Sie wollte ihn. Und wie.

»Was denkst du?«, fragte er.

Aspen leckte sich die Lippen, lehnte sich näher an ihn und schlang ihm die Arme um die Schultern. Einen Moment lang spielte sie mit seinem Ohr, dann flüsterte sie: »Es war schön, letzte Nacht mit dir zu schlafen.«

Sie hörte tief in seiner Brust ein zustimmendes Grummeln.

Forsch knabberte Aspen kurz an seinem Ohr und spürte, wie er in ihren Armen als Reaktion darauf erzitterte. »Darf ich heute wieder bei dir übernachten?«, fragte sie.

»Jederzeit«, sagte er leise. Er umschlang mit den Armen ihre Hüfte und glitt mit den Fingern unter ihr T-Shirt. Wie sehr sie diese Finger nicht nur da, sondern an ihrem ganzen Körper spüren wollte! Sie wollte sich ihm ganz hingeben.

»Ich will dich«, flüsterte sie ihm sanft ins Ohr.

Jeder Muskel in Kanes Körper spannte sich an. Sie konnte durch die Kleidung spüren, wie er eine Erektion bekam ... und sie lächelte.

Er lehnte sich etwas zurück, stand aber noch immer ganz nahe bei ihr und starrte sie für einen langen Moment an. »Bist du sicher?«, fragte er schließlich.

»Ja«, sagte Aspen ohne Umschweife.

Auf seinen Lippen erschien ein wunderschönes Lächeln.

Sie hätte in diesem Lächeln stundenlang versinken können, aber sie wurden von einem Geschrei ganz in der Nähe unterbrochen. Sie sahen eine Gruppe Jungs auf dem Hindernisparcours, der am Ende des Parks errichtet worden war. Sie standen einem Mädchen gegenüber, das die Hände in die Hüften gestemmt hatte.

»Das ist ja Annie«, sagte Kane und schaute sich um. »Ich kann Fletch und Emily nirgends entdecken. Lass uns mal nachsehen«, sagte er, trat einen Schritt zurück und ging auf die Kinder zu.

Aspen wusste zwar nicht, wer Fletch und Emily waren, aber sie erinnerte sich an den Namen Annie. Das war das Mädchen, welches Gillian vor einer Weile bei dem Hindernisrennen gesehen hatte. Sie war die Tochter eines Delta-Soldaten, der in einer anderen Einheit diente. Während sie auf die Gruppe zugingen, sah Aspen sich um, konnte ihre Freunde aber auch nicht entdecken. Sie mussten sie schon vor einer Weile verloren haben, als die anderen Teammitglieder vor ihnen gegangen und sie stehen geblieben waren.

»Du bist ein Mädchen«, sagte ein Junge gerade, als sie in Hörweite kamen, und meinte es als Beleidigung. »Wir wollen nicht mit dir spielen.«

»Warum nicht?«, wollte Annie wissen und klang aufgebracht.

»Einfach weil«, sagte ein anderer Junge. »Du bist langsam und schwach.«

»Das stimmt doch gar nicht!«, widersprach Annie.

»Stimmt wohl!«

»Mein Dad sagt, dass Mädchen ihre eigenen Hobbies haben sollten, wie Ballett oder Kochen. Abenteuer sind nur für Jungs.«

Aspen runzelte die Stirn. Sie hasste es zu wissen, dass es noch immer Männer gab, die so dachten. Noch schlimmer war es, dass sie ihren Söhnen beibrachten, den Mist nachzuplappern.

»Das ist bescheuert«, sagte Annie, aber ihr Selbstbewusstsein hatte unter den Anfeindungen gelitten, das konnte man hören.

»Warum gehst du nicht einfach rüber zum Bastelzelt und malst irgendwas mit Glitzer?«, sagte ein Junge mit einem gemeinen Grinsen im Gesicht.

Bevor sie nahe genug waren, um einzugreifen, war Annie schon auf den letzten Jungen zugestürmt, hatte ihn vor das Schienbein getreten und war davongelaufen, während die anderen ihr nachschrien.

»Ich kümmere mich um Annie, du dich um die Jungs«, sagte Aspen zu Kane.

Er nickte.

Sie drückte Kanes Hand einmal kurz, bevor sie sie losließ, und lief Annie nach, die inzwischen unter ein paar Seilen auf dem Boden hindurch robbte.

»Hey«, sagte sie, als sie näher kam.

Annie schaute zu ihr auf, sagte aber nichts.

»Ich bin Aspen. Du bist Annie, oder?«

»Woher kennst du meinen Namen? Ich darf eigentlich nicht mit Fremden reden«, sagte sie und schaute skeptisch drein.

»Mein Freund ist ein Freund von deinem Dad«, erklärte Aspen ihr. Sie war sich nicht sicher, wie gut Kane Fletch wirklich kannte, aber das spielte im Moment keine Rolle.

Annie zuckte nur mit den Schultern.

»Ich habe gehört, was die Jungs zu dir gesagt haben. Du solltest sie nicht zu ernst nehmen.«

Das Mädchen hatte es unter den Seilen hindurch geschafft, stand aber nicht auf. Sie blieb auf dem Bauch liegen und sah zu Aspen hoch. »Und warum ist das dein Problem?«

Die patzige Art war zu erwarten gewesen, deshalb ging Aspen gar nicht erst darauf ein. »Ich hasse es einfach, wenn Jungs Sachen sagen, die nicht wahr sind. Es stimmt schon, dass manche Frauen nicht ganz so stark sind wie die Männer, aber das kann man nicht verallgemeinern.«

Sie konnte sehen, dass Annie langsam, aber sicher begann, ihr wirklich zuzuhören. Deshalb sprach sie weiter.

»Nimm mich als Beispiel. Ich bin zwar nicht so groß wie manche Männer, aber klein bin ich nicht. Ich kann zwar nicht so viele Klimmzüge machen wie die Männer aus meiner Einheit, aber bei den Rumpfbeugen schlage ich sie regelmäßig.«

»In welcher Einheit bist du?«, fragte Annie und setzte sich im Schneidersitz hin.

Aspen setzte sich neben ihr auf den Boden und antwortete: »Ich bin ein Ranger.«

Als sie die Überraschung im Gesicht des Mädchens sah, musste sie grinsen. Sie hatte nun ihre ganze Aufmerksamkeit.

»Du bist ein Ranger?«, fragte sie mit Bewunderung in der Stimme.

»Technisch gesehen nicht wirklich. Ich bin eine Feldsanitäterin, die in einer Ranger-Einheit dient. Ich gehe also überall hin, wo sie auch hingehen. Und was immer sie tun, tue ich auch. Und ich muss genauso fit sein wie die anderen Soldaten, um mit ihnen mithalten zu können. Ich kann ja nicht einfach zurückbleiben, vor allem, wenn wir in schwierige Situationen kommen oder sich jemand wehtut. Ich muss zur Stelle sein, um ihnen zu helfen.«

»Musst du auch Leute töten?«

Aspen schluckte, als sie diese Frage hörte, versuchte dann aber, eine ehrliche Antwort zu geben. »Meine Hauptaufgabe ist es, mich um die Gesundheit der anderen Soldaten zu kümmern. Aber manchmal muss ich auch zusammen mit den anderen kämpfen. Ich muss sie beschützen, genauso wie sie mich beschützen. Aber hauptsächlich bin ich Sanitäterin, nicht Soldatin.«

»Ich will das auch machen«, flüsterte Annie.

Aspen fühlte in diesem Moment eine Art Stolz, wie sie ihn schon lange nicht mehr gefühlt hatte. Wenn sie ein Mädchen wie Annie inspirieren konnte, dann machte sie etwas richtig. »Es ist kein einfacher Job«, warnte sie.

»Ich weiß. Aber du kannst all die coolen Dinge mitmachen, ohne ständig Leute erschießen zu müssen. Das ist es, was ich machen will. Ich weiß, dass Mädchen nicht bei den Deltas erlaubt sind. Mein Dad ist ein Delta. Aber er hat mir erzählt, dass es bei den Rangers Frauen gibt. Ich habe die Rangers gegoogelt. Ich weiß, dass ich das Training schaffen kann, ich bin supersportlich. Aber ich will nicht die ganze Zeit Leute erschießen. Also werde ich Feldsanitäterin, so wie du, und kann trotzdem bei den Rangers mitmachen.«

Aspen lächelte. »Ich habe das Gefühl, dass du alles schaffen kannst, was du dir vorgenommen hast. Aber du musst daran arbeiten, deine Aggressionen zu kontrollieren. Du kannst nicht einfach anderen Leuten vors Schienbein treten, wenn du als Sanitäterin arbeiten willst.«

Annie runzelte die Stirn. »Mikey ist eine Kartoffelpflanze.«

Aspen wollte lachen, konnte sich aber zurückhalten. Dem Mädchen war sicher von seinen Eltern eingebläut worden, keine Schimpfwörter zu verwenden, aber sie fand trotzdem Wege, ihre Abneigung klar zum Ausdruck zu bringen. »Das kann schon sein, aber wenn du wirklich eine Feldsanitäterin bei den Rangers werden willst, dann musst du dich mit einem ganzen Acker voller Kartoffelpflanzen rumärgern. Viele Leute glauben immer noch, dass Frauen zu schwach sind, um den Job gut zu machen. Und das werden sie dir auch immer und immer wieder erzählen, in der Hoffnung, dass du aufgibst. Deshalb müssen Frauen immer doppelt so hart arbeiten wie Männer, um respektiert zu werden. Das ist nicht fair. Aber wenn du es wirklich willst, dann kannst du deinen Vorgesetzten sicher beweisen, dass du die Richtige für den Job bist. Aber du kannst sie sicher nicht überzeugen, indem du ihnen vors Schienbein trittst.«

Annie sah sie lange an. »Ein Mädchen zu sein ist nicht einfach«, schlussfolgerte sie dann.

Aspen lachte. »Das ist es nicht. Vor allem, wenn du etwas machen willst, das davor nur Männer gemacht haben. Aber das heißt nicht, dass du nicht deine eigenen Ziele haben kannst. Du musst nur wissen, dass es schwerer wird, sie zu erreichen. Aber wenn du es geschafft hast, dann bist du mindestens doppelt so gut wie alle Männer, weil du so hart arbeiten musstest.«

Annie nickte.

»Ich habe gehört, du bist eine Expertin im Hindernisrennen.«

»Bin ich«, sagte Annie überzeugt.

»Sollen wir ein Wettrennen machen?«, fragte Aspen.

»Warum nicht.«

Aspen und Annie standen auf und gingen gemeinsam zum Startpunkt des Hindernisparcours. Kane hatte die Jungs inzwischen verscheucht und stand ins Gespräch mit seinen Freunden versunken an der Seitenlinie. Gillian und Kinley standen ebenfalls bei der Gruppe und winkten, als sie Aspen sahen. Aspen winkte zurück und richtete ihre Aufmerksamkeit dann wieder auf Annie.

»Du zuerst«, sagte Annie und Aspen musste ihr Lachen hinter ihrer Hand verstecken. Es schien so, als würde Annie ihr nicht zutrauen, dass sie das Rennen schaffen konnte. Sie freute sich schon darauf, das Mädchen vom Gegenteil zu überzeugen.

Sie war froh, dass sie sich heute Morgen entschieden hatte, eine kurze Jeanshose und ein T-Shirt anzuziehen. Aspen nickte Annie ein letztes Mal zu und lief los. Der Parcours war nicht sonderlich schwer, schließlich war er für die Kinder und Jugendlichen aufgebaut, aber ein bisschen anstrengen musste man sich trotzdem.

Sie kroch unter den Seilen durch, lief, ohne zu zögern, zur Wand weiter und sprang hinüber. Dann kletterte sie an einer Stange nach oben und ließ die Glocke ertönen, die am Ende hing, bevor sie am Seil hinunterglitt. Sie hüpfte über drei Baumstämme, dann sprang sie hoch, um nach der Reckstange zu greifen. Sie schwang ein Bein über die Stange und arbeitete sich dann langsam nach oben, bis sie auf der Stange saß. Sie griff nach oben und betätigte auch hier die Glocke.

Von der Startlinie aus hörte sie lautes Klatschen. Sie sah sich um und konnte erkennen, wie Annie aufgeregt auf und ab hüpfte und dabei in die Hände klatschte. Sie hatte noch weitere Besucher angezogen, die nun ebenfalls zum Applaus beitrugen. Sie lief rot an und schwang sich mit einem Unterschwung von der Stange, bevor sie wieder sicher auf den Füßen landete.

»Du bist gut!«, rief Annie mit strahlenden Augen. »Kannst du mir beibringen, wie du das Bein über die Stange schwingst? Meine Arme werden so schnell müde und dann schaffe ich es nicht, mich ganz hochzuziehen, um an die Glocke zu kommen.«

Sie mochte es, dass Annie sie um Hilfe bat. Sie sagte: »Natürlich. Das bringe ich dir gern bei. Du darfst nie vergessen, selbst wenn du superstark bist, solltest du immer etwas Kraft übrighaben, weil man nie weiß, was als Nächstes kommt. Ein cleveres Köpfchen schlägt rohe Muskelkraft. Das heißt zum Beispiel auch, deine Beine so viel wie möglich einzusetzen, um deine Arme zu entlasten.«

Annie nickte.

»Komm, lass uns am Anfang beginnen. Du zeigst mir, was du schon kannst, und ich gebe dir ein paar Tipps, okay?«

»Klasse! Dann habe ich meine ganz eigene Ranger-Trainerin. Supercool.«

Aspen drehte sich in Richtung Startlinie um und stoppte dann abrupt, als Derek vor ihr auftauchte.

»Was zum Teufel, Mesmer«, fauchte er.

Aspen hatte nicht die geringste Ahnung, welche Laus Derek nun über die Leber gelaufen war, aber sie machte einen Schritt zur Seite, sodass sie zwischen ihm und Annie stand. Er gab ihr keine Chance, etwas zu sagen.

»Erst müssen wir uns ewig mit dir in der Einheit rumschlagen und dann beschließt du einfach so, dass du aufhören willst? Wundert mich ja nicht, dass du aufgibst. Du hättest schon vor langer Zeit deine Sachen packen sollen, sodass wir endlich einen richtigen Sanitäter hätten bekommen können. Jemand, der die Einheit nicht auseinanderreißt wie du.«

Aspen sah rot. »Wie kannst du nur!«, zischte sie. »Wie kannst du mich nur so runtermachen nach allem, was ich für die Rangers getan habe. Ich bin genauso viel Ranger wie du, nein, mehr sogar. Ich habe nämlich im Training aufgepasst und würde niemals einen Kameraden im Kampf zurücklassen. Und du? Du lässt drei Kameraden zurück, in einem Kampfgebiet. Zwei davon sogar verletzt. Sie wären gestorben, wenn uns die Delta-Einheit nicht gefunden hätte.«

»Ein richtiger Ranger hätte mit der Situation umgehen können«, gab Derek zurück.

»So wie ich«, sagte Aspen. »Während du damit beschäftigt warst, die anderen Ranger auf eine Schnitzeljagd zu schicken. Denn du hast dich lediglich darum gesorgt, neben den Deltas gut dazustehen. Du wolltest unbedingt derjenige sein, der unsere Zielperson findet. Aber das hast du in sechs Wochen nicht geschafft. Die Deltas haben übrigens keine

Woche gebraucht, erinnerst du dich? Dass du mich, Holman und Vandine zurückgelassen hast, macht nicht mich, sondern dich zum Ar-«, ihr Blick fiel auf Annie, »zur Kartoffelpflanze«, beendete sie den Satz.

Derek starrte sie wütend an und Aspen reckte ihm das Kinn entgegen. Sie konnte die Wut in seinen Augen erkennen. Diese ganze Situation war verrückt; sie hatte nichts getan, das seinen Hass erklären konnte. Ihre bloße Existenz schien ihn schon in den Wahnsinn zu treiben.

»Genug jetzt, Spence«, sagte eine tiefe Stimme hinter ihr.

Aspen musste sich nicht umdrehen, um zu wissen, dass es Kane war.

»Halt dich da raus, Kane«, zischte Derek.

»Zu spät«, gab Kane zurück und kam neben Aspen zum Stehen. Sie mochte es, dass er sich nicht zwischen Derek und sie drängelte und sie zur Seite schob. Das wäre ihr fast so sehr auf den Geist gegangen wie Dereks Worte.

»Schau dich doch mal um, Alter«, sagte Kane. »Du bist mitten im Park, von deinen Kameraden umgeben. Entspann dich.«

Derek nahm einen tiefen Atemzug und seine Hände wurden zu Fäusten, aber er gab nicht nach. »Sie ist sicherlich kein Kamerad von mir«, sagte er. »Dies ist noch nicht vorbei, Mesmer. Du kannst nicht einfach in mein Team kommen und Scheiße bauen und dann abziehen.«

»Ich bin nicht einmal in deinem Team; und ›abziehen‹ tue ich auch nicht«, erwiderte Aspen. »Ich habe alles getan, um akzeptiert zu werden. Ich absolviere das gleiche Training und habe die gleichen Erfahrungen gemacht wie ihr. Ich habe gelernt wie eine Blöde und meine Lizenz als Feldsanitäterin in Texas erworben. Ich habe zwei unserer Kameraden das Leben gerettet! Und immer, wenn ich denke, dass ich meiner Einheit etwas näherkomme, musst du dich einmischen und alles zerstören. Ich habe genug von dir, Derek. Du solltest dich glücklich schätzen, dass ich unseren Vorgesetzten noch nichts von deinem Verhalten erzählt habe. Und da gibt es eine ganze Menge unangenehmer Dinge zu erzählen.«

Derek starrte sie noch einen Moment lang an, dann richtete er den Blick auf etwas, das hinter ihr war, bevor er sich plötzlich umdrehte und davonging.

Aspen seufzte frustriert. Sie sollte froh sein, dass er sie nicht körperlich angegriffen hatte, aber im Großen und Ganzen war sie ziemlich angepisst, weil Derek sich ihr gegenüber wieder so unmöglich verhalten hatte.

»Ich habe keine Ahnung, was ich je in ihm gesehen habe«, murmelte sie zwischen zusammengebissenen Zähnen hervor.

»Nicht schlecht, Herr Specht«, sagte jemand hinter ihr.

Aspen drehte sich um und sah dort Trigger, Lefty, Oz, Doc, Lucky und Grover stehen. Sie war nicht sonderlich überrascht, sie vorzufinden – aber sie stockte, als sie die sieben weiteren Männer entdeckte, die sich zu ihnen gestellt hatten.

»*Chérie*, darf ich dir eine befreundete Delta-Einheit vorstellen: Das sind Ghost, Fletch, Coach, Hollywood, Beatle, Blade und Truck.«

»Was für ein Idiot«, sagte der Mann mit dem Namen Hollywood.

»Dad! Hast du das gesehen? Das war cool!«, rief Annie aufgeregt.

Fletch entspannte sich, als er die Worte seiner Tochter hörte. »Ja, meine Kleine, habe ich.«

»Ist er ein Problem?«, fragte Truck.

Aspen schaute zu ihm hoch. Er war gute zwanzig Zentimeter größer als sie und ein einziger Muskelberg. Aber sie hatte keine Angst vor ihm. Wie auch, wenn ganz klar war, dass der Mann hinter ihr stand? »Ja, aber ich kann damit umgehen«, sagte sie zu Truck und den anderen.

»Vielleicht solltest du mit deinem Vorgesetzten reden«, schlug Ghost vor.

Aspen lächelte. »Ist nicht so wichtig.«

»Aber er hat dich bedroht«, gab Doc zu bedenken. »Er kann damit doch nicht einfach davonkommen.«

»Die Sache ist die«, sagte Aspen zu den Männern, die um sie herumstanden, »das passiert mir immer wieder, einfach, weil ich eine Frau bin. Ich kann mit solchen Männern umgehen. Sie sind meistens mehr Schein als Sein. Er hat mich nur deswegen bedroht, weil ich eine Frau bin. Das geht schon seit acht Jahren so. Seit ich der Armee beigetreten bin.«

»Das ist nicht fair«, sagte Lefty.

»Das stimmt, das ist es nicht«, entgegnete Aspen. »Aber das heißt leider nicht, dass es nicht die Wahrheit ist. Wenn du eine Hilfe sein willst, beobachte dich selbst dabei, wie du mit den Frauen umgehst, mit denen zu zusammenarbeitest. Nimmst du sie ernst? Hast du Vorurteile? Denkst du, dass sie etwas nicht schaffen nur wegen ihres Geschlechts? Diskriminierung besteht aus Vorurteilen und einer bewussten Entscheidung, diese zu unterstützen. Nur weil du denkst, dass du jemanden nicht diskriminierst, heißt das noch lange nicht, dass dein Verhalten gerecht ist.«

Die anderen starrten sie schweigend an und Aspen fühlte sich plötzlich unwohl. Eigentlich sprach sie eher selten über solche Themen, normalerweise biss sie die Zähne zusammen und ließ das Verhalten anderer einfach an ihr abprallen.

»Meinst du zum Beispiel, wenn Dad die Tür für Mom aufhält?«, fragte Annie.

Lächelnd wandte Aspen sich an das kleine Mädchen. »Es gibt Höflichkeit und Bevormundung. Der Unterschied ist manchmal nicht ganz einfach zu verstehen.« Annie runzelte die Stirn und versuchte, sich ein Beispiel zu überlegen. »Wenn dein Dad deiner Mom die Tür aufhält, die schweren Einkaufstüten trägt oder wissen will, wann deine Mom nach Hause kommt ... das ist Höflichkeit. Das gehört dazu, wenn man jemanden liebt und ihm helfen will.

Aber zu denken, dass ein Mädchen rosa lieber mag als blau, oder dass ein Junge immer besser ist in Mathe oder in naturwissenschaftlichen Fächern, und Mädchen lieber basteln und malen sollen, das ist Diskriminierung. Ein Mann, der befördert wird, obwohl eine Frau die gleichen oder sogar bessere Qualifikationen hat, das ist Diskriminierung. Ein Dad, der seinem kleinen Mädchen sagt, dass sie in einem Kleid oder Rock hübsch aussieht, aber nicht, wenn sie eine Hose trägt ... auch das ist Diskriminierung.«

»Ich wollte in der Schule in die Auto-AG gehen, um zu lernen, wie ein Motor funktioniert, aber mein Lehrer Mr. Smithy hat gesagt, dass ich lieber an der Koch-AG teilnehmen soll«, sagte Annie.

Aspen nickte. »Das ist Diskriminierung. Wenn du wissen willst, wie Autos funktionieren, dann ist es dein gutes Recht, das zu lernen. Wenn du Brücken und Hochhäuser bauen willst, mach das. Und auf der anderen Seite darfst du nicht vergessen, dass manche Jungs diese Sachen vielleicht blöd finden. Manche Jungs wollen kein Fußball spielen. Sie haben viel mehr Interesse daran zu lernen, wie man näht, tanzt oder kocht. Diskriminierung kann auch Jungs treffen.«

Annie nickte. »Der Typ war eine Kartoffelpflanze.

Kannst du mir jetzt zeigen, wie ich im Parcours besser werde?«

Aspen hörte leises Lachen um sie herum. Sie hatte fast vergessen, dass sie Publikum hatten. Bevor sie rot anlaufen konnte, fühlte sie Kanes Hand an ihrer Hüfte.

»Vielen Dank für eure Unterstützung«, sagte Kane zu seinen Freunden.

»Ihr könnt euch gern zu uns setzen«, bot Fletch ihnen an und wandte sich dann an Aspen. »Und ich glaube, dass du eine großartige Sanitäterin bist. Würden die Deltas Sanitäter verwenden und wären wir immer noch an aktiven Einsätzen beteiligt, würde ich sofort verlangen, dass du in unsere Einheit wechselst.«

Aspen blinzelte überrascht. »Danke.«

Die sieben Männer nickten und wandten sich dann wieder ihren Familien zu, die in der Nähe standen und zugeschaut hatten. Fletch hielt nur kurz inne, um Annie zu sagen, dass sie in einer Viertelstunde nach Hause gehen würden. Sie kräuselte die Nase und nickte, bevor Fletch sich zu einer Frau gesellte, die einen kleinen Jungen an der Hand hielt.

»So geht das aber nicht«, sagte Oz grummelig. »Die können dich doch nicht einfach klauen. Unsere Einheit kann dich noch viel besser gebrauchen.«

Aspen konnte sich nicht helfen, sie musste lachen. »Vielen Dank, Jungs. Ich weiß das zu schätzen.« Sie sah zu Annie hinüber, die ungeduldig darauf wartete, dass Aspen mit ihr zum Hindernisparcours zurückkehrte.

»Kann ich euch in einer Viertelstunde treffen?«, fragte sie Kane.

»Natürlich, *dušo*.«

Sie zog die Augenbrauen hoch.

Kane lehnte sich zu ihr, küsste sie kurz und flüsterte: »Bosnisch.«

»Willst du mich nicht einfach ›Schatz‹ nennen?«, fragte sie, ohne nachzudenken.

Kane drehte sich so, dass seine Lippen ganz nahe an ihrem Ohr waren, und flüsterte: »Wenn wir so eng umschlungen daliegen, dass wir nicht mehr wissen, wo der eine anfängt und der andere aufhört, dann werde ich dich ›Schatz‹ nennen.« Dann trat er grinsend einen Schritt zurück.

»Das war gemein«, sagte Aspen und verlagerte ihr Gewicht; sie konnte fühlen, wie feucht sie bei seinen Worten geworden war.

»Du hast keine Ahnung, wie sexy du aussahst, als du kurz davor warst, Spence eine reinzuhauen«, antwortete Kane. Dann nickte er ihr zu und ging zurück zu seinen Freunden, die sich wieder dort versammelt hatten, wo sie vor Dereks Attacke gestanden hatten.

»Kane?«, rief Aspen.

Er drehte sich um. »Ja?«

»Vielen Dank, dass du dich neben mich gestellt hast, um mich zu unterstützen – und nicht vor mich.«

Er nickte und trotz der Entfernung zwischen ihnen meinte Aspen, Respekt in seinen Augen aufblitzen zu sehen.

»Bereit?«, fragte Annie.

Aspen nickte und drehte sich zu ihr. »Entschuldige, dass du das alles mitkriegen musstest«, sagte sie zu dem Mädchen, als sie sich zum Anfang des Parcours begaben.

Annie zuckte mit den Schultern. »Ich verstehe nun besser, was du eben gesagt hast. Der Typ mochte nicht, dass du in seiner Einheit bist.«

»Nein«, stimmte Aspen ihr zu.

»Obwohl du genau die gleiche Arbeit wie er abliefern musstest, um Teil der Einheit zu werden«, fuhr Annie fort.

»Richtig«, sagte Aspen.

»Willst du wirklich aufhören?«, fragte Annie sie.

»Ich sehe es nicht als aufhören an«, sagte Aspen. »Ob ich vielleicht die Armee verlasse? Ja, ich glaube schon. Ich habe mich so sehr angestrengt, es anderen Frauen und Mädchen wie dir leichter zu machen in der Zukunft. Ich hoffe, dass ich meinen Teil dazu beigetragen habe, den zukünftigen Generationen von Frauen zu helfen. Aber ich bin einfach müde. Ich will so eine Gemeinschaft, wie dein Dad sie mit seinen Kameraden hat. Wie meine Freunde sie haben. Ich will mich hundertprozentig auf meine Kameraden verlassen können.«

»So wie bei der Situation mit Derek«, sagte Annie.

»Ja. Es hat sie nicht gestört, dass ich eine Frau bin. Sie haben mir dennoch geholfen.«

»Mein Freund ist genauso«, sagte Annie stolz.

»Du hast einen Freund?«, fragte Aspen überrascht.

»Ja. Er heißt Frankie und lebt in Kalifornien. Aber wenn wir älter sind, dann werden wir heiraten. Ich weiß, dass ich ihm immer vertrauen kann und er mir auch. Er ist taub und wird deshalb oft von den anderen Kindern schikaniert, aber ihn stört das nicht. Er weiß, dass die anderen Kinder die Kartoffelpflanzen sind, nicht er.«

Aspen konnte sich nicht helfen, sie musste bei dem Wort »Kartoffelpflanze« jedes Mal lachen. Es war ganz klar abwertend gemeint, aber Aspen konnte Annie kaum zurechtweisen, da sie technisch gesehen kein Schimpfwort verwendete. »Es ist gut, so einen Freund zu haben.«

Annie nickte. »Was willst du machen, wenn du die Armee verlässt?«

»Ich werde meine Sanitäter-Lizenz verwenden, um

anderen zu helfen. Ich würde gern im Krankenwagen mitfahren und Erste Hilfe leisten.«

»Du meinst, wenn Leute den Notruf verständigen?«

»Genau.«

»Supercool. Das haben wir auch gemacht, als unser Haus explodiert ist. Aber los jetzt! Ich will wissen, wie ich an der Reckstange besser werden kann!«

Aspen lächelte. *Als ihr Haus explodiert ist?* Sie müsste Kane später danach fragen. Aber für den Augenblick wollte sie Derek, die Diskriminierung und all die anderen Dinge vergessen und sich ganz auf Annie konzentrieren.

# KAPITEL VIERZEHN

Brain konnte sich nicht entscheiden, ob er noch immer schlechte Laune hatte, weil Derek so furchtbar zu Aspen gewesen war, oder beeindruckt davon, wie gut sie mit der Konfrontation umgegangen war. Er hatte nicht glauben können, dass Derek sie auf diese Art und Weise angreifen würde – und das auf dem Familientag! Wahrscheinlich hatte Derek geglaubt, dass sie allein unterwegs war und er machen konnte, was er wollte.

Derek hatte sicherlich nicht damit gerechnet, dass Aspen ihm Kontra geben würde. Oder dass sie eine solch große Unterstützung haben würde. Sobald Brain sah, was los war, war er in Aspens Richtung geeilt. Er wusste, dass seine Einheit ihm folgen würde, und es überraschte ihn nicht, dass sich auch Ghosts Einheit zu ihnen gesellte. Fletch hatte sicherlich ein Auge auf Annie gehabt und sobald er bemerkte, dass etwas passierte, war er ebenfalls in ihre Richtung gekommen.

Während Brain sich noch immer den Kopf über die Situation zerbrach, schien Aspen sie schon längst vergessen zu haben. Sie redete auf dem Rückweg zu seinem Haus fast ununterbrochen über Annie und war sichtlich glücklich, dem Mädchen ein Vorbild sein zu können.

»Sie ist großartig«, sagte Aspen. »Sie hat sofort verstanden, wie viel schneller sie auf die Stange kommt, wenn sie ihr Bein benutzt. So konnte sie ihr Gewicht auf ihre Arm- und Beinmuskeln verteilen. Dann hatte sie genügend Kraft, sich ganz hochzuziehen und die Glocke zu erreichen. Sie hat gestrahlt!«

Und Brain liebte es, wenn Aspen grinste wie in diesem Moment. Er drückte ihre Hand, die auf seinem Oberschenkel lag. »Das hast du gut gemacht.«

»Das habe ich, nicht wahr?«, fragte sie.

»Geht es dir nach der Begegnung mit Spence gut?«, musste er trotzdem fragen.

Aspen seufzte. »Ja. Es war klar, dass das irgendwann passieren würde. Er ist ein Idiot und dachte wohl, dass ich allein unterwegs bin.«

»Er wird dir die Arbeit schwer machen«, sagte Brain. »Also, noch schwerer.«

»Zumindest wird er es versuchen«, stimmte Aspen zu.

Brain mochte es, dass sie seine Bedenken nicht sofort in den Wind schlug.

»Aber nach dem Vorfall vom heutigen Tag hat er mir die Entscheidung, beim Militär zu bleiben oder nicht, viel einfacher gemacht. Ich sage dem Major morgen, dass meine Zeit sich dem Ende zuneigt.«

»Ist das okay für dich?«, fragte Brain. Er konnte sich nicht vorstellen, die Armee zu verlassen; aber schließlich war es in seinem Fall auch so, dass seine Kameraden inzwischen fast zur Familie geworden waren.

»Ja, das ist es. Ich freue mich schon jetzt darauf, was die Zukunft bringen wird. Meine Dienstzeit läuft in zwei Monaten aus, aber ich bin mir sicher, dass der Major mich gleich aus der Einheit abziehen wird, um Platz für meinen Nachfolger zu machen. Das ist für alle das Beste.«

»Das ist sicherlich keine leichte Entscheidung für dich«, sagte Brain.

Aspen zuckte mit den Schultern. »Weißt du was? Mir geht es damit gut. Selbst wenn sie mich mit einem Mann ersetzen, habe ich dennoch das Gefühl, dass ich Mädchen wie Annie helfen konnte. Vielleicht hat sie eine weniger schwere Zeit, einfach weil sie nicht die erste Frau in ihrer späteren Einheit ist. Das hoffe ich zumindest.«

»Du hast bestimmt recht. Ich bin stolz auf dich.«

»Danke. Ich bin selbst stolz auf mich«, sagte Aspen.

»Ich habe mit meinem Vorgesetzten über den Orkan gesprochen, der sich über dem Golf zusammenbraut«, sagte Brain zu ihr.

Aspen blinzelte in Anbetracht des schnellen Themenwechsels. »Ja?«

»Ja. Er hat gesagt, dass der Orkan immer stärker werden und direkt nach Houston kommen wird.«

»Verdammt«, murmelte Aspen. »Dort haben in den letzten Jahren eine ganze Menge Stürme gewütet.«

»Das stimmt. Falls dieser Sturm auf seinem jetzigen Kurs bleibt, kann es sein, dass sie ein paar Freiwillige fragen werden, ob sie nach Houston ausrücken wollen, um Hilfe zu leisten.«

»Wirst du auch gehen?«, fragte sie.

Brain zuckte mit den Schultern. »Das werden wir als Einheit entscheiden. Hängt auch davon ab, was sonst noch passiert.«

Aspen begann zu lachen. »Meine Einheit wurde auch mehrmals gefragt, ob wir bei Stürmen und anderen Naturkatastrophen helfen könnten. Das war aber nie eine gemeinschaftliche Entscheidung gewesen. Das letzte Mal wollte Hamilton nicht gehen, weil eines seiner Kinder eine Theateraufführung in der Schule hatte, und Buckland wollte einfach so nicht mit. Jeder hat für sich selbst entschieden. Zu wissen, dass du und dein Team solche Entscheidungen immer gemeinsam fällen, beweist mir einmal mehr, dass ich die richtige Entscheidung getroffen habe.« Sie drückte seine Hand und drehte sich im Autositz zu ihm. »Wenn ihr dort hingeht, komme ich mit«, sagte sie zu ihm.

Brain lächelte. »Okay.«

»Einfach so?«, fragte sie skeptisch.

»Einfach so«, stimmte er zu. »Du hast mehr als einmal bewiesen, dass du weißt, was du tust. Du wärst eine Bereicherung für unser Team und ich würde mich freuen, dich an meiner Seite zu haben.«

Aspen lächelte. Sie entzog ihre Hand aus seinem Griff und legte sie flach auf seinen Oberschenkel. »Ich glaube, ich muss dir dafür danken, dass du mir heute zu Hilfe gekommen bist, auch wenn ich eigentlich keine Unterstützung gebraucht hätte.«

»Ist das so?«, fragte Brain.

»Aber natürlich.«

Mit den Fingern strich sie an der Innenseite seines Schenkels entlang und Brain ergriff ihre Hand erneut, um sie zu stoppen. »Nicht dass ich noch einen Unfall baue.«

Aspen lächelte. »Natürlich nicht. Aber du kannst gern schneller fahren. Ich will dich, Kane.«

Er blickte zu ihr hinüber und sah, dass sie ihn direkt anschaute. Offen. Ehrlich.

Ohne ein weiteres Wort drückte er aufs Gaspedal und sein Challenger machte einen Satz nach vorn.

Aspen lachte ihn an.

Brain hatte schon oft davon geträumt, mit Aspen das

Bett zu teilen, aber er hatte sich bis jetzt zurückgehalten, weil er sie nicht drängen wollte. Schon lange wusste er, dass er mehr von Aspen wollte als nur Händchen mit ihr zu halten und sie zu küssen, aber er hatte kein Problem damit, die Dinge in ihrer Geschwindigkeit anzugehen. Sie richtig kennenzulernen. Sie zu küssen und in den Armen zu halten war bis jetzt immer genug gewesen.

Er hätte ewig auf sie gewartet; das Wichtigste war ihm, dass sie ihn genauso sehr wollte wie er sie. Dennoch freute er sich, dass er nicht mehr länger auf sie warten musste.

»Bist du sicher?«, fragte er, weil er keine Missverständnisse zwischen ihnen aufkommen lassen wollte.

»Ja«, sagte sie einfach.

Um sich von dem Gefühl ihrer Hand auf seinem Oberschenkel abzulenken, sagte Brain: »Ich habe Kondome im Haus. Ich lasse mich regelmäßig testen, aber ich will nicht, dass du dir bei unserem ersten Mal um irgendetwas Sorgen machen musst.«

»Ich nehme die Pille«, sagte sie zu ihm. »Als Teenager hatte ich eine Zyste am Eierstock. Mir wurde die Pille verschrieben, damit sich keine neuen Zysten formen.«

Brain konnte das Adrenalin in seinen Adern fühlen. Aber er wollte sich nicht darauf einlassen. »Nein, ich will beim ersten Mal ein Kondom benutzen, bis du dich mit mir wirklich sicher fühlst.«

»Okay. Aber Kane? Ich vertraue dir. Sonst würde ich nicht mit dir schlafen wollen. Und nur damit du es weißt: Ich springe nicht mit jedem ins Bett. Ich hatte die letzten drei Jahre keinen Sex.«

Brain versuchte, sich auf das Gespräch und gleichzeitig auf die Straße zu konzentrieren. »Drei Jahre?«

»Ja. Aber keine Angst, ich habe mich gut um mich selbst kümmern können«, sagte sie mit Schalk in der Stimme.

Sie brachte ihn mit ihrem Kommentar fast um. Dass sie darüber sprach, wie sie sich selbst berührte, brachte ihm schneller eine Erektion, als er glauben konnte.

Aspen hatte das natürlich mitbekommen und kicherte. »Ein schöner Gedanke?«

»Und wie«, murmelte Brain. »Ich hoffe, dass ich nicht sofort komme, wenn wir miteinander schlafen. Allein der Gedanke daran, wie du dich selbst berührst und dich zum Kommen bringst ...«

»Selbst wenn du sofort kommst, kannst du mich sicher gut unterhalten, bis du weitermachen kannst«, sagte sie mit lockerem Ton.

»Auf jeden Fall«, versicherte Brain ihr. »Aber eigentlich will ich nicht kommen, bevor du einen Orgasmus hattest. Mindestens einen.«

»Mindestens?«, fragte sie und zog die Augenbrauen hoch.

»Mindestens«, bestätigte er.

»Ich glaube, du fährst zu langsam«, sagte Aspen zu ihm und klang dabei etwas außer Atem.

Brain lächelte und drückte noch ein bisschen mehr aufs Gaspedal. Hoffentlich wurden sie nicht von der Polizei angehalten. Das war das Letzte, was er wollte. Er konnte kaum an etwas anderes denken als daran, wie Aspen sich wohl anfühlen würde.

---

Aspen wusste, dass sie nicht gerade subtil war, aber sie konnte sich nicht helfen. Sie war mehr als bereit dazu, mit Kane zu schlafen. Als sie nach der Rückkehr aus Afghanistan begonnen hatten, offiziell ein Paar zu sein, war sie in Bezug auf ihre starken Gefühle für Kane verunsichert gewesen. Sie hatte das Gefühl gehabt, dass alles viel zu schnell ging und dass sie sich zu schnell zu stark zu ihm hingezogen fühlte. Aber je mehr Zeit sie mit ihm verbrachte, desto sicherer fühlte sie sich mit ihm ... in Bezug auf ihren Körper und auf ihr Herz.

Kane war einer der Guten. Sie wusste das ganz tief drin. Als sie letzte Nacht in seinen Armen gelegen hatte, war ihr das sehr bewusst geworden.

Sie liebte ihn. Liebte es, in seinen Armen zu liegen. Liebte es, neben ihm einzuschlafen und am nächsten Morgen wieder neben ihm aufzuwachen.

Auch wenn er mal schlechte Laune hatte, so ließ er das nie an ihr aus. Er war ein guter Freund, ein guter Kamerad, ein mutiger Soldat, und sie wollte ihm noch näherkommen.

Miteinander zu schlafen barg natürlich ein Risiko. Ihrer Lust füreinander nachzugeben könnte bedeuten, dass ihre Gefühle füreinander nachließen ... aber das glaubte sie nicht. Sie war sich sicher, dass größere Intimität in ihrer Beziehung sie nur noch enger zusammenkommen ließe. Die Zukunft würde es zeigen.

Sie wollte die Sache mit Derek und ihren baldigen Austritt aus dem Militär vergessen und einfach ihre Zeit mit Kane genießen.

Er fuhr seine Einfahrt hinauf in seine Garage und war schon ausgestiegen und auf ihre Seite des Autos gelaufen, bevor sie den Gurt gelöst hatte.

Sie musste grinsten angesichts seines Eifers. Er half ihr aus dem Wagen und schlang ohne Worte einen Arm um ihre Hüfte, um sie ins Haus zu geleiten. Keine Sekunde, nachdem die Haustür hinter ihr ins Schloss gefallen war, fand er mit seinen Lippen die ihren und drückte sie gegen die Wand im Flur.

Zum ersten Mal in ihrem Leben ließ Aspen los. Sie

machte sich keine Gedanken darüber, ob sie zu begierig wirkte – oder zu wenig begierig. Sie dachte nicht darüber nach, was sie mit ihren Händen tun sollte oder ob sie sich zu schnell oder zu langsam bewegte.

Was sie tat, fühlte sich instinktiv richtig an.

Während Kane sie tief und innig küsste, fand sie mit den Händen den Weg unter sein T-Shirt und zu seinem Oberkörper. Sie massierte seine beeindruckenden Muskeln und fand seine Brustwarzen. Kane brummte und hob den Kopf, aber Aspen wollte nicht, dass er aufhörte. Sie wollte nicht, dass er sich abwandte. Sie wollte ihn. Jetzt.

Sie zupfte an seinem Hemd; er verstand die Aufforderung und zog es aus. Aspen senkte den Kopf, um einen seiner Nippel in den Mund zu nehmen, biss spielerisch hinein und saugte dann daran – hart.

Er grunzte und bevor sie ihn losließ, hatte er sie hochgehoben. Sie schlang ihre Beine um seine Hüfte und lachte, während er auf die Treppe zuging.

Sie hatte keine Angst davor, dass er sie fallen lassen könnte. Sie fühlte sich sicher in seinen Armen. Sie schlang die Arme um seine Schultern und hielt sich fest, während er sie in sein Schlafzimmer trug. Die Decke war noch immer so zurückgeschlagen, wie sie sie heute Morgen hinterlassen hatten.

Ohne Warnung ließ Kane sie auf die Matratze fallen.

Aspen kicherte erneut. Aber als sie die unverhohlene Lust in seinen Augen sah, verschwand der Humor aus ihrer Stimme.

»Ausziehen«, sagte er mit tiefer, rauer Stimme und gestikulierte in Richtung T-Shirt.

Aspen sollte es ihm nicht so einfach machen. Wahrscheinlich wäre es weise, die Sache langsam und bedacht anzugehen und sich nur langsam auszuziehen. Aber sie hatten beide lange genug gewartet. Sie zog sich das Hemd über den Kopf und angelte nach dem Verschluss ihres BHs.

Kane hatte inzwischen seine Socken und Schuhe ausgezogen und öffnete, während sie zuschaute, seine Hose und zog sie samt Boxershorts aus. Aspen legte sich mit dem Rücken aufs Bett und öffnete ihre kurze Hose. Sie streifte ihre Schuhe ab und hob ihre Hüfte an. Kane war zur Stelle, um ihr zu helfen, die kurze Hose und die Unterwäsche loszuwerden. Dann waren sie beide vollkommen nackt.

Aspen fühlte keine Selbstzweifel, sich Kane so zu zeigen. Sie hob die Arme über den Kopf und räkelte sich auf der Matratze, wobei sie ihre Beine leicht öffnete. Sie hatte sich selten so schön gefühlt wie in diesem Augenblick, als sie den Ausdruck auf Kanes Gesicht und seinen steifen Schwanz sah.

Kane stand wie erstarrt neben dem Bett und starrte sie an, als würde er jede noch so winzige Kleinigkeit des Moments verinnerlichen wollen. Aspen spürte, wie ihre Nippel hart und steif wurden. Auf der einen Seite wollte sie, dass Kane sich zu ihr lehnte, auf der anderen genoss sie den Augenblick, an den sie sich ihr restliches Leben erinnern wollte.

»Verdammt«, flüsterte Kane. »Ich weiß nicht, wo ich anfangen soll.«

Aspen lächelte und streckte ihm eine Hand entgegen. »Wie wär's mit einem Kuss?«, fragte sie neckisch.

Er ergriff ihre Hand und im nächsten Moment lag Kane auf ihr. Nicht neben ihr, sondern über ihr. Ein paar Lusttropfen verteilten sich auf ihrem Oberschenkel, als er vorsichtig die richtige Position suchte, und sie öffnete die Beine etwas weiter, um ihm Raum zu geben.

Weil sie fast gleich groß waren, konnte sie seinen erigierten Schwanz zwischen ihren Schenkeln spüren und gleichzeitig kitzelten seine Brusthaare ihre empfindlichen Nippel. Er stützte sich auf seinen Ellbogen ab und strich ihr mit beiden Händen durch die Haare.

Für einen langen Moment starrte er sie einfach an. Es fühlte sich nicht seltsam an. Ihre Blicke trafen sich, verfingen sich ineinander. Vielleicht konnte sie in diesem Moment sogar bis in seine Seele sehen.

»Ich will es langsam angehen. Ich will mich an jeden Zentimeter deines schönen Körpers erinnern. Ich will wissen, was dich anmacht und was dich zur Ekstase bringt. Ich will deine Muschi erkunden und deinen Geschmack kennenlernen. Ich will, dass du in meinen Armen, durch meine Hände, durch meine Zunge und meinen Schwanz zum Orgasmus kommst; ich will sehen, wie du in meinen Armen zerfließt.«

Mit jedem Wort aus seinem Mund wurde Aspen feuchter. Er hatte sie kaum berührt und sie war schon mehr als bereit, ihn zu empfangen.

»Ich bin kurz vor dem Höhepunkt und das nur durch deinen Anblick«, fuhr er fort. »Ich kann deine Brüste an meinem Oberkörper spüren. Ich kann sehen, wie sich deine Pupillen lustvoll geweitet haben. Ich kann spüren, wie du deine Hüfte gegen meine reibst ... und ich kann an nichts anderes denken, als in dir zu sein.«

»Wir haben genügend Zeit, uns gegenseitig zu erkunden ... später«, sagte Aspen zu ihm. »Ich will dich. In mir. Sofort.«

Ohne ein weiteres Wort lehnte Kane sich über sie und öffnete seine Nachttischschublade. Er griff nach einer Kondomverpackung und öffnete sie gekonnt mit den Zähnen. Er lehnte sich für einen Moment auf einen Hüftknochen und zog sich das Kondom über, dann legte er sich wieder über sie.

»Sehr elegant«, neckte Aspen ihn.

Kane lief rot an. »Ich habe geübt. Ich wusste, dass ich zum kompletten Tollpatsch werden würde, sobald du in meinem Bett liegst. Deshalb habe ich eine Schachtel Kondome gekauft und jeden Abend geübt, bevor ich masturbiert habe. Dann habe ich das Kondom heruntergerissen, mir einen runtergeholt und jeden Abend davon geträumt, dass du bei mir bist.«

Sie fand ihn reizend. Selten hatte sie den Sonderling so sehr durchscheinen sehen wie in diesem Moment, als er zugab, dass er mit den Kondomen geübt hatte. Aber in diesem Moment konnte sie nur noch daran denken, ihn in sich zu spüren. Sie bewegte sich ein bisschen, bis sie eine Hand zwischen ihre Oberkörper manövriert hatte, und klopfte ihm auf den Oberschenkel. »Kannst du dich ein bisschen nach oben stemmen?«, fragte sie leise.

Das tat er und Aspen legte die Hand um seinen Schwanz. Er war nicht riesig, aber sicherlich auch nicht klein. Er hatte die perfekte Größe für sie.

Sie konnte sich nicht davon abhalten, einmal sanft zuzudrücken, und Kane stöhnte.

Weil sie ihr Vorspiel nicht unnötig verlängern wollte, führte Aspen Kanes Schwanz sanft an ihre Muschi.

»Wie ich gesagt habe, es ist schon eine Weile her«, sagte sie zu ihm. »Sei bitte vorsichtig.«

Kane nickte und sie fühlte, wie er langsam in sie hineinglitt. Aspen griff nach seiner Hand und konnte den Blick nicht vom ihm abwenden. Langsam, ganz langsam versenkte er seine ganze Länge zwischen ihren Falten.

Sie verspürte nur den leisesten Anflug von Schmerz, dann konnte sie seine Schamhaare an ihren fühlen. Er war in ihr. Sie spannte ihre Muskeln an und er stöhnte.

»Oh, mein Schatz, du bist so eng. Tue ich dir weh?«

»Nein«, versicherte sie ihm. »Du bist perfekt.«

Sie verharrten so für einen langen Moment. So lange, dass Aspen fragte: »Kane?«

»Gib mir noch ein paar Sekunden«, antwortete Kane mit zusammengebissenen Zähnen. »Wenn ich mich jetzt bewege, dann komme ich sofort, und ich würde das gern noch ein bisschen genießen.«

Aspen lächelte. Es fühlte sich extrem gut an, dass sie es ihm so schwer machte, sich zu kontrollieren. Sie kannte viele Frauen, die genervt waren, weil ihre Partner zu schnell zum Höhepunkt kamen, aber in ihren Augen war das ein Kompliment.

Dann atmete Kane tief ein, so tief, dass sie es in ihrem eigenen Bauch fühlen konnte, und stützte sich auf, sodass er zwischen ihren Körpern an ihr hinuntersehen konnte.

»Das ist so geil«, sagte er, mehr zu sich selbst als zu ihr.

Aspen folgte seinem Blick nach unten und musste zustimmen. Sie konnte sehen, wie ihre erregten Brustwarzen in die Höhe ragten, sah ihren kleinen Bauchansatz, der auch trotz harten Trainings nie ganz verschwand, und sah dann, wie sich die Haare in ihrem Intimbereich vermischten. Sie kürzte ihre Haare dort immer sehr akribisch und er auch.

Dann bewegte Kane seine Hüfte nach oben und sie sah, wie sein Schwanz langsam aus ihr herausglitt; das Kondom glänzte von ihrer Feuchte.

»Sieh genau hin«, befahl er, aber Aspen wollte gar nicht wegsehen. Er stieß in sie hinein und die Tatsache, dass sie ihm dabei zusah, machte die Situation noch intimer.

»So ist es richtig, nimm mich«, sagte sie leise. Er zog sich zurück und stieß erneut zu. Und noch mal. Aspen konnte kaum wegsehen, so erotisch war der Anblick seines harten Schwanzes, mit dem er immer wieder zustieß.

»Du fühlst dich wunderbar an«, flüsterte er ihr zu. »Heiß, feucht, eng. Du drückst mich aus wie einen nassen Schwamm.«

Es überraschte sie, dass Kane ein Fan von Verbalerotik war. Er bezeichnete sich zwar als Sonderling, verhielt sich im Moment aber ganz und gar nicht so.

Dann schreckte er sie auf, indem er ihre Hüften so schnell zusammenbrachte, dass ihre nackte Haut hörbar aufeinanderprallte.

Sie beide stöhnten.

»Entschuldige«, sagte er sofort.

»Nicht entschuldigen. Noch mal«, befahl Aspen.

Kane grinste und zog seinen Schwanz langsam aus ihr heraus, bis nur noch die Spitze sie berührte, und rammte seine gesamte Länge mit Schwung wieder in sie hinein. Aspen warf den Kopf in den Nacken und stöhnte.

»Das gefällt dir«, sagte er.

Es war keine Frage, aber Aspen nickte. »Langsamer Sex ist ganz nett, aber schnell gefällt es mir am besten«, sagte sie zu ihm.

»Kannst du so kommen?«, fragte er und stieß erneut in sie hinein.

Aspen lächelte. »Nein, aber es fühlt sich toll an.«

»Mach es dir selbst«, befahl Kane.

Überrascht sah Aspen ihn an.

»Ich will dich kommen spüren, während ich in dir bin. Aber lange werde ich nicht mehr durchhalten, wenn ich dich schnell und hart vögeln soll. Du fühlst dich einfach zu gut an. Aber es wäre eine Schande, wenn du bei unserem ersten Mal nicht kommst.«

»Das ist okay, Kane.«

»Ist es nicht. Mach es dir selbst, Schatz, zeig mir, was dir gefällt. Langsam und gleichmäßig, oder hart und schnell?«

Aspen fühlte sich etwas entblößt, als sie ihre Hand zwischen ihre Körper bewegte. Kane stützte sich nun auf seinen beiden Händen ab und lehnte sich über sie, während sie begann, ihre Klitoris zu streicheln.

Sie masturbierte öfter, als sie zugeben wollte, aber nichts hatte sich je so gut angefühlt wie Kanes Schwanz, der ihre Muschi ausfüllte, während sie sich selbst berührte.

»Ich kann fühlen, wie sich deine Muskeln um mich herum anspannen«, sagte Kane, als sie anfing, ihre Finger schneller zu bewegen. »Oh Gott, das ist fantastisch. Hör nicht auf.«

Aspen konzentrierte sich auf ihre Klitoris, während ihr Orgasmus immer näher und näher kam. Sie drückte den Rücken durch, doch da Kane über ihr lag, konnte sie sich kaum in diese Richtung bewegen. Ihre Muskeln spannten sich immer mehr an und sie versuchte, die Beine zusammenzupressen, aber auch hieran hinderte Kane sie. Der Orgasmus, der immer schneller in ihr aufstieg, fühlte sich so mächtig an, dass sie verängstigt aufhörte, ihre Hand zu bewegen.

Aber Kane ließ ihr das nicht durchgehen. Er verlagerte sein Gewicht so weit, dass er selbst ihre Klitoris erreichen konnte, und nahm die von ihr vernachlässigte Arbeit wieder auf.

Seine Finger waren von Hornhaut überzogen und fühlten sich an ihrer empfindlichsten Stelle rauer an als ihre eigenen. Ihre Schamlippen waren inzwischen vollkommen feucht und seine Finger bewegten sich mit Einfachheit um und auf ihrer Klitoris hin und her. Mit jeder Berührung kam sie dem Höhepunkt näher. Aspen griff nach seinen Oberarmen und krallte sich so stark an ihm fest, dass ihre Fingernägel sich in sein Fleisch bohrten, in einem letzten Versuch, ihren Orgasmus hinauszuzögern. Sie wusste, dass sie in tausend Teile zerspringen würde und dass es nur seine Berührung war, die sie zusammenhielt.

Sie war dem Orgasmus so nahe, dass Kanes Berührungen schon fast schmerzten. Und dann übermannte der Höhepunkt sie. Ihr Bauch zog sich zusammen, ihre Beine zitterten und sie wurde von einer Welle des Glücks überschüttet, wie sie es noch nie erlebt hatte.

Und gerade, als sie dachte, dass Kane ihr Zeit geben würde, um sich von ihrem immensen Orgasmus zu erholen, stöhnte er auf und begann, sich in sie hineinzustoßen. Hart und schnell. Ihre Brüste hüpften bei jedem weiteren Stoß auf und ab und plötzlich überkam sie der zweite Höhepunkt wie aus dem Nichts.

»Gott, das fühlt sich so gut an! Das kannst du dir gar nicht vorstellen«, stieß Kane hervor, während er den Rhythmus beibehielt und sie weiter vögelte.

»Ich ... glaube ... schon«, sagte Aspen zwischen seinen lustvollen Attacken.

»Ich kann nicht mehr – ich komme«, rief Kane zwischen zusammengebissenen Zähnen hervor. Dann griff er nach Aspens Hintern und zog sie, so nahe es ging, zu sich heran, und versenkte seinen Schwanz so tief es ging in ihr – und kam.

Er schrie, während das Sperma heiß aus ihm herausspritzte, sein Gesicht zu einer lustvollen Grimasse verzogen, die Aspen eine Gänsehaut über den Rücken jagte. Er sah heiß aus, wenn er kam. Seine Augen waren geschlossen, sein Kopf in den Nacken geworfen und sie konnte die spasmischen Bewegungen seiner Muskeln in ihrem eigenen Körper fühlen. Wegen des Kondoms konnte sie sein Sperma nicht allzu sehr spüren, aber darüber war sie fast froh. Ihr Sex war so intensiv gewesen, dass sie nicht wusste, ob sie noch mehr Intimität vertragen hätte.

Ohne Warnung öffnete Kane die Augen und sah sie an. Er wirkte etwas betrunken, auch wenn Aspen wusste, dass er es nicht war. »Verdammt«, murmelte er und drehte sich dann in einer fließenden Bewegung auf die Seite, ihre Hüften noch immer an seine gepresst. Er landete auf dem Rücken und Aspen lag nun auf ihm. Sie brachte ihre Beine unter sich und setzte sich auf.

Lächelnd bewegte sie die Hüften und er stöhnte. »Willst du mich etwa umbringen?«, fragte er sie.

Aspen wusste, dass sie in diesem Moment wie eine Verrückte aussehen musste. Sie hatte ein riesiges Grinsen auf den Lippen, ihre Haare standen sicherlich in alle Richtungen ab, ihre Brust war von ihrem Orgasmus noch schweißnass und ihre Brüste hingen in Kanes Gesicht. Aber das machte ihr nichts aus.

»Das wäre kein schlechter Tod«, scherzte sie.

Kanes Lächeln brachte ihr Herz fast zum Stehen. Sie hatte ihn noch nie so ... zufrieden gesehen. Sie liebte es, dass sie es geschafft hatte, ihn in diesen Zustand zu versetzen. »Und du hast mich ›Schatz‹ genannt«, sagte sie lächelnd.

»Das stimmt«, erwiderte er. »Ich habe dir doch gesagt, im Bett bist du mein Schatz. Aber wenn wir unterwegs sind, dann werde ich dich weiter *chérie*, *darling*, *dorogoy* oder *gráinne* nennen. So gern ich jetzt jedoch genau in dieser Position würde bleiben wollen, muss ich mich doch langsam um das Kondom kümmern.«

Aspen rümpfte die Nase. Sie wollte sich nicht bewegen.

Kane streckte eine Hand nach ihr aus und strich eine ihrer wilden Haarsträhnen hinter ihr Ohr. »Ich weiß. Ich will mich auch nicht bewegen. Ich finde es so ganz gemütlich.«

Mit einem Seufzer kletterte Aspen aus seinem Schoß

und die beiden atmeten kurz ein, als sein Schwanz aus ihr glitt. Er landete mit einem klatschenden Geräusch auf seinem Bauch. Sie musste lachen.

»Lachst du etwa über meine Männlichkeit?«, drohte Kane im Scherz.

»Nein, niemals«, versicherte sie schnell.

Kane schmunzelte. »Beweg dich nicht, ich bin gleich zurück.«

Dann kletterte er aus dem Bett und verschwand ins Badezimmer. Aspen sah nicht weg. Sie verschlang ihn mit ihren Blicken. Sein Hintern war ein Anblick für die Götter. An Kane war kein Gramm Fett zu viel. Er brauchte keine fünfzehn Sekunden, um wieder zurück ins Schlafzimmer zu kommen. Sie machte keinen Hehl daraus, dass sie die Zeit dazu nutzte, seine Vorderseite zu bewundern.

Sein Schwanz war lang; kein Wunder, dass sie ihn so tief in sich gespürt hatte. Er war dafür nicht ganz so dick; dennoch wunderte sie sich, wie einfach es ihr gefallen war, ihn ganz in sich aufzunehmen, weil es ja durchaus einige Zeit her gewesen war, dass sie das letzte Mal mit einem Mann geschlafen hatte.

Anstatt zurück zu ihr ins Bett zu steigen, lehnte Kane sich zu ihr, packte sie an den Hüften und zog sie sanft zur Seite des Bettes. Er kniete sich auf den Boden und spreizte ihre Beine.

»Kane?«, rief Aspen.

»Was ist?«, fragte er abgelenkt. Er ließ seinen Daumen über ihren Venushügel gleiten und verteilte die verbliebene Feuchte über ihre äußeren Schamlippen.

»Was machst du da?«

»Nachtisch«, sagte er mit einem Grinsen im Gesicht und ließ den Kopf zwischen ihre Beine sinken. Danach konnte Aspen eine ganze Zeit nichts mehr sagen, denn Kane gab sein Allerbestes, um sie ein weiteres Mal über den Abgrund zu schicken.

---

Brain wusste nicht, wie viel Uhr es war, und es interessierte ihn auch nicht. Er hielt Aspen in seinen Armen und lächelte, als sie leicht zu schnarchen begann. Sie hatten das Bett nicht verlassen, seit sie von dem Familientag heimgekommen waren. Miteinander zu schlafen hatte seine Lust abebben lassen, aber er hatte ihren Körper noch lange nicht so erkundet, wie er es gern wollte.

Mit Aspen fühlte er sich nicht wie der Außenseiter, der er sein ganzes Leben gewesen war. Er hatte noch nie eine solch intensive Verbindung zu einem anderen Menschen empfunden. Und selten hatte er Sex so sehr entgegengefiebert. Er war lange Jungfrau gewesen. Das lag auch daran, dass er bis weit in seine Zwanziger kaum von Mädchen in seinem Alter umgeben gewesen war. Aber er hatte während dieser Zeit selten große Lust auf Sex verspürt.

Aber von Aspen konnte er nicht genug bekommen. Vor dem heutigen Tag hatte er sich lange Gedanken gemacht, ob er in der Lage sein würde, sie sexuell zu befriedigen und ihr Lust zu bereiten. Aber sobald sie in seinen Armen lag, hatte sein Instinkt die Oberhand gewonnen. Ihren Orgasmus zu fühlen, während er tief in ihr war, würde er niemals vergessen. Als er sie so unter sich liegen sah, vor Vergnügen und Verlangen fast am Zerreißen, und als ihr Höhepunkt ihr dann die reinste Ekstase bescherte, hatte er sich wie ein richtiger Mann gefühlt.

Danach musste er einfach ihren Geschmack kennenlernen und ihr so nahe sein, wie es nur ging. Er hatte sie zu einem weiteren Orgasmus geleckt und seine Finger benutzt, um mit ihrem Eingang zu spielen. Das Gefühl ihrer sich anspannenden Muskeln an seinen Fingern war faszinierend gewesen – ein Geschenk. Er hatte ihr ein kleines Nickerchen gegönnt, aber er war noch immer nicht befriedigt. Nach einiger Zeit hatte er sie sanft wieder aufgeweckt und sich dieses Mal ausgiebig mit ihren Brüsten beschäftigt, bevor sie erneut Sex hatten.

Die Kondome waren nervig; er hoffte, dass sie sich bald genug vertrauen würden, um sie wegzulassen.

Aspen war eine gute Partnerin im Bett; sie wusste, wie man einem Mann Vergnügen bereitet. Als sie ihre Lippen um seinen Schwanz legte und zu ihm aufschaute, war er kurz vor dem Höhepunkt, obwohl sie sich noch nicht einmal bewegt hatte.

Alles an Aspen war perfekt. Und er war in sie verliebt. Er hatte gedacht, dass ihm dieser Gedanke Angst machen würde ... aber dem war nicht so.

Sie bewegte sich in seinen Armen und er ließ ihr ihren Freiraum. Sie rollte sich auf die Seite und er umarmte sie von hinten. Sie bewegte unbewusst ihren Hintern an seinem Schritt und er bekam als Reaktion sofort eine Erektion. Aber Brain hatte nicht vor, sich in diesem Moment darum zu kümmern. Er hatte die dumpfe Vermutung, dass er in nächster Zeit in ihrer Gegenwart öfter mit solchen Überreaktionen zu kämpfen haben würde. Er schlang die Arme um sie und zog sie enger zu sich heran.

»Kane?«

»Ja, mein Schatz?«

»Ich liebe dich.«

Er erstarrte.

Als sie nichts mehr sagte, flüsterte er leise: »Aspen?«

Keine Antwort. Sie war erschöpft und wahrscheinlich hatte sie keine Ahnung, was sie gesagt hatte.

Brain wusste, dass er diesen Moment niemals vergessen würde, während ihm langsam die Augen zufielen. Wahrscheinlich hatte sie halb im Schlaf geredet, als sie diese magischen Worte gesagt hatte, aber Kane würde alles daransetzen, dass sie sie wieder zu ihm sagte, wenn sie es wirklich ernst meinte.

Jetzt reichte es, ihr einen Kuss auf den Hinterkopf zu geben und leise zu flüstern: »Ich dich auch.«

Dann schloss er die Augen und schlief ein.

---

Derek Spence ging in seiner Wohnung auf und ab und sprach mit sich selbst.

Er wusste, dass er endlich darüber hinwegkommen musste, dass Mesmer mit ihm Schluss gemacht hatte ... aber er konnte es einfach nicht. Sie hatte ihn zurückgewiesen. Und sie hatte ihn gedemütigt, als sie diesen Vollidioten in der Kneipe küsste. Ihm war klar, dass sie den Typen vor diesem Abend nicht einmal gekannt hatte. Glaubte sie wirklich, dass er zu blöd war, um ihr Spiel zu durchschauen?

Aber der Typ war nicht irgendwer. Er war ein Delta-Soldat. Und die dachten alle, dass ihnen die Welt zu Füßen lag.

Derek wusste, dass er Akhund allein zur Strecke gebracht hätte, hätte er nur ein bisschen mehr Zeit gehabt. Aber nein, das verdammte Delta-Team wurde angeheuert und hatte ihm die Mission aus den Händen gerissen. Und um die Sache noch schlimmer zu machen, hatten sie keine Woche gebraucht, um den Terroristen zu finden und auszuschalten.

Und nicht nur das – Derek hatte eine Verwarnung erhalten. Eine verdammte Verwarnung! Sie würde sein restliches Leben in seiner Akte stehen. Was für ein Scheiß.

Er hatte immer alles getan, was das Militär von ihm verlangt hatte. Er hatte mehr als einmal sein eigenes Leben aufs Spiel gesetzt, und das sollte nun der Dank dafür sein? Eine Verwarnung, weil er versucht hatte, seinen Job zu machen?

Natürlich war es ihm nicht gelungen, Akhund ausfindig zu machen. Er hatte ja auch einen großen Nachteil.

Mesmer.

Er kannte keine einzige andere Ranger-Einheit, die sich mit einer Frau rumschlagen musste. Sie war langsamer und schwächer als die anderen und behinderte sie ständig bei ihrer Arbeit. Er war so nahe dran gewesen, Akhund dingfest zu machen, doch dann hatte sie alles zerstört. Sie hätte sich einfach allein durchschlagen müssen; so wie jeder richtige Soldat es getan hätte. Derek war sich sicher, dass sie die anderen Männer dazu angestachelt hatte, eine Beschwerde über ihn beim Major einzureichen, was dann zu seiner Verwarnung geführt hatte.

Dabei war es Mesmer, die eine Verwarnung bekommen sollte. Warum merkte denn niemand, was für eine schlechte Idee es war, eine Frau in einer Ranger-Einheit zuzulassen? Frauen konnten nicht mit Kampfsituationen umgehen. Aber nein, nun wanderte sie mit ihren neuen Delta-Freunden über den Stützpunkt, als würde ihr die Welt gehören.

Diese Verwarnung ging ganz auf Mesmers Kappe. Hätte er sie nicht ans Bein gebunden bekommen, wäre es ihm ein Leichtes gewesen, Akhund zu fangen – und er hätte anstatt einer Verwarnung eine verdammte Medaille erhalten.

Sie musste dafür bezahlen, dass sie seine Mission ruiniert hatte. Sie und dieser verdammte Delta-Typ.

Er war sich noch nicht sicher, wie er das anstellen wollte. Aber er wollte alles daransetzen, dass Mesmer es bereute, ihn verlassen und seine Karriere zerstört zu haben. Und sie sollte es ebenso bereuen, dass sie dieses Arschloch in der Kneipe geküsst hatte.

Niemand ließ Derek Spence schlecht dastehen. Er war ein verdammter Ranger – und jemand, mit dem man sich besser nicht anlegte.

# KAPITEL FÜNFZEHN

Die nächste Woche ging für Aspen vorüber wie im Flug. Sie verbrachte jede Nacht mit Kane und fühlte sich ihm noch näher als zuvor. Natürlich war der Sex atemberaubend. Aber auch, wenn sie dafür zu müde waren und abends einfach nebeneinander im Bett lagen und sich umarmten, genoss sie die Intimität ihrer Beziehung.

Beide waren auf der Arbeit sehr gefordert. Aspen hatte die ersten Schritte in die Wege geleitet, um das Militär zu verlassen. Sie war gleichzeitig traurig und aufgeregt. Sie hatte anfangen, ernsthaft nach Jobangeboten zu suchen, und stand nun vor der Entscheidung, ob sie als Rettungssanitäterin in Killeen bleiben, oder aber auch Angebote in Temple oder Georgetown in die engere Auswahl nehmen wollte. Sie wollte nicht zu weit von Fort Hood entfernt arbeiten, weil Kane weiterhin auf dem Stützpunkt stationiert sein würde.

Das Gute an dem Beruf als Rettungssanitäter war, dass sie relativ unabhängig in der Ortswahl war. Sanitäter wurden überall gesucht. Das könnte sich als Vorteil erweisen, falls Kane je versetzt werden sollte. Natürlich bestand immer die Chance, dass sie und Kane in Zukunft nicht zusammenbleiben würden, aber das erschien ihr im Moment unwahrscheinlich.

Das Einzige, was ihre Laune im Moment trübte, war das Wetter.

Vor drei Tagen hatte der nationale Wetterdienst vorhergesagt, dass der Wirbelsturm Florence mit einer fünfundachtzigprozentigen Wahrscheinlichkeit die Küste bei Houston, Texas treffen würde. Der Sturm war um eine Gefahrenstufe nach oben gerutscht und es bestand große Sorge, dass der Sturm aufgrund der geografischen Gegebenheiten in der Region bis zu vierundzwanzig Stunden über Houston verbleiben würde.

Leider sollte die Vorhersage recht behalten. Über Houston und die Küstenregion ging ein starker Regenguss nieder, der tagelang anhielt. Militäreinheiten waren schon früh geschickt worden, um bei der Rettung der Leute zu helfen, die in ihren Autos und Häusern gefangen waren, und um die Region zu sichern, bis das Hochwasser nachließ.

Aspen war bei Kane und sie schliefen beide noch, als eines Morgens das Telefon klingelte. Sie setzte sich halb auf, während Kane den Hörer abnahm.

»Hallo?«

Aspen stellte mit einem Blick auf ihr Handy fest, dass es halb fünf in der Früh war.

»Natürlich. Wir sind auf dem Weg«, sagte Kane zu der Person am anderen Ende der Leitung, dann legte er auf und umarmte sie.

»Wer war das?«, fragte sie.

»Trigger. Wir machen uns gleich auf den Weg nach Houston.«

Aspen stützte sich auf einem Ellbogen ab und sah ihn

an. Das Licht aus dem Badezimmer, das sie am vorherigen Abend wohl vergessen hatten auszumachen, spendete ihr genügend Helligkeit, um sein Gesicht sehen zu können. »Wir?«

»Ja. Du, ich und der Rest der Einheit. Wir.«

»Bist du sicher, dass ich mitkommen kann?«

»Natürlich. Warum nicht?«, fragte er. »Wir haben doch darüber geredet. Du hast von deinem Major das Okay bekommen und unser Vorgesetzter ist begeistert, eine Feldsanitäterin dabei zu haben.«

»Es ist nur ... ich weiß auch nicht. Ich habe es einfach noch nie erlebt, dass meine Anwesenheit aktiv verlangt wird.«

Kane lachte sie nicht aus, sondern brachte eine Hand an ihr Gesicht und strich ihr mit dem Daumen über die Wange. »An dem Tag, an dem du dem Major sagtest, dass du die Armee verlassen wirst, hatte er schon deinen Nachfolger in deine ehemalige Einheit geholt. Du hast Buckland, Hamilton und die anderen seitdem nicht gesehen. Außerdem wird es bei dieser Mission nicht die gleiche Kommando-Struktur geben wie sonst, also auch keine richtigen ›Einheiten‹. Wir gehen zusammen hin und teilen uns dann so auf, wie es für die Hilfs- und Rettungsarbeiten nötig ist.«

»Okay.«

»Ich hätte gern, dass wir während der Einsätze zusammenbleiben, wann immer es möglich ist. Die Einheit verteilt sich vielleicht, aber ich will, dass wir nicht getrennt arbeiten. Ich will nicht zu beschützerisch wirken, aber die Leute in der Region sind teilweise verzweifelt, und verzweifelte Leute tun manchmal verrückte Dinge. Und wenn dir etwas passieren sollte, während ich nicht da bin, um dir zu helfen, würde ich mir das nie verzeihen.«

Aspen mochte es, dass Kane sich so viele Sorgen um sie machte.

»Und du hast noch nie in einer solchen Notlage geholfen«, fuhr er fort, als müsste er sie noch immer überzeugen. »Natürlich hatten die Leute viel Zeit, um die Region zu verlassen, aber viele haben nicht genügend Geld und keinen Ort, an den sie fliehen können, also bleiben sie dort. Wenn das Wasser dann ansteigt, bekommen sie Panik und tun alles, um zu überleben. Und dann gibt es da noch diejenigen, die die Notlage ausnutzen und in die leer stehenden Häuser und Wohnungen einbrechen. Es kann gefährlich werden und ich könnte es nicht ertragen, dich zu verlieren, weil wir uns schon jetzt so nahestehen.«

Aspen lächelte. »Ich dagegen habe das Gefühl, dass ich *dich* beschützen muss. Vielleicht ist es ja gar nicht so unpraktisch, mit einer erfahrenen Feldsanitäterin unterwegs zu sein.«

»Auch richtig«, stimmte er zu. »Was würde ich nur ohne dich tun, wenn ich mir einen Holzsplitter zuziehe und jemanden brauche, der meinen Finger küsst, damit es besser wird?«

Aspen rollte die Augen. Ihr Mann war ein Spaßvogel.

*Ihr Mann.* Wie sie diesen Ausdruck mochte.

»Wir müssen aufstehen und zum Stützpunkt fahren, um unsere Sachen zu packen«, sagte er ohne großen Enthusiasmus.

»Haben wir genügend Zeit, um zu duschen?«, fragte Aspen. Die Frage an sich war ganz unschuldig, aber Kanes Antwort machte seine wahren Pläne offensichtlich.

»Ja, aber um Zeit zu sparen, müssen wir wohl zusammen duschen gehen.«

Und mehr brauchte es nicht, um Aspen lustvolle

Schauer über den Rücken zu jagen. »Ist das so?«, fragte sie mit hochgezogenen Augenbrauen.

»Ganz sicher«, sagte Kane und rollte sich aus dem Bett, sie noch immer im Griff, sodass sie mitgenommen wurde. Aspen hielt sich an ihm fest, während er aufstand, und fühlte, wie sein Schwanz langsam hart wurde und sich gegen ihren Rücken drückte. Ein weiterer Vorteil ihres Mannes: Er hatte nie Probleme, ihn hochzukriegen.

Er trug sie bis zur Dusche, lehnte sich hinein und drehte das Wasser auf. Dann ließ er ihre Beine zu Boden sinken.

»Ich putze mir die Zähne, während du das Badezimmer für dich hast, dann tauschen wir«, schlug er vor.

Aspen nickte.

Es dauerte nur ein paar Minuten, bis sie gemeinsam unter der Dusche standen und Kane vor ihr auf die Knie ging und mit den Händen ihre Beine spreizte. Er leckte sich über die Lippen und sah zu ihr hoch. »Ich muss doch sicherstellen, dass du hier unten schön sauber bist«, sagte er und, ohne auf eine Antwort zu warten, tauchte er ab. Für die nächsten Minuten vergaß Aspen alles andere. Houston. Den Sturm. Das Ende ihrer Dienstzeit. Sie konnte nur daran denken, wie gut Kane in dem war, was er tat.

---

So schön der Morgen auch gewesen war, war Brain nun vollkommen auf die Mission fokussiert. Sie waren auf dem Stützpunkt angekommen und hatten sich mit seiner Einheit getroffen. Zusammen waren sie zu einem riesigen Lastwagen geführt worden und starteten ihre vier Stunden lange Fahrt nach Houston in einem Konvoi von mehreren Militärfahrzeugen. Als sie angekommen waren, stellten sie zuerst einige Zelte auf einem riesigen Parkplatz vor einem

Einkaufszentrum auf und verbrachten dann eine Stunde in einer Strategiebesprechung.

Der Regen war währenddessen unerbittlich weiter gefallen, wobei sich heftige Schauer immer wieder mit Nieselregen abwechselten. Sie alle wussten, wie schlimm die Situation für diejenigen war, die gefangen waren. Das Militär arbeitete mit den lokalen Rettungsdiensten zusammen. So wurden die Notrufe teilweise an die Soldaten weitergeleitet, um allen Menschen so schnell wie möglich zu helfen.

Während des ganzen Nachmittags hatte Aspen Kanes Seite nicht verlassen. Na ja, das hatte sie schon, aber sie stellte sicher, dass sie immer in seiner Nähe blieb. Sie arbeitete mit anderen Sanitätern zusammen, um einen Plan zu entwickeln, der die verschiedenen Regionen am besten abdeckte und so allen Betroffenen medizinische Hilfe zukommen ließ. Ein paar Anwohner hatten herausgefunden, dass das Militär gekommen war, und suchte die Soldaten auf, um Informationen zu erhalten oder aber um um Hilfe bei der Suche nach Angehörigen zu bitten. Aspen tat ihr Bestes, um ihnen zu helfen, während die Verantwortlichen Suchtrupps zusammenstellten, wo immer es nötig war.

Brain war nicht glücklich gewesen, als er erfahren hatte, dass auch Derek nach Houston gekommen war. Natürlich konnte er nicht beeinflussen, wer sich für Hilfsmissionen wie diese meldete. Der Idiot warf Aspen immer wieder dreckige Blicke zu, aber Aspen ignorierte ihn gekonnt; sie war zu beschäftigt für seine Spielchen. Brain nahm sich vor, so viel Abstand wie möglich zwischen Spence und seiner Freundin zu schaffen. Er hoffte inständig, dass Spence sich benehmen würde. Ein Hilfseinsatz nach einem Unwetter wie diesem war nun wirklich nicht die richtige Zeit und der richtige Ort, um sich um Dereks privaten Rachefeldzug zu kümmern.

Von der ersten Sekunde nach ihrer Ankunft bei ihrer behelfsmäßigen Unterkunft waren sie sehr beschäftigt und Brain war erleichtert, als sie endlich das Okay bekamen, Rettungsmissionen zu starten. Einige der Teams steuerten große Lastwagen in das Gebiet, andere teilten die Armee-Boote unter sich auf und wieder andere taten sich mit Anwohnern zusammen, die ihre privaten Boote mitgebracht hatten.

Brain und Aspen wurden einem der großen, aufblasbaren Schlauchboote zugeteilt, die die Küstenwache zur Verfügung gestellt hatte, und machten sich auf den Weg zu ihrem ersten Einsatz. Der Mann von der Küstenwache hatte das Steuer übernommen, sodass Aspen und Brain sich darauf konzentrieren konnten, die überfluteten Häuser nach Überlebenden zu durchsuchen, die nicht mit eigener Kraft auf sich aufmerksam machen konnten.

Auf ihrer ersten Tour fanden sie eine vierköpfige Familie und ihre zwei Hunde, die sie zurück zur Einsatzstation brachten. Auf der zweiten Tour konnten sie ein älteres Ehepaar retten, das auf dem Dach ihres einstöckigen Hauses gefangen gewesen war. Und so ging es weiter.

Stunden später konnte Brain nicht mehr sagen, wie viele Trips sie durch die überfluteten Straßen der Stadt unternommen hatten, aber es waren eine Menge gewesen. Er war erschöpft und wusste, dass Aspen auch müde war; aber man konnte es ihr nicht ansehen. Während der letzten Touren war sie diejenige gewesen, die mit den Überlebenden gesprochen hatte, während er körperliche Unterstützung bot, was okay für ihn war. Aspen war sehr viel freundlicher als er und schaffte es, die Leute zu beruhigen.

Er war auch überrascht, wie diszipliniert ihre Bootsführer waren. Brain und Aspen hatten die verschiedensten Boote auf ihren Touren bestiegen. Sobald sie die Anwohner sicher ins Trockene gebracht hatten, sprangen sie in das Boot oder Fahrzeug, das ihnen am nächsten stand. So hatten sie für jeden Trip einen anderen Fahrer und bis jetzt hatte jeder einen außergewöhnlich guten Job gemacht und die Gefahren, die im tiefen Wasser schlummerten, sicher umschifft.

Und es gab keinen Zweifel daran, dass die Gewässer gefährlich waren. Unter der Oberfläche lauerten untergegangene Autos, Straßenschilder und tonnenweise Gerümpel, welche die Bootsführer umfahren mussten. Und dann gab es da noch die Stromkabel und das eine oder andere Krokodil ...

»Wie geht es dir?«, fragte Brain Aspen, als sie mal wieder auf dem Rückweg zur Einsatzstation waren.

»Mir geht es gut«, sagte sie.

Sie hatten drei Leute gefunden, welche sich am Bootsende zusammengekauert hatten und vor Erleichterung weinten. Sie hatten sie aus einem Auto gerettet, welches der Fahrer leichtsinnigerweise in eine überflutete Straße gelenkt hatte. Die Strömung hatte das Fahrzeug fast fünfzig Meter mitgerissen, bevor es sich zwischen ein paar Bäumen verfangen hatte. Die drei waren aus dem Wagen geklettert und hatten sich an den Bäumen festhalten können, aber mit der starken Strömung war es ihnen unmöglich gewesen, in Sicherheit zu schwimmen. Sie hatten laut gerufen und die Aufmerksamkeit einer Person erregt, die ihre Position an das Militär weitergegeben hatte.

»Bist du sicher?«, fragte Brain Aspen.

Sie lächelte ihn müde an. Es war inzwischen dunkel geworden und er konnte ihr Gesicht nicht gut erkennen. Aber hin und wieder kamen sie an einer Straßenlaterne vorbei, die noch leuchtete, und er konnte sehen, wie sie ihn betrachtete. Sie sah wach und konzentriert aus. Er konnte sehen, dass sie in ihrem Element war.

»Das ist mein Ding«, sagte sie. »Nicht dass die Leute in Gefahr sind, aber dass ich ihnen helfen kann. Die richtigen Worte zu finden, damit sie sich entspannen. Ihre Wunden zu versorgen und ihnen zu sagen, dass alles gut wird und dass wir sie in Sicherheit bringen werden.«

»Das macht süchtig«, sagte Brain mit einem Nicken. Es war das erste Mal seit Stunden, dass sie miteinander reden konnten. Richtig reden. »Du wärst eine wahnsinnig tolle Ergänzung für jedes Rettungsteam«, sagte er zu ihr.

Sie legte den Kopf schief und wirkte nicht überzeugt.

»Das wärst du«, wiederholte er. »Du hast kein Problem damit, die Befehle von anderen zu befolgen, bist aber gleichzeitig in der Lage, selbst Entscheidungen zu treffen. Schau dir nur an, wie einfach unsere Zusammenarbeit heute war. Ich bin mir fast sicher, dass du sogar hin und wieder meine Gedanken gelesen hast. Ich weiß, dass, wer immer dich einstellen wird, auf jeden Fall den Jackpot gewonnen hat.«

»Danke«, sagte Aspen. »Du hast dich aber auch nicht schlecht angestellt. Ich weiß nicht, was ich ohne dich getan hätte. Dieses eine Paar, das nur Spanisch sprach, war so in Panik, dass ich die beiden nicht dazu hätte überreden können, das Haus zu verlassen, wenn du nicht in der Lage gewesen wärst, ihnen zu erklären, was gerade passiert. Und zum Glück waren es wir, die zu dem japanischen Mann geschickt wurden! Er hatte solche Angst, dass wir ihn zurücklassen, als wir umdrehen mussten, um neu anzulegen, dass er fast ins Wasser gesprungen wäre, um zum Boot zu kommen, so verzweifelt war er. Er hätte in der Strömung keine Chance gehabt, hätte er versucht, zu uns zu schwimmen. Zum Glück konntest du ihm das rechtzeitig erklären.«

Brain zuckte mit den Schultern. »Wie ich sagte, wir sind ein gutes Team.«

»Das sind wir, nicht wahr?«, entgegnete Aspen.

Er konnte sich nicht helfen, er hob seine Hand und strich eine von Aspens Haarsträhnen hinter ihr Ohr. Sie waren beide bis auf die Knochen nass. Der Regen hatte den ganzen Tag über nicht aufgehört. Aspen hatte etwas Dreck auf ihrer Wange. Dennoch hatte Brain noch nie jemanden gesehen, der so schön war wie Aspen in diesem Augenblick.

Plötzlich hörten sie Schreie; Brain ließ seine Hand sinken und atmete tief ein und aus. Sie mussten sich wieder auf die Arbeit konzentrieren. Er wusste nicht, wie viele Trips sie noch machen konnten, bevor die Offiziere sie zurückpfiffen, aber er wusste, dass Aspen nicht nach einer Pause fragen würde, bis es so weit war. Sie war stur, genauso wie er, und sie wusste, wie wichtig es war, so schnell wie möglich viele Leute aus der Stadt zu retten.

Als sie sich dem Ende des Wassers näherten, sprangen Brain und Aspen aus dem Boot und streckten die Hände nach den Trio aus, um ihnen aus dem Boot zu helfen. Sie gingen zusammen mit ihnen zu der kleinen Einsatzstation und zeigten ihnen, wo sie weitere Hilfe bekommen konnten. Aspen versicherte ihnen noch einmal, dass ihnen jemand helfen würde, ihre Familien zu kontaktieren.

Sie drehte sich um, um zu den Booten zurückzugehen, aber Brain griff nach ihrem Arm, um sie zu stoppen. »Es ist Zeit für eine Pause, *chérie*.«

»Wirst du etwa nachlässig?«, fragte sie mit einem müden Grinsen. »Den Kosenamen hast du doch schon mal verwendet.«

Brain schüttelte den Kopf. »Ich kenne zwar eine Menge

Sprachen, aber sie sind nun mal nicht unendlich. Außerdem dachte ich, Französisch ist eine deiner Lieblingssprachen.«

Aspen zuckte mit den Schultern. »Ich muss sagen, dass ich es immer mag, wenn du mich beim Kosenamen nennst, egal in welcher Sprache. Aber am meisten mag ich es, wenn du mich ›Schatz‹ nennst – einfach aufgrund der Situation, in der du diesen Namen immer verwendest.«

Und von jetzt auf gleich hatte Brain eine Erektion. Er runzelte die Stirn in gespieltem Ärger. »Warum sagst du denn solch zweideutige Sachen, wenn wir den Worten nicht einmal Taten folgen lassen können?«

»Oh … Entschuldigung«, sagte sie, sah aber überhaupt nicht so aus, als würde sie es ernst meinen.

»Komm«, sagte er zu ihr, nahm ihre Hand in seine und zog sie in Richtung des Zeltes, in dem es Nahrung und Getränke gab. »Wir brauchen etwas zu essen, dann können wir wieder losziehen.«

Er sah, wie sie die Stirn runzelte.

Brain hielt an und legte seine Hände auf ihre Schultern. »Du musst dich zuallererst um dich selbst kümmern. Du kannst niemandem helfen, wenn du vor Erschöpfung selbst fast umkippst.«

Aspen nahm einen tiefen Atemzug. »Ich weiß. Es ist nur … selbst jetzt kann ich noch in meinem Kopf hören, wie sie um Hilfe schreien, und am liebsten würde ich sofort wieder losfahren.«

»Wir machen keine lange Pause. Nur lange genug, um ein paar Kalorien und etwas Wasser zu uns zu nehmen, okay?«

»Okay. Kane?«

»Ja?«

»Ich bin froh, dass ich mitgekommen bin.«

Er lächelte sie an. »Ich auch.«

»Vermisst du es nicht, mit deiner Einheit zu arbeiten?«, fragte sie.

Er nahm wieder ihre Hand und ging in Richtung Essenszelt. »Nicht, wie du vielleicht denkst. Ja, wir arbeiten sehr gut zusammen, aber wir befinden uns hier ja nicht in einem aktiven Kampfgebiet. Während einer Rettungsmission wie dieser müssen wir uns auf andere Gefahren konzentrieren, etwa darauf, keinen Stromschlag zu bekommen oder von Gerümpel im Wasser getroffen zu werden. Von den Menschen geht hier normalerweise keine Gefahr aus. Ob du es glaubst oder nicht, wir können auch ohne einander ganz gut arbeiten«, neckte er sie und sah, wie Aspen lächelte.

»Stimmt. Außerdem hast du ja mich«, scherzte sie.

»Ich habe dich«, wiederholte Brain, plötzlich ernst.

Aspen sah ihn an und Brain wusste, dass sie die Bewunderung und den Stolz in seiner Stimme gehört hatte.

Im Essenszelt war es ziemlich voll. Soldaten und Zivilisten standen und saßen gemeinsam überall herum; sie aßen Pizza, Brötchen und andere Snacks, die die lokalen Geschäfte irgendwo aufgetrieben hatten. Brain zog Aspen zum Ende der Schlange und sie füllten sich jeweils einen Teller mit Speisen auf. Sie suchten sich eine ruhigere Ecke am Rande des Zeltes und aßen im Stehen. Ihre Klamotten waren noch immer klatschnass. Nun, da die Aufregung der vergangenen Stunden langsam nachließ, merkte Brain, wie stressig der Tag gewesen war. Er wollte nichts mehr als eine warme Dusche nehmen, trockene Klamotten anziehen und einen ganzen Tag lang schlafen.

Aber das war erst dann möglich, wenn sie diesen Job zu Ende gebracht hatten. Der Regen sollte wohl noch die

Nacht über anhalten, um dann endlich nachzulassen. Die Stadt brauchte Zeit, um die Wassermassen zu verdauen.

»Bist du bereit für eine weitere Tour?«, fragte Aspen, nachdem sie ihre Teller leer gegessen hatten.

»Immer«, antwortete Brain. Er nahm Aspens Hand in seine, bevor sie aus dem Zelt stürmen konnte. »Aspen?«

»Ja?«, fragte sie und drehte sich zu ihm um.

»Falls ich später vergesse, es dir zu sagen: Du bist großartig.«

Sie lächelte. »Das Gleiche könnte ich über dich sagen, Kane.«

Dann gingen sie Hand in Hand in die Nacht hinaus, um weitere Zivilisten zu retten.

---

Aspen war mehr als müde. Das letzte Mal hatte sie sich so gefühlt, als sie die Grundausbildung für die Ranger-Einheiten durchlaufen hatte. Jeder Muskel in ihrem Körper tat weh und die nassen Klamotten schienen ihr die Energie nahezu aus dem Körper zu ziehen. In der Dunkelheit sahen die Konturen der Stadt kantig und Furcht einflößend aus. Sie wollte nichts mehr, als sich hinzulegen und Kane zu sagen, dass er ohne sie weitermachen sollte.

Aber sie wollte nicht aufgeben. Da draußen gab es Leute, die auf ihre Hilfe angewiesen waren. Wenn sie ihnen nicht half, wer dann? Sie müssten noch länger darauf warten, gerettet zu werden. Manche Leute waren verletzt, bluteten oder brauchten anderweitige medizinische Versorgung. Sie wollte nicht daran denken, dass Menschen sterben könnten; und das nur, weil sie zu müde war. Das konnte sie nicht akzeptieren.

Also machte sie trotz der Müdigkeit weiter, solange ihr

Körper es zuließ. Dass Kane ihr Komplimente machte, tat auch einiges, um ihr neue Energie zu geben. Sie würde wahrscheinlich weitermachen, bis sie tot umfiel, solange er stolz auf sie war.

Mit ihm zu arbeiten war leichter als gedacht. Sie war davor etwas nervös gewesen, weil sie noch nie miteinander gearbeitet hatten. Aber es war nicht mit der Arbeit mit einigen ihrer ehemaligen Macho-Kameraden von den Rangers vergleichbar. Er hörte ihr zu und behandelte sie nicht wie ein Kind; tatsächlich hörte er bei medizinischen Gegebenheiten ohne Nachfragen auf ihren Rat. Er behandelte sie wie eine gleichberechtigte Partnerin, und das fühlte sich gut an.

Genau das war es gewesen, was sie erleben wollte, als sie sich zur Feldsanitäterin ausbilden ließ. Mit anderen zu arbeiten, die sich hauptsächlich darum sorgen, den Einsatz erfolgreich abzuschließen. Stattdessen hatte sie ihre Zeit damit verbracht, um Anerkennung zu kämpfen, und zwar von Leuten, denen sie eigentlich blind vertrauen sollte.

»Verdammt«, murmelte Kane leise, als sie die Anlegestelle für die Boote erreichten.

Als sie den Ärger in seiner Stimme hörte, sah Aspen auf. Sie war so in Gedanken versunken gewesen, dass sie nicht gesehen hatte, dass nur ein einziges Boot an der Anlegestelle auf sie wartete. Es war ein ziviles Fischerboot aus Aluminium, das wahrscheinlich einem Anwohner gehörte.

Derek saß am Steuer.

Kane verlangsamte seine Schritte, aber Aspen biss die Zähne zusammen. Ja, sie hasste Derek, aber sie würde ihren Streit während ihrer Arbeit fortsetzen. Sie hoffte nur, dass Derek das auch konnte.

»Endlich!«, schrie Derek ihnen entgegen und winkte hektisch. »Während meiner letzten Runde habe ich eine

Frau gefunden, die in den Wehen liegt. Wir müssen so schnell wie möglich zurück. Rein mit euch und los geht's!«

Aspen lief auf das Boot zu. Als sie das Boot erreichten, zog sie Kane fast hinter sich her. »Los jetzt«, sagte sie zu ihm und wollte in das Boot steigen. Aber Kane hielt sie zurück.

»Warum hast du nicht angehalten und sie mitgenommen, als du sie gefunden hast?«, fragte Kane Derek.

»Weil das Boot schon voll war. Ich hatte eine Frau mit drei Kindern an Bord, das jüngste war zwei. Sie waren in großer Panik und wir hätten niemals alle zusammen ins Boot gepasst. Je länger wir hier rumstehen, desto schlechter geht es ihr. Sie könnte verbluten oder das Kind verlieren. Kommt ihr oder nicht?«

Aspen hatte noch nicht viele Babys auf die Welt gebracht, aber sie hatte schon einiges gesehen, das während der Geburt schiefgehen konnte. Sie erinnerte sich an das Baby, das sie in Afghanistan zur Welt gebracht hatte, und wie gut es sich angefühlt hatte, das gesunde Neugeborene in den Händen zu halten. Sie konnte nicht zulassen, dass eine Frau litt, während sie helfen konnte.

»Kane?«, fragte sie. Sie hoffte, dass Kane nicht zu den Männern gehörte, die ihre persönlichen Angelegenheiten über die Moral stellten, wenn es darauf ankam.

Sie war erleichtert, als er ihr kurz zunickte und dann ihren Arm losließ, sodass sie ins Boot einsteigen konnte.

»Wie weit ist es?«, fragte Kane.

»Nicht weit«, sagte Derek und gab Gas, bevor Kane den Fuß im Boot hatte; er hatte ihm keine Zeit gegeben, sich hinzusetzen, bevor sie mit hoher Geschwindigkeit davonschossen.

Aspen runzelte die Stirn und hielt sich, so gut es ging, am Bootsrand fest. Sie wusste, dass jede Sekunde zählte, aber keiner der anderen Fahrer, mit denen sie an diesem

Tag unterwegs gewesen waren, hatte ein ähnlich schnelles Tempo vorgelegt.

»Fahr langsam, Alter!«, rief Kane, der sich anscheinend ähnlich unwohl fühlte wie Aspen.

»Wir müssen zu ihr!«, schrie Derek zurück.

Der Regen schlug Aspen hart ins Gesicht und machte es ihr fast unmöglich, die Augen offen zu halten. Sie zog den Kopf zwischen die Schultern und drückte ihre Augen zu. Sie hielt sich mit aller Kraft am Bootsrand fest und betete, dass sie es rechtzeitig zu der Frau schaffen würden.

Aspen wusste nicht, wie lange sie gefahren waren, aber sie war selten so froh gewesen wie in dem Moment, in dem das Boot endlich langsamer wurde. Sie hob den Kopf und sah sich um. Sie hatte keine Ahnung, wo sie waren; die Umgebung war ihr vollkommen fremd. Um sie herum war alles dunkel. Sie konnte die vagen Umrisse von Häusern um sie herum erkennen, aber die Elektrizität war in diesem Teil der Stadt wohl vollständig ausgefallen.

»Wir sind fast da«, sagte Derek. Nun war es viel einfacher, ihn zu hören, weil sie nicht mehr so schnell fuhren. Der Regen fiel weiterhin unermüdlich, sodass ihre Sicht noch weiter eingeschränkt war.

»Haltet mit Ausschau, ich weiß nicht genau, welches der Häuser ihres ist. Die andere Frau hat gesagt, dass sie wohl drei oder vier Häuser von ihrem entfernt wohnt«, sagte Derek zu ihnen.

Was natürlich nicht viel half, da Aspen nicht wusste, wo er die andere Frau gerettet hatte. Sie saß vorn im Boot, Kane hinter ihr in der Mitte. Sie sah über die Schulter und stellte fest, dass Derek noch immer im hinteren Teil des Bootes beim Ruder saß. Kane nickte ihr zu und lächelte ermunternd, was sie zu schätzen wusste.

Aspen drehte sich wieder in Fahrtrichtung und

versuchte in der Dunkelheit, vorbeischwimmende Hindernisse zu erkennen oder aber die Umrisse des Hauses, das sie suchten.

Das Boot schwankte plötzlich, aber Aspen ignorierte es; sie war zu sehr auf die Suche nach der schwangeren Frau konzentriert.

Was sie nicht ignorieren konnte, war der Schlag, der hinter ihr ertönte; und wie das Boot ganz plötzlich wild zu wippen begann, bevor ein lautes Platschen ertönte.

Sie drehe sich um und kniff die Augen zusammen.

Derek stand noch immer am Bootsende, das Ruder in der Hand – aber Kane war nicht mehr zu sehen.

Sie hörte ein schrammendes Geräusch an der Seitenwand des Bootes und sah nach unten. Dort schwamm ein Körper im Wasser, den Kopf nach unten, der sich schnell vom Boot entfernte.

Aspen schluckte und starrte Derek ungläubig an.

»Hoffen wir mal, dass sein Sturkopf härter ist, als er aussah«, zischte Derek. »Nun ist er nicht mehr dein großer Beschützer.«

Aspen realisierte, dass Derek Kane das Ruder über den Kopf geschlagen haben musste – und sie war ganz sicher die Nächste auf seiner Liste.

Sie könnte im Boot bleiben und versuchen, Derek zu überwältigen – oder aber versuchen, Kane zu retten.

Die Entscheidung war einfach.

Sie hielt die Luft an und sprang mit einem großen Satz über die Bootswand ins Wasser. Die Strömung hatte sie sofort in ihren Krallen und trieb sie in die gleiche Richtung wie Kane Sekunden zuvor.

Als ihr Kopf aus dem Wasser auftauchte, hörte sie Dereks gehässiges Lachen in der Ferne. »Viel Spaß auf dem

Heimweg zurück zur Einsatzstation!«, rief er ihr nach, dann ließ er den Motor aufheulen und fuhr davon.

Eigentlich sollte sie wütend sein, weil Derek sie zum Sterben zurückgelassen hatte, aber im Moment brauchte sie ihre ganze Energie, um sich auf die Suche nach Kane zu machen. Er war bewusstlos und hatte so, wie er im Wasser trieb, nicht mehr lange zu leben.

Sie schwamm so schnell sie konnte mit der Strömung, hoffte, dass sie Kane einholen würde, und stieß dann fast mit ihm zusammen, bevor sie ihn in der Dunkelheit erkennen konnte. Sie brauchte all ihre Kraft, um ihn im Wasser auf den Rücken zu drehen, während die Strömung sie weiter mitriss.

Sie konnte keinen Boden unter ihren Füßen spüren und wusste nicht, wie sie trockenes Land erreichen sollte. Im Wasser konnten sie nicht bleiben, vor allem nicht, wenn sie Kane wiederbeleben musste.

Sie legte eine Hand auf seine Brust und versuchte zu erspüren, ob er noch atmete, aber seine Brust blieb regungslos.

Sie wusste, dass dies nicht die beste Lösung war, aber sie drehte seinen Kopf zur Seite, bedeckte seine Lippen mit den ihren und begann, ihn zu beatmen.

Wieder und wieder.

Er musste atmen, egal wie!

Endlich konnte sie seinen Herzschlag unter ihrer Hand fühlen, langsam und unstet, aber immerhin. Hoffentlich musste sie ihm keine Herzmassage geben; das war im Wasser unmöglich.

Ein weiteres Mal blies sie Luft in seine Lunge, dann hustete Kane plötzlich. Er spuckte Wasser; das war zwar eklig, aber Aspen hatte selten etwas Schöneres gesehen.

»So ist es gut. Nur raus damit. Raus mit dem Scheiß«, feuerte sie ihn an.

Sie hoffte darauf, dass er die Augen öffnen und ihr sagen würde, dass alles in Ordnung war, aber er blieb bewegungslos.

Aspen benutzte ihre Beine, um ihn an der Wasseroberfläche zu halten, und sah sich nach einem Fluchtweg um. Zwar atmete Kane wieder, aber sie waren noch lange nicht außer Gefahr. Sie konnte gerade noch erkennen, wie sich dunkle Flüssigkeit auf seiner Stirn sammelte, und war sich sicher, dass er blutete.

»Verflucht seist du, Derek«, zischte sie und schlang einen Arm um Kanes Brust; mit ihm im Rettungsgriff schwamm sie seitlich gegen die Strömung an. Sie wusste nicht, wohin die Strömung führte, aber sie hatte keine Lust, zu einem Fluss und dann hinaus aufs Meer gespült zu werden.

Mit Erleichterung stellte sie fest, dass ganz in der Nähe die Schatten einiger Häuser auftauchten. Sie lagen alle im Dunkeln, aber vielleicht konnte sie eines davon erreichen und aufbrechen.

Ihr Körper zitterte vor Anstrengung und Adrenalin, als sie begann, in Richtung des nächsten Gebäudes zu schwimmen. Sie hoffte, dass sie gegen die Strömung ankommen würde.

Sie war den Tränen nahe, als das Haus endlich neben ihr auftauchte.

Sie brauchte weitere zehn Minuten, um zum Gebäude zu schwimmen, aber dann hatte sie die Stufen erreicht, die zur Haustür führten. Es war das letzte Haus in einer langen Reihe; die Stufen waren von einem eisernen Geländer umgeben, welches Aspen benutzte, um sich und Kane auf die Stufen hochzuhieven. Sie lagen fast komplett unter Wasser, aber die letzte Stufe war nur von ein paar Zentimetern bedeckt. Aspen schaffte es, Kane auf die letzte Stufe zu ziehen. Sie behielt seinen Kopf im Griff und drückte die Klinke herunter. Wenn sie ganz viel Glück hatte, war die Tür vielleicht nicht abgeschlossen. Doch die Tür bewegte sich nicht.

Zusammen mit Kane war auf der obersten Stufe kein Platz für sie; deshalb machte sie einen Schritt zurück und stand so wieder bis zur Hüfte im Wasser.

Sie lehnte sich über Kane und versuchte zu erfühlen, wo das Blut an seinem Kopf herkam.

Sie spürte das Blut mehr, als dass sie es sah, es war warm an ihren Händen. Er blutete also immer noch. Sie legte die Hand an seinen Kopf und erfühlte fast sofort die Stelle, wo Derek ihn getroffen hatte. Die Haut war aufgerissen.

Wut stieg in ihr auf. Heiß und gefährlich.

Derek hatte sie von Anfang an angelogen. Es gab keine Schwangere. Niemanden, der Hilfe brauchte. Sie wusste nicht, ob er sich den Plan schon ausgedacht hatte, als er wusste, dass sie alle in Houston sein würden, oder ob er einer spontanen Eingebung gefolgt war, als er Kane und Aspen auf sein Boot hatte zukommen sehen.

Sie war schockiert, dass er zu solchen Maßnahmen gegriffen hatte. Was war sein Ziel gewesen? Er hatte sie umbringen wollen. Wie war ein respektierter Soldat mit unzähligen Auszeichnungen nur so tief gesunken? Und warum? Sie waren nicht lange miteinander ausgegangen. Sie hatten nur zwei Verabredungen gehabt, verdammt noch mal! Warum war er nur so wütend geworden? Nur weil sie nicht mehr mit ihm zusammen sein wollte?

Sie verstand die Sache einfach nicht … aber sie hatte dazu geführt, dass Kane ohne Bewusstsein mitten in einem Katastrophengebiet lag, weit weg von jeglicher Hilfe.

Aspen hatte ihre medizinische Ausrüstung nicht dabei;

sie beide waren bis auf die Knochen nass und keiner wusste so genau, welche gefährlichen Stoffe in dem Wasser schwammen.

»Kane?«, rief sie in der Hoffnung, dass er sie irgendwie hören konnte. »Du musst jetzt aufwachen. Wir stecken ziemlich tief in der Scheiße.«

Sie wartete, aber der Mann, den sie über alles liebte, bewegte sich nicht. Sie drückte stärker auf seine Kopfverletzung und hoffte, dass sie die Blutung so verlangsamte. Ihre freie Hand legte sie an Kanes Hals, wo sie seinen Puls erfühlen konnte. Dann legte sie den Kopf auf seine Brust und lauschte seinem Herzschlag.

Es gab absolut nichts, das sie tun konnte; sie konnte nur hoffen und beten, dass jemand sie vermisste und sich auf die Suche nach ihnen machte. Sie hatte keine Ahnung, wie weit sie von der Einsatzstation entfernt waren, hoffte aber, dass Kanes Freunde ihn früher oder später suchen würden.

Sie musste an diesem Lichtblick festhalten, denn eine Alternative gab es nicht.

Noch nie in ihrem Leben hatte Aspen so große Angst gehabt. Die Luft roch nach Öl und Fäkalien; sie wollte gar nicht daran denken, was alles in dem Wasser herumschwamm, das ihre Beine umspielte. Wenigstens war Kane halbwegs im Trockenen.

»Wach auf, Kane«, flüsterte sie. »Du musst aufwachen.«

Aber er lag still.

# KAPITEL SECHZEHN

»Ein Unfall!«, rief ein Mitglied der Küstenwache, als er an Trigger und den anderen Deltas vorbeilief und auf die Boote zusteuerte, die ein paar Meter entfernt geparkt waren.

Ohne zu zögern, folgten alle sechs Männer dem Mann.

Während sie liefen, rief Trigger in Leftys Richtung: »Wo ist Brain?«

»Ich weiß nicht. Ich habe ihn seit Stunden nicht gesehen«, antwortete Lefty.

Trigger rief den anderen zu: »Habt ihr Brain und Aspen gesehen?«

Keiner wusste etwas.

Trigger fluchte innerlich. Eventuell waren sie noch immer auf einem der Boote unterwegs und versuchten, Leute zu retten, aber die ganze Nacht über hatten sie es geschafft, zumindest sporadisch in Kontakt zu bleiben.

Nun hatte seit Stunden niemand mehr etwas gehört. Da stimmte etwas nicht, das wusste Trigger sofort. Er hatte seinen sechsten Sinn für diese Dinge noch nie hinterfragt und würde jetzt ganz sicher nicht damit anfangen.

»Was ist passiert?«, fragte Doc einen der Männer, der ebenfalls in Richtung der Boote lief.

»Ich weiß nichts Genaues, aber anscheinend hat sich ein Boot in einer Stromleitung verfangen, die im Wasser schwamm. Es hatte Benzin im Tank und es gab wohl eine Explosion.«

Trigger zuckte zusammen.

»Wer war an Bord?«, fragte Grover.

»Das weiß keiner. Das Boot befand sich außerhalb unseres Suchgebiets und wir sind noch immer dabei, alle Hilfskräfte durchzuzählen«, sagte der Mann der Küstenwache. »Wir könnten eure Hilfe gebrauchen«, fügte er hinzu.

Ohne zu zögern, sprangen die sechs Soldaten in die zwei Boote, um sich die Situation vor Ort anzuschauen.

Trigger, Lefty und Oz waren in dem einen, Doc, Grover und Lucky in dem anderen Boot. Nach einer langen, dunklen Nacht begann die Sonne nun langsam aufzugehen. In ihrem blassen Licht sah Trigger überall nur Überbleibsel der Zerstörung. Bäume waren umgefallen; auf den Straßen stapelte sich Gerümpel; Autos trieben auf den Wassermassen davon.

Der Wasserstand wurde niedriger, aber nicht sonderlich schnell. Für die Rettungsboote war das nicht so schlecht; so konnten sie ungehindert dahin fahren, wo sich die Explosion ereignet hatte.

Trigger hatte das ungute Gefühl, dass Aspen und Brain in den Unfall verwickelt waren. Natürlich konnte es andere Gründe geben, warum er sie seit Stunden nicht gesehen hatte, aber das verunfallte Boot war eine zu gute Erklärung für ihr Verschwinden, um es nicht ernst zu nehmen.

Sein Magen zog sich zusammen. Die ganze Einheit wusste, dass es vorkommen konnte, dass ein Soldat im Dienst starb. Aber er hatte immer daran geglaubt, dass dies, wenn überhaupt, auf einem ihrer Auslandseinsätze passieren würde, nicht hier, in den USA, durch einen dummen Unfall.

Und das Schlimmste war: Brain hatte in diesem Moment nicht mit seinem Team gearbeitet. Das war für Trigger unverzeihlich. Er hatte sich geschworen, immer für seine Freunde da zu sein, und der Gedanke daran, dass Brain dort draußen irgendwo lag, verletzt oder im Sterben, und sie nicht bei ihm sein konnten, machte ihn wahnsinnig.

Aber dann erinnerte sich Trigger daran, dass Brain nicht allein war. Er hatte Aspen.

Je weiter sie sich von der Einsatzstation entfernten, desto ärmer wurden die Viertel, durch die sie fuhren. Trigger wusste, dass die Überlebenden anfangen würden, die Häuser zu plündern, sobald das Wasser sich weit genug zurückgezogen hatte. Verzweifelte Menschen würden alles tun, um zu überleben; auch wenn das hieß, die Hilfstruppen und ihre Boote anzugreifen, um Wasser, Nahrung und Medikamente zu bekommen.

Die Boote wurden langsamer, als sie sich der Stelle näherten, an der die Explosion stattgefunden hatte. Trigger, Lefty und Oz lehnten sich vor und konzentrierten sich darauf, nach allem Ungewöhlichen zu suchen.

Eine Minute später rief Grover von dem anderen Boot aus zu ihnen herüber und zeigte auf etwas zu seiner Rechten. Die beiden Boote schwenkten sofort ab, um diese Richtung einzuschlagen.

Trigger zuckte zusammen, als sie ein Alu-Boot erreichten, das sich im Kreis drehte, weil es in einer Art Strudel gefangen war. Der hintere Teil des Bootes fehlte, er war wahrscheinlich der Explosion zum Opfer gefallen; der Motor war ebenfalls verschwunden – genauso wie jedes

Anzeichen auf die Menschen, die in dem Boot gesessen hatten.

»Verdammt, da oben«, sagte der Mann der Küstenwache mit erstickter Stimme.

Trigger, Lefty und Oz sahen gen Himmel. Ein paar überlebende Bäume waren hier stehen geblieben. Unter normalen Umständen wären die Kronen der Bäume fast zehn Meter über der Straße zu finden gewesen, aber aufgrund des hohen Wasserstandes befanden sich die ersten Blätter fast in Reichweite.

Und in einem der Äste hatte sich ein Bein verfangen. Der Fuß steckte noch immer im Stiefel, aber vom Rest des Körpers war nichts zu sehen.

Trigger sah nach links, dann nach rechts. Er nickte in eine bestimmte Richtung. »Und das ist wohl der Rest.«

Ein Torso hatte sich in einem dicken Ast verfangen, beide Arme standen in einem unnatürlichen Winkel ab.

»Das ist Spence«, sagte Oz leise.

Trigger sah noch mal genauer hin. »Verdammt«, fluchte er.

Das andere Boot kam neben ihnen zum Halten und Lucky fragte: »Ist das nicht Sergeant Spence?«

»Ja«, sagte Trigger.

»Was ist passiert?«, fragte Doc.

»Meine Vermutung ist, dass sein Motor sich in einem Stromkabel verfangen hat. Das Boot drehte sich und das Kabel muss auf ein weiteres getroffen sein, das ebenfalls noch unter Strom stand. Die Funken haben dann den Benzintank in Flammen gesetzt und das Boot ist explodiert«, mutmaßte Lucky.

Triggers Magen krampfte sich zusammen. Er hatte den Mann nicht gemocht, aber sein Tod war grauenvoll gewesen.

»Schaut mal!«, rief Lefty und zeigte in Richtung des sich noch immer drehenden Bootes. Obwohl die Hälfte fehlte, war es noch nicht komplett untergegangen, weil die Strömung es an der Oberfläche hielt.

Trigger folgte Leftys Fingerzeig – und das Blut gefror ihm in den Adern.

Im vorderen Teil des Bootes, unter dem Sitz eingeklemmt, befand sich ein schwarzer Rucksack mit einem roten Kreuz darauf.

Aspens Medizintasche. Er würde sie überall erkennen. Sie hatte ihnen vor einiger Zeit erzählt, dass sie sich ihren eigenen Rucksack besorgt hatte, da diejenigen, die vom Militär zur Verfügung gestellt wurden, zu groß und schwer für sie waren.

Wenn Aspen im Boot gewesen war, dann auch Brain.

Aber wo waren sie jetzt?

»Verteilt euch!«, befahl Trigger und sah sich sofort nach seinem Kameraden und Aspen um.

»Das ist Aspens Rucksack«, sprach Lucky aus, was alle anderen schon wussten.

»Ich weiß. Sie waren in diesem Boot«, sagte Trigger.

»Selbst wenn sie im Boot waren, als es explodierte, könnten sie überlebt haben«, fügte Doc hinzu.

»Vielleicht«, sagte Trigger, als ihm ein anderer Gedanke durch den Kopf schoss. Er zog sein Walkie-Talkie aus der Tasche und verlangte, mit dem Major zu sprechen, der die Hilfsaktion organisierte.

Der Mann der Küstenwache fuhr in langsamen Kreisen um die Stelle herum, wo sie Dereks Leiche gefunden hatten, um nach Aspen und Brain zu suchen, während Trigger mit dem Major sprach. Als er das Funkgerät zur Seite legte, waren seine Lippen aufeinandergepresst.

»Was ist los?«, fragte Oz.

»Es gab keine Erlaubnis, so weit nach draußen zu fahren, das wissen wir ja bereits. Es war sogar ausdrücklich verboten.«

»Warum waren sie dann hier?«, fragte Lefty.

»Der Major hat eine Beschwerde von einem Anwohner erhalten, der sein Boot als gestohlen gemeldet hat. Er hatte sein Boot zur Verfügung gestellt, um bei der Rettung zu helfen. Als er von der Toilette zurückkam, war sein Boot verschwunden.«

»Denkst du das Gleiche wie ich?«, fragte Oz.

»Falls du denkst, dass Derek die Situation ausgenutzt hat, um seiner Wut gegenüber Aspen und vielleicht auch Brain endlich nachzugeben, dann ja.«

»Verdammt«, fluchte Lefty. »Wo sind sie dann?«

»Ich weiß es nicht. Aber wir müssen sie finden. So schnell wie möglich«, sagte Trigger.

Er pfiff in Richtung des anderen Bootes. Es kam näher und er teilte seine finstere Vermutung mit den anderen.

»Wir sollten zur Einsatzstation zurückkehren«, sagte einer der Männer von der Küstenwache, der das Boot steuerte.

»Einen Scheiß werden wir«, fuhr Grover ihn an. »Wir können sie gern anfunken und ihnen die Koordinaten von Spence' Leiche durchgeben, aber wir fahren hier erst weg, wenn wir unseren Kameraden gefunden haben.«

Der Fahrer blinzelte überrascht, nickte aber.

»Sie könnten überall sein«, sagte Trigger. »Lucky, ihr sucht am besten die nächste Straße ab. Wir werden diese hier übernehmen. Wir müssen in der Nähe bleiben; fahrt nicht zu weit weg. Das hier ist nicht das beste Viertel der Stadt. Verstanden?«

»Verstanden«, stimmten die anderen ihm zu.

»Sie müssen hier irgendwo sein«, murmelte Trigger, als sie ihre Suche begannen.

»Brain ist zäh«, stimmte Lefty ihm zu.

»Und er würde es nie zulassen, dass Aspen etwas passiert«, fügte Oz hinzu.

Trigger wollte nicht daran denken, was Spence seinen Freunden angetan haben könnte. Er malte sich die schlimmsten Szenarien aus, aber er verdrängte sie rigoros. Brain zählte darauf, dass sein Team einen kühlen Kopf bewahrte und ihn fand. Und genau das würden sie tun.

---

Aspen zitterte auf der Treppe, auf der sie saß. Das Wasser hatte sich zurückgezogen, sodass sie nicht mehr bis zur Hüfte nass war, aber die Straßen waren noch immer überflutet und sie und Kane würden so schnell nirgends hingehen. Sie hatte daran gedacht, ein Fenster einzuschlagen, um ins Innere des Hauses zu gelangen, aber sie wollte Kane nicht allein lassen.

Sie hatte einige Zeit zuvor eine Explosion gehört, als es noch dunkel gewesen war, aber bis jetzt war niemand gekommen, um sich die Sache näher anzusehen. Aspen hatte mehrmals gedacht, dass sie Stimmen in der Nähe hören würde, und hatte so lange um Hilfe geschrien, bis ihre Kehle ganz trocken war. Aber niemand war gekommen.

Nun war die Sonne aufgegangen und tauchte die Umgebung in ein blasses Licht. Es war ein trauriger Anblick. Wohin sie auch sah, überall war Wasser. Sie konnte keine anderen Menschen sehen oder hören; nur die Vögel zwitscherten aufgeregt in den Baumkronen, während das Wasser an ihnen vorbeirauschte.

Kane war immer noch nicht aufgewacht, und das versetzte Aspen in Angst und Schrecken. Er hatte sich ein paarmal bewegt, aber nichts gesagt. Es war klar, dass er eine schwere Kopfverletzung hatte; eventuell eine Gehirnerschütterung, vielleicht auch etwas Schlimmeres. Ohne dass er aufwachte und mit ihr reden konnte, konnte sie es nicht wissen.

Einmal war sie mit dem Kopf auf seiner Brust eingeschlafen, aber die Albträume hatten sie sofort wieder hochschrecken lassen; danach hatte sie nicht mehr versucht einzuschlafen.

Sie hatte so große Angst, dass Kane sterben würde. Sie würde sich nie verzeihen, wenn das passierte. Es war ihre Schuld, dass er so still neben ihr lag. Wäre sie in der Kneipe nicht auf ihn zugegangen, hätte Derek niemals einen Grund gehabt, ihn anzugreifen.

Aber dann hätten sie sich auch niemals ineinander verliebt.

Gerade als Aspen beschloss, Kane zurückzulassen und sich auf die Suche nach Hilfe zu machen, glaubte sie, ein Geräusch zu hören.

Sie legte den Kopf schief, hielt den Atem an und lauschte angestrengt.

Ein Boot!

Sie erkannte das typische Geräusch eines Außenbordmotors, nachdem sie am Tag zuvor so viel Zeit in unterschiedlichen Gefährten verbracht hatte.

Sie wollte aufstehen und um Hilfe rufen, aber sie wusste, dass niemand sie über das Motorengeräusch hinweg hören konnte. Sie musste einfach beten, dass das Boot die Straße hinunter in ihre Richtung kommen würde, sodass sie es auf sich aufmerksam machen konnte.

»Bitte, bitte, bitte«, flüsterte sie. »Kane, Hilfe ist unterwegs. Du musst nur noch ein kleines bisschen länger durchhalten«, sagte sie zu ihm. Sie hatte die letzten Stunden immer wieder mit ihm geredet; sie glaubte, dass ein Teil von ihm sie hören konnte, obwohl er nicht bei Bewusstsein war.

Als der Motor lauter wurde, stand Aspen auf. Sie schwankte etwas und musste sich an dem eisernen Geländer festhalten, um nicht die Balance zu verlieren und ins Wasser zu fallen.

Sie fummelte an den Knöpfen ihrer Uniform herum. Sie wollte ihre Jacke als Flagge verwenden, um die Insassen des Bootes auf sie aufmerksam zu machen. Andernfalls würde niemand sie sehen. Ihre Finger zitterten vor Aufregung und Kälte. Sie war seit Stunden von eisigem Wasser umgeben.

Sie zog das Oberteil aus, just in dem Moment, als das Boot um die Kurve kam.

Mit einer Hand hielt sie sich am Geländer fest und schwang mit der anderen das Oberteil über ihrem Kopf hin und her. »Hier drüben! Hierher!«, schrie sie und ihre Stimmte klang schwach in ihren Ohren.

Sie nahm einen tiefen Atemzug und schrie dann, so laut sie konnte: »Hilfe!«

Ein Wunder geschah: Das Boot wurde schneller und hielt direkt auf sie zu. Eine Sekunde lang hatte Aspen Angst, dass das Boot zu schnell fuhr, um rechtzeitig abzubremsen, aber als es näher kam, wurde es langsamer.

Als sie Trigger, Lefty und Oz in dem Boot erkennen konnte, wurden ihr die Knie schwach.

Sie fiel zurück auf die Treppe und streckte die Hand nach Kane aus. »Sie haben uns gefunden«, sagte sie zu ihm. »Dein Team hat uns gefunden. Halte durch. Alles wird gut.«

Dann war Trigger da. Er kniete sich neben sie auf die Stufen. Er legte ihr eine wunderbar warme Hand an die Wange und sah ihr in die Augen. »Bist du verletzt?«

Sie schüttelte den Kopf. »Ich nicht, aber Kane. Derek hat

uns angelogen und behauptet, dass eine Schwangere hier draußen Hilfe braucht. Wir haben nach ihr Ausschau gehalten, als Derek Kane mit dem Ruder schlug. Kane fiel aus dem Boot und schwamm eine ganze Zeit mit dem Gesicht nach unten im Wasser. Er hat nicht mehr geatmet, ich habe ihn beatmen müssen. Ich habe es geschafft, ihn hierherzubringen, aber er ist bisher nicht wieder aufgewacht. Ich habe Angst, dass er schwer verwundet ist, Trigger!« Aspen wusste, dass ihre Worte nicht richtig aus ihr herauskamen und dass sie viel zu schnell sprach, aber sie musste einfach erzählen, was passiert war – vor allem, da Derek noch auf freiem Fuß war.

»Atme, Aspen«, befahl Trigger ihr.

Das tat sie.

»Noch mal.«

Danach fühlte sie sich schon ein bisschen besser.

»Bist du verletzt?«, fragte Trigger noch einmal.

»Nein. Mir ist kalt, ich bin müde und ich habe Angst. Aber verletzt bin ich nicht. Sobald ich merkte, was Derek getan hatte, bin ich aus dem Boot gesprungen. Ich wollte so schnell wie möglich zu Kane und hatte außerdem wenig Lust, mich mit Derek anzulegen. Er wird sich eine gute Geschichte einfallen lassen, um die Sache zu vertuschen«, warnte sie Trigger. »Aber ich lüge nicht! Er hat Kane angegriffen.«

»Ich glaube dir, aber Derek ist –«

Aspen unterbrach ihn, als ihr plötzlich ein anderer Gedanke kam. »Und Kane wusste, dass etwas nicht stimmte«, fuhr sie fort, ihre Stimme voller Selbsthass. »Er wollte erst gar nicht ins Boot steigen, aber ich habe ihm keine Wahl gelassen –«

»Derek ist tot«, sagte Trigger ohne weitere Umschweife. Dann machte er genügend Platz für Lefty und Oz, die nun ebenfalls aus dem Boot kletterten. Zusammen hoben sie Kane hoch, als würde er nicht mehr als ein kleines Kind wiegen, und trugen ihn ins Boot.

Aspen sah ihnen mit Sorge im Blick zu, bis Triggers Worte sie erreichten. »Was? Wie ist das passiert?«

»Ich bin nicht ganz sicher, aber es sieht so aus, als hätte sich sein Boot in einer Stromleitung verfangen. Die Funken haben das Benzin entzündet und das Boot ist explodiert.«

»Bist du sicher, dass er tot ist?«, fragte Aspen.

»Ich bin sicher. Sein Torso hing an einem Ast, sein Bein über einem anderen. Er ist tot, ganz sicher.«

Aspen wollte seinen Tod betrauern. Es hatte mal eine Zeit gegeben, in der sie Derek wirklich gemocht hatte. Aber nach allem, was er inzwischen zu ihr gesagt hatte und was er Kane vor ein paar Stunden angetan hatte, verspürte sie nur Erleichterung darüber, dass sie sich nie wieder um seine Racheattacken Sorgen machen musste.

Sie nickte Trigger zu und machte einen Schritt ins Wasser hinein, um zum Boot zu gelangen, aber ihr Körper hatte genug. Sie stolperte und wäre sicherlich gefallen, wenn Trigger sie nicht aufgefangen hätte. Mit einem Arm fasste er sie am Rücken, mit dem anderen unter den Beinen.

»Ich hab dich«, sagte er, hob sie hoch und trug sie zum Boot. Lefty und Oz griffen nach ihr und legten sie neben Kane, den sie schon auf den Boden des Bootes gebettet hatten. Sie legte ihre Hand auf seine Brust, wo sie sich die letzten paar Stunden die meiste Zeit befunden hatte, und schloss erleichtert die Augen, als sie fühlen konnte, wie sein Herz schlug. Sie lehnte sich über ihn und lauschte, wie Lefty mit dem restlichen Team über sein Walkie-Talkie sprach. Er informierte sie darüber, dass sie Kane und Aspen gefunden hatten und dass sie sich an der nächsten Straßenkreuzung treffen würden.

»Wir sind in Sicherheit«, sagte sie zu Kane. »Trigger hat uns gefunden. Du kannst jetzt aufwachen.«

Aber er lag nur still da.

Jemand hatte ihr eine Notfalldecke um die Schultern gelegt und eine andere über Kane, aber sie hatte ihre Hand nicht bewegt und starrte unentwegt in sein Gesicht. Sie hoffte auf ein Lebenszeichen, auf ein Blinzeln oder eine Lippenbewegung, aber er blieb stumm und unbewegt am Boden des Bootes liegen.

»Wir brauchen Sanitäter, die uns am Landepunkt erwarten«, sagte Trigger zu jemandem am anderen Ende des Funkgerätes. »Wir haben einen Verletzten bei uns.«

Zum ersten Mal seit Stunden erlaubte Aspen es sich, die Augen zu schließen und den Kopf auf Kanes Brust zu legen. Die Männer, die sie umgaben, waren zwar nicht ihre Einheit, aber ihre Freunde. Sie würden sich um Kane kümmern. Sie würden dafür sorgen, dass er nicht starb.

Aspen hatte keine Ahnung, was sie tun sollte, wenn Kane nicht überlebte.

Er musste zu ihr zurückkommen. Er musste einfach.

# KAPITEL SIEBZEHN

Aspen saß in Kanes Krankenzimmer und starrte in die Luft, ohne etwas zu sehen. Bei Erreichen der Anlegestelle der Einsatzstation hatte der Krankenwagen schon auf sie gewartet. Sie hatte darauf bestanden, an Kanes Seite zu bleiben, und die Sanitäter erlaubten ihr etwas unwillig, ihn ins Krankenhaus zu begleiten.

Trigger und die anderen hatten es irgendwie geschafft, vor ihnen im Krankenhaus anzukommen, und warteten auf sie, als Kane auf der Trage den Gang hinunter verschwand. Sie wollte ihm folgen, aber Grover und Oz hielten sie sanft davon ab.

Sie wehrte sich gegen ihren Griff, aber Lefty stellte sich vor sie und bat sie, sich zu beruhigen.

»Er ist in guten Händen, Aspen. Du musst etwas Vertrauen in die Ärzte haben.«

Aber sie schüttelte nur panisch den Kopf. »Ich kann ihn nicht allein lassen!«

»Kümmere dich erst mal um dich selbst«, widersprach Lefty ihr.

»Mir geht es gut«, erklärte sie trotzig.

SUSAN STOKER

»Das sehe ich anders. Du bist noch immer vollkommen durchnässt. Du zitterst wie Espenlaub und hast seit Ewigkeiten nichts mehr gegessen. Du weißt ganz genau, dass Brain uns die Hölle heißmachen würde, wenn wir uns nicht um dich kümmern. Lass eine der Krankenschwestern deine Werte kontrollieren. Und dich einmal durchchecken. Sobald sie Neuigkeiten von Brain haben, werden sie uns sofort Bescheid sagen.«

Seine Worte schafften es, ihre Panik zu lindern. Aspen griff nach seinen Handgelenken und zwang ihn, ihr in die Augen zu sehen. »Wird er wieder gesund?«

»Ja.«

Lefty zögerte keine Sekunde, bevor er ihr antwortete.

»Brain ist ein Dickkopf. Und stur ohne Ende. Er weiß, dass du auf ihn wartest. Alles wird gut werden.«

Nach einem tiefen Atemzug stimmte Aspen einer Untersuchung zu. Sie wurde in einen leeren Raum geführt und bekam einen Krankenhauskittel ausgehändigt. Sie bekam keine Unterwäsche, aber das war ihr egal. Der Umhang war warm und es fühlte sich unglaublich gut an, aus den nassen Sachen rauszukommen. Sie legte sich in das ihr zugewiesene Bett und Grover gesellte sich zu ihr, um ihr Gesellschaft zu leisten, während sie auf die Krankenschwester wartete.

Sie war wohl eingeschlafen, denn als sie die Augen das nächste Mal öffnete, war es Lucky, der neben ihr saß. Er alarmierte sofort die Krankenschwester und schwieg beharrlich, als Aspen ihn fragte, wie viel Zeit vergangen war. Er verließ den Raum, als die Krankenschwester mit ihrer Untersuchung begann.

Sie stellte fest, dass Aspen übermüdet und unterkühlt war, aber sonst nichts passiert war; also durfte sie gehen.

Trigger begleitete sie daraufhin zu Kanes Zimmer, wo sie nun saß.

Der Arzt hatte nicht sagen können, welchen Schaden Kanes Kopf davongetragen hatte, weil er noch immer nicht aufgewacht war. Sie hatten seine Lunge geröntgt und keinerlei Anlass zur Sorge gefunden. Er hatte leicht erhöhte Entzündungswerte; wahrscheinlich war verunreinigtes Wasser in seine Wunde eingedrungen. Die Wunde war mit ein paar Stichen genäht worden. Ansonsten hatte er keine weiteren Verletzungen davongetragen.

Selbst nach ihrem kurzen Nickerchen war Aspen dem Zusammenbruch nahe. Sie fühlte sich, als wäre sie hundert Jahre alt. Sie wusste, dass sie etwas essen sollte, aber sie hatte einfach keinen Appetit.

»Einige der Rettungskräfte sind noch einmal zur Unfall-stelle zurückgekehrt und haben Dereks Leiche geborgen«, sagte Trigger zu ihr.

Aspen nickte nur.

»Es ist deine Entscheidung, was du deinem Vorgesetzten erzählen willst.«

»Oh, die ganze Geschichte«, sagte sie mich Nachdruck. »Es ist eine Sache, dass Derek ein Problem mit meinem Geschlecht hatte, aber eine ganz andere, dass er versucht hat, Kane und mich zu ermorden. Ich will, dass er seine faire Strafe bekommt; auch nach seinem Tod.«

»Mach dir keine Sorgen – Kane wird es überstehen«, beruhigte Trigger sie.

»Das hoffe ich.«

»Das wird er«, wiederholte Trigger stur. »Er ist unverwüst-lich. Er war schon in schlimmeren Situationen als dieser.«

Aspen nickte. »Es ist nur ... er ist so still. Das gefällt mir nicht. Der Kane, den ich kenne, ist immer in Bewegung.

Manchmal kann man es kaum sehen, aber selbst, wenn wir auf dem Sofa sitzen, streichelt er mir über die Haare oder klopft mit dem Fuß auf den Boden. Ich hasse es, ihn so zu sehen.«

»Du hast recht. Das ist mir noch gar nicht so sehr aufgefallen, aber das stimmt. Vertraue den Ärzten ... und Brain. Und außerdem ist es jetzt mal an der Zeit, dir zu sagen, wie toll du bist. Wir alle waren begeistert, wie du dich in Afghanistan geschlagen hast, aber dafür, wie du Brain gerettet hast ... dafür muss ich dir danken.«

»Dafür musst du dich nicht bedanken«, sagte Aspen zu ihm. »Er bedeutet mir so viel.« Dann seufzte sie und starrte in die Ferne. »Ich hoffe nur, dass das alles nicht umsonst war.«

»Wie meinst du das?«, fragte Trigger. »Was ›alles‹?«

»Die ganze Scheiße, die ich über mich ergehen lassen musste, damit Frauen als Feldsanitäterinnen akzeptiert werden«, sagte sie müde. »Ich habe mich so angestrengt, um die beste Sanitäterin zu werden, die ich werden konnte, und was bekomme ich dafür? Hass wegen meines Geschlechts. Belästigungen und dreckige Kommentare. Ich musste mich immer und immer wieder beweisen, obwohl ich meinen Job schon seit Jahren mache. Und trotzdem wurden Männer bevorzugt, die weniger Erfahrung hatten als ich. Ich hoffe, dass Frauen eines Tages in der Lage sein werden, ihrem Land zu dienen und dafür respektiert zu werden.«

»Das hoffe ich auch«, sagte Trigger. »Du hast heute eine Menge Leute sehr beeindruckt. Obwohl sie nicht genau wissen, was da draußen passiert ist, verstehen sie, dass du Kane das Leben gerettet hast. Sie wissen, dass er zeitweise nicht mehr geatmet hat und dass du ihn im Wasser wiederbelebt hast. Sie wissen, dass du ihn durch die Fluten zu einem relativ sicheren

Ort gebracht und seine Seite die ganze Zeit nicht verlassen hast. Ich bin mir sicher, dass Frauen eines Tages ganz selbstverständlich neben den männlichen Soldaten dienen werden, ohne dass jemand auch nur ein zweites Mal hinschaut.«

»Das hoffe ich auch«, flüsterte sie. »Ich bin müde, Trigger. So müde.«

»Komm her«, sagte Trigger, legte einen Arm um ihre Schulter und zog sie zu sich heran. Es war eine etwas ungelenke Umarmung, da sie beide auf verschiedenen Stühlen saßen, aber Aspen legte ihren Kopf an seine Schultern und entspannte etwas. Sie schloss die Augen nicht, ihr Blick ruhte noch immer auf Kane. Sie hoffte noch immer, dass er jeden Moment aufwachen würde.

Die Zeit verging. Trigger ging und Oz kam. Dann Grover. Aber Aspen bewegte sich nicht. Sie aß nichts, obwohl die Männer sie dazu aufforderten, und sie ging nicht duschen. Sie würde genau hier sitzen bleiben, bis Kane die Augen öffnete und ihr sagte, dass alles gut werden würde.

Ein paar Stunden später sah Aspen, wie sein Augenlid sich bewegte.

Lucky saß bei ihr und erschrak, als sie plötzlich aufsprang und an Kanes Bett eilte.

Sie lehnte sich über ihn, legte eine Hand an seine Wange und streichelte mit ihrem Daumen über seine Haut. »Kane? Komm schon, mach die Augen auf. Ich bin hier. Du bist sicher. Alles ist gut. Du bist im Krankenhaus, das kannst du sicher riechen. Aber du musst jetzt die Augen aufmachen.«

Sie sah zu, wie seine Augenlider sich kurz öffneten und dann sofort wieder schlossen.

»Lucky, mach das Licht aus«, befahl Aspen, ohne den

Mann, den sie liebte, aus den Augen zu lassen. »Versuch es noch einmal.«

Langsam, ganz langsam öffneten sich Kanes Augen ... und er sah sie an. »Hi«, flüsterte sie.

Kane runzelte die Stirn. »Aspen?«

»Ja, ich bin es.«

»Mein Kopf tut weh«, sagte er mit rauer Stimme.

»Ich weiß. Es tut mir leid.«

»Zur Seite, bitte«, sagte die Krankenschwester, die gerade den Raum betreten hatte, mit befehlender Stimme und schob sie sanft, aber bestimmt vom Bett weg.

Aspen wollte nicht vom Bett weichen, aber als Lucky ihren Arm nahm, ließ sie sich zur Ecke des Raumes manövrieren. Ein Arzt traf als Nächstes ein und bat sie, den Raum zu verlassen, während er die Untersuchung durchführte.

Auf dem Gang ging Aspen nervös hin und her, das restliche Team wartete hier auch.

»Warum seht ihr alle so ruhig aus?«, fragte sie irritiert.

»Weil es ihm gut gehen wird«, sagte Doc zu ihr.

»Das kannst du nicht wissen«, widersprach sie.

»Er hat dich erkannt«, sagte Lucky lächelnd. »Alles wird gut.«

Das stimmte und ein Teil der Anspannung fiel von Aspen ab. Sie hatte große Sorge gehabt, dass seine Kopfverletzung zu einem Gedächtnisverlust geführt haben könnte. Das passierte öfter, als man dachte. Aber sie war froh, dass es in diesem Fall nicht so war.

Nach zehn Minuten kam der Arzt in den Gang. »Wer von Ihnen ist Trigger?«

»Das bin ich«, antwortete Trigger.

»Können Sie kurz reinkommen?«

Aspen machte einen Schritt nach vorn. Sie wollte Kane sehen.

»Warte noch kurz, Aspen. Vertrau mir«, sagte Trigger zu ihr.

Sie schnaufte, nickte aber.

Zehn weitere Minuten vergingen und gerade, als Aspen keine weitere Sekunde mehr warten konnte, betraten der Arzt, die Krankenschwester und Trigger wieder den Flur. Die beiden Krankenhausangestellten gingen davon, nur Trigger blieb an der Tür zu Kanes Zimmer stehen.

»Und? Was haben sie gesagt?«, fragte Lefty.

Trigger seufzte. »Brain ist in Ordnung. Er hat eine Gehirnerschütterung und eine leichte Lungenentzündung. Der Arzt denkt, dass er Wasser in der Lunge hatte, auch nachdem er wieder selbstständig atmete. Aber die Infektion sollte bald vorbei sein er bekommt eine Menge Antibiotika dagegen.«

»Können wir rein?«, fragte Aspen ungeduldig. Sie konnte es nicht erwarten, Kanes Stimme zu hören. Sie musste selbst sehen, dass alles in Ordnung war.

»Er will uns nicht sehen«, sagte Trigger.

Aspen starrte ihn verwirrt an. »Er will euch nicht sehen? Warum nicht?«

»Er will keinen von uns sehen«, erklärte Trigger, »nicht einmal dich, meine Liebe.«

Ihr Adrenalinspiegel stieg sofort und ihr Magen krampfte sich zusammen. »Warum nicht? Was ist los?«

»Er kann sich nicht an alles erinnern. Deshalb fühlt er sich nicht so gut.«

Aspen war geschockt. »Was? Was soll das heißen? Er hat meinen Namen gesagt. Er hat sich an mich erinnert!«

»Das tut er«, stimmte Trigger zu. »Er kann sich auch an uns alle erinnern. Er weiß, dass er ein Delta-Soldat ist, und er erinnert sich an seine Kindheit. Aber er kann sich an keine der Sprachen erinnern, die er über die Jahre gelernt hat.«

Aspen blinzelte. »Und?«

»Und was?«

»Und woran kann er sich sonst nicht erinnern?«

»Das ist alles, von dem er weiß. Er weiß, was da draußen passiert ist. Aber er kann nicht gut damit umgehen, dass er all die Sprachen vergessen hat.«

Aspen verstand das nicht. »Es ist mir scheißegal, wie viele Sprachen er spricht«, sagte sie. »Ich gehe rein.« Sie versuchte, Trigger aus dem Weg zu schubsen und an ihm vorbeizukommen, aber der Mann blieb standhaft.

»Nein. Er braucht Zeit, Aspen«, sagte Trigger.

»Er braucht mich«, gab sie zurück.

»Lass sie rein«, sagte Grover leise.

»Grover –«, begann Trigger, aber Lucky nahm ihn am Arm und zog ihn zur Seite, sodass Aspen an ihm vorbei ins Zimmer gehen konnte.

»Das ist ein Fehler«, sagte Trigger zu seinem Team. »Ihm geht es nicht gut.«

Aspen hörte, wie nun auch die anderen ins Zimmer kamen, aber sie hatte nur Augen für Kane. Er saß im Bett und hatte ein paar Kissen im Rücken, die ihn stützten. Er starrte aus dem Fenster.

»Hey«, sagte sie. »Du siehst viel besser aus als noch vor ein paar Stunden«, neckte sie ihn.

Aber als Kane sich zu ihr umdrehte, konnte sie in seinen Augen keine Spur des Mannes erkennen, den sie liebte. Sein Blick war kalt und hart und sie musste sich am Riemen reißen, um nicht vor ihm zurückzuweichen.

»Ich habe Trigger gesagt, dass ich dich nicht sehen will.«

Aspen zuckte zusammen. Das tat weh. Trigger hatte

behauptet, dass er niemanden sehen wollte, nicht nur nicht sie. »Ich wollte wissen, ob es dir gut geht.«

»Mir geht es gut«, sagte er mit monotoner Stimme. »Das weißt du jetzt, also kannst du gehen.«

Aspen runzelte die Stirn. »Kane, was ist los?«

Er war für einen Moment still. Dann sagte er: »Ich glaube, es ist am besten, wenn wir uns gegenseitig ein bisschen Zeit geben, das alles zu verarbeiten.«

Der Schmerz, den seine Worte in ihr auslösten, war so intensiv, dass sie sich an die eigene Brust fassen musste. »Was?«, flüsterte sie.

»Wir haben uns einfach so in diese Beziehung gestürzt. Ich glaube, es ist Zeit, das Tempo zu drosseln.«

Ihre Gedanken rasten; sie konnte nicht verstehen, warum er diese Dinge sagte. Sie wusste, dass sich der Charakter mancher Menschen nach einer Kopfverletzung veränderte, aber dass diese Veränderung meistens nur eine gewisse Zeit andauerte. »Okay, ich werde zur Einsatzstation zurückkehren und dich morgen wieder besuchen.«

Kane schüttelte langsam den Kopf. »Tu das nicht. Ich kann wirklich keinen weiteren deiner Ex-Freunde gebrauchen, der verrücktspielt und beschließt, wenn er dich nicht haben kann, kann es auch niemand anderes. Ich brauche Zeit für mich, Aspen.«

Seine Worte waren gewählt, um zu verletzen. Und während sie noch immer nicht verstehen konnte, warum er seine Meinung so plötzlich geändert hatte, wurde sie langsam auch wütend. »Du weißt, dass ich keine anderen Ex-Freunde habe.«

»Ach ja?«, fragte er.

Langsam wurde es ihr zu bunt. »Was jetzt? Das soll es gewesen sein?«

Kane zuckte mit den Schultern.

Sie kämpfte mit den Tränen, wollte aber nicht, dass Kane sah, wie sehr er sie verletzt hatte. »Ich bin froh, dass es dir gut geht«, sagte sie mit zugeschnürter Kehle. »Man sieht sich.«

Sie wartete einen Moment mit angehaltenem Atem darauf, dass er ihr sagte, wie unrecht er gehabt hatte. Dass er sie brauchte. Dass sie sein Leben gerettet hatte. Aber er saß einfach nur bewegungslos im Bett und starrte sie mit leeren Augen an. Sie hätte eine Fremde sein können.

Aspen hoffte, es lag daran, dass er sich einfach nicht an die Ereignisse der letzten Woche erinnern konnte. Sie hatten eine wunderbare Intimität miteinander entwickelt ... aber das war es nicht.

Er erinnerte sich daran. Es war ihm einfach egal.

Dereks Mordanschlag auf ihn hatte die Situation verändert. Vielleicht für immer.

Ein Gefühl des Verlustes kam über sie; sie hatte etwas verloren, das sie nie wiederfinden würde. Aspen nickte einmal mehr und ging dann zur Tür. Die anderen machten ihr Platz; keiner versuchte, sie aufzuhalten.

Sie ging zurück in den Flur und zögerte kurz, weil sie nicht wusste, wohin sie sich wenden sollte. Sie hatte keine Ahnung, wo das Wartezimmer oder der Ausgang war. Aber sie musste hier raus. Sie musste zur Einsatzstation zurück und sich beschäftigen. Alles war besser, als daran zu denken, was gerade passiert war.

---

Brain saß in seinem Bett und starrte in die Luft. Er versuchte, sich an das Wort für »Wasser« auf Kurdisch zu erinnern, aber es wollte ihm nicht einfallen. Er versuchte es mit Italienisch. Dann Französisch.

Nichts. Die Wörter, die seinen Kopf so lange bevölkert hatten, waren alle weg. Sie waren ihm ein Leben lang stete Begleiter gewesen. Und nun waren sie unerreichbar.

»Was zum Teufel sollte das gerade sein?«, zischte Trigger.

Brain war nicht überrascht, die Wut in der Stimme seines Freundes zu hören. »Das war das einzig Richtige, das ich tun konnte«, sagte er ruhig.

»Für wen?«, fragte Trigger.

»Für sie«, antwortete er sofort.

»Das ist doch bescheuert, und das weißt du auch«, mischte sich Lefty ein. »Aspen hat dir das Leben gerettet.«

»Und dafür bin ich ihr dankbar. Aber wenn man es anders betrachtet, dann ist sie auch der Grund, warum ich überhaupt mit dem Gesicht nach unten in Flutwasser geschwommen bin, nicht wahr?« Die Worte brachen aus ihm heraus, ohne dass er nachdachte, und er bereute sie sofort.

»Was zur Hölle?«, rief Oz.

»Bist du wirklich so dumm?«, fragte Lucky.

»Der Arzt ist ein Idiot. Brain hat einen ganz ordentlichen Dachschaden«, bemerkte Grover und schüttelte den Kopf.

»Sobald sie merkte, was passiert war, sprang Aspen aus dem Boot, um dir zu helfen«, warf Lefty ein. »In das Wasser, das voller Fäkalien und elektrischer Kabel war. Du hattest aufgehört zu atmen und sie hat dich so lange wiederbelebt, bis du wieder selbstständig Luft geholt hast. Und dann hat sie dich in Sicherheit gebracht. Dort hat sie Stunden an deiner Seite gewartet, bis Hilfe kam.

Sie war kurz davor, der Krankenschwester die Augen auszukratzen, weil sie nicht bei dir bleiben durfte. Es kostete ziemlich viel Überredungskunst, sie dazu zu bewegen, sich untersuchen zu lassen. Sie schlief ein, kaum dass sie sich hingesetzt hatte. Aber als sie aufwachte, war ihr erster und einziger Gedanke, an deiner Seite zu sein. Sie hat nichts gegessen. Sie hat nicht wieder geschlafen. Sie hat nicht einmal geduscht. Sie hatte nur Augen für dich. Und dann kommst du daher und machst mit ihr Schluss? Was ist los mit dir?«

Brain schmerzte das Herz, als er hörte, was Aspen alles durchgemacht hatte. Er hatte gewusst, dass sie stark war, aber zu hören, was sie alles für ihn getan hatte ... er hatte ja keine Ahnung gehabt. Er erinnerte sich daran, wie sie ihm ihre Liebe im Schlaf gestanden hatte, und der Schmerz wurde noch größer. »Ich bin nicht mehr der Mann, den sie kannte.«

»Stimmt, du bist plötzlich ein Vollidiot«, sagte Oz trocken.

»Ich weiß, und deshalb lasse ich sie gehen!«, rief Brain.

Im Raum war es nach seinem Ausbruch für einen Moment still.

Dann zischte Grover: »Erkläre das.«

Er seufzte und war plötzlich müde. »Ich bin ›das Genie‹. Der Typ, auf den ihr euch verlasst, wenn es darum geht, mit den Einheimischen zu reden. Das kann ich jetzt nicht mehr.«

»Ernsthaft?«, fragte Doc. »Du bist bescheuert.«

Brain presste die Lippen aufeinander. Wie konnte er nur erklären, was er fühlte? Er liebte diese Männer wie Brüder, aber sie würden ihn niemals verstehen. Er fühlte sich, als hätte er einen Teil seiner Persönlichkeit verloren. Er war nur noch ein halber Mann; und er wollte nicht, dass Aspen je mitbekam, wie miserabel und depressiv er sich nun fühlte.

»Das macht keinen Sinn«, warf Lucky ein. »Ja, du bist schlau. Und dass du all diese Sprachen sprechen konntest, war nicht ganz unpraktisch. Aber wir kommen auch so klar. Im Moment behauptest du nämlich, dass wir nur so erfolgreich auf unseren Einsätzen sind, weil du mit den Einheimischen reden konntest.«

Brain zuckte mit den Schultern.

»Du Arsch«, murmelte Oz.

»Okay, jetzt beruhigen sich alle mal wieder«, sagte Trigger und hob beide Hände in die Luft. »Sonst bekommen wir Ärger. Der Arzt hat mir gesagt, dass wir ihn nicht aufregen sollen. Das ist uns nicht so geglückt.« Er drehte sich zu Brain um. »So wie ich es verstanden habe, meinte der Arzt, dass dein Talent für Sprachen zurückkehren könnte. Du hast dir den Schädel ziemlich angestoßen. Du hast eine Wunde, die dazu noch angeschwollen ist. Wenn du dich erst mal ordentlich ausgeruht hast, kann es gut sein, dass deine sprachlichen Fähigkeiten wieder zurückkommen.«

Brain zuckte mit den Schultern. »Ich bin halt ein Pessimist. So ist es nun mal.«

»Du bist ein Arschloch«, sagte Lefty leise.

»Und dann ist da noch die Tatsache«, fuhr Trigger fort und ignorierte seinen Kameraden, »dass Aspen kein Problem damit hätte oder dich weniger lieben würde, wenn du dein restliches Leben nur noch eine Sprache sprechen würdest. Du glaubst doch nicht ernsthaft, dass ihre Gefühle so oberflächlich sind?«

Brain wusste, dass sein Freund recht hatte, aber er blieb stumm.

»Und Derek als Argument zu benutzen ist scheiße«, sprach Trigger weiter, »das weißt du auch. Du wolltest unbedingt, dass sie geht; ihren Ex-Freund zu erwähnen war eine sichere Methode, sie loszuwerden. Du warst nicht bei Bewusstsein, du hast sie nicht gesehen. Lefty hatte recht. Sie

SUSAN STOKER

war außer sich, kämpfte mit jedem, der sich zwischen sie und den Mann, den sie liebt, stellte.«

Brain schloss die Augen. Er dachte daran, wie Aspen ausgesehen hatte, als er die Augen öffnete. Sie war erschöpft gewesen. Sie hatte dunkle Ringe unter den Augen und ihre Haare standen in alle Richtungen ab. Sie hatte einen Krankenhauskittel getragen, der ihr viel zu groß war, und noch immer stand ihr der Schreck der vergangenen Nacht ins Gesicht geschrieben. Das und ihre Sorge um ihn.

Und was hatte er getan? Hatte er sie umarmt und ihr gesagt, dass alles gut werden würde? Nein. Er hatte sie zurückgewiesen.

Er hatte sie nicht einmal berührt, aber seine Worte waren so schlimm gewesen wie ein Schlag ins Gesicht.

»Ihm geht endlich ein Lichtlein auf«, sagte Grover.

Brain wollte nach Aspen rufen. Ihr sagen, dass sie zurückkommen sollte – dass er es nicht so gemeint hatte. Aber er wusste, dass es zu spät war. Sie war längst weg. Wahrscheinlich schon auf dem Weg zur Einsatzstation.

Er fühlte eine Hand auf seiner Schulter und blickte auf.

»Sie liebt dich. Sie wird dir verzeihen«, sagte Trigger.

»Sie ist stur«, flüsterte Brain.

»Du auch«, erwiderte Lefty.

»Ich habe Angst«, sagte Brain leise. Er würde das vor niemandem zugeben, außer vor den sechs Männern, die um sein Bett herumstanden. »Ich weiß nicht, wer ich bin, wenn ich nicht mehr ›das Genie‹ bin.«

»Wie wäre es mit Kane?«, schlug Oz lächelnd vor.

»Aspen liebt dich nicht, weil du eine Million Sprachen sprichst«, sagte Grover. »Sie liebt dich, weil du du bist.«

»Genauso wie wir«, fügte Lucky hinzu. »Du bist nicht in unserer Einheit, weil du Paschtunisch sprechen kannst. Du bist hier, weil du es dir verdient hast. Du bist einer der

348

Besten. Mir ist es schnurzegal, in wie vielen Sprachen du schimpfen kannst, wenn wir zusammen auf einem Einsatz sind. Mir ist einzig und allein wichtig, dass du gut zielst und mir den Rücken freihältst.«

»Zu glauben, dass dein einziger Beitrag zu dem Team dein Wissen ist, ist idiotisch«, fügte Trigger hinzu. »Du bist Kane Temple und du bist ein Delta-Soldat. Punkt. Verstanden?«

»Verstanden«, sagte Brain und seine Stimme klang etwas unstet.

»Und während du jetzt hier im Krankenhaus bleibst und dein Köpflein ausruhst, kannst du mal anfangen, über Möglichkeiten nachzudenken, um dich bei Aspen zu entschuldigen«, befahl Lefty.

Brain nickte. Er war sich immer noch nicht ganz sicher, ob Aspen nicht vielleicht doch ohne ihn besser dran war, aber der Knoten in seinem Magen ließ ihn wissen, dass er sich falsch verhalten hatte. Und wie. Er fühlte sich leer, weil er wusste, dass sie nicht in der Nähe war. Weil er wusste, dass er nicht einfach das Telefon nehmen und sie anrufen konnte.

»Erhol dich, Alter«, sagte Oz und klopfte ihm auf die Schulter, bevor er sich umdrehte und den Raum verließ.

»Bis dann«, sagte Grover und folgte Oz.

Die anderen sagten ebenfalls Auf Wiedersehen und gingen. Doch Brain hielt Trigger auf, als dieser sich ihnen anschließen wollte. »Trigger?«

»Ja?«

»Kannst du dich um sie kümmern? Du weißt, wie gefährlich Zeltstädte nachts werden können.«

»Natürlich. Das werden wir alle. Kann ich dir einen Ratschlag geben?«

Brain nickte.

»Lass dir nicht zu viel Zeit, um dich zu entschuldigen. Aspen ist es scheißegal, wie viel du weißt oder kannst. Sie hat ihre Dienstzeit bald hinter sich und könnte sich danach überall in den USA einen Job suchen. Sie wird einen guten Grund brauchen, in Killeen zu bleiben.«

Als er daran dachte, dass Aspen die Stadt verlassen. könnte, wurde Brain schwer ums Herz. Er fühlte Übelkeit in sich aufsteigen. Vielleicht lag das auch nur an seiner Kopfverletzung. Er war sich nicht sicher. »Vielleicht kann Gillian auch nach ihr sehen?«

»Natürlich. Und du musst dich darauf gefasst machen, dass sie, Kinley und Devyn es sich nicht nehmen lassen werden, dir ganz persönlich zu sagen, was für ein Vollidiot du bist.«

Nun musste Brain lächeln. »Mögen sie Aspen so sehr?«

»Du weißt, wie sehr. Sie ist schon jetzt Teil des Teams«, sagte Trigger. »Sie und Gillian schreiben sich fast ständig.«

Brain freute sich für Aspen.

»Ich gehe jetzt. Ich besuche dich morgen wieder.«

»Danke. Trigger?«

»Ja?«

»Was ist aus Derek geworden?«

Trigger blieb für einen Moment stumm. Dann sagte er: »Karma. Das ist passiert. Er ist über ein Stromkabel gefahren und in die Luft geflogen.«

»Meinst du das im Ernst?«

»Ja.«

»Was für ein Glück.«

»Stimmt. Schlaf dich aus, morgen wird sich dein Kopf schon besser anfühlen.«

»Woher weißt du, dass die Schmerzen zurückgekommen sind?«, fragte Brain.

»Weil ich dich kenne«, sagte Trigger einfach, dann

drehte er sich um und verließ den Raum, wobei er das Licht ausknipste und die Tür schloss.

Die plötzliche Dunkelheit fühlte sich gut an und Brain ließ sich wieder ins Bett sinken. Er fühlte sich furchtbar und sein Kopf schmerzte. Außerdem konnte er die Leere da fühlen, wo früher all seine Worte gewesen waren.

Aber am schlimmsten war das Wissen, dass er dem Menschen wehgetan hatte, der alles für ihn tun würde.

»Es tut mir leid«, flüsterte er, bevor er in einen heilenden Schlaf sank.

# KAPITEL ACHTZEHN

Eine Woche.

Sieben lange Tage. So lang war es her, seit Brain das letzte Mal mit Aspen gesprochen hatte. Er war noch vier Tage im Krankenhaus geblieben, weil die Ärzte seine Infektion im Blick behalten und sich davon überzeugen wollten, dass sein Gehirn nicht zu sehr anschwoll. Danach war er nach Hause zurückgekehrt und seitdem nahm der Strom der Besucher kaum ein Ende ... aber die Person, die er am meisten sehen wollte, kam nicht.

Er hatte daran gedacht, sie anzurufen, aber er hatte Angst, dass sie auflegen würde, bevor er sagen konnte, was er zu sagen hatte. Bis jetzt hatte er nicht zu ihrer Wohnung fahren können, weil er erst heute wieder am Steuer sitzen durfte.

Allerdings hatte er während der letzten Tage eine Menge Zeit zum Nachdenken gehabt.

Zum Beispiel darüber, was in Houston mit Spence passiert war. Und wie sehr er danach überreagiert hatte.

Brain wollte nicht in das Boot steigen, hatte es aber trotzdem getan. Es war seine eigene Blödheit, dem Mann den Rücken zuzudrehen, aber er hatte einfach nicht damit gerechnet, dass Spence ihn umbringen wollte.

Kurz bevor Spence das Ruder auf ihn niederschlug, hatte er sich noch nach ihm umgedreht, als hätte er geahnt, was gleich passieren würde. Brain hatte keine Zeit mehr gehabt, dem Ruder auszuweichen; an den tatsächlichen Schlag erinnerte er sich nicht mehr. Er war sofort ohnmächtig geworden und erst im Krankenhaus wieder zu sich gekommen.

Aber seine Freunde hatten ihm die ganze Geschichte erzählt. Er wusste, dass er mit dem Gesicht nach unten im Wasser getrieben hatte, als Aspen ihm nachsprang. Wie sehr er sie vermisste. Er wollte sich unbedingt bei ihr entschuldigen und sie um Verzeihung bitten. Aber er hatte noch nicht den richtigen Zeitpunkt gefunden; er wollte wieder einigermaßen auf den Beinen sein, bevor er zu ihr ging. Auf keinen Fall wollte er einen weiteren Aussetzer haben, damit würde er seine Chancen, sie zurückzugewinnen, endgültig ruinieren.

Brain hatte keine Ahnung, ob sie ihm überhaupt eine zweite Chance geben würde. Aber er würde alles in seiner Macht Stehende tun, um sie davon zu überzeugen, dass er ein Idiot war und sie von ganzem Herzen liebte.

Heute war der Tag gekommen.

Spence' Beerdigung fand an diesem Morgen statt. Unter anderen Umständen wäre Brain sicherlich nicht in die Kirche gegangen. Der Mann hatte immerhin versucht, ihn umzubringen. Aber Grover hatte ihm verraten, dass Aspen da sein würde. Er verstand nicht, warum sie zu der Beerdigung gehen wollte, wollte sie aber unterstützen.

Er hatte von dem Arzt des Stützpunktes endlich die Erlaubnis zum Fahren bekommen und so zog er seine grüne Paradeuniform und eine Sonnenbrille an, weil er bei hellem

Licht immer noch schnell Kopfweh bekam, stieg in seinen Challenger und fuhr zur Kapelle auf dem Stützpunkt.

Der Parkplatz war voll, doch er fand noch einen Platz. Er nahm einen tiefen Atemzug in dem Wissen, dass die nächste halbe Stunde nicht leicht werden würde, und ging zum Eingang der Kapelle.

Es sah so aus, als hätte der Gottesdienst schon angefangen. Brain erkannte Aspen sofort unter den Anwesenden. Auch sie trug ihre grüne Paradeuniform und saß im hinteren Teil der Kapelle auf einer der Bänke. Sie war allein und hielt den Rücken sehr gerade, während sie den Geistlichen anstarrte.

Brain betrat den Gang, in dem sie saß, und setzte sich mit angehaltenem Atem neben sie. Sie warf ihm einen kurzen Blick zu, machte aber keine Anstalten, seine Anwesenheit zu kommentieren. Er hatte nicht erwartet, dass sie ein großes Drama veranstalten würde. Das war nicht ihre Art. Dennoch hatte er nicht gewusst, wie sie reagieren würde.

Die nächsten zwanzig Minuten waren nicht einfach. Der Geistliche sprach darüber, was für ein guter Mann Spence gewesen war, und sagte, dass sein Tod ein großer Verlust für seine Familie und das Militär darstelle. Es war ein einziger Witz. Es war nicht einfach zu verdauen, dass der Mann, der ihn fast umgebracht hatte, hier als Held gefeiert wurde.

Endlich war der Gottesdienst vorbei. Brain wandte sich Aspen zu. »Hey.«

»Hi«, sagte sie mit ruhiger Stimme und emotionslosem Gesichtsausdruck.

»Das ist nun wirklich der letzte Ort, an dem ich heute sein will«, fuhr er fort.

Sie zuckte mit den Schultern.

Brain musterte sie genau. Sie sah mitgenommen aus.

Ihr Gesicht war blass und sie hatte dunkle Ringe unter den Augen. Und er glaubte zu wissen, dass ihr Herz viel zu schnell schlug. Er konnte ihren Puls an ihrem Hals sehen.

»Können wir uns unterhalten?«, platzte es aus ihm heraus, während er nichts mehr wollte, als sie in die Arme zu nehmen und zu trösten.

Aspen nickte und Brain seufzte erleichtert auf.

»Aber nicht hier«, sagte sie.

»Natürlich nicht«, stimmte er ihr schnell zu, stand auf und streckte ihr die Hand entgegen.

Er war überrascht, als sie sie ergriff.

Erleichterung kam über ihn. Sie hatte seine Hand nicht ignoriert oder gar zur Seite geschlagen. Hatte ihm nicht gesagt, er solle sich verziehen.

Langsam keimte in ihm Hoffnung auf, dass er sie eventuell noch nicht verloren hatte.

Sobald sie stand, ließ sie seine Hand los, und Brain versuchte, nicht zu enttäuscht zu sein. Er bedeutete ihr, den Gang zu verlassen, und sie schlüpfte an ihm vorbei auf den Mittelgang hinaus. Sie machte keine Anzeichen, dass sie bleiben und mit Spence' Angehörigen reden wollte, was ihn erleichterte.

Als sie nach draußen traten, zuckte Brain aufgrund des hellen Sonnenlichts zusammen und setzte sich die Sonnenbrille wieder auf. »Wollen wir uns einen Kaffee holen?«, fragte er sie etwas ungelenk und hasste es, wie komisch er sich fühlte.

Aber Aspen schüttelte den Kopf. »Nein. Aber wir können uns gern bei mir treffen; so in zwanzig Minuten? Ich würde gern erst heimfahren und mich umziehen.«

Brain nickte sofort. »Das klingt gut. Ich würde selbst gern kurz nach Hause fahren und mich umziehen.«

»Natürlich. Bis dann.« Aspen drehte sich um und ging zu ihrem Elantra.

Brain musste sich zwingen, ihr nicht nachzugehen, als er sah, wie unstet sie auf den Beinen war. Aber sie fing sich wieder und schloss die Tür des Wagens auf. Er hatte keine Ahnung, was ihr fehlte, aber war sehr besorgt.

Er fuhr so schnell es ging nach Hause und zog sich eine Jeans und ein olivgrünes Hemd an. Es war eines der Oberteile, das Aspen gemocht hatte ... bevor er sie so verärgert und mit ihr Schluss gemacht hatte. Sie hatte gesagt, dass das Grün seine braunen Augen betonen würde. Er wollte alles tun, um sie daran zu erinnern, wie gut sie als Paar funktioniert hatten. Und dass sie ihn damals gemocht hatte.

Er war immer noch fünf Minuten zu früh, als er vor ihrem Haus parkte. Er zwang sich, die Zeit im Wagen sitzen zu bleiben und zu warten, bis die zwanzig Minuten wirklich vorbei waren. Dann eilte er ins Gebäude und zu ihrer Wohnung. Er klopfte und sie rief ihm zu, dass die Tür offen war.

Er runzelte die Stirn, weil sie nicht nur die Tür offen gelassen hatte, sondern sich noch nicht einmal davon überzeugt hatte, dass es wirklich er war, der geklopft hatte. Dann ging er hinein. Er schloss die Tür sorgfältig hinter sich, nahm einen tiefen Atemzug und ging ins Wohnzimmer.

Aspen saß auf dem Sofa, sie trug einen Kapuzenpullover und hatte sich unter eine warme Decke gekuschelt. Er ließ den Blick über den Couchtisch schweifen, auf dem ein paar zerknüllte Taschentücher, ein Glas Orangensaft und ein Stapel Bücher lagen. Er fragte: »Bist du krank?«

Aspens Lippen zuckten. »Dir entgeht auch gar nichts, oder? Setz dich, Kane. Wir müssen reden.«

Diese drei Worte waren der Albtraum eines jeden Mannes, aber Brain hatte sie kommen sehen. Sie waren der

Grund, warum er überhaupt hier war. Er machte sich bereit. Anstatt sich in den Sessel zu setzen, der dem Sofa gegenüberstand, beschloss Kane, sich neben Aspen auf die Couch zu setzen. Er berührte sie nicht, aber er war ihr wieder näher als während der letzten Tage.

Noch einmal atmete er tief ein. Dann platzte aus ihm heraus, was er die letzten Tage fast ununterbrochen gedacht hatte.

»Ich liebe dich.«

Aspen fühlte sich schrecklich. Nachdem sie das Krankenhaus in Houston verlassen hatte, stand sie unter Schock. Sie war verletzt, verwirrt und ein kleines bisschen wütend. Der Regen hatte endlich aufgehört und die Wassermassen zogen sich zurück. Sie war zur Zeltstadt zurückgekehrt, hatte sich andere Kleidung angezogen und dann geholfen, die Zelte abzubauen, bevor sie alle nach Fort Hood zurückgekehrt waren.

Sie verbrachte die gesamte Fahrt nach Killeen damit, darüber nachzudenken, was passiert war. Jeder Muskel tat ihr weh und sie war sich sicher, dass die ersten blauen Flecke schon anfingen, sich zu bilden.

Nachdem sie geholfen hatte, die Lastwagen zu entladen, war Aspen zu ihrer Wohnung gefahren und hatte zwanzig Stunden am Stück geschlafen. Als sie aufwachte, fühlte sie sich noch schlimmer als am Tag zuvor. Sie hatte den Major angerufen und sich krankgemeldet und hatte danach noch einmal zwölf Stunden geschlafen.

Nach fünf langen Tagen begann sie langsam, sich besser zu fühlen, aber sie war noch immer nicht auf der Höhe. Sie hatte sich gezwungen, aufzustehen und zu Dereks Beerdigung zu gehen, aber geplant, danach sofort wieder nach Hause zu fahren und sich weiter auszukurieren.

Kane zu sehen war eine Überraschung gewesen. Noch mehr, weil er sich neben sie gesetzt und um ein Gespräch gebeten hatte.

Das fand sie gut.

Sie hatte sich die bequemste Kleidung angezogen, die sie besaß, und wartete mit angehaltenem Atem darauf, dass er an ihre Tür klopfte. Es war höchste Zeit, über alles zu reden, was passiert war. Und reinen Tisch zu machen.

Kane setzte sich neben sie auf die Couch und gerade, als sie ansetzen wollte, um etwas zu sagen, platzte es aus ihm heraus: »Ich liebe dich. Und es tut mir leid.«

Aspen blinzelte überrascht. »Was?«

»Ich liebe dich«, wiederholte er, diesmal mit Nachdruck.

Aspens Herz schlug Purzelbäume, aber sie versuchte ihr Bestes, ihre Emotionen unter Kontrolle zu halten. »Als ich dich das letzte Mal gesehen habe, hast du mit mir Schluss gemacht. Nun das. Bei deinen Meinungsschwankungen kann man ja seekrank werden.«

Er seufzte und fuhr sich mit der Hand durch die Haare. »Ich weiß. Zu meiner Verteidigung kann ich lediglich sagen, dass ich im Krankenhaus einfach nicht ich selbst gewesen bin.«

Aspen zog die Augenbrauen hoch.

»Ich weiß, dass das wie eine Ausrede klingt, aber das ist es nicht. Ich war gerade erst aufgewacht, verwirrt, niedergeschlagen und hatte Schmerzen. Ich hatte mich so gefreut, dich zu sehen, aber dann hat der Arzt dich rausgeworfen und mich in die Mangel genommen.«

»In die Mangel genommen?«, fragte Aspen mit einem Kichern.

Kanes Lippen zuckten, aber er nickte. »Du weißt, was ich

meine. Es hat sich auf jeden Fall so angefühlt. Ich war froh, dass ich mich anscheinend an alles erinnern konnte, aber dann hat er der Krankenschwester etwas auf Spanisch mitgeteilt und ich habe es nicht verstanden. Da habe ich Panik bekommen. Es dauerte nicht lange, bis ich feststellte, dass ich auch all die anderen Sprachen vergessen hatte, die ich über die Jahre gelernt hatte. Ich konnte mich an nichts erinnern. Die Worte waren wie gelöscht. Es hat sich so angefühlt, als hätte ich ein schwarzes Loch in meinem Kopf.

Trigger kam ins Zimmer und ich erzählte ihm, was passiert war. Er hat angefangen, den Arzt mit Fragen zu löchern, wollte wissen, wann und ob ich mich überhaupt erinnern würde, aber der Arzt konnte ihm keine Antwort geben. Er konnte nur sagen, dass die Wahrscheinlichkeit, dass ich meine Erinnerungen zurückbekomme, bei vierzig Prozent liegt. Ich bin nicht gut damit umgegangen.«

Aspen schnaubte. »Das stimmt.«

Kane lächelte nicht, sondern sah sie einfach weiter an.

»Und jetzt? Kannst du dich erinnern?«

»An das eine oder andere«, gab Kane zu. »Manchmal kommen mir einfach Wörter in den Kopf. Es ist tatsächlich etwas seltsam; ich rede mit jemandem und plötzlich erinnere ich mich an einzelne Wörter wie ›rot‹ oder ›Pulli‹ oder ›Idiot‹.«

»Deshalb bist du hier? Weil du langsam deine Erinnerung zurückbekommst und wieder ›das Genie‹ sein willst?«, fragte Aspen und die Worte kamen beleidigender rüber, als sie es beabsichtigt hatte.

»Nein«, sagte Kane sofort. »Ich wusste schon in dem Moment, in dem du das Krankenhaus verlassen hast, dass ich einen Fehler gemacht hatte. Als du gingst, war es so, als würde es im Raum plötzlich dunkel und kalt werden. Trigger und die anderen haben mir dann noch unmissverständlich klargemacht, was für ein Idiot ich bin. Ich vermisse dich, *chérie*.«

Aspen griff nach ihrem Handy, das auf dem Couchtisch lag, blickte ein paar Sekunden lang nachdenklich darauf und sah dann wieder ihn an. »Komisch, ich scheine gar keine Nachrichten von dir bekommen zu haben. Hast du meine Nummer etwa auch vergessen?«

»Nein. Ich hatte Angst, dass du mich ignorierst. Und mir einfach nicht antwortest. Ich habe Doc vor ein paar Tagen dazu überredet, mich zu deiner Wohnung zu fahren. Ich habe deinen Wagen gesehen, aber als ich geklopft habe, hat keiner aufgemacht. Ich nahm an, dass du nicht mit mir reden willst.«

»Wann war das?«, fragte Aspen.

»Vor drei Tagen.«

»Da war ich nicht hier«, sagte sie zu ihm. »Ich habe mir wohl eine ziemlich üble Infektion eingefangen, weil ich so lange in dem Wasser gestanden habe. Ich hatte mir die Hand aufgekratzt und so konnten eine ganze Horde Bakterien in meinem Blutkreislauf eine Party feiern – zumindest denken das die Ärzte. Ich war am Tag nach der Rückkehr so krank, dass ich Devyn angerufen habe. Sie kam vorbei und hat mich zu dem Arzt auf den Stützpunkt gebracht. Ich musste eine Nacht zur Überwachung im Krankenhaus bleiben, bevor ich wieder gehen durfte. Ich war also nicht da, als du geklopft hast, Kane. Ich hätte dir aufgemacht, wäre ich hier gewesen.«

Kane erschrak. »Geht es dir jetzt besser? Hättest du heute überhaupt zu der Beerdigung gehen sollen? Ich sollte gehen, damit du deinen Schlaf bekommst.«

Aspen streckte die Hand aus und berührte Kane am Arm. Sie fühlte die gleiche elektrische Energie, die sie schon bei ihrer allererstern Begegnung wahrgenommen hatte. »Mir geht es gut«, sagte sie.

»Verdammt«, fluchte er, packte ihre Hand und hielt sie zwischen den seinen. »Mir wurden in Houston so viele Antibiotika verabreicht, dass ich wahrscheinlich um die schlimmste Infektion herumgekommen bin.«

Aspen nickte. »Ja, das denke ich auch. Aber dein Kopf tut immer noch weh?«

»Hin und wieder, ja. Deshalb trage ich draußen immer die Sonnenbrille. Aber es wird jeden Tag besser. Die Ärzte sagen, es sei sehr wahrscheinlich, dass ich mich an die restlichen Sprachen auch noch erinnern werde, sobald die Schwellung meines Gehirns vollkommen abgeklungen ist.«

»Das freut mich.«

»Ich war überrascht, dass du zu Dereks Beerdigung gegangen bist«, wechselte Kane das Thema.

Aspen ging darauf ein. »Ich habe mich mit dem Major getroffen und ihm erzählt, was in der Nacht passiert ist. Wie du gezögert hast, ins Boot zu steigen. Wie ich mich umdrehte, als das Boot schwankte, und Derek das Ruder in der Hand hielt. Meine Entscheidung, aus dem Boot zu springen und dir nachzuschwimmen, anstatt mich mit Derek anzulegen. Wie er davongefahren ist und uns zurückgelassen hat. Es war nicht einfach und ich hatte Angst, dass er mir nicht glaubt. Aber das hat er zum Glück.

Er hat mir gesagt, dass Derek für sein Verhalten in Afghanistan eine Abmahnung bekommen hat. Das wusste ich nicht, und anscheinend auch sonst keiner. Aber es war wohl genug, um Derek in den Wahnsinn zu treiben. Er war durch und durch Soldat. Und aus irgendeinem Grund hat er mich für seine Unfähigkeit verantwortlich gemacht. Der Major wollte sicherstellen, dass meine Aussage schriftlich festgehalten wird. Ich weiß nicht, wo genau sie abgelegt ist und wer es je erfahren wird, aber es fühlte sich gut an, ernst genommen zu werden.

Wie auch immer, am Ende musste Derek für seine Sünden bezahlen. Er war ein Idiot, hat Frauen diskriminiert und wollte dich umbringen. Dafür wurde er bestraft. Karma, würde ich sagen. Ich hätte darauf bestehen können, dass der Fall richtig untersucht wird, aber ganz ehrlich, Derek kann nicht mehr bestraft werden. Und es bringt keinem etwas, den Namen eines Toten durch den Dreck zu ziehen.

Wäre er noch am Leben? Dann würde ich alles daransetzen, dass er seine gerechte Strafe erhält. Aber so? Ich bin es einfach leid. Karma hat sein Ding gemacht und ich nehme das als Hinweis, dass ich nun mein Leben weiterleben kann.«

»Warum warst du dann bei der Beerdigung? Ich fand es ziemlich unerträglich, dem Geistlichen dabei zuzuhören, wie er erzählte, was für ein toller Kerl und Soldat Derek gewesen ist«, sagte Kane.

Aspen nickte. »Ja, das war nicht einfach. Aber ich will ein besserer Mensch sein, als Derek es war. Und ich kann den Schmerz seiner Familie nachvollziehen. Ich hatte auch gehofft, dass ich dadurch mit den Erlebnissen abschließen kann.«

»Hat es geholfen?«, fragte Kane.

»Überraschenderweise ... ja. Ich kann die Sache nun hinter mir lassen und mich auf einen neuen Lebensabschnitt konzentrieren.«

»Ich glaube nicht, dass ich die Sache so schnell vergessen kann«, gab Kane zu. »Der Typ hat versucht, mich umzubringen. Solange solche Leute als Führungskräfte beim Militär dienen, wird sich die Situation für Frauen niemals verbessern. Es kann nicht angehen, dass sie wieder und wieder mit dieser Nummer durchkommen, nur weil die obersten Führungskräfte sich davor scheuen, zu handeln und ihnen den Marsch zu blasen.«

Aspen presste die Lippen aufeinander. Kanes Worte bedeuten ihr viel. »Ich weiß, dass du recht hast, aber ich will einfach mein Leben leben.«

Kane starrte sie lange an, dann seufzte er. »Ich mag das ganz und gar nicht und ich hasse die Vorstellung, dass Spence mit seinem Verhalten davonkommt ... aber ich kann es vergessen. Für dich.«

Aspen wollte ihm danken, aber Kane sprach weiter. »Aber ich werde ein langes, ausführliches Gespräch mit dem Major führen. Ich weiß, dass du schon mit ihm geredet hast, aber ich bin mir sicher, dass du die Situation nicht halb so dramatisch dargestellt hast, wie sie wirklich war. Wahrscheinlich hast du ihm sogar eingeredet, dass er dich nicht anders behandelte als die anderen Teammitglieder. Was Quatsch ist. Jemand muss sich für dich und all die Frauen, die nach dir kommen, starkmachen. Und das werde ich tun.«

»Vielen Dank«, sagte sie leise. »Für mich ist es das Wichtigste, dass du hier bist und dass es dir gut geht. Deshalb kann ich die Sache hinter mir lassen. Aber ich muss immer wieder an Annie und ihren Enthusiasmus für das Militär denken. Ich will nicht, dass sie ähnliche Erfahrungen machen muss wie ich. Wenn dein Gespräch mit dem Major dazu führt, dass es Frauen in der Zukunft ein bisschen leichter haben, dann ist das eine gute Sache.«

Kane nickte. Dann senkte er den Blick und starrte seine eigenen Hände an. Es fiel ihm schwer auszusprechen, was er sagen wollte.

»Was ist los?«, fragte Aspen.

»Es tut mir leid, dass ich so ein Vollidiot war«, sagte er zu ihr.

»Ich weiß. Und ich habe dir schon vor sieben Tagen verziehen«, sagte sie ihm offen.

»Wirklich?«, fragte er überrascht.

»Ja. Hast du wirklich geglaubt, dass ich dich einfach so gehen lasse? Kane, ich liebe dich. Ich liebe dich seit dem ersten Kuss in der Kneipe. Niemals hätte ich dich aufgegeben, nur weil du einmal einen Aussetzer hattest. Ich hatte geplant, dir ein wenig Freiraum zu geben und dir dann die Leviten zu lesen, sobald du dich wieder besser fühlst. Aber dann bin ich selbst krank geworden und so waren meine Pläne zunichte gemacht worden.«

»Du liebst mich«, sagte er. Das war keine Frage.

»Natürlich«, sagte Aspen.

»Ich habe dich verletzt.«

»Das hast du. Ich habe mich noch nie so furchtbar gefühlt wie in dem Moment, in dem du mit mir Schluss gemacht hast. Aber dann wurde ich wütend. Ich habe dir sämtliche Schimpfnamen der Welt gegeben. Und als ich irgendwann wieder ruhig genug war, um klar zu denken, ist mir aufgefallen, wie sehr ich dich unter Druck gesetzt hatte. Ich wollte dich unbedingt sehen. Trotzdem hätte ich auf Trigger hören sollen, als er sagte, dass du Ruhe brauchst.«

Kane schüttelte den Kopf. »Nein, du hast nichts falsch gemacht. Es war mein Fehler. Du wolltest mich ja nur sehen. Die anderen haben mir erzählt, wie du meine Seite nicht verlassen wolltest, als ich ohnmächtig war. Du hast nichts gegessen, nicht geduscht, nicht geschlafen. Dann wache ich auf und mache als Erstes Schluss mit dir.«

»Zumindest hast du es versucht«, verbesserte Aspen ihn.

»Ich hätte dich nicht so ohne Weiteres gehen lassen. Ich habe beim Training nicht aufgegeben und auch nicht, als alle mir gesagt haben, dass ich nicht das Zeug zum Feldsanitäter für die Rangers habe. Ich hätte dich sicherlich nicht nach einem kleinen Missverständnis aufgegeben.«

»Ich habe dich nicht verdient«, flüsterte Kane.

»Stimmt nicht. Wir haben uns gegenseitig verdient«, sagte Aspen zu ihm. Dann drehte sie den Kopf zur Seite und hustete in ihre Armbeuge.

»Du bist immer noch krank«, sagte Kane und setzte sich gerader hin. »Du musst dich erholen.«

Aspen nahm seine Hände in ihre. »Ich will nicht, dass du gehst.«

Er war überrascht. »Ich gehe nirgendwo hin«, versicherte er ihr. »Du hast auf mich aufgepasst, als ich dich brauchte, und nun werde ich mich um dich kümmern.«

Aspen lächelte. »Also ist alles wieder gut zwischen uns?«

»Alles wieder gut«, bestätigte er. »Ich liebe dich. Du liebst mich. Du hast mir dafür vergeben, dass ich mich wie ein Arsch verhalten habe, und ich verspreche, dass das nie wieder passieren wird.«

»Ich bin froh, dass es dir gut geht«, sagte sie sanft. »Du hast mir echt Angst gemacht.«

Kane lehnte sich langsam zu ihr und küsste sie auf die Stirn. Dann half er ihr, es sich auf der Couch richtig gemütlich zu machen, und wickelte sie fest in ihre Decke ein. Er lehnte sich über sie und sagte: »Ich hatte die beste Feldsanitäterin der Welt an meiner Seite. Mir blieb gar nichts anderes übrig, als gesund zu werden. Schlaf jetzt, *querida*.«

Zum ersten Mal seit Tagen war Aspen glücklich, als sie einschlief.

---

»Oh, verdammt«, fluchte Brain, als Aspen seinen Schwanz ritt.

Es war anderthalb Monate her, seit er sie fast verloren hätte. Seitdem war ihre Beziehung stärker als je zuvor. All die Sprachen, die er verloren hatte, kamen langsam zu ihm zurück und er war noch nie so zufrieden mit seinem Leben gewesen.

Er hatte großartige Freunde, einen Job, den er mochte, und eine Frau, die mehr als einmal bewiesen hatte, dass sie ihn liebte und bereit war, um ihn zu kämpfen.

Aspen hatte an diesem Nachmittag ihre Dienstzeit beendet und sie hatten ihren letzten Tag und gleichzeitig das Jobangebot, das sie vom Rettungsdienst Acadian in Temple bekommen hatte, gebührend gefeiert. Er hatte ihnen ein schönes Abendessen zubereitet und einen leckeren Margarita für Aspen; auch um einen Kuchen hatte er sich gekümmert. Nachdem sie gegessen hatten, hatte sie ihn ins Schlafzimmer gelockt und ihn dort quasi angesprungen.

Im Moment lag er auf dem Rücken und hielt sich an ihren Hüften fest, während sie ihn hart und schnell vögelte. Ihre Brüste wippten mit jedem Stoß auf und ab und sie stöhnte auf, als sie ihre Hand an ihre Klitoris legte, während sie ihn unerbittlich zum Orgasmus ritt. Sie war unglaublich sexy und Brain konnte nichts weiter tun, als seinen Orgasmus so lange wie möglich hinauszuzögern.

Sobald sie sich ihrem Orgasmus ergab, packte er sie an den Hüften und rollte sie auf den Rücken. Dann vögelte er sie noch härter. Er war fast überwältigt davon, wie sich ihre Muskeln noch immer spastisch um seinen Schwanz herum anspannten. Sie hatten die Kondome inzwischen weggelassen und die Intensität überwältigte ihn fast.

Viel zu schnell war auch er dem Orgasmus nahe. Er

stieß noch einmal tief in sie hinein und ließ sich von seinem Höhepunkt überwältigen.

Dann brach er zusammen; aber er stellte sicher, dass er Aspen nicht mit seinem Gewicht erdrückte. Er rollte sich auf die Seite und spürte ihre heißen Atemzüge an seinem Hals, als er die Augen befriedigt schloss.

Er hätte sie fast verloren.

Er hatte sich so oft bei ihr entschuldigt, dass es Aspen irgendwann zu viel geworden war, und sie ihm befahl, die Worte »Es tut mir leid« nie wieder im Zusammenhang mit den Vorfällen in Houston in den Mund zu nehmen. Er hatte ihr zugestimmt ... aber entschuldigte sich immer noch genauso oft, allerdings nur noch in seinem Kopf.

»Glückwunsch«, sagte er leise.

Aspen musste schmunzeln. »Danke.«

»Nur damit du es weißt: Ich bin stolz auf dich. Die Stadt Temple weiß es vielleicht noch nicht, aber sie ist bei dir in den allerbesten Händen. Wenn jemand den Notruf wählt, dann haben die Einwohner großes Glück, wenn du bei ihnen auftauchst.«

»Ich muss noch ein paar Kurse besuchen, damit ich mich auch sicher fühle; vor allem, wenn es um Pädiatrie geht. Aber ich freue mich, bald anfangen zu können und die anderen Sanitäter kennenzulernen.«

»Sie werden dich lieben«, sagte Brain zu ihr und hoffte, dass er recht hatte.

Aber Aspen zuckte nur mit den Schultern. »Selbst wenn nicht, ist das okay. Ich habe dich und deine Freunde. Und Gillian, Kinley und Devyn. Ich muss nicht beste Freunde mit meinen Arbeitskollegen sein, weil ich euch habe.«

»So ist es richtig«, sagte Brain zu ihr. »Und wann ziehst du eigentlich bei mir ein?«, fügte er hinzu.

Aspen hob den Kopf und sah ihn an. »Ich war mir nicht sicher, ob du schon bereit dafür bist.«

»Nicht bereit?«, wiederholte Brain. »Ich bitte und bettle seit Wochen, dass du endlich einziehst.«

»Wenn du dir sicher bist ...«, sagte sie und ließ den Satz ins Nichts auslaufen.

»Sicher«, bestätigte Brain. »Sehr sicher sogar. Du verschwendest doch nur Geld für die Miete, weil du immer hier bist. Ich will, dass du hier bist. In meinem Bett. In meiner Dusche. In meiner Küche. Ich weiß, dass das Haus nicht sehr groß ist. Aber wir können uns bald ein größeres kaufen, wenn du willst.«

»Ich mag es«, sagte Aspen lächelnd.

Brain seufzte und sein Schwanz glitt langsam aus ihr heraus. Sie mussten beide stöhnen.

»Ich hasse es, wenn ich dich so verliere«, sagte sie.

»Du wirst mich nie verlieren, mein Schatz«, beruhigte Brain sie. Dann lehnte er sich zu ihr und küsste sie. Lange und langsam, so, wie sie es beide am liebsten mochten.

---

Winnie Morrison schaute zum Haus ihres Nachbarn hinüber und lächelte, als sie Kanes schicken, schwarzen Wagen in der Einfahrt stehen sah. Er liebte dieses Fahrzeug. Und die Tatsache, dass es nicht sicher in der Garage stand, konnte nur bedeuten, dass dort Aspens Auto geparkt war. Es war offensichtlich, dass er sie mehr liebte als seinen Wagen. Das erinnerte Winnie an ihren verstorbenen Mann.

Steve war die Liebe ihres Lebens gewesen. Er war vor fünf Jahren gestorben und seitdem war kein Tag vergangen, an dem sie ihn nicht vermisst hatte. Sie vermisste die Art, wie er ihre Hand gehalten hatte, wie er jede Glühbirne ohne

Beschwerde ausgetauscht hatte und wie er sich immer anbot, das Gemüse für den Salat zu schneiden, weil er wusste, dass sie es hasste.

Aber sie hatte wundervolle fünfundfünfzig Jahre mit ihm verbringen können und war mit ihrem Leben zufrieden. Sie war einundneunzig und hatte nicht mehr viel Zeit auf dieser Erde. Aber noch war sie nicht tot.

Als ihre Enkelin Jayme fragte, ob sie eine Weile bei ihr bleiben könne, hatte sie sofort zugestimmt. Kane dabei zuzuschauen, wie er oben ohne ihren Rasen mähte, war keine schlechte Beschäftigung. Aber die meiste Zeit war ihr einfach nur langweilig. Es war schön, jemand Junges wie Jayme um sich zu haben.

Außerdem war es mit zweiunddreißig nun wirklich an der Zeit, dass Jayme sich einen Ehemann suchte. Aber Jayme war stur. Und wählerisch.

Aber davon würde Winnie sich nicht abhalten lassen. Sie hatte jemanden getroffen, der Jayme sicherlich gefallen würde. Sie hatte den jungen Mann – in ihrem Alter waren alle Männer jung – im Supermarkt kennengelernt und sich mit ihm angefreundet. Er hatte sie ein paarmal angerufen, um mit ihr zu reden, und war sogar vor ein paar Tagen vorbeigekommen, um zu sehen, wie es ihr geht, und sie zu fragen, ob sie etwas brauchte. Er war respektvoll, gut aussehend und zuvorkommend – aber vor allem war er Single.

Winnie hatte schon lange nicht mehr so eine Vorfreude und Aufregung verspürt und lächelte. Sie war vielleicht alt, aber sie erinnerte sich immer noch an die Schmetterlinge im Bauch, die sie bei ihrem ersten Treffen mit Steve gehabt hatte. Sie wollte das Gleiche für Jayme.

Sie wandte sich vom Fenster ab und schmiedete Pläne. Sie konnte Jaymes Ankunft gar nicht erwarten.

Sierra saß still auf dem Stuhl, der in einem heruntergekommenen Haus stand, und versuchte, die Fesseln an ihren Händen zu lösen. Aber sie hatte kein Glück, stattdessen zog sie die Knoten, die sie an den Stuhl banden, noch enger zusammen. Sie fühlte, wie die Tränen in ihr aufstiegen, wehrte sich aber dagegen. Sie hatte in letzter Zeit wenig anderes getan als zu weinen.

Noch immer war ihr nicht ganz klar, wie sie überhaupt hier gelandet war.

Sie hatte gerade ihre Schicht im Kantinenzelt beendet und war in Richtung ihres Schlafzeltes gegangen, als jemand sie von hinten packte, ihr einen Sack über den Kopf zog und in ein Fahrzeug stieß. Ein Mann hatte ihr ein Messer an die Kehle gehalten und ihr gesagt, dass er sie abstechen würde, wenn sie nicht die Klappe hielt.

Sie hatte dort gelegen, still und zitternd, während sie langsam an den Wachen am Eingang des Stützpunktes vorbeifuhren.

Sie war seitdem von einem Haus zum anderen geschleppt und immer wieder den Aufständischen vorgeführt worden wie eine Jahrmarktattraktion.

Ihre Gedanken wurden unterbrochen, als ein Mann, den sie schon kannte, den Raum betrat und ihr eine ihr bekannt vorkommende Tasche vor die Füße warf.

Sie sah die Tasche ungläubig an. Es war ihre. Sie hatte sich so gefreut, als sie sie kurz vor ihrem Aufbruch nach Afghanistan in einem Militärladen gefunden hatte.

»Falls du glaubst, dass jemand nach dir sucht, vergiss es«, sagte der Mann. Sie hatte ihn öfter auf dem Stützpunkt gesehen. Es war der Übersetzer. Muhammad Qahhar. Die Leute vertrauten ihm, sodass er sich ohne Probleme unter

die amerikanischen Soldaten und Frauen mischen konnte.
»Sie denken, dass du abgehauen bist. Dass der Job dir zu
viel wurde. Niemand sucht nach dir, Teufelsweib. Du
gehörst uns.«

»Was wollen Sie von mir?«, fragte sie.

»Du bist unser Versuchskaninchen«, antwortete er.

Sierra wollte gar nicht so genau wissen, was das bedeutete, konnte sich aber nicht stoppen und fragte: »Was soll
das heißen?«

»Die anderen müssen lernen, wie sie Gefangene richtig
ausfragen. Sie müssen lernen, genügend Schmerzen zu
verursachen, damit die Leute zu reden anfangen, aber ohne
sie dabei aus Versehen umzubringen. Wir werden an dir
üben. Wir werden dich so lange foltern, bis wir alles über
dich wissen. Und wenn Amerika dann seine besten
Soldaten schickt, um uns auszuschalten, sind wir gut genug,
um sie so lange zu quälen, bis sie mit eingezogenen
Schwänzen nach Hause zu ihrer Mama rennen.«

Sierra bekam Panik. Sie wollten sie foltern?

»Bitte, lassen Sie mich gehen. Ich werde niemandem
etwas sagen, versprochen!«

»Nein«, sagte der Mann ohne Mitgefühl. Dann betraten
zwei weitere Männer den Raum. Sierra hatte die beiden
Männer zuvor noch nicht gesehen. »Sind die Höhlen vorbereitet?«, fragte er.

»Ja, Shahzada«, antwortete der andere Mann.

Sierra kam der Name bekannt vor. Es wurde gemun-
kelt, dass Shahzada der Anführer der Rebellen in der
Region war. Muhammad war also Shahzada? Oh
verdammt. Er konnte sich frei auf dem Stützpunkt bewegen. Jeder vertraute ihm. Niemand hatte auch nur die
geringste Ahnung, dass er der Terrorist war, nach dem alle
suchten.

Dabei arbeitete er direkt vor ihrer Nase eng mit ihren Leuten zusammen.

»Gut. Bringt sie da hin und tut, was ich euch aufgetragen habe. Wir werden sehen, wie viele andere Dienstleister wir noch entführen können, um ihr Gesellschaft zu leisten. Irgendwann wird den Amerikanern deren Verschwinden auffallen und sie werden eine ihrer sogenannten Spezialeinheiten schicken, um uns aufzuhalten. Aber darauf sind wir dann vorbereitet.«

Shahzada hatte ein breites Grinsen im Gesicht, als er sich zu Sierra umdrehte. »Du und die anderen werden dazu beitragen, dass die Amerikaner endlich unser Land verlassen. Darauf kannst du stolz sein.«

Stolz? Nein, stolz war sie ganz und gar nicht. Sie hatte einfach nur Angst.

Sierra konnte sich nicht davon abhalten zusammenzuzucken, als die beiden Männer auf sie zukamen. Sie hatte keine Ahnung, was sie mit ihr vorhatten, wusste aber ganz genau, dass es nichts Gutes war.

Irgendjemand musste doch bemerken, dass sie den Stützpunkt nicht einfach so verlassen hatte, oder?

Sie musste jetzt stark sein und am Leben bleiben, damit sie dem Militär sagen konnte, dass Muhammad Shahzada war. Sie war vielleicht keine Soldatin, aber sie liebte ihr Land – und würde nicht kampflos aufgeben.

Der letzte Gedanke, bevor eine Faust sie im Gesicht traf und sie ohnmächtig wurde, galt dem Soldaten Grover. Sie hatte ihm einen Brief geschickt, in dem sie erklärte, dass sie altmodische, handgeschriebene Briefe einer E-Mail vorzog und dass sie sich darauf freute, ihn kennenzulernen. Wenn er den Brief bekam, aber danach keine Antwort mehr erhielt, konnte er sich sicherlich zusammenreimen, dass etwas nicht stimmte. Zumindest hoffte sie das.

Oz lag auf seinem Sofa mit den Händen hinter dem Kopf. Er sah sich ein Fußballspiel im Fernsehen an und versuchte, den Streit in der Wohnung seiner Nachbarn zu ignorieren. Der Vollidiot gegenüber war seit einer Stunde dabei, seine Freundin fertigzumachen. Und es war nicht der erste Streit, den er mithören konnte. Er hatte zwar nie mitbekommen, dass der Mann seine Freundin geschlagen hatte, aber wusste nur zu gut, dass Worte fast genauso verletzen konnten wie eine Faust.

Er und seine Schwester waren mit einem Vater aufgewachsen, der sich genauso verhalten hatte wie der Mann in der Wohnung neben seiner. Sie hatten es ihm nie recht machen können und verbrachten ihre Kindheit damit, ihrem Vater aus dem Weg zu gehen und sich unsichtbar zu machen. Ihre Mutter war verschwunden, als Oz noch ein Kleinkind war, er hatte sie nie kennengelernt. Seine Schwester Becky war sechs Jahre älter als er. Und dennoch hatte Oz alles in seiner Macht Stehende versucht, um sie zu beschützen.

Seine Schwester hatte sich nie ganz aus den Fängen der Misshandlung lösen können. Sie war mit einem Mann zusammen gewesen, der fast so schlimm wie ihr Vater war. Und er hatte kein Problem damit, seine Argumente mit Fäusten zu unterstützen. Oz hatte mehr als einmal versucht, Becky zu helfen, nachdem sie von zu Hause ausgezogen war und er noch zur Schule ging. Er hatte ihr Geld geschickt, damit sie ihren furchtbaren Freund verlassen konnte, aber sie war immer wieder zu ihm zurückgekehrt.

Ihr Vater war gestorben, kurz bevor Oz die Schule abschloss. Seine Schwester kam zwar zur Beerdigung, war aber ziemlich offensichtlich auf Drogen. Damit war es für

Oz vorbei. Er hatte versucht, ihr zu helfen. Aber solange sie nicht bereit war, seine Hilfe anzunehmen, konnte er nichts mehr für sie tun.

Oz hatte seit über zehn Jahren nicht mehr mit Becky gesprochen. Nachdem er den Schulabschluss in der Tasche hatte, war er sofort zum Militär gegangen, um sich um seine eigene Zukunft zu kümmern.

Das bereute er nun. Er wäre damals gern stark genug gewesen, um Becky besser zu unterstützen.

Seinen Nachbarn bei ihrem furchtbaren Streit zuzuhören, ließ die schrecklichen alten Erinnerungen wieder in ihm aufsteigen, obwohl er sich so viel Mühe gegeben hatte, sie zu vergessen.

»Du bist eine Schlampe, Riley! Warst du immer, wirst du immer sein!«, schrie der Mann.

»Schmeiß ihn raus«, murmelte Oz.

»Fick dich«, schrie die Frau zurück. »Verschwinde.«

»Gut gemacht, Mädchen«, feuerte Oz sie an. »Bleib stark. Lass dich nicht von ihm einschüchtern.«

»Das wirst du noch bereuen!«, warnte der Mann.

Sie lachte. »Nein, das glaube ich nicht. Du sitzt hier nur rum und spielst den ganzen Tag Computerspiele. Ich bin fertig mit dir.«

»Okay. Du bist sowieso eine kaltherzige Kuh. Mit dir ist nichts anzufangen.«

»Raus!«, schrie die Frau.

Oz stand von seinem Sofa auf, ging zu seiner Wohnungstür und öffnete sie. Er wollte, dass der Mann, den sie rauswarf, sah, dass sie jemanden hatte, der sie beschützte. Oz war ein beeindruckend gebauter Mann. Er war einen Meter fünfundneunzig groß und war sich sicher, dass der Mann sich nichts trauen würde, solange er zuschaute.

Oz hatte seine Nachbarin schon öfter im Flur gesehen, aber nie mehr zu ihr gesagt als ein freundliches »Hallo« oder »Guten Morgen« im Vorbeigehen. Aber er wollte nicht, dass die Streitereien nebenan handgreiflich wurden.

Er lehnte sich an den Türrahmen, überkreuzte die Arme und versuchte, so einschüchternd wie möglich auszusehen. Ein paar Sekunden später öffnete sich die Tür zur Nachbarswohnung und der Mann kam heraus. Er drehte sich noch einmal um, um eine letzte Beleidigung loszuwerden, aber dann sah er Oz.

»Du bist es gar nicht wert«, zischte er Oz' Nachbarin noch zu, dann schritt er den Flur entlang, an Oz vorbei und verschwand ins Treppenhaus.

Oz drehte sich nach rechts und sah seine Nachbarin in der Tür stehen. Sie lief rot an, als sein Blick sie traf. Sie war nicht sonderlich groß und sicherlich gute dreißig Zentimeter kleiner als er. Sie hatte lange, braune Haare, die sich an den Enden leicht wellten, und dunkelbraune Augen. Sie sah gestresst aus, aber Oz konnte auch Erleichterung in ihrem Blick erkennen.

»Geht es dir gut?«, fragte er.

Sie nickte. »Danke.«

»Ohne ihn wird alles einfacher sein«, versicherte Oz ihr.

»Ich weiß«, antwortete seine Nachbarin.

Er war froh, dass sie keinen Zusammenbruch hatte. Er nahm an, dass sie die Situation später verarbeiten würde, aber im Moment hatte sie sich gut unter Kontrolle.

»Ich bin Oz«, sagte er und nickte ihr zu.

»Riley«, erwiderte sie.

Oz öffnete gerade den Mund, um noch mehr zu sagen, aber dann hörte er das Klingeln des Aufzugs und drehte sich um, um herauszufinden, wer aussteigen würde. Wäre es Rileys Ex-Freund gewesen, hätte er dafür gesorgt, dass der

Mann ein für alle Mal verstand, dass er hier nicht mehr erwünscht war.

Aber stattdessen kam ein Mann mit Anzug und Krawatte zum Vorschein, der einen neun- oder zehnjährigen Jungen an der Hand führte. Zusammen kamen sie auf Oz zu.

Oz runzelte die Stirn – und war noch verwirrter, als der Mann direkt vor ihm stehen blieb.

»Porter Reed?«, fragte er.

»Das bin ich«, bestätigte Oz.

»Ich arbeite für das Jugendamt von Texas. Ich bin für Kinder in Not verantwortlich. Haben Sie eine Schwester mit dem Namen Rebecca Reed?«

»Ja.«

»Ich muss Ihnen leider mitteilen, dass Ihre Schwester unter unglücklichen Umständen verstorben ist. Sie sind der nächste Verwandte, und das hier ist Ihr Neffe, Logan Reed.«

Oz blinzelte überrascht, die Nachbarin und ihr Streit plötzlich vollkommen vergessen. Er konnte einfach nur sprachlos auf den Jungen herabschauen, der offensichtlich versuchte, stark zu sein, aber seine Angst nicht ganz verstecken konnte.

Er wollte den Mund öffnen, um zu sagen, dass das Kind nicht sein Neffe sein konnte. Er hatte noch nicht einmal gewusst, dass seine Schwester überhaupt ein Kind hatte! Aber dann traf er den Blick des Jungen.

Das Kind hatte eine schreckliche Zeit durchgemacht. Das konnte er an seinem Gesichtsausdruck erkennen; das und die Angst vor ihm, einem fremden Mann, den er noch nie gesehen hatte. Ein Mann, der ihm wehtun konnte; denn das war ihm in der Vergangenheit immer wieder passiert, das war klar.

Aber seine grauen Augen, die Oz' eigenen Augen so sehr

ähnelten, überzeugten Oz, dass der Junge sein eigen Fleisch und Blut war.

Und plötzlich war Oz klar, dass er alles tun würde, um den Jungen zu beschützen. Wenn Becky wirklich tot war und das Jugendamt bei ihm klingelte, dann gab es sonst niemanden, der sich um Logan kümmern konnte. Ihn beschützen konnte.

Mit langsamen Bewegungen, um den Jungen nicht noch mehr zu verschrecken, ging Oz in die Hocke, sodass er mit Logan auf Augenhöhe war. Er streckte ihm seine Hand entgegen und sagte sanft: »Hi, Logan. Ich bin Oz. Dein Onkel. Und ab jetzt werde ich dich beschützen.«

---

Holen Sie sich jetzt Buch 4 von Delta Team Zwei, *Ein Held für Jayme*!

### Delta Team Zwei
*Ein Held für Gillian*
*Ein Held für Kinley*
*Ein Held für Aspen*
*Ein Held für Jayme*
*Ein Held für Riley*
*Ein Held für Devyn*
*Ein Held für Ember*
*Ein Held für Sierra*

### Die Delta Force Heroes:
*Die Rettung von Rayne*
*Die Rettung von Emily*
*Die Rettung von Harley*
*Die Hochzeit von Emily*
*Die Rettung von Kassie*
*Die Rettung von Bryn*
*Die Rettung von Casey*
*Die Rettung von Wendy*
*Die Rettung von Sadie*

*Die Rettung von Mary*
*Die Rettung von Macie*
*Die Rettung von Annie (8 Feb 2022)*

## Mountain Mercenaries:
*Die Befreiung von Allye*
*Die Befreiung von Chloe*
*Die Befreiung von Morgan*
*Die Befreiung von Harlow*
*Die Befreiung von Everly (1 Nov 2022)*
*Die Befreiung von Zara (1 Feb 2022)*
*Die Befreiung von Raven (1 Apr 2022)*

## Ace Security Reihe:
*Anspruch auf Grace*
*Anspruch auf Alexis*
*Anspruch auf Bailey*
*Anspruch auf Felicity*
*Anspruch auf Sarah*

## SEALs of Protection:
*Schutz für Caroline*
*Schutz für Alabama*
*Schutz für Fiona*
*Die Hochzeit von Caroline*
*Schutz für Summer*
*Schutz für Cheyenne*
*Schutz für Jessyka*
*Schutz für Julie*
*Schutz für Melody*
*Schutz für die Zukunft*
*Schutz für Kiera*
*Schutz für Alabamas Kinder*

*Schutz für Dakota*

## Die SEALs von Hawaii:

## BIOGRAFIE

Susan Stoker ist die New York Times, USA Today und Wall Street Journal Bestsellerautorin der Buchreihen »Badge of Honor: Texas Heroes«, »SEAL of Protection«, »Die Delta Force Heroes« und einigen mehr. Stoker ist mit einem pensionierten Unteroffizier der US-Armee verheiratet und hat in ihrem Leben schon überall in den Vereinigten Staaten gelebt – von Missouri über Kalifornien bis hin zu Colorado. Zurzeit nennt sie die Region unter dem großen Himmel von Tennessee ihr Zuhause. Sie glaubt ganz und gar an Happy Ends und hat großen Spaß daran, Geschichten zu schreiben, in denen Romantik zu Liebe wird.

Besuchen Sie Susan im Netz!
www.stokeraces.com
facebook.com/authorsusanstoker
twitter.com/Susan_Stoker
bookbub.com/authors/susan-stoker

instagram.com/authorsusanstoker
Email: Susan@StokerAces.com